Macarena M
Abril 2013

Radio Ciudad Perdida

Alfaguara es un sello editorial del Grupo Santillana

www. alfaguara.com

Argentina
Av. Leandro N. Alem, 720
C 1001 AAP Buenos Aires
Tel. (54 114) 119 50 00
Fax (54 114) 912 74 40

Bolivia
Avda. Arce, 2333
La Paz
Tel. (591 2) 44 11 22
Fax (591 2) 44 22 08

Chile
Dr. Aníbal Ariztía, 1444
Providencia
Santiago de Chile
Tel. (56 2) 384 30 00
Fax (56 2) 384 30 60

Colombia
Calle 80, 10-23
Bogotá
Tel. (57 1) 635 12 00
Fax (57 1) 236 93 82

Costa Rica
La Uruca
Del Edificio de Aviación Civil 200 m al Oeste
San José de Costa Rica
Tel. (506) 220 42 42 y 220 47 70
Fax (506) 220 13 20

Ecuador
Avda. Eloy Alfaro, 33-3470 y Avda. 6 de
Diciembre
Quito
Tel. (593 2) 244 66 56 y 244 21 54
Fax (593 2) 244 87 91

El Salvador
Siemens, 51
Zona Industrial Santa Elena
Antiguo Cuscatlan - La Libertad
Tel. (503) 2 505 89 y 2 289 89 20
Fax (503) 2 278 60 66

España
Torrelaguna, 60
28043 Madrid
Tel. (34 91) 744 90 60
Fax (34 91) 744 92 24

Estados Unidos
2105 N.W. 86th Avenue
Doral, F.L. 33122
Tel. (1 305) 591 95 22 y 591 22 32
Fax (1 305) 591 91 45

Guatemala
7ª Avda. 11-11
Zona 9
Guatemala C.A.
Tel. (502) 24 29 43 00
Fax (502) 24 29 43 43

Honduras
Colonia Tepeyac Contigua a Banco Cuscatlan
Boulevard Juan Pablo, frente al Templo
Adventista 7º Día, Casa 1626
Tegucigalpa
Tel. (504) 239 98 84

México
Avda. Universidad, 767
Colonia del Valle
03100 México D.F.
Tel. (52 5) 554 20 75 30
Fax (52 5) 556 01 10 67

Panamá
Avda. Juan Pablo II, nº15. Apartado Postal
863199, zona 7. Urbanización Industrial
La Locería - Ciudad de Panamá
Tel. (507) 260 09 45

Paraguay
Avda. Venezuela, 276,
entre Mariscal López y España
Asunción
Tel./fax (595 21) 213 294 y 214 983

Perú
Avda. Primavera 2160
Santiago de Surco
Lima 33
Tel. (51 1) 313 4000
Fax. (51 1) 313 4001

Puerto Rico
Avda. Roosevelt, 1506
Guaynabo 00968
Puerto Rico
Tel. (1 787) 781 98 00
Fax (1 787) 782 61 49

República Dominicana
Juan Sánchez Ramírez, 9
Gazcue
Santo Domingo R.D.
Tel. (1809) 682 13 82 y 221 08 70
Fax (1809) 689 10 22

Uruguay
Constitución, 1889
11800 Montevideo
Tel. (598 2) 402 73 42 y 402 72 71
Fax (598 2) 401 51 86

Venezuela
Avda. Rómulo Gallegos
Edificio Zulia, 1º - Sector Monte Cristo
Boleita Norte
Caracas
Tel. (58 212) 235 30 33
Fax (58 212) 239 10 51

Radio Ciudad Perdida

Daniel Alarcón

ALFAGUARA

ALFAGUARA

RADIO CIUDAD PERDIDA
Título original: *Lost City Radio*

© 2007 by Daniel Alarcon
© Del texto: 2007, Daniel Alarcón
© De la traducción: 2007, Jorge Cornejo
© De esta edición:
   2007, Santillana S. A.
   Av. Primavera 2160, Santiago de Surco, Lima, Perú
   Teléfono 313 4000
   Telefax 313 4001

ISBN: 978-9972-232-66-4
Hecho el depósito legal en la Biblioteca Nacional del Perú N° 2007-06712
Registro de Proyecto Editorial N° 31501400700132
Primera edición: julio 2007
Tiraje: 6000 ejemplares

Diseño: Proyecto de Enric Satué
Cubierta: Xabier Díaz de Cerio / DDC Fabrica de ideas
Corrección: Daniel Soria

Impreso en el Perú - Printed in Peru
Metrocolor S. A.
Los Gorriones 350, Lima 9 - Perú

Javier Antonio Alarcón Guzmán
1948 - 1989
Q.E.P.D.

*También en Raísa, ciudad triste,
corre un hilo invisible que une por un instante
un ser vivo con otro y se destruye,
después vuelve a tenderse entre puntos
en movimiento dibujando nuevas, rápidas figuras de modo que en cada segundo la ciudad
infeliz contiene una ciudad feliz que
ni siquiera sabe que existe.*

ITALO CALVINO, *Las ciudades invisibles.*

Primera parte

UNO

Aquel martes por la mañana sacaron a Norma del aire porque había llegado un niño a la estación. Era flaco y callado, y llevaba consigo una nota. Las recepcionistas lo dejaron pasar. Se convocó una reunión.

La sala de conferencias era muy luminosa y mostraba una vista panorámica de la ciudad hacia el este, mirando a las montañas. Cuando Norma entró, vio a Élmer sentado en la cabecera de la mesa, frotándose el rostro como si acabaran de despertarlo de un sueño intranquilo y poco agradable. Le hizo una pequeña venia con la cabeza mientras ella se sentaba, luego bostezó, luchando por abrir la tapa de un frasco de pastillas que había sacado de su bolsillo. «Tráeme un poco de agua», gruñó a su asistente. «Y limpia los ceniceros, Len. Por Dios».

El niño estaba sentado frente a Élmer, en una tiesa silla de madera, con la cabeza agachada. Era delgado y frágil, y sus ojos eran demasiado pequeños para su rostro. Le habían afeitado la cabeza —para matar piojos, supuso Norma—. Sobre sus labios se veían las primeras señas de un bigote. Vestía una camisa raída y pantalones sin basta amarrados a la cintura con un cordón de zapatos.

Norma se sentó a su lado, de espaldas a la puerta y con la vista de la ciudad blanca al frente.

Len reapareció con una jarra de agua. El líquido rebosaba de burbujas y tenía un tono grisáceo. Élmer se sirvió un vaso y tragó dos pastillas. Tosió cubriéndose la boca con la mano.

—Vayamos al grano —dijo Élmer cuando Len se sentó—. Discúlpanos por interrumpir las noticias, Norma, pero queríamos que conocieras a Víctor.

—Dile tu edad, muchacho —dijo Len.

—Tengo once años y medio —dijo el niño con una voz casi imperceptible. Len se aclaró la voz y miró a Élmer, como pidiéndole permiso para hablar. Luego del asentimiento de su jefe, prosiguió.

—Es una edad maravillosa —dijo—. Has venido a buscar a Norma, ¿verdad?

—Sí —dijo Víctor.

—¿Lo conoces?

Norma no lo conocía.

—Ha venido desde la selva —continuó Len—. Pensamos que te gustaría conocerlo. Para tu programa.

—Genial —dijo ella—. Muchas gracias.

Élmer se puso de pie y caminó hacia la ventana. Su silueta se dibujó contra la brillantez del día. Norma conocía aquel panorama: la ciudad a sus pies, extendiéndose hasta el horizonte y aún más allá. Si uno pegaba la frente al vidrio, podía ver hasta la calle de abajo, esa amplia avenida asfixiada por el tráfico y la gente, con autobuses, mototaxis y carretillas de verduleros. O la vida en los techos de la ciudad: cordeles con ropa tendida al lado de gallineros oxidados; viejos jugando a las cartas sobre una caja de leche; perros ladrando furiosamente, mostrando los dientes al denso aire marino. Alguna vez, hasta había visto a un hombre sentado sobre su casco amarillo, sollozando.

Si Élmer veía algo ahora, no parecía interesarle. Se volteó hacia ellos. «No solo viene de la selva, Norma. De 1797».

Norma se incorporó, tensa. «¿Qué me estás diciendo, Élmer?».

Era uno de aquellos rumores que ellos sabían que sí eran ciertos: fosas comunes, pobladores anónimos asesinados y enterrados en zanjas. Nunca habían informado sobre ello, por supuesto. Nadie lo había hecho. Hacía años que no tocaban ese tema. Norma sintió una pesadez en el pecho.

«Quizás no sea nada», dijo Élmer. «Mostrémosle la nota».

Víctor sacó de su bolsillo un pedazo de papel, seguramente el mismo que había enseñado a la recepcionista. Se lo entregó a Élmer. Este se colocó sus anteojos para leer, aclaró otra vez su carraspera, y leyó en voz alta:

Querida señorita Norma:
Este niño se llama Víctor. Viene del pueblo 1797, en la selva oriental. Los residentes de 1797 hemos hecho una colecta para enviarlo a la ciudad. Queremos que Víctor tenga una vida mejor. Aquí no tiene futuro. Por favor, ayúdenos. Junto con esta nota incluimos nuestra lista de desaparecidos. Quizás alguno de ellos pueda encargarse del niño. Escuchamos Radio Ciudad Perdida todas las semanas. Nos encanta su programa.

Sus más devotos hinchas,

Pueblo 1797

«Norma», dijo Élmer. «Discúlpame. Queríamos decírtelo en persona. Sería fantástico tener al niño en el programa, pero queríamos advertirte primero».

«Estoy bien». Se frotó los ojos y respiró hondo. «Estoy bien».

Norma odiaba los números. Antes, cada pueblo tenía un nombre; un nombre complicado y milenario, heredado de sabe Dios qué pueblo extinto; nombres con consonantes fuertes que sonaban como piedras triturándose unas contra otras. Pero ahora el gobierno había empezado un proceso de modernización, incluso en los rincones más apartados del país. Todo empezó luego del conflicto, una nueva política gubernamental. Decían que la gente se estaba olvidando de las antiguas tradiciones. Norma sintió curiosidad. «¿Sabes cómo le decían antes a tu pueblo?», le preguntó al niño.

—No —respondió Víctor.

Norma cerró los ojos durante un instante. Probablemente al chiquillo le habían enseñado a contestar así. Cuando la guerra terminó, el gobierno confiscó los mapas antiguos. Los retiraron de los estantes de la Biblioteca Nacional, recolectaron los que estaban en colecciones particulares, los recortaron de los textos escolares y los quemaron. Norma había cubierto esa noticia para la radio, confundida entre la animada multitud que se congregó a observar el espectáculo en la Plaza Pueblo Nuevo. El pueblo de Víctor alguna vez había tenido un nombre, pero este ahora se había perdido. El esposo de Norma, Rey, había desaparecido cerca de allí, poco antes de que la Insurgencia Legionaria fuera derrotada. Esto ocurrió hacia el final de la rebelión, diez años atrás. Ella aún lo seguía esperando.

—¿Está usted bien, señorita Norma? —preguntó el niño con una voz baja y algo aflautada.

Ella abrió los ojos.

—Qué jovencito tan educado —dijo Len. Se inclinó hacia adelante, apoyó los codos sobre la mesa y dio unas palmaditas al niño en su cabeza rapada.

Norma aguardó un momento. Contó hasta diez. Luego tomó el papel y volvió a leerlo. La escritura era firme y pausada. Se imaginó la escena: el consejo del pueblo reunido para decidir quién tenía mejor letra. Qué folclórico. Al reverso de la hoja había una lista de nombres. «Nuestros Desaparecidos», decía, con el final de la s prolongándose en una curva optimista. No soportó leerlos. Cada uno era solo un nombre, sin alma, sin rostro, una colección vacía para ser leída al aire en su programa. Devolvió la nota a Élmer. La sola idea le hacía sentir un cansancio inexplicable.

—¿Conoces a esta gente? —le preguntó Élmer al niño.

—No —dijo Víctor—. Solo a algunos.

—¿Quién te trajo a la emisora?

—Mi profesor. Se llama Manau.

—¿Y dónde está? —preguntó Len.

—Me dejó y se fue.

—¿Por qué te enviaron aquí?

—No sé.

—¿Y tu mamá? —preguntó Norma.

—Está muerta.

Norma se disculpó; Len tomaba abundantes notas.

—¿Y tu papá? —preguntó Élmer.

El niño se encogió de hombros.

—Quisiera un poco de agua, por favor.

Élmer le sirvió un vaso y Víctor bebió ávidamente. Hilos de agua le corrían por la barbilla. Cuando terminó, se secó los labios con la manga de su camisa.

—Hay más —dijo Élmer, sonriendo—. Bebe un poco más.

Pero Víctor se rehusó y miró a través de la ventana. Norma siguió su mirada. Era un día gris de finales de invierno en la ciudad, y el suave contorno de las montañas se ocultaba tras la neblina. No había nada que ver.

—¿Qué quieren que haga? —preguntó Norma.

Élmer se mordió los labios. Le hizo señas a Len para que se llevara al niño. Víctor se levantó y abandonó la habitación sin protestar. Élmer no volvió a hablar hasta que él y Norma se quedaron solos. Se rascó la cabeza, luego tomó el frasco de pastillas.

—Son para el estrés. Mi médico dice que paso demasiado tiempo en este lugar.

—Y no le falta razón.

—Tú también lo haces —dijo él.

—¿En qué piensas, Élmer?

—Al programa no le va bien —hizo una pausa para escoger sus palabras con cuidado—. ¿O me equivoco?

—Ha habido dos reencuentros en seis semanas. A la gente no se la encuentra en esta época. Siempre nos recuperamos en primavera.

Élmer frunció el ceño y dejó el frasco de pastillas.

—Este niño nos puede servir, Norma. ¿Lo oíste hablar? Su vocecita podría hacer llorar a cualquiera.

—Casi ni habló.

—Un momento, escúchame. Esto es lo que estoy pensando: un programa especial el domingo. Yo sé que 1797 es un tema delicado para ti, y lo respeto, de veras. Por eso quería presentártelo yo mismo. El niño no sabe nada sobre la guerra. Es muy joven. Pasa la semana con él, Norma. No será tan malo como parece.

—¿Y qué hay de su gente?

—¿Qué hay con ellos? Ya aparecerán. O contrataremos a algunos actores. Él no notará la diferencia.

—Estás loco.

Élmer le puso una mano en el hombro. Tenía ojos negros y pequeños.

—Es una broma, pero en serio. Ya no soy un hombre de radio, te olvidas de eso. Soy un hombre de negocios. Si no encontramos a nadie, le compramos un boleto de autobús y lo mandamos de vuelta a casa. O lo entregamos a las monjas. El punto es que él revitalizará el programa. Y eso es lo que necesitamos, Norma.

—¿Y qué hay del profesor?

—¿Qué pasa con él? Es un imbécil. Debería estar en la cárcel por abandonar a un niño. Podemos denunciarlo el domingo también.

Ella se miraba las manos: las tenía pálidas y arrugadas, como nunca las hubiera podido imaginar. Eso era envejecer, a fin de cuentas.

—¿Qué pasa? —preguntó Élmer.

—Estoy cansada, eso es todo. La idea de hacer que linchen a un hombre por abandono... no es precisamente por eso que me levanto de la cama todas las mañanas.

Élmer sonrió.

—¿Y por qué te levantas, querida?

Al no obtener respuesta, Élmer le puso una mano en el hombro:

—Así es la vida, Norma.

—Está bien —dijo ella luego de un momento.

—Genial. ¿Puede quedarse contigo?

—¿Quieres que sea su niñera?

—Bueno...

—Dame la semana libre.

—Un día.

—Tres.

Élmer sonrió.

—Dos, y luego hablamos —ya se estaba poniendo de pie—. Haces mucho por esta radio, Norma. Muchísimo. Y estamos agradecidos por ello. La gente te adora.

Dio unos golpes a la puerta y, poco después, Len entró con Víctor. Élmer sonrió de oreja a oreja y acarició la cabeza del niño. Len lo hizo sentarse.

—Aquí está mi campeón —dijo Élmer—. Bueno, hijo. Te vas a quedar con Norma por un tiempo. Ella es muy buena y no tienes nada de qué preocuparte.

Víctor no dijo nada. Parecía un poco asustado. Norma sonrió. Luego Élmer y Len se marcharon y ella se quedó a solas con el niño. La nota seguía allí, sobre la mesa. Norma la agarró y se la guardó en el bolsillo. Víctor fijó la mirada en el inmenso cielo de alabastro.

Su voz era su mejor atributo, su cualidad principal, la base de su carrera y de su destino. Élmer decía que tenía una *voz de oro con hedor a empatía*. Antes de su desaparición, Rey afirmaba que renovaba su amor por ella cada vez que Norma le daba los buenos días. Debiste ser cantante, le decía, aunque ella no podía ni siquiera tararear una melodía. Norma había trabajado en la radio durante toda su vida. Se inició como reportera y luego llegó a narradora de noticias, suavizando las tragedias que le tocaba anunciar. Tenía un talento innato: sabía cuándo hacer que su voz sonara temblorosa, cuándo detenerse o arrastrar una palabra, qué textos debía lanzarse a leer como si las propias palabras estuvieran en llamas. Leía las peores noticias suavemente, sin prisa, como si fueran poesía. El día que

Víctor llegó, un hombre-bomba se inmoló en Palestina, se produjo un derrame de petróleo en las costas de España, y se definió un nuevo equipo campeón de béisbol estadounidense. Nada extraordinario, ni nada que afectara al país. Leer noticias internacionales era como actuar, pensaba Norma, esta lista de sucesos cotidianos no hace más que confirmar lo marginales que somos: una nación en la periferia del mundo, un país imaginario al margen de la historia. Para las noticias locales, seguía la política de la emisora que era también la política del gobierno: leer las buenas noticias con indiferencia y hacer que las malas noticias sonaran alentadoras. Nadie era más diestro en ello que Norma; con sus caricias vocales, las cifras de desempleo sonaban como lamentos agridulces, y las declaraciones de guerra, como cartas de amor. La noticia de un huaico se convertía en una conmovedora meditación sobre los misterios de la naturaleza, y los veinte, cincuenta o cien muertos desaparecían dentro de la narración. Esta era su vida en días de semana: la lectura inofensiva de desastres internacionales y locales —autobuses que se desbarrancaban en carreteras de montaña, el resonar de tiroteos en tugurios a la orilla del río, y, a lo lejos, en la distancia, el resto del mundo—. Los sábados los tenía libres, y los domingos por la noche volvía a la emisora para su programa estelar, Radio Ciudad Perdida, un espacio para gente desaparecida.

La idea era simple. ¿Cuántos refugiados habían llegado a la ciudad? ¿Cuántos de ellos habían perdido contacto con sus familias? ¿Cientos de miles? ¿Millones? Para la emisora era una forma sencilla de aprovecharse de su angustia. Y para Norma la forma más efectiva de buscar a su esposo. Un conflicto de intereses, decía Élmer, pero la ponía en el aire de todas maneras. Llevaba diez años ya. Su voz era la más confiable y amada del país, un fenómeno que ni ella misma podía explicar. Desde el último año de la guerra, cada domingo por la noche, durante una hora, Norma atendía llamadas de personas convencidas de que ella tenía poderes especiales, que era adivina o clarividente, capaz de rescatar a los desaparecidos, separados y perdidos en la asfixiante y podrida ciudad. Desconocidos la llamaban por su nombre de pila y le suplicaban que los escuchara. Mi hermano, le decían, se marchó del pueblo hace años para ir a buscar trabajo en la ciudad. Su nombre es... Vive en el distrito de... Tenía la costumbre de escribirnos cartas, pero luego empezó la guerra. Si le parecía que estaban resueltos a hablar de la guerra, Norma los interrumpía. Siempre era mejor evitar temas desagradables. En vez de eso, les preguntaba por el aroma de la comida de su madre, o por el ruido del viento al recorrer el valle. El río, el color del cielo. Gracias a sus preguntas, quienes llamaban recordaban cómo era la vida en sus pueblos y todo lo que habían dejado atrás, e invitaban a los desaparecidos a recordar con ellos: ¿Estás ahí, hermano? Norma los escuchaba, luego repetía los nombres con voz meliflua, y el tablero se iluminaba con señales de llamadas, solitarias luces rojas, gente anhelando que la encontraran. También había impostores, por supuesto, y esos eran los casos más tristes.

Radio Ciudad Perdida se había convertido en el programa más popular del país. Tres o cuatro veces al mes había grandes reencuentros que eran grabados y celebrados con gran fanfarria. Las emociones eran auténticas: las familias que se reunían viajaban desde sus estrechos hogares en la periferia de la ciudad y llegaban a la emisora con pollos chillones y abultados sacos de arroz —regalos para la señorita Norma—. En el estacionamiento de la radio, bailaban, bebían y cantaban hasta la madrugada. Norma los saludaba a todos; ellos se formaban en fila para agradecerle. Era gente humilde. Les brotaban lágrimas de los ojos cuando la conocían —no al verla, sino cuando les hablaba: esa voz—. Los fotógrafos capturaban el momento, y Élmer se encargaba de que las mejores imágenes aparecieran en paneles publicitarios, imágenes inocentes y felices, inmóviles sobre el irregular perfil de la ciudad; familias otra vez completas mostrando sonrisas resplandecientes. Norma jamás aparecía en las fotografías; Élmer pensaba que era mejor alimentar el misterio.

La suya era la única emisora de radio nacional que seguía funcionando desde el final de la guerra. Luego de la derrota de la IL, se encarceló a periodistas. Muchos colegas de Norma terminaron así, o peor. Se los llevaron a La Luna, algunos desaparecieron, y sus nombres, al igual que el de su esposo, fueron prohibidos. Cada mañana, Norma leía noticias ficticias aprobadas por el gobierno; cada tarde, enviaba los titulares propuestos del día siguiente para que fueran aprobados por un censor. Dentro del orden establecido, estas eran humillaciones insignificantes. No se puede cambiar el mundo, pensaba Norma, y con esa idea resistía hasta el domingo. Podría ocurrir cualquier semana, o por lo menos así lo imaginaba ella: el propio Rey podría llamar. Me interné en la selva, diría quizás, y he perdido a mi mujer, al amor de mi vida, su nombre es Norma... Si seguía vivo, estaba escondido. Lo habían acusado de cosas terribles en los meses que siguieron al final de la guerra: se publicó una lista de colaboracionistas que fue leída al aire; sus nombres y alias, junto con un resumen de sus presuntos crímenes. A Rey lo tildaron de asesino e intelectual. Un instigador, el hombre que inventó la quema de llantas. Fueron más de tres horas de nombres, y se decretó que luego de ese recuento público ya no se los podría mencionar de nuevo. La IL fue derrotada y deshonrada; ahora el país se hundía en la ilusión de que la guerra no había ocurrido, jamás.

Al final de aquel primer día, Norma alistó sus cosas y al niño, y partieron rumbo a su departamento, en el otro extremo de la ciudad, a una hora de camino en autobús. Todo parecía desconcertar a Víctor. Ella se imaginó a sí misma en su lugar, en esta extraña e infeliz ciudad de ruidos y mugre, y decidió interpretar su silencio como un síntoma de valentía. El niño había dormido toda la tarde en el sofá de la cabina de radio, despertándose de rato en rato solo para quedarse mirándola fijamente con aire taciturno. Aparte de pedir agua, casi no abrió la boca. En cierto momento, mientras narraba las noticias, ella le guiñó un ojo, pero no obtuvo ninguna respuesta. Ahora, mientras viajaban en el autobús, ella le sujetaba la mano y pensaba en la selva: la selva de Rey. Ella solo la conocía por fotografías. Le parecía el tipo de geografía que podía inspirar terror y júbilo a la vez. La IL había tenido mucho poder en la zona de donde venía Víctor. Habían contado con campamentos, ocultos tras la espesura de la selva, y habían organizado a las comunidades indígenas para que se sublevaran contra el gobierno. Habían almacenado armas y explosivos que quizás seguían ahí, enterrados en el suelo húmedo.

El autobús recorría las calles deteniéndose de manera caprichosa, cada media cuadra. La ciudad retumbaba áspera y chirriante: bocinazos, silbidos y el estruendo sordo de mil motores. El hombre sentado a su lado dormía bamboleando la cabeza de un lado a otro y llevaba su maletín bien sujeto contra el pecho. Un muchacho robusto, un poco mayor que Víctor, estaba de pie, contando dinero descaradamente, con el ceño fruncido, como desafiando a cualquiera a que se atreviera a quitárselo. Era lo mismo todos los días, pero en ese momento Norma se dio cuenta de que debían haber tomado un taxi o un tren urbano, que aquel espectáculo podía ser abrumador para un niño de un pueblito de la selva. Y así fue, en efecto. Notó que Víctor trataba de soltar su pequeña mano de entre la suya. Ella lo sujetó más fuerte y lo miró con severidad. «Cuidado», le dijo. Él le lanzó una mirada furiosa y soltó su mano, sacudiendo los dedos recién liberados frente a su rostro. El autobús frenó en seco y él salió corriendo por la puerta, hacia la calle. A Norma no le quedaba otra opción que seguirlo.

El cielo morado anunciaba el final del día. El niño se alejaba corriendo por la acera, atravesando espacios de luz y de sombra. Sus pisadas resonaban *tap tap* sobre el cemento. Norma estaba sola en una parte de la ciudad que no conocía, en una calle más tranquila de lo habitual. Los edificios eran chatos y anchos, con paredes de estuco moteadas de color pastel, y tan gruesas que parecían a punto de hundirse bajo su propio peso. Gracias a sus piernas larguiruchas, Víctor había llegado ya al otro extremo de la cuadra. No había forma de que ella pudiera alcanzarlo.

Pero Norma no contaba con la forma en que funcionaba la ciudad. Aunque había nacido y crecido allí, sus costumbres le seguían pareciendo casi perversas, y más aún tras la guerra. Todo se había transformado, por completo, en algo diferente y extraño. Un hombre de cabello canoso se acercó a ella desde una puerta cercana. Vestía una delgada chaqueta gris sobre una camiseta amarillenta. «Señora», le dijo, «¿es ese su hijo?».

Víctor no era más que una pequeña sombra en movimiento, dando botes bajo la luz anaranjada de los postes. Ella asintió.

«Permítame», dijo el hombre. Se llevó dos dedos a la boca y sopló, rompiendo la paz de la calle con un agudo silbido. De cada ventana se asomó una cabeza, y poco después había un hombre o una mujer de pie en la entrada de cada edificio. El hombre silbó otra vez. Le sonrió a Norma con simpatía, con su agradable rostro ligeramente enrojecido. Ambos aguardaron.

—¿Es nueva en el barrio?

—No vivo por aquí —dijo Norma. Tenía miedo de que la reconocieran—. Lamento causarle molestias.

—No es ninguna molestia.

Aguardaron un rato más, y pronto una recia mujer con un vestido deshilachado de color azul pálido apareció caminando por la cuadra, seguida de Víctor. El hombre murmuraba para sí mientras se acercaban —muy bien, aquí vamos—, como si le estuviera dando instrucciones. La mujer sujetaba la mano del niño con firmeza, y él ya casi ni forcejeaba. Con una sonrisa, condujo al niño hasta Norma.

—Señora —le dijo, con una reverencia— su hijo.

—Gracias —dijo Norma.

Un autobús pasó jadeante y les obligó a guardar silencio. Los tres adultos sonreían entre sí; el pobre Víctor estaba rígido, como un prisionero listo para marchar. La noche caía, y una brisa fresca se deslizaba susurrante por la calle. El hombre le ofreció su chaqueta a Norma, pero ella se rehusó. La mujer del vestido deshilachado se dirigió a Norma.

—¿Quiere que le ayudemos a pegarle? —preguntó amablemente, alisando los pliegues de su vestido.

El gobierno aconsejaba dar recias palizas a los niños, a fin de recuperar la disciplina perdida durante una década de guerra. La emisora transmitía mensajes de servicio público sobre el tema. La propia Norma había prestado su voz para las grabaciones, pero en realidad ella jamás había golpeado a un niño, pues no tenía hijos. Aunque la pregunta no debía haberle sorprendido, lo hizo.

—Ah, no —tartamudeó Norma—. Jamás me atrevería a pedir ayuda.

—No se preocupe —dijo el hombre de cabello canoso—. Aquí nos apoyamos unos a otros.

Todos miraban expectantes a Norma. Víctor también, con ojos acerados. Era gente tan amable.

—Quizás solo un palmazo —dijo Norma.

—¡Perfecto! —el hombre se inclinó hacia el niño—. Así se aprende, ¿no es verdad, hijo?

Víctor esbozó una mirada vacía. Norma pensó otra vez en cuán extraña debía parecerle la ciudad. Lo cierto era que todo había cambiado. Ni siquiera ella la reconocía. Había oído hablar de lugares en la sierra donde la vida seguía siendo como siempre; de pueblos en las montañas, o en la selva, donde la guerra había pasado de largo, desapercibida. Pero no aquí. Ciertas partes de la ciudad habían sido abandonadas, la IL había hecho estallar edificios, el ejército había incendiado barrios enteros en busca de subversivos. Los Grandes Apagones, la Batalla de Tamoé: heridas tan severas que incluso les pusieron nombres.

1797 tampoco se había salvado. Ella lo veía en los ojos de Víctor. Estamos en una nueva etapa, había anunciado el presidente, una etapa de paz militarizada. Una etapa de reconstrucción. Un niño indisciplinado debía ser castigado. La mujer sujetó a Víctor de los hombros. ¿Cómo debía hacerlo? Víctor era un niño escuálido y frágil, fácil de quebrar. Él no parpadeó; se quedo mirándola fijamente.

Norma levantó el brazo derecho sobre su cabeza, y se detuvo durante un momento. Se alisó el cabello hacia atrás. Sabía lo que tenía que hacer: dejar que la fuerza de la gravedad la guiara, imitar a todas las madres que había visto en las calles, en los mercados, en los medios de transporte público. Era su obligación. Cerró los ojos durante un momento, el tiempo suficiente como para imaginar la escena: la cabeza de Víctor girando hacia un lado, como la de una muñeca, con una huella roja floreciendo en su mejilla. Estaba segura de que él no soltaría queja alguna.

—Lo siento —dijo Norma—. No puedo hacerlo.

—Claro que puede.

—No. Lo siento. No es mi hijo.

La mujer la escuchó sin entenderla. Abrazó a Víctor con fuerza.

—Tu mamá te engríe, muchacho —dijo la mujer.

—No es mi madre.

Norma tenía los dedos entumecidos. Miró al niño y se sintió mal.

—No es mi hijo —repitió.

La mujer del vestido deshilachado frotó la cabeza rapada del niño. Sin mirar a Norma, dijo:

—Su voz me suena conocida.

Sobre sus cabezas, parpadeaba la luz de un poste. Se había hecho de noche. Norma encogió los hombros:

—Me pasa a menudo. Ya debemos irnos. Muchas gracias por todo.

—Trabaja en la radio —dijo Víctor cruzando los brazos sobre el pecho—. Radio Ciudad Perdida.

—Dios santo —el hombre de cabello canoso levantó la mirada, asustado.

Norma vio las señales de reconocimiento en sus rostros. Atrajo a Víctor hacia sí y lo tomó de la mano.

—No digas tonterías, niño —lo regañó.

Pero ya era demasiado tarde.

—¿Señorita Norma? —la mujer se le acercó, como si pudiera reconocerla con solo mirarla—. ¿Es usted? Diga algo, por favor; ¡déjeme oír su voz!

A su lado, la sonrisa del hombre lucía brillante y anaranjada bajo la luz de los postes.

—Es ella —dijo, y silbó por tercera vez, mientras Norma mascullaba una protesta entre dientes.

La calle se llenó de gente.

ANTES DE QUE la guerra comenzara, la generación de Norma todavía hablaba de la violencia con respeto y reverencia: violencia limpiadora, violencia purificadora, violencia que engendraría virtud. Era lo único de lo que todos hablaban, y los que no lo hacían o no la aceptaban como una necesidad, no eran tomados en serio. Era parte integral del lenguaje que usaban los jóvenes en aquellos días. Era el lenguaje del que su esposo, Rey, se enamoró.

También se enamoró de Norma. Ella estudiaba periodismo; él estaba terminando su tesis de etnobotánica. Por aquellos días, la universidad se caía a pedazos, la habían llevado mucho más allá de sus límites, carecía de fondos y sufría de sobrepoblación. Los edificios se caían, las aulas estaban desbordadas de alumnos. Se abucheaba a los profesores en plena clase, y los *grafitti* de las paredes anunciaban la guerra inminente. El presidente advirtió, amenazante, que ocuparía el campus, y que emplearía la fuerza para castigar a los disidentes. En su famoso discurso del Día de Independencia, justo antes de que Norma conociera a Rey, el presidente subió a un estrado en la plaza principal y condenó «¡a esa insurgencia legionaria de demagogos que provocan el caos y alteran el orden público!». Agitó el puño en el aire, como golpeando a un enemigo imaginario, y recibió una ovación ensordecedora. El presidente anunció nuevas medidas para combatir la subversión, y la enorme multitud le dio su aprobación con proclamas atronadoras.

Al día siguiente, los periódicos publicaron el texto completo de su discurso, junto con fotografías panorámicas de la plaza tomadas desde el aire, un hirviente mar de piel bajo el sol del verano. Era impresionante: las masas desbordaban los límites de la plaza, invadían la fuente, se apretujaban contra las gradas de la catedral. El presidente había amañado su reelección, por supuesto, pero por lo visto no tenía que haberse molestado en cometer fraude. Había hombres encaramados en los postes de luz, sosteniendo pancartas, panderetas y tambores. Niños de cara redonda sonreían a las cámaras agitando diminutas banderas hechas en la escuela con crayolas, retazos de periódicos y cañitas. Esto ocurría casi un año antes del inicio de la guerra, cuando el gobierno parecía invencible. Más adelante, se reveló que a la multitud le habían pagado por sus servicios, por su entusiasmo. Los habían llevado en autobuses, habían aceptado donaciones de arroz y harina a cambio de un día de trabajo para vitorear el discurso. Muchos venían de pueblos lejanos y ni siquiera conocían el idioma. Gritaron y aplaudieron en los momentos precisos, como buenos trabajadores, luego cobraron su paga y volvieron a casa.

Rey y Norma se conocieron por intermedio de amigos comunes en una fiesta, esa misma semana. Rey era guapo, pero de una manera imperfecta: toda su vida había sido un joven con rostro de viejo. Tenía la nariz ligeramente torcida hacia la izquierda, y los ojos ocultos en el recoveco de sombras que se formaba bajo sus cejas. Pero su mandíbula era firme y cuando sonreía se le formaban hoyuelos incongruentemente graciosos, y por eso le gustó a Norma. Fumaba sin parar, un hábito que más tarde abandonaría, pero que aquella primera noche parecía ser parte de su personalidad. Estaban sentados en grupo, conversando sobre la ciudad, el gobierno, la universidad y el futuro. Hablaban sobre las multitudes que habían llenado la plaza: la gente, siempre miope, siempre fácil de engañar. Indígenas, dijo Rey, ¡imagínense! ¡Ni siquiera saben quién es el presidente! Todo eran risas, ruido, cubos de hielo que se derretían. Se burlaban del presidente, una persona débil y prescindible cuyos problemas apenas empezaban. La Insurgencia Legionaria no era más que un chiste en aquel entonces: ¿cómo así estos nuevos enemigos eran distintos de quienes los habían precedido? ¿Acaso no se decía desde hacía quince años que la guerra estaba a la vuelta de la esquina? Imposible tomarlos en serio. Siguieron bebiendo y haciendo bromas de doble sentido. Norma se sentía deliciosamente perdida en la música, en el calor creciente. Se inclinó acercándose al nuevo desconocido. Él no se alejó. Ella bebía sin parar. Él seguía el ritmo de la música con un suave zapateo, hasta que ella se dio cuenta de que llevaba un buen rato hablándole por hablar. Era imposible conversar. La mesa se fue quedando vacía a medida que sus amigos se escabullían en parejas hacia la pista de baile, hasta que solo quedaron ellos dos. Era casi medianoche cuando finalmente Rey la sacó a bailar. El edificio tenía techos altos, y la banda de música tocaba fuerte y atrevidamente, energizada por la acústica del salón, casi como la de una catedral. Imponentes explosiones de sonido se abrían paso entre el alboroto de gente que bailaba borracha. Rey tomó a Norma de un brazo y la llevó hasta el centro de la pista de baile. La hizo girar y la sostuvo cerca de él, con movimientos juveniles y una sonrisa irónica adornando su rostro de viejo. Durante la tercera canción, la atrajo hacia sí y le susurró al oído: «No sabes quién soy, ¿verdad?».

El ritmo los atrapó y los separó otra vez, ella aún sentía el calor de su respiración haciéndole cosquillas en la oreja. ¿Qué quería decir con eso? Sintió cómo él le ponía una mano en la espalda y la guiaba a través de la pista de baile. El salón se llenó de luces de colores destellantes, como en un sueño que ella había tenido, o una película que había visto. Rey se deslizaba por entre la multitud, siguiendo el ritmo de la canción. *¡Bam!* Un tambor, un platillo, un latido de la música: ¡la piel tirante del tambor le cantaba a la guerra! Ella se dio cuenta de que estaba ebria, y de que sus pies se movían solos. Él la fue guiando y ella lo siguió, y cuando la música los volvió a juntar, aprovechó para decirle que lo único que sabía de él era que se llamaba Rey.

Él se rió. Recorrió la espalda de Norma con su mano y la acercó hacia sí, tanto que sus labios casi se ro-

zaban. Ella podía respirar su aliento. Luego él la alejó de
sí y la hizo girar, dándole vueltas como si se tratara de un
juguete.

Pasaron el resto de la noche bailando, casi sin hablar.

Cuando la fiesta terminó, Rey se ofreció a acompañar a Norma a su casa. En aquel entonces, la gente todavía no había abandonado el centro de la ciudad; había
bodeguitas aún abiertas, en las que vendían chicles, plátanos asados, aspirinas y cigarrillos. Rey compró una barra
de chocolate, y ambos la compartieron mientras esperaban el autobús. Había jóvenes por todas partes, en cada
esquina, fumando cigarrillos a medias, elevando la voz en
animadas discusiones —era la lógica de la madrugada,
la lucidez de los borrachos—. Hacía mucho que Norma
debía haber vuelto a su casa. Era verano, e incluso había
luna en el cielo, o al menos una tajada de ella, y las parejas
que pasaban a su lado se estrechaban con fuerza, como si
la guerra nunca fuera a llegar.

Norma y Rey se sentaron, apretados, en la última fila de un autobús, las piernas de uno presionando
las del otro. Rey la estrechó con el brazo izquierdo. Ella
sintió que le acariciaba el hombro con el pulgar. Norma
no tenía dónde poner las manos, así que las colocó sobre
uno de los muslos de Rey. Con el dedo índice, empezó a
rozar la tela de sus *jeans*, y se sorprendió al hacerlo, porque ella no era de ese tipo de chicas. Él se había peinado
el cabello negro hacia atrás, pero con todo lo bailado le
había empezado a caer sobre los ojos. Era casi el alba, y
el autobús avanzaba perezosamente por avenidas desiertas. Él jugueteó distraídamente con la cadena de plata
que colgaba de su cuello, luego sacó un cigarrillo que
llevaba detrás de la oreja. Tenía un fósforo clavado en
el extremo. Mientras buscaba un lugar dónde encender-

lo, ella le preguntó qué había querido decir con aquella pregunta tan extraña.

Rey sonrió y fingió no acordarse. Tenía los ojos cerrados, como si aún estuviera escuchando la explosión de un platillo o el estrépito de una trompeta.

—Nada —dijo.

—Trataré de adivinar, entonces.

Estaban al fondo del autobús, con la ventana abierta al aire de la noche. Él se inclinó y encendió el fósforo contra el asiento delantero, donde alguien había raspado con una navaja dos nombres sobre el metal: LAUTARO & MARÍA, JUNTOS PARA SIEMPRE. Rey descolgó un brazo fuera de la ventana y botó el humo por sobre su hombro. La observaba.

—Debes ser hijo de *alguien* —dijo Norma—. Y con *alguien* quiero decir alguien famoso. ¿Qué otra razón tendrías para preguntarme eso?

—¿El hijo de alguien? —preguntó él, sonriendo—. ¿Es eso lo que piensas? —se rió—. Muy astuta. ¿Acaso no somos todos hijos de alguien?

—¿Cómo te apellidas?

—Eso tendrás que preguntárselo a tus amiguitas.

—¿Por qué me harías esa pregunta, a menos que seas alguien muy conocido?

El sonrió fingiendo falsa modestia:

—No aspiro a la fama.

—Evidentemente no eres un atleta.

Él le dio una pitada a su cigarrillo. Un humo azulado se elevó de entre sus labios.

—¿Es tan obvio? —preguntó, divertido. Flexionó los músculos y fingió estar impresionado con su cuerpo.

Norma se rió.

—¿Eres político?

—Odio a los políticos —dijo él—. Y, de todas maneras, ya no existen los políticos: solo hay lamebotas y disidentes.

—Un disidente, entonces.

Rey sonrió y se encogió de hombros con un gesto teatral.

—Si lo fueras, ¿por qué me lo confesarías a mí?

—Porque me gustas.

Exudaba tanta confianza, tanto desparpajo, que era algo casi desagradable —excepto porque era embriagador—. Ella recordaba aquella noche: el baile y la bebida, su conversación fácil y ligera en la madrugada, tan subyugante que ni siquiera se dieron cuenta del momento en que el autobús se detuvo, ni del ruido sordo del motor al apagarse, ni de las linternas. Era una garita policial, a pocas cuadras de la casa de Norma. Recordaba haberle pedido disculpas a Rey por la molestia, por haberlo hecho venir tan lejos para acompañarla. Rey frunció el ceño, pero le dijo que no se preocupara.

Un soldado subió a bordo. Llevaba una linterna en una mano y el brazo izquierdo apoyado en el cañón de su rifle. Rey dio dos pitadas rápidas y arrojó la colilla a la acera. Exhaló el humo dentro del autobús. El soldado tomaba las cosas con calma, dejaba que su arma hiciera todo el trabajo: cada agotado pasajero le entregaba su identificación sin rechistar. Cuando el soldado llegó adonde se encontraban ellos, Norma lo miró con detenimiento y se dio cuenta de que era muy joven, apenas un muchacho. Eso le dio confianza, o quizá solo trataba de impresionar a Rey.

—No hace falta que me apuntes con esa cosa —dijo Norma, entregándole su identificación al soldado—. No me voy a mover de aquí.

—Tranquila —dijo Rey.

El joven soldado hizo una mueca de desaprobación.

—Hazle caso a tu novio —acarició con suavidad el arma, como si se tratara de un niño obediente—. ¿Dónde están tus papeles, flaco?

—No traigo identificación, jefe—dijo Rey.

—¿Qué? —gritó el soldado.

—Lo siento, la dejé en casa.

El soldado examinó la identificación de Norma a la luz de la linterna, luego se la devolvió.

—Nunca falta un vivo —murmuró volteándose hacia Rey, luego se inclinó sobre ellos, sacó la cabeza por la ventana y gritó para llamar a un oficial—. Tú vienes con nosotros —le dijo a Rey—. Lo siento, niña, parece que tendrás que irte sola a tu casa.

Un pánico silencioso se apoderó del autobús. Todos los pasajeros voltearon a mirarlos, aunque ninguno directamente a los ojos. Solo el conductor fingía no darse cuenta de lo que ocurría: sujetaba el timón con firmeza y mantenía la mirada clavada al frente.

—Ya voy —dijo Rey en voz baja—. Vamos a aclarar las cosas. Tengo mi identificación en casa. No hay problema.

—Muy bien —dijo el soldado—. No nos gustan los problemas.

—¿Adónde se lo llevan? —preguntó Norma.

—¿Qué pasa? ¿Quieres venir? —dijo el soldado.

—No, no quiere —Rey respondió por ella.

Lo hicieron bajar del autobús. Por la ventana, Norma vio cómo subían a Rey a un camión militar de color verde.

Faltaban solo unas cuadras para llegar a su casa. Norma las recorrió en silencio, mientras el aire frío le golpeaba el rostro, consciente de que era el centro de atención. Se sintió joven y frívola: una chica ebria que volvía a casa de una fiesta a una hora en que, aparentemente, todo el mundo se estaba levantando para ir a trabajar. Nadie tenía compasión por ella. Miedo quizás, o cólera. Cuando se bajó, percibió que el autobús exhalaba un suspiro, como si ella fuera una bomba a punto de estallar y de la que ahora todos se encontraban por fin a salvo.

Fue en la puerta de su casa, mientras hurgaba sus bolsillos en busca de la llave, que encontró la identificación de Rey. O más bien era su foto en el carné, pero el nombre le pertenecía a otro.

DOS

POR SUPUESTO, ÉL conocía la voz de Norma. En 1797, el dueño de la cantina del pueblo tenía una buena radio, con una antena lo suficientemente alta como para captar la señal de la costa, y así, cada domingo, las mujeres, los niños y los hombres que quedaban se apiñaban a escucharla. Era lo que hacían en lugar de ir a misa. Se reunían desde una hora antes para comer, beber y chismear. Yuca, frutas pasadas y blandengues, y un caldo salado de pescadillos magros. Voces sonoras, el comienzo de una canción. Llevaban retratos de sus desaparecidos, dibujos sencillos hechos por un artista ambulante varios años atrás. Los colgaban en las paredes, hileras de rostros arrugados y manchados que Víctor no reconocía, cuya presencia silenciosa hacía que el pueblo le pareciera aún más pequeño. A las ocho en punto todo quedaba en silencio, se oía estática, y de los diminutos parlantes sonaba aquella voz inconfundible: Norma, para escucharlos y curarlos; Norma, la madre de todos.

Tenían la esperanza de oír los nombres de aquellos que se fueron. Cada año se marchaban varios niños, algunos de ellos tan solo unos años mayores que Víctor, y 1797 se quedaba un poco más vacío y reducido. Estos niños crecían y se hacían hombres en otra parte. Unos cuantos regresaban, luego de años de ausencia, para escoger a una esposa y llevársela, o para hacerse cargo de la parcela de tierra de sus padres. Pero la mayoría nunca volvía a aparecer. Era de lo único que hablaban todas las mujeres: ¿adónde se habían marchado sus esposos? ¿Y sus hijos? Madres tristes seguían lamentándose por los días del reclutamiento forzado, cuando reunían a sus hijos en la plaza y les daban burdos trozos de madera tallados en forma de metralletas. Los niños se tiraban sobre sus estómagos y se arrastraban por el fango mientras sus madres los observaban aterradas: ¡ah, cómo jugaban!

Víctor había oído todas esas historias. Incluso cuando tenía ya seis años, mucho después del final de la guerra, su madre lo seguía enviando a esconderse entre los árboles cada vez que un camión del ejército llegaba hasta el pueblo. Él lo observaba todo desde el bosque: sargentos malhumorados que elegían cuidadosamente los pollos más gordos, soldados rasos que cargaban mochilas rebosantes de fruta. ¿Se daban cuenta los soldados de que no había jóvenes en el pueblo? Cuando el camión se marchaba, Víctor y los demás niños emergían de la selva y eran recibidos con besos y lágrimas por sus madres. Todos sabían que los niños que se marchaban en camiones verdes jamás volvían.

Algunos se iban en busca de trabajo, sobre todo desde que terminó la guerra y ya no se necesitaban combatientes. La mayoría se dirigía a la capital, o a trabajar en las carreteras que se construían por toda la costa, o que cruzaban la cordillera hacia la sierra. Siempre había trabajo disponible como contrabandista en la frontera oriental, y las compañías pesqueras del norte contrataban a cualquiera dispuesto a trabajar siete días a la semana. Se decía que algunos habían llegado hasta las playas soñando con mujeres extranjeras, con ganarse la vida vendiendo chucherías a los turistas. Esos eran los rumores, en todo caso, pero nadie estaba seguro en realidad. No había rencor contra los desaparecidos, solo tristeza por haber sido abandonados. Los que quedaron depositaban todas sus esperanzas en la radio. El pueblo había confiado algunas cartas a viajeros que estuvieron de paso, pero sin obtener ningún resultado favorable. Por eso, esperaban la llegada del domingo, y del siguiente domingo, y del subsiguiente. Aquellas veladas permitieron a Víctor darse cuenta de lo peligroso que era recordar. Asumía que su madre aguardaba noticias de aquel fantasma, su padre. Víctor rogaba poder olvidarse de todo cuando llegara su hora. Él también planeaba marcharse a la ciudad algún día; lo sabía desde muy pequeño. Había llegado a la conclusión de que la felicidad era una forma de amnesia.

Fue así como sucedieron las cosas: una mañana Víctor se marchó a la escuela y al volver encontró su casa llena de tristeza. Le dijeron que su madre se había ahogado. Varias mujeres le repitieron las mismas palabras con tonos diversos de preocupación y cariño, pero él no comprendía. ¿Qué iban a hacer con él? Las mujeres que lo rodeaban lloraban con fuerza, gemían y entonaban cantos fúnebres en una vieja lengua que él no entendía. Nadie le explicaba nada. Nadie tenía por qué. Su lugar favorito del pueblo era un terreno baldío colindante con la selva —medio parque, medio basural—, lleno de plantas salvajes florecientes y lagartos de ojos dorados, un terreno repleto de graznidos de aves invisibles —pueden enterrarme allí, pensó Víctor, pueden enterrarme ahora mismo, porque todo me da igual—. Sentía un hormigueo en los dedos. Tenía la extraña sensación de que se hundía, de que una cortina se cerraba, de que su vida se hundía en un infinito color negro. Las mujeres lo mimaban, lo alimentaban, cantaban y alistaban sus cosas.

—¿Puedo verla? —preguntó.

Lo llevaron hasta la orilla del río. Estaba crecido por la lluvia de la semana anterior, y el agua se arremolinaba y temblaba como si tuviera vida. Víctor podía oír a los adultos hablando en susurros acerca de él: el hijo de Adela ha venido, el hijo de Adela. Trató de no hacerles caso. Todo el pueblo estaba allí, los hombres que solían ignorarlo —los hombres que debían haberla salvado—, y también sus compañeros de clase, todos con los ojos fijos en una roca ubicada en la mitad del río, entre una orilla y otra, envuelta por espuma blanca y violenta. El cuerpo de su madre también frenaba el paso de la corriente; yacía recostado, sosteniéndose en la roca como si fuera un bote salvavidas, aunque probablemente esta era justo lo que la había matado. Los hombres intentaban tender una cuerda de seguridad desde la otra orilla. Parecían unos inútiles. Sobre sus cabezas, el cielo estaba despejado y de un color azul profundo, sin señales de las tormentas de la semana anterior. Víctor se dio cuenta de que el cadáver no se quedaría allí para siempre: quizás los hombres llegarían hasta él antes de que la corriente se lo llevara, pero existía la misma probabilidad de que no lo hicieran. Estaba pescando, dijo una de las mujeres. Perdió el equilibro en la zona de remolinos donde los peces plateados y ciegos se congregan para comer y ser comidos, el alimento principal del pueblo. Tenía que haber estado distraída, porque estas cosas nunca ocurrían. Luego el río la había arrastrado hasta este lugar.

Las cosas que las mujeres le repetían le daban dolor de cabeza. Ahora está con tu papá, le decían, y a Víctor se le revolvía el estómago de solo pensar en esa presencia muerta y vacía. Víctor nunca lo conoció. Su madre le contaba historias sobre él, pero eran pocas e imprecisas: tu padre era de la ciudad; era un hombre culto. No le decía mucho más, ni siquiera cómo se llamaba. Pero ahora ellos están juntos, decían las mujeres. Víctor parpadeó y se preguntó qué querrían decir con eso. El río se inquietaba, su madre muerta estaba sujeta a una roca, y las olas retorcidas estaban listas para llevársela corriente abajo, hacia mayores humillaciones. Un niño se le acercó, y luego otro, hasta que Víctor se vio rodeado por un grupo de chicos embobados. Juntos, esperaron a que acabara el desastre. Nadie dijo nada. Todo se veía reflejado en sus rostros, en cómo balanceaban sus cuerpos, alternando el peso sobre una y otra pierna: la tensión, la desesperación, el alivio de saber que aquella no era su madre, muerta, sobre una roca del río. Uno de los niños lo tocó, lo cogió del hombro o le apretó el brazo. Solo unos instantes más, pensó Víctor, y el río le arrancará la ropa, desnudándola por completo, dejando al descubierto su piel, los músculos de su espalda. Los hombres se daban prisa, pero no lo suficiente. Uno de ellos era Elías Manau, el profesor de Víctor, el amante de su madre. Desde que Nico, su mejor amigo, se marchó del pueblo, Víctor los había visto caminando juntos casi todas las noches: esperando el momento en que se internaban en el bosque para tomarse de las manos. Manau trabajaba con los demás hombres, con mayor desesperación que el resto, más sonrojado, más inútil. Víctor trato de atraer la atención de Manau, pero no lo logró.

De todas maneras, ya estaba muerta, pensó él, ¿para qué apurarse? Por un instante odió a aquellos hombres que se esforzaban para salvar su cuerpo, pero que no la habían salvado a ella. Esos hombres no podían sentir lo mismo que él. Unos meses antes, Nico se había marchado de 1797. Ahora también su madre se había ido. Por lo que a él concernía, el pueblo podía explotar y hundirse para siempre. Ella seguía sujeta a la roca. El padre de Nico trabajaba con torpeza, mirando primero el río y luego sus muñones y el nudo que no lograba terminar de amarrar. Tenía la cuerda sujeta entre los dientes. Había perdido las manos durante la guerra.

«Inválido inútil», murmuró Víctor entre dientes. Jamás había tenido un pensamiento más cruel que ese.

La cuerda estaba casi lista, tensada a través del cauce del río. ¿Quién iba a vadear la corriente para liberarla? Los hombres habían construido una balsa para trasladar el cadáver de la madre de Víctor de vuelta a la orilla. Luego de que se pusieron de acuerdo, Manau entró disparado al agua, mientras el pueblo observaba la escena conteniendo la respiración. Antes de que ocurriera, Víctor supo que no llegaría hasta ella a tiempo. Manau tenía las negras aguas turbias a la altura del pecho cuando, de pronto, el río experimentó una crecida y el cuerpo de ella se soltó. Víctor nunca vio su rostro, solamente su espalda. Su madre estaba libre, su cuerpo salía a flote y se hundía otra vez bajo la superficie del agua, hasta que desapareció.

Víctor le había mentido a Norma en la emisora. Sí sabía por qué lo habían enviado: porque ya no tenía razones para quedarse. Su madre lo había organizado todo. Ella quería que él se marchara, le dijeron, y lo que decía la nota que él llevó a la emisora eran esencialmente sus instrucciones. Las mujeres de 1797 habían cosido cuidadosamente la nota con la lista de todos los desaparecidos del pueblo dentro de un bolsillo de sus pantalones —hay ladrones en el camino, le advirtieron—, junto con una pequeña cantidad de dinero. Llévale esto a Norma, le dijeron, y él prometió que así lo haría. Miró la lista, decenas de nombres escritos a dos columnas en la hoja de papel rayado. El nombre de Nico estaba allí, era el último de todos, pero no reconoció los demás. Uno de ellos era el de su padre, pero Víctor no sabía cuál. Eran tantos desconocidos, la mayoría jóvenes que se marcharon para nunca más volver. ¿Acaso creían ellos que Víctor podría traerlos de vuelta?

Que se leyeran los nombres de los desparecidos ya sería suficiente. Bastaría con que la voz de Víctor resonara en la concurrida cantina. Las viejas solteronas, los hombres que se quedaron, sus compañeros de clase, todos celebrarían por él como si hubiera hecho algo extraordinario: conquistar una tierra extraña, cruzar una frontera o subyugar a un monstruo. Él se encargaría de leer, eso sería todo; leería los nombres y pediría a los oyentes que recen por su madre, que se había ahogado y cuyo cuerpo había sido arrastrado por el río hacia el mar.

Esto había ocurrido hacía solo tres días. Desde entonces, su vida había cobrado una velocidad que él apenas podía comprender. Todo estaba fuera de lugar, las piezas de su mundo se habían desparramado y reagrupado sin orden ni armonía. Ahí estaba, mirando cómo el río en ebullición le arrebataba a su madre. Luego, rodeado por el dulce aroma de un campo en las afueras del pueblo, seguido a una distancia respetuosa por una muchedumbre de dolientes vestidos de negro, clavó una cruz en la tierra. Finalmente, permitió que le afeitaran la cabeza —tales eran los ritos del luto— y se despidió de sus amigos uno por uno, intentando no llorar.

Aunque tenía contrato por un año más, el pueblo no tuvo el valor de exigirle a Manau que se quedara.

Había estado realmente enamorado. Era lo que todos comentaban, y Víctor sabía que era cierto. Manau viajaría con Víctor a la ciudad. Él te ayudará, le decían las mujeres. Fue así que abandonaron 1797 al amanecer, en la parte posterior de un camión viejo, mientras la neblina se aferraba aún a las laderas, por un camino de tierra roja abierto entre la selva. Un pequeño grupo —media docena de mujeres y algunos de sus compañeros de clase— se reunió para desearle buena suerte. Víctor llevaba una pequeña mochila tejida con unas pocas pertenencias: una muda de ropa, una fotografía de la ciudad que su madre había recortado de una revista, una bolsa de semillas. Por ambos lados los rodeaba el bosque, como una muralla de sombras verdes y negras. El camión avanzó dando tumbos por el camino, atravesando profundos surcos de agua empozada, y los dejó en un pueblo llamado 1793.

Allí se quedaron esperando, pero no llegaba ninguna embarcación. La mañana se puso calurosa y soleada. Había un cartel junto al río, y varios jóvenes esperaban bajo su sombra. A mediodía llegó una pequeña lancha, apenas una balsa de motor. Podía llevar a seis, dijo el capitán, pero una docena de personas se abrieron paso y subieron a bordo. La lancha se bamboleó y tembló. Víctor se sentó sobre su mochila y colocó la cabeza entre sus rodillas. Había mucho ruido: el capitán voceaba los precios y los pasajeros le respondían a gritos. Algunos bajaron maldiciendo al capitán: «¡Abusivo!», gritó una mujer. Llevaba un bebé en los brazos. En ese momento arrancó el motor y todos se amontonaron en el centro de la pequeña embarcación. Víctor se quedó sentado mientras los demás permanecían de pie; por entre sus piernas y el equipaje, observaba la superficie del río negro y la abundante vegetación que caía en rizos sobre sus orillas. La lancha avanzaba río arriba. Víctor sintió que Manau le acariciaba la cabeza, pero no levantó la mirada.

La capital provincial se llamaba 1791. Era un pueblo común y corriente, compuesto por casas de madera apiñadas en torno a una iglesia construida con tablones. Les dijeron que el autobús llegaría esa noche, o quizás la mañana siguiente. Nadie podía asegurarlo. «¿Dónde podemos comer?», preguntó Manau, y el hombre de anteojos que vendía los boletos les mostró el mercado con un gesto de la cabeza.

Víctor y Manau recorrieron los puestos cuando ya muchas de las viejas vendedoras estaban cerrando y guardaban sus mercancías para el día siguiente. Compartieron un plato de fideos fríos y una sopa. Manau pidió una cerveza, que bebió directamente del pico de la botella. Por los parlantes sonaban canciones patrióticas. «Tu madre me pidió que te cuidara», dijo Manau. Tenía la piel alrededor de los ojos hinchada y enrojecida.

Víctor asintió, pero no dijo nada. Por un momento, pareció como si su profesor estuviera tratando de hacer una broma.

«Pero, ¿quién me va a cuidar a mí?», preguntó Manau con voz entrecortada.

Pasaron el resto del día jugando canicas en la plaza y visitaron la iglesia para prender una vela en nombre de su madre. Manau leyó un periódico que encontró debajo de una banca. Estaba húmedo y amarillento, pero era solo de dos semanas atrás. Antes del anochecer durmieron unas horas, apoyados contra el único poste de luz del pueblo. Justo antes de la medianoche apareció el autobús, y 1791 volvió a la vida. Las mujeres se levantaron para vender pescados y maíz, cigarrillos y un licor transparente en bolsas de plástico. Hombres bajitos y robustos cargaban paquetes del doble de su tamaño desde y hacia el autobús. El conductor y sus pasajeros comieron aprisa, los platos de arroz humeaban en el frío de la noche. Unos muchachos fumaban y lanzaban escupitajos, y se levantaban los sombreros al paso de las chicas que vendían pan con tomate. Docenas de personas gravitaban hacia el autobús, atraídas por su órbita. Un grupo de niños de la edad de Víctor cargaba el autobús en la penumbra amarillenta: trepados en el techo, amarraban los paquetes a la parrilla formando un amasijo imposible. Y entonces, tan pronto como empezó, todo terminó: era hora de partir, las puertas se cerraron, el autobús arrancó con un gruñido. Víctor nunca había visto tanto movimiento. La capital del distrito desapareció, consumida por su propia explosión de energía; las mujeres volvieron a la cama, los hombres, al trago. Unos instantes después, el solitario poste de luz se había desvanecido y solo quedaba el calor del autobús abarrotado y las quejas del motor.

La carretera estaba llena de baches, y Víctor apenas pudo dormir; durante la noche su cabeza chocaba a cada rato contra la ventana. Manau cedió su asiento a un anciano, se sentó imperturbable sobre una abultada maleta del pasillo, y un rato después se quedó dormido con la cabeza apoyada sobre las manos. Víctor estaba solo. Nunca antes había salido del pueblo. En el exterior no había más que oscuridad, era imposible distinguir el cielo negriazul de la tierra. Poco antes del alba, apareció una delgada línea roja en el horizonte. Se encontraba ahora en las montañas. Bajo la tenue luz violeta, las cumbres se asemejaban al espinazo marrón de un caimán gigantesco. A su lado, el anciano dormía y roncaba con fuerza, con la cabeza inclinada hacia atrás y la boca abierta. Sobre el regazo, llevaba una pila de brillantes hojas plásticas. Parecían fotografías gigantes. Víctor había visto algo similar en la escuela. En un libro. Le pareció reconocer en ellas huesos y la silueta de un tórax humano. El anciano tenía el cabello ralo y canoso, y los labios resecos. Víctor volvió a observar las fotografías: ¡eran costillas! Tocó las suyas y sintió su piel deslizándose sobre sus huesos. Se tocó el pecho, usando como mapa las fotografías que tenía delante: la imagen borrosa del corazón de un hombre. Las fotografías eran brillantes, y Víctor pensó que debía de ser un invento muy avanzado, cosas de la ciencia moderna. Quiso tocarlas, pero el hombre mantenía las manos extendidas sobre ellas, aun mientras jadeaba y se ahogaba en su sueño. El cielo se tiñó de anaranjado, luego de amarillo, y el mundo exterior se reveló ante sus ojos polvoriento y gris, una escena decepcionante que apenas parecía tener vida. Algo seco y marchito brotaba de la tierra pedregosa. El autobús avanzaba lentamente. Víctor quería mirar las fotografías a contraluz. Cuando el hombre se despertó, debido a un acceso de tos, Víctor le tocó el hombro.

—¿Estas...? —preguntó al anciano sonriendo.

—Estoy enfermo, niño.

—Lo siento mucho.

—Mi esposa también —dijo—. Ella también lo siente mucho. Igual que mis hijos. Igual que yo.

Los pasajeros empezaban a despertarse, pero la mayoría de cortinas seguían corridas, bloqueando la luz del sol naciente. En la distancia, las montañas parecían hechas de oro.

—¿Se va usted a sanar? —preguntó Víctor.

El anciano frunció el ceño durante un momento.

—Te voy a mostrar.

Sus dedos eran gruesos y callosos. Sacó la primera de las láminas, se inclinó sobre Víctor y la colocó contra la ventana. La luz matinal brilló a través de la película. Víctor vio el pecho de un hombre, su caja torácica, sus brazos a los lados. Incluso su columna vertebral. La imagen aparecía cortada justo sobre la quijada, una lonja de color blanco que se introducía de manera inesperada en el cuadro.

Víctor miró la fotografía y luego al anciano.

—¿Es usted? —le preguntó.

—¿Habías visto alguna vez una radiografía?

Víctor admitió que no. Nunca había escuchado esa palabra.

—Sí, soy yo.

—¿Cuál es su problema?

El hombre suspiró. Se tocó despreocupadamente una profunda cicatriz encarnada que tenía en la mejilla.

—Mis huesos y mi corazón —dijo en sonsonete—. ¡Mis pulmones, mi cerebro y mi sangre!

—¿Todo?

—Todo —dijo animadamente—. No soy de los que deja las cosas a medias —tosió y tomó otra radiografía de la pila, colocándola contra la ventana—. Estos son mis pulmones —dijo y se palmeó el pecho—. Mis enclenques y débiles pulmones.

Había pequeños agujeros en la imagen, como monedas desparramadas.

«Pulmones enfermos», susurró el hombre. Le contó que en la sierra, fuera de la ciudad, había un hospital para veteranos de guerra; que le habían dado medallas, pero que cuando terminó la guerra tuvo que venderlas para pagar sus medicamentos.

—Mi padre murió en la guerra —dijo Víctor, y esa era una afirmación que él consideraba que podía ser cierta, puesto que *desaparecidos* y *muertos* eran hermanos.

—Lo siento, niño.

No lo afectaba en lo absoluto decir que su padre estaba muerto, porque nunca lo había conocido. Pero, ¿y la muerte de su madre? Esa, en cambio, era una herida secreta, un hecho oscuro y oculto del que no debía hablar. Víctor tosió.

—No te me acerques mucho, niño. No hasta que mejore. El aire del hospital es puro y seco. Ellos me curarán.

Se quedaron en silencio durante un rato. A su alrededor, los pasajeros trataban de sacudirse el sueño o se aferraban tercamente a él. Manau aún no levantaba la cabeza. El autobús avanzaba retumbando. Se encontraban entre dos cordilleras, en una planicie rocosa. No había nada verde, nada que pareciera tener vida. Matas de pasto pálido y endeble crecían en las sombras que se formaban en la base de las rocas. Una planta gruesa con espinas. «Un cactus», dijo el anciano. A Víctor le pareció extraño, tan extraño como la luna o algún planeta distante. Como un antiguo océano, seco, extinto. Se imaginó olas, corrientes y peces plateados. La nota que llevaba consigo le raspaba la piel. Era su secreto, su misión. Como las radiografías, la nota era una fotografía de su interior. A su lado, el anciano dormitaba por ratos. En cierto momento, le dio un acceso de tos y se despertó, y al hacerlo, le guiñó un ojo a Víctor. «Me voy a curar», susurró, un instante antes de que sus ojos se cerraran con firmeza y su cabeza se inclinara hacia atrás contra el asiento.

El hombre se despertó por completo cuando el autobús empezó la subida. «Ya casi llegamos», dijo. En ese momento, Víctor sacó la nota de su bolsillo, rompiendo las puntadas con la uña larga de su meñique.

No sabía exactamente por qué lo hacía; solo quería que el anciano supiera.

El anciano extendió el papel y lo leyó lentamente. Le dio vuelta y vio la lista de nombres.

—Dios santo —murmuró—. ¿Estás viajando solo?

Víctor señaló a Manau.

—Mi profesor está conmigo.

El anciano pareció tranquilizarse.

—¿Lo despertamos?

—Está muy cansado.

Pero Manau ya no estaba dormido. Masajeó su cuello entumecido y le dio la mano al anciano.

—Vamos a la radio —respondió cuando el anciano le preguntó cuáles eran sus planes—. Vamos a ver a la señorita Norma.

—¿Creen que podrán verla? ¿En serio la verán? —el anciano miraba a uno y otro. Su rostro se había animado repentinamente.

Manau se encogió de hombros:

—No lo sé. Espero que sí.

—¿Han estado antes allá? ¿En la ciudad?

—Sí. Soy de allá.

El anciano lanzó un suspiro.

—Entonces conoces el lugar. En la ciudad está el alma de nuestro país.

—En la ciudad dicen que está aquí, en provincias.

—¿Quién sabe?

Víctor no entendía la conversación. El anciano se volteó hacia él y le sonrió. Le pidió la lista y sacó un lapicero de su bolsillo. Apoyó la nota contra uno de sus muslos y escribió un solo nombre, con una letra temblorosa e irregular que oscilaba siguiendo el ritmo del autobús. «Es mi hijo», les dijo a Víctor y a Manau. «Ustedes comprenden».

El anciano se bajó en el siguiente pueblo. Allí estaba el hospital, un enorme e imponente edificio de ladrillos y acero, rodeado por una verja de hierro. Víctor nunca había visto una construcción tan grande. Se parecía a la fábrica que alguna vez había visto en una fotografía. El hospital dominaba el minúsculo pueblo. «Mi hogar», dijo el anciano. «Ya estás cerca, niño. Mantente alerta». Luego puso unos billetes doblados sobre la palma de Manau. «Cuídelo», le dijo. Manau le prometió que así lo haría. El anciano recogió sus radiografías y sus bultos, y avanzó arrastrando los pies por el pasadizo hacia la puerta.

Poco después, el autobús remontó un paso de montaña y empezaron a aparecer chozas a los lados del camino. Primero una o dos, luego pequeños grupos de ellas. Pronto se convirtieron en una presencia constante, a medida que el autobús descendía hacia la costa. La carretera mejoró, y el autobús parecía ahora deslizarse por ella. Víctor finalmente se durmió, y se despertó con bocinas y gritos, el ruido de la ciudad como un enorme motor: el movimiento, el traqueteo de un viejo motor, la miserable periferia de la capital, sus aceras que se desbordaban. La ciudad apareció de golpe ante sus ojos. El autobús avanzaba lentamente a través de las calles abarrotadas de gente, y Víctor miraba detenidamente por su ventana. Quería que todo aquello terminara. No había sol sobre sus cabezas, solo un cielo gris, del mismo color del papel en el que hacía sus tareas escolares: en su casa, con una lámpara de aceite sobre la mesa, mientras su madre freía pescado y revisaba su letra y su ortografía. Ese mundo había desaparecido. El movimiento de la ciudad era como el de un bosque: las cosas se percibían primero con el oído y luego con la vista, todo era invisible y sombrío, era un lugar lleno de murallas. Se alegró de estar en el autobús, y rogó para que este no se detuviera. No puede ser, pensó. Había tanta gente, tanto cemento. Seguramente hay un lugar mejor más adelante, pensó. Pero justo en ese momento el autobús redujo su velocidad, y poco después se detuvo en un estacionamiento. Los vendedores ya estaban listos para abalanzarse sobre los pasajeros recién llegados: mujeres con canastas de queso balanceándose sobre sus cabezas; hombres que vendían baterías, gaseosas y boletos de lotería adornados con imágenes de la Virgen. Todos gritando. «Esperemos un momento», dijo Víctor. «Por favor».

El autobús se vació, y ellos seguían allí. Si quiere que baje, tendrá que obligarme, pensó Víctor. Lo único que quería hacer era dormir, soñar con lugares que habían quedado atrás, con su madre soltándose de la roca, con ríos y gente translúcida como fantasmas.

El conductor del autobús avanzó pesadamente por el pasillo y les informó que ya habían llegado a su destino.

—Lo sabemos —dijo Manau.

—¿Tienen adónde ir? —preguntó el conductor. Les echó una mirada hostil, como la de un animal.

—Ahorita bajamos.

—Muy bien —dijo él. Estaba claro que no les creía.

Un instante después, Manau puso sus manos sobre la espalda de Víctor y lo guió hacia la puerta del autobús. ¿Qué hubiera pasado si decía que no? No, no voy a bajar. Envíame de vuelta a casa. No hay nada para mí en este lugar. Mi padre es un fantasma y mi madre está flotando en el río, a medio camino hacia el mar. Pero quizás nada habría sido diferente.

Se quedaron parados en la acera durante un momento. Manau tenía ganas de sonreír. Y claro: estaba en casa. Víctor se había imaginado a sí mismo acercándose a un caballero citadino, un hombre de sombrero de copa e impecable traje negro, para preguntarle: «¿Cómo se llega a la emisora de radio, señor?». Pero no hacía falta. La emisora se encontraba ahí, frente a ellos, perforando el cielo con su antena.

La calle se llenó de gente. Una masa de desconocidos acalorados y jadeantes lo rodeaba. Víctor ocultó el rostro bajo el brazo de Norma, cerró los ojos y deseó que ese momento terminara. El hombre de cabello canoso había desaparecido, y también la mujer, ambos absorbidos por la agitada multitud. Víctor respiraba el olor a ciudad de Norma, el olor a humo acre de su ropa, y sentía los latidos de su corazón. ¿Estaba asustada también? Un coro de voces se elevaba a su alrededor, apremiantes sonidos humanos, la pasión de ruegos expresados a gritos, que repetían: Norma, Norma, ¡Norma! Y así debía de ser en todas partes, pensó él, esta adoración que sentían por ella. No solo en mi pueblo alejado. También aquí, en la ciudad central, en la capital. Miró a la gente, al oscuro bosque de hombres y mujeres. No había cómo escapar, excepto pasando a través de ellos. Norma se comportaba con amabilidad, pero él podía sentir cómo su cuerpo se tensaba cada vez más. Él tenía la culpa de todo esto, de esta avalancha de súplicas urgentes, de manos estiradas que sostenían diminutas y borrosas fotografías —todo esto, solo por decir su nombre—. Un hombre barbudo se abrió paso con gemidos que ponían al descubierto su boca desdentada: con las manos, acariciaba una imagen que mantenía oculta, mientras repetía un nombre una y otra vez. Tenía una expresión de dolor en los ojos. Llevaba puestas unas sandalias de caucho demasiado pequeñas: sus dedos sobresalían por delante de las suelas y rozaban el sucio pavimento. Se veía más enfermo que el hombre de las radiografías, más cercano de la muerte. Era como si Víctor pudiera ver su interior. La gente estaba ya casi encima de ellos, enredada y ansiosa; y de pronto empezaron a acercarse más y más, mientras Norma estrechaba con fuerza a Víctor, y este hacía todo lo posible por no separarse de ella.

El hombre de cabello canoso reapareció y dio otro silbido. Sacudió los brazos frenéticamente, hasta que, de manera totalmente inesperada, se hizo el silencio. «Formen una fila», ordenó. La multitud se disgregó, se esparció y se organizó sola. A Víctor le parecía que estaban siguiendo una coreografía. Miró a Norma: se veía pálida, tensa y asustada.

Un instante después, les trajeron una mesa y dos sillas para ellos. La fila de gente daba la vuelta a la esquina. Un centenar de ojos se posaban sobre ellos. No parecían tener otra opción más que sentarse. El hombre de cabello canoso se disculpó con Norma y Víctor.

—¿Qué está pasando? —preguntó Norma—. No puedo hacer esto.

—¡Un solo nombre por persona! —gritó el hombre de cabello canoso—. ¡No más! ¡El que no respete la fila se quedará sin cupón de racionamiento!

Volteó hacia Norma y sonrió.

—Si le parece, yo seré el primero, señora —cerró los ojos—. Sandra. Sandra Tovar.

Alguien le entregó a Norma un lapicero y una hoja de papel. Ella miró el papel y luego al hombre de cabello canoso, sin decir una palabra.

—¿No va a escribirlo?

Norma parpadeó.

—Yo lo haré —dijo Víctor.

—¿Puedes? —Norma bajó la voz—. ¿Sabes *escribir*?

Víctor tomó el lapicero. «Sandra Tovar», repitió el hombre de cabello canoso, y Víctor escribió el nombre cuidadosamente. El hombre les agradeció a ambos y se hizo a un lado con una venia.

Víctor tomaba nota. La fila avanzaba lentamente: cada persona se paraba frente a Norma, acariciaba a Víctor en la cabeza y le dictaba un solo nombre. Ninguno se movía hasta que Víctor terminaba de escribir el nombre y Norma lo verificaba. Ella les agradecía con voz cansada y les ofrecía sus condolencias. Les prometía leer el nombre en su programa. Cuando estos eran complicados, ella debía deletreárselos y a Víctor le parecía estar otra vez en el colegio, de vuelta en casa, donde nada había cambiado. El parloteo de las personas se transformó en el ruido de la lluvia cayendo en el bosque. Le pareció como si todo no hubiera sido más que una pesadilla; quizás nunca había abandonado el pueblo. Casi sin darse cuenta, llenó una página completa de nombres. Mantenía la cabeza inclinada, con los ojos fijos en el papel, en aquellos nombres, en su propia mano dibujando las letras con cuidado.

Hasta que alguien dijo: «Adela».

Llevaba veinte minutos tomando notas cuando escuchó el nombre de su madre. Víctor levantó la mirada y vio a un hombre delgado y sin afeitar que sostenía una gorra tejida en la mano. Por un instante, Víctor pensó que conocía a este hombre y que el hombre lo conocía a él, que su viaje de dos días había llegado a su fin, que todo empezaba a cobrar algún sentido. Soltó el lapicero y en ese momento se dio cuenta de que ya se había hecho de noche.

—Adela —repitió el hombre en voz baja, y empezó a deletrearlo.

—Sé cómo se escribe —dijo Víctor—. ¿Cómo podría no saberlo?

—¡Qué modales! —dijo una mujer de la fila.

—¿La conoce? ¿Conoce a mi madre?

El hombre frunció el ceño.

—¿Quién eres, niño?

De pronto, Víctor se sintió mareado. No se trataba de su madre. Pero no podía ser: ¿cuántas Adelas había? Oyó a Norma preguntándole si se sentía bien. Con los párpados entrecerrados, pudo ver cómo el hombre se ponía la gorra en la cabeza y se marchaba a toda prisa.

—¿Víctor?

Él se inclinó y vomitó bajo la mesa. Se armó un alboroto.

—¡Que avance la fila! —gritó una voz—. ¡Llévense al niño!

Alguien le dio un vaso de agua a Víctor. Otra vez estaban rodeados. ¿Cuánto tiempo llevaban allí? El hombre de cabello canoso gritaba, pero nadie le hacía caso esta vez. Norma lo sujetaba entre sus brazos.

—Nos vamos —le susurró a Víctor—. Nos vamos. ¿Puedes ponerte de pie?

A Víctor le temblaban las piernas, pero se pudo levantar.

La multitud se apartó, pero los dedos de la gente rozaban a Norma a su paso —eran toques ligeros e inofensivos, esperanzados, como si ella fuera un amuleto o la imagen de una santa—. También rozaban a Víctor. Había ruido, gritos, el ruido latoso de un motor. La multitud aumentó. Era imposible calcular cuánta gente había, o de dónde habían venido. Se elevaban por encima de Víctor, ocultando el cielo. Él quería decirle a Norma que lo sentía mucho, pero se acobardó. Se dio cuenta de que la gente la amaba. Gritaban su nombre. Jamás le harían daño. Él estaba a salvo.

Víctor y Norma huyeron de la multitud a través de callejuelas estrechas y caminos sinuosos. El ruido y la gente se iban desvaneciendo con cada paso. La tierra bajo sus pies era compacta, y la atravesaban finos hilos de agua que formaban un sistema de venas sobre el sendero. Mientras más se alejaban de la multitud, más rápido caminaban: pronto empezaron a correr, Norma adelante y Víctor esforzándose por seguirle el paso, con la palma de su mano pegada a la de ella, su corazón desbocado. Se detuvieron al llegar a una amplia y desolada plaza decorada con palmeras e iluminada por postes de luz anaranjada. La rodeaban edificios adornados y presuntuosos, pero la fuente de su centro estaba vacía, cubierta de polvo. Había una indígena sentada en el borde de la acera, encorvada sobre un libro para colorear y con un bebé dormido en el regazo, pero ni siquiera los miró. Un solitario soldado montaba guardia frente a uno de los edificios, estirando a veces el cuerpo y balanceándose de un lado a otro, con la ametralladora a un costado.

Norma y Víctor aguardaron unos minutos mientras recobraban el aliento, en silencio. Un hombre cruzó la plaza pedaleando sobre una bicicleta que chirriaba y los saludó levantándose el sombrero. Norma le contó a Víctor que a esas horas de la noche la vida de la ciudad se trasladaba al interior de las casas. «Es por todos los años de toque de queda que tuvimos. Nos hemos acostumbrado». La ciudad no lucía para nada como Víctor la había visto aquella misma mañana. La gente había desaparecido. Un rato después, pasó un taxi haciendo sonar suavemente su bocina, y Norma le hizo una señal para que se detuviera. Atravesaron la ciudad en silencio, Víctor con el rostro pegado a la ventana y el corazón aún latiendo apresurado. Estaba seguro de que los veía en cada sombra a su paso: los perdidos y los desaparecidos, acurrucándose en las esquinas y en las entradas, durmiendo sobre las bancas. El taxista conducía y le buscaba conversación a Norma, pero ella no tenía ganas de hablar. Mantenía los labios ligeramente fruncidos, y se limitaba a asentir o a responder cuando era necesario, por educación. Al conductor eso no parecía importarle: se quejaba de su trabajo y tomaba su situación a broma. Su voz era áspera y amanerada. «Luego de unas horas», dijo el taxista, «ya no siento mis piernas».

Norma lanzó un suspiro. «Eso suena peligroso», dijo.

Víctor notó que ella cambiaba el tono de su voz, la despojaba de toda su dulzura. El conductor no lo sabía. No tenía cómo saberlo.

Estaba oscuro cuando llegaron a su casa. El departamento de Norma tenía una amplia ventana que daba a una calle tranquila. Ella le había advertido que el lugar era pequeño, pero a Víctor le pareció un palacio. «Dormirás aquí», le dijo ella señalando el sillón. Un anuncio hecho con tubos de neón proyectaba una fría luz azul sobre la habitación. Norma le explicó que era de una farmacia, que allí se compraban medicinas. Encendió una lámpara y las sombras se dispersaron. Él la notó cansada. Pensó que lo regañaría, pero en vez de eso Norma entró a la cocina y puso agua a hervir. Víctor se sentó en el sofá y agachó la cabeza. Le daba miedo mirar aquel departamento desconocido.

Norma volvió con té y una canasta de pan. «¿Te sientes mejor?».

Él no había comido nada en todo el día, y sintió un estremecimiento en el estómago vacío. Norma seguramente había visto el hambre en sus ojos. «Come», le dijo. «Los niños necesitan alimentarse».

El pan que le sirvió era extraño: tenía forma cuadrada, con un borde marrón cuidadosamente recortado, y un centro blanco como la leche. Víctor mordió una tajada y el bocado se disolvió en su boca, se deshizo como lo harían las cuerdas de un nudo. A pesar de ello, comió glotonamente, y disfrutó haciéndolo. Se esforzaba por tragar los bocados de pan, pero estos se expandían como chicle, se le metían en el espacio entre los dientes y los labios, y abultaban sus mejillas. Levantó la mirada. Se dio cuenta de que Norma estaba sonriendo. Dejó de masticar.

«Está bien», dijo ella. «Solo te miraba».

Víctor bajó la cabeza. Ella no era vieja. No como aquellos ancianos abandonados que se arrastraban por el pueblo apoyándose en sus torcidos bastones de madera, aunque sí era mayor que su madre y no tenía el color cobrizo de su gente. Era pálida, y su cabello negro caía recto en una cola de caballo que le llegaba hasta la mitad de la espalda. Parecía como si no le importara mucho su apariencia. En 1797, a Norma le hubiera costado mucho encontrar esposo. Víctor comía y la observaba. Su rostro anguloso tenía una geometría que no le era familiar, como el pan que le había servido, hecho de ángulos rectos. Tal vez la suavidad de su voz nada tenía que ver con sus facciones firmes. Nunca había visto a nadie como ella tan de cerca, al menos no que pudiera recordar. Nadie de ese color. Aunque sonaba extraño, a pesar de tantos años escuchándola, jamás se le había ocurrido ponerle un rostro a esa voz. Nunca se había preguntado cómo sería, nunca. ¿Lo había hecho alguien? Su falta de imaginación sorprendió a Víctor: ¿había pensado acaso que ella era una especie de espíritu? ¿Como una voz sin cuerpo, rostro o siquiera alma? Más fantasmas. Jamás había pensado que ella existiera de verdad.

—Debes de estar cansado —le dijo Norma un rato después.

Víctor asintió.

—Nunca he estado en la selva —dijo ella.

Él siguió masticando.

—Es diferente —dijo él, a manera de explicación.

—Me imagino —dijo Norma.

¿Notaba ella lo cansado que estaba? ¿Sabía lo que él quería decirle? Se quedaron un momento en silencio.

—No quieres hablar, ¿verdad? —preguntó Norma.

—No —dijo Víctor, sorprendiéndose a sí mismo. Había demasiadas cosas que contar.

TRES

Si Norma fuera sincera consigo misma, quizás recordaría la desaparición de Rey como lo que realmente fue: una serie de pequeños fogonazos, una creciente sensación de peligro, y luego, en lugar de una explosión, nada, excepto un silencio irreal y desconcertante. Él salió de viaje a la selva —un viaje como decenas de otros que había realizado antes—. Luego vino la realidad fría y dura de su silencio. Ni una noticia ni una palabra, y la vida de Norma empezó a cambiar con cada día que pasaba, aplastada bajo un peso abrumador, desangrada, sin color.

Habían pasado ya diez años.

Los primeros días fueron torturantes: un dolor profundo emanando de cada célula de su cuerpo, el hecho concreto de su ausencia presente en todas partes. Detenía a desconocidos en la calle, examinaba los rostros de la gente en trenes y autobuses, sus arrugas, sus sonrisas, las formas de sus ojos cansados, incluso los zapatos que llevaban puestos. Cada día que su esposo no volvía, ella sentía que iba perdiendo su estabilidad, que el esfuerzo de seguir adelante era excesivo y demasiado cruel. Las maneras de extrañarlo eran infinitas: aún percibía su olor penetrante en el departamento, esa mezcla de sudor y jabón barato. Extrañaba sus mejillas con hoyuelos, sus besos y su forma afectada de leer el periódico, como intentando traspasar el texto con su mirada intensa. Lo doblaba en tres y le avergonzaba admitir que solo se entretenía con la sección deportiva. Extrañaba también su cuerpo, sus caricias. Sus manos recorriéndole la espalda de un extremo a otro. Las uñas de ella buscando su columna, arañándole la piel como si quisiera rasgarla y penetrar en él. Extrañaba los gestos de su rostro, siempre la misma expresión de angustia, los ojos cerrados y temblorosos, la concentración profunda, y a Norma le gustaba que Rey la penetrara desde atrás, pero le hacía falta mirarlo, la sangre subiéndole al rostro, sus rasgos nublándose, el clímax. Por la noche, se quedaba despierta pensando en Rey, demasiado asustada para siquiera tocarse. Todo a su alrededor la aterraba. ¿Qué pasaría si él no volvía jamás?

Durante diez años, él había existido solo en su memoria, en ese mundo enrarecido entre la vida y la muerte, pasando a formar parte de la masa de desaparecidos. Había perdido hasta el nombre, y ella había tenido que convivir con su fantasma, había tenido que seguir adelante como si nada hubiera ocurrido, como si él estuviera de viaje, en unas largas vacaciones, y no desaparecido ni probablemente muerto. Al comienzo había asumido el papel de un detective pero, hasta cierto punto, todo se volvió más sencillo desde que dejó de hacerlo. No es que hubiera perdido las esperanzas; simplemente dejó de hacerlo. En el primer año de su ausencia, visitó a cada uno de sus colegas de la universidad para pedirles información. ¿Adónde había ido? Fue un hombre mayor y encorvado quien se lo dijo: no estaba seguro, pero había escuchado el nombre 1797. ¿Qué estaba investigando? Plantas medicinales, le dijo otro, pero eso ella ya lo sabía. ¿Habían tenido noticias de él? Y entonces todos desviaban la mirada.

Un catedrático le contó que Rey había desarrollado una afición por las sustancias psicoactivas, por la magia selvática, le dijo, pero esto tampoco era una novedad, ¿o sí? Norma trató de no demostrar sorpresa: no, claro que no. Era un luminoso día de otoño, dos meses después del final de la guerra. La lista de colaboracionistas había sido leída en la radio una semana antes. El profesor se rascó la barba y miró distraídamente por la ventana, en dirección a una franja de cielo azul. Tanto su oficina como él lucían desaliñados.

—Quizás simplemente enloqueció.

—No le entiendo.

—Es una posibilidad. Quizás abusó de alguna sustancia y se quedó a vivir como un nativo más —alisó las arrugas de su traje—. Pero puede que reaccione y recobre la razón. Quizás vuelva.

Norma rechazó la idea. Eso no tenía sentido.

—¿Y qué hay de la lista que se leyó? ¿Qué hay de la IL? ¿Formaba Rey parte de la IL?

¿Por qué hacía esas preguntas? ¿En realidad quería saber? Siempre era lo mismo: una mirada en blanco, una respuesta vacilante, y luego una pausa mientras los colegas de su esposo trataban de adivinar cuáles eran sus intenciones. Las puertas se cerraban discretamente, corrían las persianas, desconectaban los teléfonos —todo por la simple mención de la IL—. Pero la guerra había terminado, ¿verdad?

El catedrático se volteó a mirarla. Ambos se habían frecuentado en compromisos sociales, fiestas de Navidad y cumpleaños, nada más.

—¿La están siguiendo? —preguntó él.

A ella ni se le había ocurrido esa posibilidad.

—¿Quién me seguiría?

El catedrático lanzó un suspiro.

—No importa —dijo—. Yo conocía bien a su esposo. Estuvimos juntos en La Luna. Él no era de la IL. No hubiera podido serlo.

—¿Qué quiere decir?

—Todos saben que ese grupo jamás existió.

Norma se quedó en silencio. Apenas si podía respirar.

—Fue una invención del gobierno, un fraude. Algo que urdieron los yanquis para asustarnos.

—¡Oh! —logró decir ella.

—Haría usted bien en tener cuidado cuando hace preguntas de ese tipo —hizo una pausa y respiró hondo—. Alguien podría malinterpretarla.

Norma le dio las gracias por su tiempo, tomó sus cosas y se marchó rápidamente.

Revisaba los periódicos en busca de alguna noticia, pero había mucho que decir sobre el fin de la guerra. ¿Quién tendría tiempo para un catedrático desaparecido? Había batallas que describir y listas de bajas que recopilar. El país parecía estar colapsando sobre sí mismo: en un bar subterráneo del distrito Los Miles se desató un tiroteo entre soldados licenciados del servicio. En Auxilio expulsaron a un hombre del vecindario y le prendieron fuego a su casa, luego de que su nombre fuera mencionado en la lista de los colaboracionistas. Eran los últimos estertores de la guerra, cada día algo nuevo, la violencia chisporroteando hacia su anárquico desenlace.

A pesar de todo, la ciudad empezaba a acostumbrarse a la idea de la paz. Para entonces, ella ya sabía lo que la ausencia de Rey significaba, pero cuando terminó la guerra, hubo una explosión de euforia, una razón repentina e inesperada para volver a sonreír. Norma suponía que él volvería a casa eventualmente. Quemado por el sol y sonriente, quizás ojeroso, pero vivo, moviendo la cabeza de un lado a otro mientras le contaba la historia de cómo se había salvado por un pelo mientras buscaba plantas medicinales en los límites de la zona de guerra. Ante todo, él era un científico, un etnobotánico comprometido con la preservación de especies vegetales en peligro. Eso era lo que él le decía, y, durante un tiempo, ella le creyó. Siempre había querido creer en él. Recién casados, ella le había preguntado: ¿qué ocurrió aquella noche en que nos conocimos, la noche de la fiesta, de la identificación? ¿Adónde te llevaron?

«A curarme», le respondió Rey. «Me llevaron a La Luna y me reformaron. Eso es todo», dijo. «No me interesa la política. Me interesa vivir».

Y así, se internaba en la selva y volvía con historias sobre insectos del tamaño de su mano, sobre espesos y verdes valles y sus misterios, sobre inquietas aves con plumaje de colores eléctricos. Pero un día no volvió, y Norma se quedó esperándolo. Más tarde, se filtró a la radio información sobre una batalla librada cerca del pueblo 1797, en la selva oriental, sobre algunos hombres capturados y otros asesinados. De acuerdo con los rumores, a muchos los habían enterrado allí mismo y pronto se perdería todo rastro en la espesura de la jungla. Se decía que había sido una carnicería, una celebración por la victoria que terminó con fosas comunes y muertos anónimos —¿qué significa el final de una guerra, excepto que uno de los bandos se queda sin hombres deseosos de morir?—. La paz se avecinaba, y de pronto llegó. La batalla que se libró en las cercanías de 1797 fue ignorada. Y como esa hubo otras: el epílogo de la guerra, una serie de matanzas en lugares remotos que era mejor condenar al olvido. En la ciudad también se había librado una batalla, pero esta ya había terminado; ¿acaso no se podía perdonar la obsesión de la gente por olvidar, por mirar el cielo por primera vez en años, y confundir su brillo opalino con la verdadera luz del sol?

Había dos tipos de listas en aquellos días, las oficiales y las no oficiales, cada una con cifras diferentes de muertos y desaparecidos, de exiliados y encarcelados. Con los contactos adecuados, pensaba Norma, podría llegar a ver esas otras listas, las reales, el aterrador recuento de la guerra y sus frutos. Pero nunca lo intentó. Los meses siguientes transcurrieron como en una bruma, y Norma siguió con su vida de manera mecánica. Llegaba al trabajo y narraba las noticias sin entenderlas o siquiera tratar de comprender lo que leía. Pidió suspender por un tiempo su programa de los domingos por la noche. Sus numerosos fanáticos llamaban preocupados: ¿se encontraba bien Norma? Había realizado varias visitas a la universidad, donde le habían dicho en todas las formas y tonos que la IL no era real, que su esposo volvería a casa, que era solo una cuestión de tiempo, que seguramente estaba en una juerga de drogas en la selva, que el estrés finalmente le había pasado factura. Muchos se negaron siquiera a recibirla, aduciendo horarios ajetreados u obligaciones familiares, pero ella percibía que le tenían miedo. No comía, y cada semana se quedaba a dormir algunas noches en la emisora, temerosa de ir a casa y verse obligada a confrontar un departamento vacío. Cuando volvió a Radio Ciudad Perdida se encontraba abatida, con su voz fatigada, pero las llamadas llegaban de todos modos, por docenas: con el final del conflicto, la gente empezaba a preguntarse, con un repentino frenesí, adónde se habrían marchado sus seres queridos.

Cierto día, cuando le fue imposible seguir ignorando el estado en que Norma se encontraba, Élmer le sugirió ir a las cárceles. Él pensaba que habían confundido a Rey con un simpatizante de la IL, lo cual explicaría la inclusión de su nombre en la lista que habían leído en la radio. Probablemente lo habían encontrado perdido, vagando por la selva oriental, y lo arrestaron. Quizás lo encontrarían allí, entre los numerosos zombis de la cárcel, y si así era, él podía movilizar sus contactos. Élmer era su amigo en aquel entonces. Le daba ánimo. Fue así que presentaron documentos, llenaron formularios, se otorgaron los permisos, y la emisora, que en aquel entonces aún buscaba la manera de congraciarse con el gobierno victorioso, prometió hacer un reportaje positivo sobre las condiciones en el interior de la cárcel. La guerra había terminado un año antes.

Norma y Élmer fueron hasta la cárcel en la camioneta de doble tracción de la emisora, atravesando barrios de diseño caótico, casas con sus números garabateados con tiza sobre las paredes, habitaciones hechas de cartón y calamina. Debieron mostrar sus documentos en varios puestos de control, algunos atendidos por soldados uniformados, otros por matones de barrio, en los que todo se resolvía con unas cuantas monedas y una sonrisa cortés. Los niños perseguían la camioneta cuando esta arrancaba, haciéndoles adiós entre nubes de polvo. Atravesaron comunidades cuya característica esencial era su color: un gris amarillento opaco y requemado, todo bañado por la turbia luz del sol. Estas eran las partes que Norma apenas si podía distinguir a lo lejos desde la emisora en días despejados, donde empezaban a aparecer las montañas y la ciudad parecía llegar a su fin —aunque, en realidad, nunca terminaba—. La ciudad era infinita. Cada día llegaba más gente, a medida que la sierra y la selva se iban despoblando. Aquí levantaban sus hogares los nuevos pobladores de la capital, en los inhóspitos y secos pliegues de los cerros más bajos.

La cárcel era un complejo extenso, con torres de vigilancia que se elevaban por sobre el barrio que la rodeaba, en un distrito conocido como La Colección. Había una muchedumbre junto a la puerta para visitantes, mujeres que vendían periódicos, sándwiches y chucherías para sobornar a los guardias: monedas extranjeras, llaveros de plástico, revistas de cómic viejas. Norma y Élmer hicieron cola junto a madres impacientes, junto a esposas y novias ansiosas. A todos les negaban la entrada.

A todos menos a Norma y Élmer, quienes lograron atravesar la primera de media docena de puertas cerradas con llave: luego de cada puerta, entraban por un largo corredor que daba hacia otra puerta cerrada y a otro joven armado. Cada vez, les pedían que se levantaran la manga derecha y el guardia les colocaba un sello en el antebrazo. En la siguiente puerta, el guardia contaba el número de sellos, añadía el suyo y los dejaba pasar. Finalmente, los condujeron a una habitación desierta y sin ventanas, en la que solo se oía el rumor de una luz fluorescente en el techo. Había tres sillas plegables de metal. Se sentaron a esperar.

—No te pongas nerviosa —le dijo Élmer luego de un rato—. No todo es tan malo como parece. Mírate el brazo.

Norma levantó una vez más su manga y examinó las borrosas marcas de color morado. No había ningún escudo, bandera o código. Sonrió. El mejor equipo de oficina de la ciudad, Fábrica de conservas hermanos Vetcher, Reparación de ventanas A-1, Hotel Metrópolis, Elegancia sin compromiso. Ese era su sistema de seguridad.

—Esperaba algo más oficial —dijo Norma.

—Eso es porque no habías venido antes.

Poco después, se presentó un hombre de modales bruscos, vestido con un desteñido uniforme color verde oliva, y los hizo pasar a su oficina. No les dio la mano, ni siquiera los miró, pero la placa de su uniforme decía "Rosquelles". Se sentó en su escritorio y les explicó que nadie le había informado de su visita. «¿Cómo puedo siquiera saber quiénes son?», preguntó.

Ambos habían acordado que lo mejor sería que Élmer hablara, para no ofender al oficial. Luego de una venia a Norma, Élmer sacó algunos documentos de un bolsillo interno. «Tenemos cartas».

Pero Rosquelles se quedó observando a Norma, con una mirada entre amenazadora y desdeñosa. «Mujer», le dijo, «¿para qué quiere venir aquí?».

La oficina era húmeda y estaba desordenada, atestada de archivadores de documentos que parecían a punto de vomitar su contenido por el suelo. En la pared, un marco barato con la fotografía de una escena montañosa en Suecia colgaba ladeado. Era algo popular en aquel entonces, una forma de idealizar la vida en provincias: transformar las aldeas perdidas y arrasadas por la guerra en ordenados pueblitos escandinavos con corrientes de agua cristalina y pintorescos molinos de viento, con colinas cubiertas por brillantes franjas de color verde. Norma estuvo a punto de sonreír. Nuestras montañas no eran como aquellas.

Ella contempló la idea de mencionar a Rey, de explicarle que habían cometido un error, pero luego lo pensó mejor.

—Tenemos un permiso, señor.

—Eso no es lo que le he preguntado.

—Entonces creo que no entendí su pregunta.

Roquelles suspiró.

—Aquí dentro tenemos a los homicidas, a las bestias y a los asesinos. Gente de la que debimos deshacernos apenas los capturamos. ¿A esta gente quiere ver?

—Soy periodista, señor.

—Odio a los periodistas —dijo Rosquelles—. Inventan excusas para estos asesinos.

—Ya nadie les inventa excusas —dijo Élmer—. La guerra ha terminado.

—Aquí aún no ha terminado —dijo el oficial.

—Como usted diga.

—¿Cuántos presos tienen? —preguntó Norma.

Roquelles se encogió de hombros.

—Paramos de contar hace años. Ahora es una población estable que ha dejado de crecer. Ya no tomamos prisioneros.

—Entiendo —dijo Norma.

—Los matamos antes.

—Entiendo —repitió ella.

El oficial se puso de pie. De un archivador, sacó una botella de alcohol medicinal y una bolsa con motas de algodón. Abrió la botella, empapó una mota de algodón y se la ofreció a Norma. Señaló su antebrazo.

—Ya no necesita esos sellos. Vienen conmigo.

Ella vacilaba.

—Tómela —le dijo el oficial—. Es mejor si se limpia ahora. Afuera, los chicos le cobrarán cincuenta centavos.

Cuando terminaron, Rosquelles, con un montón de llaves en la mano, los condujo fuera de la oficina, a través de un corredor oscuro y luego por una escalera de caracol, hasta un laberinto de pasadizos enrejados construidos encima de la cárcel. Caminaban ahora a lo largo de su perímetro, mirando abajo hacia el patio. Desde allí, Norma podía ver las montañas ocres salpicadas de casuchas, y a sus pies, a los prisioneros en el patio polvoriento, observándola con miradas siniestras. Un grupo de reclusos hacía ejercicios físicos dirigidos por uno de ellos, otros parecían estar en medio de un debate. Algunos levantaban la mirada con desprecio, otros con un silencioso desinterés. El sol brillaba y los obligaba a entrecerrar los ojos para mirar a los visitantes. Norma recibía silbidos y rechiflas; claro, era una mujer en una comunidad de hombres enjaulados. Algunos la seguían desde abajo, arremolinándose, gritando en el patio, produciendo nubes de polvo amarillento al zapatear, riendo ruidosamente. «Mi amor», le gritaban, además de otras cosas: cosas sobre su chuchita y el sabor que esta debía tener, sobre todo lo que querían hacerle. Norma buscó instintivamente la mano de Élmer, y este se la extendió. No se sentía segura. Con cada paso, el pasadizo crujía y ella imaginaba toda la estructura colapsando, depositándola en el patio de la cárcel, donde la devorarían. Nadie podría salvarla, ni con un cuchillo, ni con un arma, ni con un ejército. Rosquelles hacía sonar sus llaves contra la alambrada que rodeaba el laberinto. Tenía el cabello entrecano y grasoso, la nuca le brillaba. De rato en rato, escupía a través del enrejado, sobre los prisioneros.

Hay otros prisioneros, les explicó Rosquelles, encerrados en celdas subterráneas, en tumbas sofocantes y sin luz.

—Estos... —dijo, señalando al patio— estos son los buenos.

—¿Podemos verlos? —preguntó Élmer—. ¿A los otros?

—No me parece —dijo Rosquelles. Los otros eran los que habían socavado las bases del país. Los de afuera eran los soldados, los francotiradores. Los líderes estaban bajo tierra, incomunicados, apenas con una vaga intuición de que la guerra había terminado, de que los habían derrotado.

—¿Buscan a alguien en particular?

—Sí —dijo Norma, en el momento exacto en que Élmer decía «No».

Rosquelles sonrío.

—Bueno, pónganse de acuerdo.

—Mi esposo —dijo Norma—. Hubo un error.

Un grupo de hombres había seguido a los visitantes alrededor del patio, pero la mayoría ya había abandonado la idea de provocar alguna respuesta y se había dispersado. Había unos cuantos en cuclillas, fumando y lanzando escupitajos. El sol aún brillaba resplandeciente, y Norma sintió un mareo. Enroscó los dedos en la alambrada, tratando de no perder el equilibrio.

Un recluso le pidió a Norma que se sentara sobre su rostro.

—¡Animal! —le gritó Rosquelles. Se volteó hacia Norma—. Lo siento, señora. Aquí no cometemos errores.

Los prisioneros respondieron con insultos y risas, y gritaron su nombre.

—¡Rosquelles! —gritaban—. ¡Asesino! ¿Es esa tu enamorada?

Él frunció el ceño.

—Tiene admiradores —dijo Rosquelles—. Este no es lugar para una mujer. ¿Está usted bien?

Norma asintió.

—¿Podríamos ver la lista?

—No hay listas —dijo él.

Continuaron recorriendo los pasadizos sobre el patio. Abajo, los hombres estaban sin afeitar y sucios, tenían el torso desnudo y estaban quemados por el sol. Cada cincuenta metros, el pasadizo elevado de metal desembocaba en una torre de vigilancia. Rosquelles repetía lo mismo a cada guardia —«¡Vengo con amigos!»—. Pero, a pesar de ello, se podía ver el miedo reflejado en los ojos de los jóvenes guardias, que mantenían sus armas apuntadas hacia Norma y Élmer hasta que terminaban de pasar.

Rosquelles los condujo hasta la torre vigía, la más alta de todas, ubicada dos pisos sobre los pasadizos. Dentro había dos soldados y una impresionante variedad de armas apuntando hacia los reclusos de abajo. Norma echó un vistazo: a la distancia, los prisioneros parecían hormigas caminando, un cuadro de vértigo y caos. Los observó a través de binoculares: sus rostros, las líneas angulosas de sus quijadas, sus entrecejos, pero no vio nada ni a nadie que pudiera ser su esposo. Él la reconocería, ¿verdad? ¿Y acaso no la llamaría? Pero él no estaba allí. Ella lo sabía de antemano, por supuesto, pero se había forzado a no pensar demasiado. ¿Qué opciones tenía? Él se encontraba cerca del lugar de la batalla. Hubo prisioneros y hubo muertos: ¿no sería mejor encontrarlo aquí, encerrado junto con los guerreros? ¿O era acaso un líder y estaba enterrado más abajo?

Nadie lo había acusado jamás de tal cosa.

Quizás fue porque la vieron observándolos. Quizás era su manera de burlarse de su interés. La rumorosa multitud se dispersó y luego se reagrupó en líneas rectas, fila tras fila de hombres morenos y flacos. «¡Asesinos!», coreaban. No tenían miedo. Algunos sonreían.

Norma volteó el rostro y clavó la mirada en las montañas. Sin las casuchas, podría ser la escena de una postal.

Rosquelles refunfuñó «Van a cantar».

Donde antes había confusión, ahora imperaba el orden. ¿Eran estos los mismos hombres que la habían perseguido por el patio, la misma manada de reclusos hambrientos y quemados por el sol? Un murmullo se elevó desde el patio, un asomo de melodía, nada más. Era obvio que ahora se seguían reglas, un código. Los hombres tenían los brazos firmemente pegados a los costados, su postura era militar, estatuaria. ¿Qué podría Rey estar haciendo aquí, si es que estaba? Habían perdido su humanidad, inflaban el pecho y se paraban firmes, y sus rostros adoptaron una expresión adusta. Eran como los engranajes de una máquina. Empezaron a cantar.

—¿Existe de verdad la IL? —preguntó Norma. Era todo en lo que podía pensar en ese momento.

Rosquelles se quedó mirándola, incrédulo. Se volteó hacia Élmer.

—¿De dónde la ha sacado?

—Discúlpeme —dijo Norma—. Es solo que...

—¿Por qué no les pregunta a ellos? —dijo Rosquelles, señalando a los reclusos del patio.

—¿Y qué hay de La Luna? ¿Todavía tienen gente allí?

—Mujer, ¿está usted loca?

Norma no respondió. Cerró los ojos y escuchó a Élmer pidiendo disculpas en su nombre. Rey recorría la selva respirando los olores húmedos del bosque, amaba a las aves y la vegetación y el aroma de la madera humeante. No pertenecía a la IL. Ella lo sabía porque él se lo había dicho. Había pronunciado esas palabras, ¿verdad? No pertenecía a la IL, porque la IL no existía.

—¿Qué hacemos aquí? —susurró Norma.

Élmer parpadeó, confundido.

—Tú quisiste venir.

—Haz un disparo de advertencia —le dijo Rosquelles al guardia.

El guardia apuntó al piso frente a los reclusos y disparó un par de veces El polvo se elevó en pequeñas nubes con forma de hongo. Los hombres seguían cantando. Norma volteó a mirar a Élmer, y cuando sus ojos se encontraron, él se encogió de hombros. Las balas seguían impactando a intervalos regulares, y avanzaban hacia la fila de hombres. Ellos cantaban, Rosquelles maldecía. Había en ellos algo de mecánico, algo aterradoramente disciplinado. Los estrategas de la guerra no habían contado con esa obsesión. Esa había sido la clave de su éxito. La historia del país estaba salpicada por episodios guerrilleros de diverso calibre: aquí y allá, surgía alguna milicia harapienta impulsada por una ideología vacua o un resentimiento provinciano, alguna banda mal pertrechada con un líder burgués, automarginado y quijotesco, sucedía todo el tiempo, al menos un par de veces en cada generación, y terminaba siempre de la misma manera: los insurgentes marchaban hacia la inanición, eran diezmados por la malaria. Jugaban a la guerra en las fronteras de este país, y se rendían con el primer tiroteo. Pero con la IL había sido diferente. Ellos no se rindieron. Empezaron la guerra sin planes de dar tregua. Lo querían todo.

El guardia disparó más, y esas balas agujerearon el suelo frente a donde los reclusos seguían cantando. Norma observaba al joven soldado, las gotas de sudor acumuladas en su frente y su cuello, y el fuerte impacto del arma sacudiéndole el hombro derecho. Las balas caían cada vez más cerca de los hombres, que seguían cantando sin perder la armonía, sobre la guerra y el futuro, un homenaje a sus sueños trasnochados. Algunos cantaban con los ojos cerrados. Era una ópera carcelaria, repleta de balas, polvo y luz abrasadora. El joven soldado disparaba a un ritmo constante a su alrededor, pero los hombres ni siquiera pestañeaban.

—Mi capitán —preguntó el soldado—, ¿con su permiso?

Rosquelles dijo que no.

—Una vez que están bajo nuestro control, no estamos autorizados para eliminarlos. Por eso los matamos antes, señora.

Norma vio la decepción dibujada en el rostro del joven soldado. Élmer tomaba notas, estudiando la escena. La luz del sol había despojado a todas las cosas de su color. Norma estaba a punto de desmayarse.

Las balas pasaban silbando, los reclusos cantaban en sonoros *crescendos*. Rey también cantaba, solía cantarle con una voz cómicamente mala, con *vibratos* desafinados, con un falsete teatral. Le cantaba porque eso la hacía reír. A veces le cantaba en calles abarrotadas de gente, en el parque junto al Metrópolis, igno-

rando los cansados gestos de desaprobación de los transeúntes. Un loco más, qué remedio. Estoy loco, le decía él luego, canto porque estoy loco por ti; y Norma se
sonrojaba, avergonzada, y sentía que el calor se le agolpaba en el rostro. En casa era igual, canciones de amor,
empalagosas tonadas de trovadores de antaño. Los disparos se habían vuelto más frecuentes, Norma percibía
su urgencia, las ansias del joven soldado por darle a uno,
solo a uno, herirlo quizás, un balazo en el hombro, un
agujero en el muslo de algún recluso. El júbilo de ver a
un hombre desplomándose. Rey no puede estar muerto.
Los cánticos obligaron a Norma a cerrar los ojos. Sentía
que el sol le quemaba los párpados. Un acorde menor,
una melodía triste, una imagen: su Rey en ropa interior,
encorvado al pie de la cama, cantando. Algo romántico,
algo sentimental. *Bésame mucho...* o algo incluso más
cursi que eso.

—No está aquí —susurró Norma a Élmer.

El sol los inundaba de luz blanca, y los disparos
continuaban regularmente, de manera rítmica. La melodía
se elevaba hacia el cielo.

—¿Uno nomás, mi capitán? —dijo el soldado.

Rosquelles frunció el ceño con cansancio. Le quitó
a Élmer la libreta que tenía en las manos.

—Esto me lo quedo yo —le dijo—. Usted entiende.

Élmer no respondió. Extendió el brazo buscando la
mano de Norma, y ella dejó que se la sujetara. Se acercó
más a él.

—Muéstreme las listas —le dijo Norma a Rosquelles—. Por favor.

—¿Cuál es el nombre? El que está buscando.

Ella se lo dijo. Rosquelles enarcó una ceja.

—No lo conozco. ¿Tenía otros nombres?

Ella se mordió los labios.

—No lo sé.

—¿Cómo espera obtener una respuesta si no hace las preguntas correctas? —dijo Rosquelles con un suspiro—. Fue una gran guerra, señora. Una gran guerra con muchos, muchos participantes.

—¿Señor? —preguntó nuevamente el soldado.

El oficial asintió con una sonrisa.

—¡Ah, cómo quisiera ser joven y cojudo otra vez!

En ese momento se oyó otro disparo, y un hombre se desplomó a tierra: tercera fila, segundo desde atrás, de modo que muchos de los reclusos no lo vieron caer. Cantaban con la mirada al frente. El hombre había recibido el balazo en el estómago. Cayó de rodillas y hacia adelante, postrado sobre el polvo. Tenía arqueada la espalda cobriza y se sujetaba el vientre con los brazos. Parecía estar rezando. Norma también rezaba: sus dedos se enroscaron con fuerza a la alambrada, clavó las uñas en las palmas de sus manos. Rey no iba a volver.

TODAS LAS NOCHES, Norma dormía con la puerta abierta. En la época en que era más optimista, había pensado alguna vez: si Rey regresa esta noche, verá de inmediato que estoy durmiendo sola. Esa había sido su lógica en un comienzo, pero ya había dejado de esperar que algo así ocurriera. Era un hábito, nada más, de aquellos cuyo origen uno solo recuerda vagamente, pero que perdura a pesar de todo, un hecho constante e inalterable de la vida. Su puerta quedaba abierta.

Pero aquella noche estaba el niño allí, durmiendo en el sofá. El departamento era pequeño: desde la sala se podía ver la cocina y el dormitorio. No era que

Norma se sintiera cohibida, sino más bien que, de manera cruda y repentina, había tomado conciencia de su soledad. No tenía nada que ver con el niño. Víctor casi ni hablaba: era una maraña de emociones y atentas observaciones sepultadas bajo un silencio inflexible. Ella no tenía idea de las cosas que él habría visto, pero, lo que fuera, lo había dejado prácticamente mudo. Era pequeño, de contextura delgada, y nada destacaba en su apariencia. Suponía que estaría igual de contento durmiendo sobre el piso de baldosas de la cocina que sobre el suave sofá lleno de cojines. Pero estaba ahí. Aunque hubiera ocultado su frágil cuerpo en un armario bajo el lavadero, de todas formas habría sentido su presencia. No era él: era su aliento, su humanidad, tan cerca de ella en el departamento. En un espacio que había sido suyo y de Rey, y luego solamente de ella. Un espacio confinado, un inexpugnable almacén de recuerdos donde el tiempo se había detenido durante casi una década. ¿Visitas? Podía contarlas con los dedos. Así había vivido sin Rey: espectacularmente sola.

Víctor dormía sobre el sofá, respiraba suavemente bajo el rumor de la luz azulada de la farmacia. La manta lo cubría casi por completo, excepto sus pies: estos sobresalían, y sus dedos se encogían y estiraban mientras soñaba. El lugar era demasiado pequeño. Tenían planeado mudarse a un departamento más grande cuando tuvieran hijos. Y lo habían intentado. Cuando Rey desapareció, ella tenía treinta y dos años. Nunca dejaron de intentarlo. Ni siquiera en su última noche juntos. Los doctores les habían dicho que ella no tenía ningún problema, que estaba en perfectas condiciones, que esas cosas tomaban tiempo. Y así pasó el tiempo. Cuando Norma y Rey se casaron, soñaban con tener una familia enorme, media docena de hijos, cada uno más bello que el anterior, cada uno una encarnación más perfecta de su amor. De él, sus ojos de color avellana, su cabello enrulado que se elevaba en rizos hacia el cielo. De ella, sus manos delicadas, de dedos largos y elegantes. La nariz aguileña de ella —no la de él, ligeramente desviada a la izquierda—, pero sí el tono de piel de Rey, más adecuado para los lugares soleados a los que irían de vacaciones cuando terminara la guerra. Componían variaciones de sí mismos, retratos de hijos aún por nacer, amalgamas únicas de sus mejores rasgos. Mi voz, decía Norma, para hablar. No, decía Rey, riéndose: la mía, para cantar.

Hacían el amor con regularidad y esperanza, tal y como el médico se lo había recomendado. Pero nada. Con pasión y desesperación —pero aun así, nada—. Cuando Rey no volvió, a Norma se le interrumpió la regla durante noventa terribles días. Se enfrentó a la posibilidad de tener que criar a su hijo ella sola, y casi se permitió un destello de felicidad —pero no era más que estrés, su cuerpo estaba tan traumatizado como su espíritu, y su corazón apagándose hasta casi detenerse—. Un día descubrió en el espejo que había perdido peso, que se veía tan agotada y demacrada como los soldados que volvían a casa desde los campos de batalla. Reducida a puro hueso, macilenta y pálida. No estaba embarazada: se estaba muriendo.

El niño dormía con el rostro enterrado en los cojines del sillón. Norma encendió la radio: se oyó una suave melodía, sonido de cuerdas, una voz melancólica. El niño ni se movió. Cerró lentamente la puerta, la luz azul desapareció. Se encontraba sola otra vez, en la oscuridad. Se desvistió.

CUATRO

Años atrás, toda una vida antes, las cosas ocurrieron así: en una noche sin luna, Rey y algunos amigos bebieron unos tragos de licor de maíz y luego decidieron probar su puntería con la fachada de la escuela, piedras contra vidrios y ladrillos. Estaban ebrios y juguetones, eran solo unos quinceañeros haciendo una travesura. Pero esa misma noche, sucedió algo más: una pequeña bomba casera explotó en el despacho del alcalde. Esto ocurrió en la prehistoria de la guerra, fue su nacimiento contra natura, más de una década antes de que la lucha empezara en serio. Sucedió en un pueblo remoto, en un país que aún no se había acostumbrado a tales cosas. La explosión despertó a una multitud inquieta y confundida. El fuego salía por el techo y las ventanas explotaban hacia la calle en relucientes fragmentos. Los hombres se organizaron pasando una fila con baldes de agua de uno a otro, pero fue en vano. El agua se agotó, o se agotó su determinación, y se detuvieron. El cielo estaba oscuro, soplaba una suave brisa. El edificio se consumía. Era una hermosa noche para una hoguera.

Rey tenía apenas trece años, pero aquella noche terminaría en la cárcel, encerrado por su propia seguridad. En la calle, una multitud pedía su cabeza, presa de la paranoia que solo una turba puede sentir. El carcelero, el hermano de su padre, Trini, pedía calma. En el interior, el padre de Rey, director de la escuela atacada, gritaba con el rostro enrojecido: «¿Qué has hecho, muchacho? ¿Qué has hecho?».

LA CÁRCEL DEL pueblo se encontraba a dos cuadras de la plaza y compartía una apacible calle lateral con los humildes hogares de sirvientas y obreros. El exterior del edificio era de un color azul pálido, adornado con una rudimentaria representación del escudo nacional, la cual, si se la examinaba de cerca (como Rey hacía a menudo), era tan borrosa e imprecisa como las fotografías pixeladas que aparecían en las portadas del único periódico del pueblo. Una antigua máxima indígena —no mientas, no mates, no robes— estaba inscrita en austeras letras negras sobre el dintel de la puerta, quizás para darle a la aburrida prisión una importancia que no merecía. A Rey le gustaba la cárcel: le gustaba acompañar a su tío, cuyo trabajo, aparentemente, consistía en sentarse a esperar a que surgieran problemas. Según Trini, no había tantos problemas como él hubiera deseado. Se quejaba con amargura del apacible pueblo, y le gustaba contar historias sobre el año que había pasado en la capital. Era imposible distinguir cuáles historias eran verdaderas y cuáles falsas. Por lo que contaba Trini, la ciudad estaba habitada en partes iguales por ladrones, patanes y asesinos. Si su relato era cierto, él había sido una especie de hombre-máquina que luchaba solo contra el crimen, la encarnación de la justicia que patrullaba las corruptas calles, cien por ciento agallas y coraje. ¡La ciudad! Difícil imaginarla: un lugar agónico y podrido, ya en aquel entonces cayéndose a pedazos y lleno de sombras. Pero, ¿a qué se parecía? Rey no podía imaginársela: el océano hirviente y negro, la costa arrugada, las nubes espesas, millones de personas envueltas en perpetua penumbra. Aquí en el pueblo había un sol brillante y verdaderos picos de montaña cubiertos de nieve. Había un cielo celeste, un río serpenteante y una plaza de adoquines con una fuente en medio. Los enamorados se tomaban de las manos en las bancas de los parques, había flores en todos los jardines municipales, y por las mañanas el aroma del pan fresco llenaba las calles. El pueblo natal de Rey terminaba a diez cuadras de la plaza en cualquier dirección, para dar paso a senderos polvorientos, campos irrigados y pequeñas granjas con techos de paja rojiza. Trini describía un lugar que Rey no podía imaginar: una ciudad de glamorosa decadencia, un lugar de luces de neón y diamantes, de armas y dinero, un lugar a la vez reluciente y sucio. Todo lo que sucedía en el pueblo aburría al tío de Rey: la campiña ondulante, el perfil irregular de las grises montañas, el azul resplandeciente del cielo. Y, sobre todo, su gente sencilla, incapaces de complotar el uno contra el otro, o reacios a hacerlo. Íntegros y, por tanto, decepcionantes. «¿Y por qué volviste, tío Trini?». Cuando Rey le hacía esa pregunta, su adorado tío siempre se quedaba mudo, como hechizado.

«Por culpa de una mujer», decía, y su voz perdía fuerza. Jugueteaba con las llaves de su reino, aquella celda vacía. «La culpa siempre la tiene una mujer».

El tío Trini contaba sus historias y encerraba a los borrachos que llegaban delirantes, los mismos que lo llamaban por su nombre, que empezaban todas sus confesiones diciendo: «Estaba tranquilo, sin meterme con nadie, cuando de pronto...». Era parte prisión, parte hostal para bebedores incorregibles y parte refugio psiquiátrico para los pintorescos, si no criminales, elementos del pueblo. La mayoría de las noches, Rey terminaba deprisa sus tareas, recorría las cuatro cuadras que separaban su hogar de la estrecha y diminuta comisaría, y se sentaba en el escalón del frente junto con su tío, a esperar a que surgiera algún problema. Los crímenes habituales del campo: robar monederos era una práctica tan común como el torpe robo de fruta de un puesto del mercado. Había un par de asesinatos cada década, y por lo general se trataba del desenlace trágico de alguna disputa por tierras, ganado o mujeres. Finalmente, estaban los borrachos. «¡Trini!», se quejaban cuando el sargento los llevaba a la comisaría, y el tío de Rey, imperturbable, estiraba los brazos y desenganchaba las llaves que llevaba sujetas a su correa. «¡Bienvenido nuevamente!», les decía, y no podía evitar una sonrisa. «Trini», imploraban los borrachos, pero sabían que eso no serviría de nada, y Rey los veía agachar la cabeza y entrar tambaleándose, abrumados. Más tarde, cuando el sargento terminaba su turno de esa noche, Trini enviaba a Rey a la tienda a comprar licor, y su sobrino corría dando brincos por las calles desiertas hasta la bodega de la señora Soria, que funcionaba toda la noche. Había que tocar de cierta manera —*toctoc, toc, toc, toc*—. Luego ella abría la ventana y mostraba su rostro arrugado, aguzando la vista en la penumbra: ¿Quién es? Soy yo, señora. Rey. Ella le entregaba una botella cuya tapa era una bolsa de plástico firmemente sujeta por una liga; ah, licor casero... La señora Soria lo elaboraba en su patio, en tinajas de madera y bañeras viejas cuyo olor provocaba las quejas de sus inquilinos. Era un licor transparente que apestaba a veneno, el licor que Trini bebía haciendo muecas, con un espasmo involuntario que le hacía cerrar el ojo derecho. Pero el tío de Rey era un borracho generoso. Describía la sensación de calor que sentía en el pecho, el dulce abrazo del licor; comparaba su mente bajo la influencia del alcohol con una torre construida con ladrillos sueltos y sin cemento; y parloteaba incesantemente sobre la mujer, la que lo había seducido, la del culo más delicioso, la de los ojos azules y la pequeña cicatriz al lado del cuello que cubría con rizos de su cabello castaño. La vida de Trini en la ciudad se arruinó cuando la dejó embarazada. Ella mandó a sus hermanos a buscarlo. «Me golpearon, muchacho», decía Trini, aún incrédulo años después, «en mitad de la calle, a plena luz del día. ¡A mí! ¡Un oficial uniformado!». Rey lo escuchaba, mientras las palabras de su tío se deformaban a causa de la bebida y las sílabas se atropellaban unas a otras. Los borrachos se acercaban a los barrotes oxidados de la celda para escucharlo, para ofrecerle sus condolencias, para mascullarle consejos prácticos: déjala, olvídala, chupa. Rey y Trini sonreían. Las confesiones de Trini, al igual que las de los detenidos a su cargo, presuponían una inocencia circunstancial, una actitud indefensa, una pureza de intenciones. Él tenía un hijo —«¡Tengo un hijo!», clamaba Trini al cielo— en algún lugar de la ciudad de donde había sido desterrado. Luego de unas horas, Trini permitía que su sobrino bebiera un trago —uno pequeño— o servía un poco en un vaso de plástico para los borrachos encerrados, que se habían despertado por el olor a amoníaco que exhalaba el licor. Rey se daba cuenta de que en aquellos momentos los presos lo adoraban. Recibían el vaso con la reverencia de un devoto aceptando la eucaristía. Trini les hacía prometer que se portarían bien. Rey los hacía jurar. «Trini», lo llamaban, «dile a tu sobrino que deje de torturarnos». Bebían, y así pasaban las horas, hasta que llegaba el amanecer. A Rey la cabeza le daba vueltas, y jugaba con la radio hasta captar alguna señal con estática, noticias de la capital, viejas canciones cubanas o algún espacio con pronósticos del tiempo para los granjeros. Finalmente, todos se quedaban dormidos, mareados, en sus respectivos lugares: los borrachos sobre el piso frío de la celda, Rey y su tío en los escalones de entrada a la cárcel, mientras el cielo empezaba a tornarse anaranjado y el día despuntaba ya del otro lado de las montañas.

Y fue entonces, cuando tenía trece años, que se produjo la explosión en el despacho del alcalde, la misma noche de las ventanas, las piedras, la escuela. Rey y sus amigos llevaban el rostro cubierto por pañuelos, una incipiente táctica guerrillera, como habían leído en los periódicos que llegaban de la capital. Esa misma semana habían capturado a un hombre en una casa repleta de armas. Aquel hombre pasaría varios años en prisión, luego se acogería a una amnistía y sería liberado. Más adelante, consolidaría cinco facciones previamente aisladas para formar la IL. Pero nadie sabía eso en aquel entonces. La noticia cobró notoriedad en el pueblo de Rey solo porque el hombre al que arrestaron había pasado allí parte de sus años formativos, antes de mudarse a la capital.

Pero, siendo honestos, ¿a quién podían preocuparle tales cosas?, ¿acaso no había siempre alguien tratando de iniciar una guerra en este país?

Al abrigo de la noche, Rey y sus amigos salieron a merodear por las calles. Perros callejeros, aquí y allá algún vagabundo durmiendo en un dintel, el pueblo dormido, mientras los cuatro muchachos corrían por sus callejones. Rey y tres de sus amigos —«¿Quiénes? ¿Cuáles?», le preguntó su padre más tarde, pero Rey se quedó callado—. No le parecía correcto delatarlos. A esa hora, el pueblo parecía abandonado. Resultaba fácil pensar que uno era el dueño de cada esquina, de cada casa de techo bajo, de cada parque y de cada una de sus bancas. Las gradas de la catedral; las palmeras inclinadas ligeramente hacia el oeste; los campos de las afueras del pueblo, donde ratones hambrientos correteaban y robaban granos. Todo ello —suyo—. Resultaba fácil pensar que eran los únicos en las calles, pero se equivocaban.

La escuela. No había vigilantes, solo una verja de hierro forjado cerrada con un viejo candado. Fácil de trepar. Más tarde, su padre le preguntó: «¿Qué fue lo que hiciste y por qué?». Los brazos de Rey tenían magulladuras allí donde la multitud había logrado sujetarlo, resultado de los fuertes apretones de manos y puños.

—No hice nada.

—¿Nada?

Rey tosió y se atoró al hacerlo. Afuera, la multitud clamaba por justicia.

—Nada de *eso* —aclaró.

—Explícate —le ordenó su padre.

Y él le explicó: el aburrimiento, que los había llevado a encender pequeñas fogatas en el terreno que estaba detrás de la clínica; las llamas, que habían proyectado sombras anaranjadas sobre el suelo de grava; los guijarros, que brillaban a la luz de las llamas; y luego, el objetivo, reluciente y obvio, llamándolos desde el otro extremo del pueblo. La noche era fresca y despejada. Era agradable correr con los bolsillos repletos de piedras. Se detuvieron en la bodega de la señora Soria —*toctoc, toc, toc, toc*— con unas monedas que habían juntado entre todos, y aunque el licor les quemaba, lo bebieron igual, cerrando los ojos mientras se deslizaba por sus gargantas; luego, todas las cosas adoptaron un contorno desigual y se volvieron borrosas. «¿Por qué?», preguntó de nuevo su padre, pero Rey no pudo llegar a ninguna conclusión sobre cuál había sido su motivación personal para hacerlo. Miró a su padre a los ojos, un muchacho de trece años, aún no completamente sobrio tres horas después de su último trago, y sintió algo parecido a la compasión. Los ojos negros de su padre como charcos de aceite, su cabello entrecano, su rostro arrugado por la decepción. No era un mal hombre, al menos no en casa. En la escuela era un tirano, por supuesto, pero en ese aspecto era normal, ni mejor ni peor que cualquier otro director. Y Rey no odiaba la escuela, al menos no con la misma pasión con que la odiaban sus amigos.

«No lo sé», dijo Rey. ¿Era posible confesar algo sin aceptar la culpa?

El hecho era que no debían haberlos atrapado. En cualquier otra noche, arrojar piedras al edificio de la escuela habría resultado un acto inofensivo. Unas cuantas ventanas rotas. ¿Qué podría haber sucedido? ¿Se le habría ocurrido a alguien culpar al hijo del director? Había docenas de chicos pobres pertenecientes a familias pobres, niños de rodillas sucias y expresión hosca, a los que habrían culpado primero. Nadie vio a Rey. Un vecino anciano dijo haber divisado a cuatro muchachos, pero solo pudo distinguir sombras riéndose mientras se alejaban. Podría haber sido cualquiera. Luego hubo un resplandor de luz y el *¡bum!*: eso cambió las cosas. Como resultado de la explosión, al día siguiente el ejército acudió al pueblo. Llegaron con armas, resueltos a encontrar a un culpable.

Pero todas estas cosas sucederían más adelante. Y con todo, aquella noche, seguían sin haber razones para que los atraparan. Rey y sus amigos corrieron a la plaza para ver qué ocurría. Era curiosidad, y nada más. Sus amigos desaparecieron entre la multitud, ¿no era así? ¿No habían estado borrachos ellos también, impresionados por el incendio y tan llenos de adrenalina como él? ¿Por qué tiraron piedras a la escuela? (un crimen sin importancia, a fin de cuentas, algo que hubiera pasado inadvertido en cualquier otra noche), preguntó su padre. Pero de acuerdo con esa misma lógica también le habría podido decir: Hijo, ¿cómo pusiste a todo el pueblo en tu contra? ¿Cómo te metiste —y a todos nosotros— en este lío?

Algo grave había ocurrido. Rey lo supo de inmediato. El despacho del alcalde era un edificio pequeño, y parecía estar a punto de colapsar cuando él llegó a la plaza. Las llamas consumían las vigas del techo de madera. El vidrio se había fundido formando figuras de color rojo y amarillo. Ardían papeles y sillas. Alguien corrió a avisar al alcalde. Un penacho de humo se elevaba en espirales hacia el cielo, y el calor era sofocante. Todo tenía un aire a situación de emergencia, a aquel problema que llevaban tanto tiempo deseando y esperando. Rey aún estaba borracho. Lo percibía en su respiración, en el extraño resplandor que parecía despedir el fuego. Se sentía tímido y cohibido. El fuego crepitaba, una viga cayó en medio de una lluvia de brasas. Humo. La multitud lanzó un grito ahogado. Rey volvió a ponerse el pañuelo en el rostro, resuelto a encontrar a Trini para compartir la emoción de aquel momento. Sus amigos se habían marchado, se habían dispersado, habían desaparecido, y aunque Rey se sentía invisible en la periferia de la multitud, no era así. Solo tuvieron que pasar unos instantes para que alguien lo viera: caminando con paso inseguro entre las sombras de la plaza, con los ojos desorbitados y un pañuelo oscuro cubriéndole la nariz y la boca. ¡Como si los terroristas se vistieran así! ¡Como si tuvieran un uniforme! Pero allí estaba, al borde de la escena, y lucía, en verdad, como uno de ellos.

Imágenes similares habían aparecido esa misma semana en la primera plana del periódico —fotografías del hombre al que arrestaron tomadas durante su juventud, en una manifestación contra el aumento del costo de las matrículas escolares—. Eso bastaba.

—Soy inocente —le dijo a su padre más tarde, en la celda.

—Eres un estúpido —le dijo su padre—. Piensan que querías matar al alcalde.

En respuesta, el pueblo casi había matado a Rey, allí mismo, en la plaza. El sastre que le hizo su primer traje lo cogió de un brazo y gritó «¡Aquí está!». Hubo un forcejeo; la multitud furiosa lo rodeó, su rostro aún seguía cubierto, y le gritaron:

¡Incendiario!

¡Criminal!

¡Terrorista!

Todavía no sabían quién era. El fuego del incendio quemaba abrasadoramente, y ellos sacaban pecho, eran una manada hambrienta de castigo. Tomó un instante, apenas un instante, para que le quitaran el pañuelo, y cuando lo hicieron la multitud lanzó otro grito ahogado: ¡el hijo del director! ¡Un terrorista! Reconocieron su rostro y él los de ellos: el carnicero, con su enorme bigote; la secretaria del alcalde, con su cara de preocupación permanente; el anciano y encorvado conserje, con su piel curtida tensa y brillante. Su pueblo, la gente que lo había criado, horrorizados, traicionados. Se abalanzaron hacia él. Para devorarlo, pensó Rey; era aquel tipo de rabia. Como si fuera un animal listo para el matadero. Trini surgió de entre la multitud y, apenas a tiempo, sujetó a su sobrino del brazo y lo condujo fuera de la turba, hacia la cárcel, mientras el pueblo entero desfilaba detrás del hijo del director, apresado, convencidos de que habían encontrado a su terrorista.

VARIOS AÑOS DESPUÉS: la fiesta en la que conoció a Norma, la noche en que jugueteó con ella. No sabes quién soy, ¿verdad? Bailaron hasta que la pregunta cobró importancia, hasta que el mismo Rey se preguntaba quién era y por qué había dicho eso. ¿Era el mismo muchacho que se había visto involucrado en un crimen, el muchacho que finalmente debió dejar el pueblo y huir a la ciudad con su padre y su tío? Se oía primero un tambor y luego un platillo, un ritmo sincopado que se rompía y recomponía sin cesar. ¿Quién soy? ¿Qué soy? Un implicado, pensó, estoy implicado. ¿En qué? Se estaba haciendo demasiadas preguntas. Baila, no pienses. Son cosas de las que no puedo hablar, ni siquiera conmigo mismo. Y ciertamente no con ella. ¿Un simpatizante? Sonaba poco importante y muy suave. Poco convincente. Rey la observaba, miraba su rostro entre las sombras, luego bajo la luz. Pertenezco a la vanguardia, se dijo a sí mismo, pero la frase sonó tan pomposa que lo hizo fruncir el ceño. ¡Basta!: la banda

seguía tocando, sus pies se movían, y mientras bailaban sus ojos no se despegaban de las caderas de Norma. ¿Podrá verme? Mantuvo su mano firme sobre la
espalda de ella. ¡Música! Más tarde, se encontraban ya
en el autobús cuando se produjo un control policial, y
en un momento de pánico él le reveló todos sus secretos, los colocó en su bolsillo. Ella no se dio cuenta de
nada. Él esperaba lo peor.

Aquella mañana, mientras viajaba en el camión
verde, se obligó a pensar en su tío Trini, en otras celdas
más acogedoras. Trini lo sacaría de esta, llamaría a algún viejo colega. Había otros detenidos en el camión,
¿tendrían ellos tanta suerte? Había un hombre barbudo
de traje arrugado, tenía el aspecto desencajado de quien
se ha vestido a toda prisa. ¿Por qué se pondría alguien
un traje para ir a la cárcel?, se preguntaba Rey. También había un par de jóvenes matones, de rostros inex-
presivos y aburridos. El más joven se hurgaba la oreja
con la larguísima uña de su meñique. El otro, adoptaba
diversas poses de desinterés, y miraba al vacío como si
su peor enemigo se encontrara allí flotando, rogándole
que lo matara. Frente a Rey estaban sentados unos estudiantes desaliñados. Se les veía confundidos y ebrios,
e innegablemente asustados. Uno de ellos había perdido el control y sollozaba con el rostro entre las manos.
Sus orejas se habían puesto de un horrible color rojizo,
como si estuvieran a punto de empezar a sangrar. Nadie lo consolaba. En el extremo delantero iba sentado
un soldado con un rifle sobre los muslos, mirando a
todos con una expresión más bien indiferente.

Estaba por despuntar la mañana, y el camión
avanzaba haciendo ruido por las calles desiertas del
alba. Cada bache hacía sacudirse al camión como si

hubiera un temblor, pero, a pesar de eso, Rey logró dormitar. Aún no se había declarado el toque de queda, pero a esas horas reinaba la calma. Aquella noche del incendio, Rey había aprendido a desconfiar de la calma: en algún lugar, algo se encontraba en llamas. Estaba seguro de eso. Estaba seguro porque el ejército acudió a su pueblo al día siguiente a interrogarlo. Porque sus amigos no salieron a defenderlo. Rey asumió que lo harían por iniciativa propia, pero nunca aparecieron. Tuvieron miedo, o alguien les dijo que no hablaran. Porque Rey tuvo que pasar aquella noche durmiendo en el piso de la celda, envuelto en una manta que dejaba sus pies expuestos al frío, y con la mejilla apoyada contra el húmedo suelo de la cárcel. Era un muchacho alto y larguirucho —un muchacho estúpido, había dicho su padre, pero no malo.

Cuando calmó su ira, el padre de Rey dijo «Tendremos que marcharnos».

La idea lo entristeció terriblemente. «¿Adónde iremos?», preguntó, pero sabía la respuesta, por supuesto. A la ciudad, a la ciudad: era a donde todos iban. Lloraron juntos, padre e hijo, y luego durmieron en el piso. Como criminales. Era el único lugar del pueblo seguro para ellos. Trini dejó marcharse a los borrachos a fin de que padre e hijo tuvieran la celda para ellos solos.

El alcalde, un hombre afable y corrupto, esperaba afuera, al frente de una multitud. Trini les suplicó a todos que se fueran a sus casas, les dijo que todo se arreglaría en la mañana. Y así fue: los camiones verdes del ejército se estacionaron en la cima de la montaña, y de ellos bajó una división de soldados, listos para conjeturar con sus armas sobre cuál habría sido el origen del incendio. Curiosearon entre las cenizas del despacho del alcalde y luego en la casa del sospechoso principal, donde incluso los soldados comentaron sobre lo joven que era. La turba furiosa se escondió en sus hogares, hombres y mujeres temerosos de mostrar demasiado interés, ansiosos por permitir que las autoridades hicieran su trabajo. En casa de Rey, los soldados hallaron algunos libros de temas sospechosos, los cuales apoyaban opiniones que habían sido consideradas peligrosas en la capital, aunque ese decreto no había llegado al pueblo de Rey.

Se llevaron al padre de Rey para interrogarlo. Lo soltaron una semana después, con algunos moretones y una costilla rota. ¿No había sido el padre de Rey el profesor de aquel hombre al que arrestaron, al que descubrieron en la ciudad en una casa repleta de armas? ¿Cómo sucedió que un joven de este pueblo de gente honrada terminara convertido en criminal? ¿Quién era el responsable de esa tragedia? Los rumores circulaban por doquier. El consejo de la escuela dijo que era penoso tener que despedir al padre de Rey. Le dieron dos semanas para desocupar la casa que habían alquilado para él, y organizaron una discreta fiesta a la que no asistió ninguno de los otros maestros de la escuela. Rey acudió a la fiesta vestido con un terno, preparado para despedirse de los colegas de su padre. Estaba furibundo. «Tienen miedo, hijo», dijo su padre. «No los culpes».

Rey sintió el golpe seco de un rifle en el estómago. «Despiértate, tortolito». Era el soldado que lo había hecho bajar del autobús. Sonreía burlonamente.

Rey no tenía energía para protestar. Le dolía el cuello y las sienes le palpitaban. Al bajar del camión, descubrió que ya era de mañana. Ya no estaban en la ciudad, sino en un lugar completamente desierto: un planeta descolorido y sin atmósfera. El suelo era quebradizo y estaba salpicado de trozos de vidrio. Delante de él, rodeándolo, se extendían en la penumbra cráteres de todos los tamaños. Había dunas y colinas que apenas si podía distinguir.

—¿Dónde estamos? —le preguntó Rey al soldado.

El soldado no respondió.

—En La Luna —dijo el hombre barbudo del traje arrugado.

Encadenaron a los prisioneros en un grupo. «Caminen de frente», dijo uno de los soldados, «exactamente sobre los pasos de quien va adelante».

La Luna debe ser un campo minado, pensó Rey. El hombre del traje arrugado estaba esposado delante de él. En ese momento, se volteó y le sonrió. Levantó las manos con dificultad y se rascó la barba.

—Esto es sencillo para mí —dijo—. Mis pies son pequeños. Pero no va a ser tan fácil para ti.

—No te preocupes por mí —dijo Rey.

Se oyó el retumbar de un disparo, no cerca de ellos sino en algún lugar a la distancia. La procesión se detuvo durante un instante. Se oían ruidos alejados y apagados de gente riéndose.

—¿Ha estado aquí antes? —preguntó Rey al hombre delante de él.

El hombre se mordió el labio superior.

—Es como mi segundo hogar.

Encadenados, caminaron hacia el horizonte.

CINCO

NORMA NO ERA una madre en ningún sentido, no, ni siquiera remotamente. En su departamento había dos pequeñas macetas cuyas plantas así lo proclamaban: sus hojas moribundas y polvorientas habían crecido alguna vez con esperanza y luego con desesperación hacia la luz, pero ahora ya se habían rendido miserablemente, marchitas y olvidadas. Vivía sola —no por decisión propia, ni por egoísmo, simplemente vivía sola—. Su vida social se limitaba a la radio, donde era la madre de una nación imaginaria de personas desaparecidas. Su vida privada era aséptica y vacía, un lugar de recuerdos, música y soledad. Norma, que no era una madre, era incapaz de consolar a un niño con dolor de muelas, o de castigar a otro que hubiera roto una pieza de porcelana. No podía cepillar cabellos enredados sin provocar dolor ni coser un parche en las rodilleras gastadas de un par de pantalones. Esas cosas no formaban parte de su naturaleza. No tenía mascotas: ningún perro torpe que rasguñara la puerta por ella; ningún gato atigrado y de ojos amarillentos presto a surgir lánguidamente de detrás de la cama, y luego escabullirse. No había seres vivos que exigieran cosas de ella, con excepción de sus plantas agónicas, no en su solitario departamento, no desde que Rey desapareció, nadie pidiéndole comida o necesitado de un baño, nadie que se despertara sudando copiosamente y gritando, presa de pesadillas adolescentes.

Pero allí estaba él, su primera lección: aquella mañana, antes del amanecer, Víctor se despertó dando gritos.

Era una verdadera tortura el evocar esa clase de emociones, aquellas que las madres poseen de manera rutinaria: sentimientos de puro corazón, amor pleno libre de egoísmos. Ya se le hacía bastante difícil tener que fingir en la radio todos los domingos. ¿Cómo podría hacerlo ahora? Su primer impulso fue cerrar la puerta para bloquear el ruido —pero la puerta ya estaba cerrada—. No había forma de escapar de él: un ser humano, un niño y su dolor invadiendo su espacio. Se restregó los ojos legañosos y se levantó de la cama.

Encontró al niño aún agitado, agotado por la fuerza de sus gritos, sus sacudidas y jadeos, flaco y sin camisa, con los ojos rojos, con el aspecto de un animal fugitivo y sin rumbo. «Víctor», dijo ella. Sintió que debía acariciarlo, ¿pero dónde? ¿Cómo? Le puso una mano en la cabeza y se sentó en el sofá —su sofá, el de ella y Rey—, y el niño se arrojó a sus brazos. Fue algo natural, instintivo: sin vacilaciones. Se abrazó con fuerza a ella. «Todo está bien», le dijo Norma, «no fue nada más que un mal sueño». Era una frase que había oído antes, en una película o en alguna radionovela.

Víctor respiraba con dificultad, el retumbar de sus latidos lo estremecían intensamente. Ella se sintió también sacudida por su temblor.

REY DESAPARECIÓ, y ella no volvió a verlo hasta casi un año después. Norma conservó su carné, con aquel nombre raro que sonaba a extranjero, y empezó a llevarlo siempre consigo. Tenerlo le producía una sensación de peligro. Sentía curiosidad. Pensó en preguntarle a alguien al respecto, a alguno de sus amigos de la universidad, pero, tan pronto como se le ocurrió la idea, decidió que no podría hacerlo. Sería una especie de traición. El hombre tenía secretos, y ella sospechaba que estos eran la razón por la que el rostro de Rey lucía avejentado. Cuán dramático le había parecido todo, cuán exagerado: la música, las luces, su absurda y presumida pregunta. Y más tarde, cuando se lo llevaron, los rostros de los pasajeros en el autobús, acusándola —una chica blanca y con dinero, perturbando su viaje matutino con idioteces, poniendo en peligro las vidas de todos al burlarse del soldado—. Era un poco vergonzoso, pero ya no había nada que ella pudiera hacer: él se había marchado y a Norma solo le quedaban el recuerdo de aquella noche y un extraño documento de identidad. Le daba miedo preguntar si lo habían visto o si habían tenido noticias de él desde la noche de la fiesta. Miedo de contarle a alguien que se lo habían llevado, que ella lo había visto todo. Y, en todo caso, ni siquiera estaba segura de a quién debía acudir.

Norma se mantuvo en silencio, pero se dio cuenta de que había empezado a encariñarse con Rey en su ausencia, aun cuando solo lo había conocido aquella noche. O quizás esa era la razón: era como si ella lo hubiera visto morir —¿qué podía ser más íntimo que eso? ¿Qué tal si el suyo hubiera sido el último rostro amistoso que él había visto? ¿O la suya, la última caricia?—. Por las noches, pensaba en él y se preguntaba cuándo volvería a verlo. Soñaba con casarse con Rey, le parecía que hacerlo sería lo más romántico que pudiera haber. Cavilaba sobre formas de preguntar por él sin llamar la atención: ¿con una nota? ¿Una llamada telefónica? Cada día la tensión iba aumentando, y cada día tenía la esperanza de encontrarlo en la universidad, entre las multitudes errantes, en medio de algún círculo de estudiantes, con un cigarrillo en la mano, narrando alegremente los detalles de su breve encarcelamiento. ¿Qué pasaría si lo veía de pronto? ¿O si él le pedía que le devolviera su identificación? Fantaseaba sobre esta situación: la he llevado conmigo todo el tiempo, le diría. Se aseguraría de sonreír como le había enseñado su madre, quien le había jurado que así podría seducir a los hombres sin revelar demasiado. Su madre, la experta en hombres. A menudo, Norma volvía a casa de la universidad y la encontraba, como siempre, sola, con los ojos vidriosos, mientras la música de la radio llenaba la casa desierta. «Tu padre se ha ido de parranda», le decía, arrastrando las palabras. «Me ha abandonado».

Norma la llevaba hasta el dormitorio, al final del pasillo, la desvestía y la acostaba, mientras repetía historias que ninguna de las dos creía: «Hoy le toca trabajar hasta tarde, mamá. No seas tan desconfiada, así vas a envejecer».

En otras ocasiones, durante la cena, los padres de Norma se comunicaban con monosílabos secos, y Norma solo les seguía la corriente. Representaba lo mejor que podía su papel de hija única de una familia feliz, hasta que los ojos se le enturbiaban y la abandonaban sus ideas, y entonces aparecía Rey, exhalando el humo por la ventana abierta del autobús, con su sonrisa estúpida, sin saber que estaba a punto de desaparecer. Pásame el arroz, le decía su padre, y a Norma le tomaba un momento reubicarse. ¿Qué te pasa? Nada, papá. Le entregaba el plato con manos temblorosas, mientras su viejo fruncía el ceño y se dirigía a su madre: has engreído demasiado a esta niña. Y su madre asentía, dócil en su presencia, aceptando la culpa por todos los errores, por el decepcionante comportamiento de la niña en cuya educación estaban gastando un dineral. No era necesario que dijera nada; Norma conocía de memoria la lógica fría de su padre, pero prefería no pensar en ello, prefería pensar en Rey, valiente y misterioso, y no en su hogar, con sus estertores, su tensión y sus secretos.

Más tarde, cuando ella y Rey ya eran una pareja, le confesó que había pensado en él durante su ausencia, antes incluso de conocerlo, y se preguntó en voz alta por qué sus pensamientos habrían tomado esa dirección. Él sonrió.

—Porque soy irresistible —dijo, como señalando lo obvio.

Era pura vanidad, pero ella tenía que saberlo:

—¿Y tú, pensaste en mí?

—Por supuesto.

—¿En serio?

—Es una vieja historia —respondió él.

Estaban cerca del Centro, en un distrito llamado Idorú, delante de un cine en el que solo proyectaban películas de Bollywood, esperpentos de coproducción inglesa, bengalí e hindú. Habían pasado dos años desde la noche en que se conocieron, y un año desde la reaparición de Rey. Él compró las entradas y, ya dentro del cine, ella le tomó la mano. La misma película se proyectaba durante dos meses o más, coloridas epopeyas que atraían a hordas de niñas debido a las coreografías de baile, y a multitudes de muchachos adolescentes ávidos de ver batallas con espadas y sables ornamentados. «No hablo hindú», le susurró Norma, pero Rey le explicó que no había necesidad de traducción, que las historias eran simples. Y era cierto: los villanos eran tan fácilmente identificables que eran recibidos con silbidos y pifias cada vez que aparecían en la pantalla. Los héroes recibían aplausos estruendosos, por supuesto, y Rey también aplaudía. Él tomó las manos de ella y la obligó a aplaudir. En la penumbra, ella vio su sonrisa. Norma se sentía incómoda y acalorada. El cine era ruidoso y olía a sudor y alcohol. En la pantalla, los actores parloteaban incomprensiblemente.

—¿Por qué me traes a estos lugares? —susurró Norma.

—Porque existen. ¿No eres curiosa?

La película se proyectaba en funciones continuas y las luces nunca se encendían.

—En este lugar ocurren todo tipo de cosas —le dijo Rey— y viene todo tipo de gente —se había propuesto educar a Norma sobre su ciudad—. Tú vives demasiado bien —le dijo un día, dándose aires—. No sabes cómo es este lugar en realidad. Yo te lo voy a mostrar.

—Muy simpático, provincianito. Te informo que yo nací aquí.

Él insistió.

El cine y sus oscuras entrañas era un espacio al que ella nunca se había enfrentado. La gente encendía cigarrillos y arrojaba las colillas a la pantalla, riéndose; el argumento de la película era tan incomprensible como la reacción de la audiencia: los hombres cantaban y las mujeres bailaban, intercambiando miradas llenas de deseo. La audiencia aplaudió con aprobación cuando un patán de bigote raptó a una mujer, y volvió a aplaudir cuando el mismo hombre fue asesinado. Se escuchaban abucheos cada vez que un beso no llegaba a concretarse, y aullidos cuando aparecía en escena la esbelta protagonista de ojos inocentes, cuyo sedoso cabello negro tenía un resplandor dorado casi sobrenatural. Las discusiones se convertían en canciones, y la audiencia entraba y salía del cine como si se tratara de una sala de espera, como si la película no fuera más que una excusa y no lo central. Cada vez que alguien abría las puertas estas crujían y una pálida luz amarillenta bañaba la pantalla. Cuando esto sucedía, a Norma le costaba mucho concentrarse. El idioma era lo de menos: un borracho punteaba una guitarra desafinada en algún rincón del cine; en la oscuridad, una multitud de voces amenazaba con matarlo a guitarrazos.

Luego de una hora, Norma pidió marcharse.

Pero Rey aún no había concluido la lección. La hizo caminar por los barrios hacinados alrededor del centro de la ciudad. Pasaron frente a casas de finales del siglo XIX, con pintura que se descascaraba y ventanas sin vidrios cubiertas con telas delgadas sujetas con clavos. Casas que lucían como tumbas, con colores que alguna vez habían sido vivos, oscurecidos ahora por varias capas de hollín. Casas de las cuales se asomaban cabezas, siempre de mujeres de ojos fieros que estiraban el cuello para ver qué ocurría, de dónde provenía el ruido, quién venía por la calle, quién se marchaba y con quién. Señoras bien arregladas, hombres de rostro severo, bulliciosas pandillas de muchachos que usaban las zapatillas sin pasadores y con la lengua afuera en una extraña forma de saludo. Vecindarios como este son como redes de impulsos, dijo Rey, humanos, eléctricos, biológicos, como en la selva: en verano, inexplicables carnavales de sensualidad; en invierno, mantas cubriendo las ventanas y hogares en la penumbra. Era un día de invierno. «Usan velas», dijo Rey. «Como en los pueblos de la sierra».

Si Norma hubiera sabido lo que deparaba el futuro, quizás habría dicho, «Todos las usaremos cuando la guerra llegue a la ciudad», pero no tenía forma de saberlo, así que no lo dijo.

Nadie se imaginaba lo mal que se pondrían las cosas.

Ella le apretó la mano y se pegó a él mientras caminaban por la acera atestada de gente. «¿Cómo es la selva?», preguntó ella.

Él se quedó pensando en la pregunta. Ella se la había hecho ya en más de una ocasión, simplemente porque le encantaba oírlo hablar del tema.

—Se prolonga hasta el infinito, es una invención interminable, una fuente inagotable de hallazgos, un lugar chillón, de troncos nudosos y vainas podridas, en el que la luz del sol se asoma por entre la bóveda de follaje, y ráfagas repentinas de lluvia impactan contra el techo de la selva como si golpearan sobre metal. Y por todas partes hay color, color, color.

—No suenas como un científico; suenas como un poeta.

Rey sonrío.

—¿Puedo ser ambos?

—Pero tú preferirías ser poeta.

—¿Y quién no? —dijo él.

Prosiguieron su camino. Norma solo tenía ganas de hablar sobre el amor. Las aceras estaban sucias, al igual que las pistas, y ella se imaginaba la selva como él la describía: su vastedad, sus sorprendentes impudicias, la belleza de su gente y sus costumbres. No le interesaba ver la ciudad, al menos no esta parte, no la parte fea. Estaba cansada, le dolían los pies, y del otro lado de la ciudad había cafés, restaurantes y parques en los que la gente no robaba.

—¿Siempre has sido así? —preguntó ella—. ¿No sabes acaso cómo tratar a una dama?

—Aquí es donde vivíamos —dijo Rey, ignorándola— cuando llegamos recién a la ciudad —señaló la ventana del segundo piso de una casa verde—. ¿Te gustaría ver el lugar?

—No —dijo ella—. No realmente.

El rostro de Rey se contrajo en una sonrisa triste. Sus palabras lo habían herido.

—Te ves cansado, mi amor —dijo Norma—. Vámonos a casa.

Con *casa* se refería al cuarto que él alquilaba cerca de la universidad. Algunas tardes ella se quedaba a dormir allí hasta que se hacía de noche. Luego tomaba un autobús a la casa de sus padres, se arrastraba hasta su propia cama y se quedaba despierta pensando en él. Norma se acercó a Rey y se empinó para darle un beso en la sien.

—¿Aún tienes esas pesadillas?

—No tan seguido.

—¿Cuándo vas a contarme? —preguntó ella—. ¿Cuándo vas a contarme lo que te hicieron?

Rey frunció el ceño, pero se recompuso de inmediato.

—Cuando nos casemos —dijo.

Norma abrazó a Víctor hasta que su respiración se calmó. Él la miró con ojos desvalidos, luego los cerró con fuerza. «¿Estás bien?», le preguntó Norma, pero Víctor no tenía ganas de hablar. Le dijo que quería tratar de volver a dormir, si podía. «¿Quieres que me quede aquí contigo?», le preguntó Norma, y el niño le dijo que sí. Se echó a su lado en el sofá: él era flaco, a fin de cuentas, y ambos cabían con comodidad. Él pegó su rostro al cuerpo de ella, y ella lo dejó así. Poco después, Víctor dormía nuevamente. Ella hubiera querido preguntarle con qué había soñado, pero le pareció inapropiado. En un lugar desconocido y rodeado por gente extraña, Víctor tenía derecho a mantener sus pesadillas en privado.

Ella volvió a levantarse al amanecer. Procurando no despertar a Víctor, Norma se dirigió a la cocina a preparar café. Encendió la radio, con el volumen lo suficientemente bajo como para oír apenas la interferencia y el zumbido de la señal, la áspera voz del locutor narrando las noticias. Tenían que ir a la emisora en unas pocas horas, ella y Víctor, y solo Dios sabía lo que allí les esperaba. No a Norma, ella estaba a salvo, sino al niño. Élmer les había prometido un programa conmovedor. Echó un vistazo a la sala. El niño seguía durmiendo. A esas horas de la mañana, ya había gente planeando cosas para él, aun mientras dormía. No sorprendía el que tuviera pesadillas; el propio desamparo no debe ser tan difícil de percibir. Debió darse cuenta ayer en la emisora, y más tarde, cuando bajó corriendo del autobús. Pobre niño, pobre su familia y pobres sus amigos, que habían creído en las mentiras de su cariño y lo habían enviado aquí, se lo habían enviado a ella. ¿Cómo explicarles que no era más que un programa radial? Radio Ciudad Perdida existía, pero no era real. Ella no controlaba la dulzura de su voz: era así, simplemente. El narrador de noticias de la mañana, su reemplazo, hablaba de manera monótona. Le faltaba carisma. Un aterrizaje de emergencia en Roma sin heridos, una depresión tropical que amenazaba con convertirse en un huracán, los descubrimientos de un estudio sobre las causas de la diabetes. Ella no lo podía evitar: pensaba en cómo su propia lectura hubiera sido diferente, mejor. No había nada en el ámbito local: baches reparados con gran fanfarria, ceremonias con corte de listón incluido para edificios recién pintados, un famoso escritor sorprendido con una prostituta por los muelles. En Villa Miami, un incendio nocturno había destruido una casa, dejando sin hogar a diecisiete personas. Conexiones eléctricas defectuosas, leyó el locutor. Luego se aclaró la voz y pasó a otra noticia —¿había escuchado bien?—. Norma quedó impactada por la imagen: una pequeña casa en aquel distrito, expulsando a diecisiete personas de entre su esqueleto en llamas. ¿Diecisiete personas?, pensó. Tomó un sorbo de su café y los contó con los dedos: el padre, la madre, cuatro hijos, la abuela que solo hablaba la antigua lengua, un tío, una tía, cuatro hijos más, un primo de visita con su ex novia, el sobrino favorito de una tía abuela distante y su esposa embarazada, ¿y cuántos más? Todo un pueblito estaba ahora en la calle, pensó Norma. Todos durmiendo en el parque o en las playas pedregosas, cubiertos con las mantas que pudieron recuperar, con baratijas que les recordarán la vida que alguna vez tuvieron. La idea estremeció a Norma. Tendrían que sacudirse las cenizas y mantenerse unidos. Debían hacerlo: cuando una familia se separa, no puede volver a unirse, al menos no en esta ciudad. Desaparecerían como basura dispersada por la brisa.

La familia de Norma no era así, no había linajes extensos ni recuerdos de infancia poblados por primos.

Nadie que pudiera desaparecer. Sus recuerdos de familia eran opresivamente reducidos: solamente ella y sus padres. Podía considerar la mutua aversión de sus padres como si se tratara de una persona más, un fantasma, un monstruo que los acosaba, o contarlos, a cada uno de ellos, dos veces: cuando estaban juntos como un matrimonio —deformes, infelices, resentidos— y cuando no, cuando estaban solos, en el pasado, cuando sus personalidades no habían sido distorsionadas por la vida en común. O, si realmente quisiera expandir el árbol familiar, podía contar también a las amantes de su padre. Había una docena de ellas, mujeres bien vestidas de cabello negro a las que la madre de Norma odiaba y envidiaba, y a las que Norma simplemente odiaba. Iban y venían, los nombres y los rostros cambiaban, pero Norma siempre sentía su presencia: su perfume, la sonrisa culpable de papá.

Solamente Rey tenía una familia más pequeña que la suya: él era el único sobreviviente. Su madre había fallecido tan joven que él apenas la recordaba, y Rey le contó que su padre había muerto unos años después de que se mudaron a la ciudad. No tenía hermanos ni hermanas. Después de eso, Rey había vivido con su tío Trini. Pero, ¿cómo podía ella estar realmente segura? Él mentía, como jugando, sobre su pasado; siempre lo había hecho. Si está vivo, pensaba Norma, quizás siga mintiendo, incluso ahora. Aquel día frío y triste, frente a la puerta de su primer hogar en la capital, Rey insistió en tocar, solo para echar un vistazo. Norma no estaba tan convencida.

«¿Recuerdas a alguien del barrio?», preguntó Norma. «¿Crees que se acordarán de ti?».

Él se encogió de hombros. «Les diré que solía vivir aquí. No es nada del otro mundo». Él parecía seguro de que con eso bastaría. «Eso, más mi sonrisa, más esta hermosa jovencita».

Norma se sonrojó. Los escalones crujían mientras subían al segundo piso.

Rey hizo que ella tocara la puerta. Era vieja, hecha de madera que se había hinchado y encogido, que había envejecido luego de soportar décadas de calor veraniego y humedad invernal. Por algún motivo, sentía que había algo de ilícito en estar en aquel lugar, en el lado equivocado de la ciudad, tocando la puerta de un desconocido, visitando el museo del pasado de su amante. Besó a Rey y golpeó nuevamente la puerta. Norma oyó que alguien arrastraba lentamente los pies del otro lado, y luego el chasquido metálico de varias cerraduras. La puerta parecía estar a punto de abrirse, pero se hizo una pausa. «¡¿Sí?!», gritó una voz. Era la voz suave y débil de un anciano. «¿Quién es?».

Se hizo silencio. Rey sonreía, pero no decía nada. Norma le daba codazos. «Di algo», le susurró. ¿Acaso no la había arrastrado él hasta aquel lugar?

«¿Quién es?», repitió el anciano. Sonaba confundido. Rey hizo el gesto teatral de cerrar sus labios como si fueran una cremallera. Norma sintió que se sonrojaba, atónita ante la rudeza de la situación. Quiso reírse. «¡Di algo!», susurró entre dientes, pero todo lo que él hizo fue colocarse una mano en la oreja, como si ella lo estuviera llamando desde muy lejos.

Ella se aclaró la voz y se dispuso a hablar, pero Rey le cubrió la boca con la mano.

«Papá», dijo. «Soy yo, Rey».

A MEDIA MAÑANA, Norma y Víctor se encontraban en la sala de controles de la radio, con unos audífonos antiguos en la cabeza, escuchando a un grupo de actores que se esforzaban por imitar el acento de la gente de la selva. Varios aspirantes habían pasado ya por el lugar. En la radio, llenaron a Víctor de dulces y pasteles, y le mostraron los ambientes de la emisora como si se tratara de un miembro de la realeza. Era como si repentinamente se hubieran olvidado de todo lo demás. Y sin embargo, no era así: allí estaban, observando cómo las luces del tablero se elevaban y descendían al ritmo de las voces de los actores, y Len en la cabina, escribiendo frenéticamente a máquina sus inimitables guiones melodramáticos. Élmer observaba la escena como un duque contemplando sus dominios. Detrás del vidrio manchado, un hombre de aspecto triste leía un texto en el que narraba cómo había dejado su pueblo para ir a trabajar en la represa, solo para ver cómo fue destruida durante la guerra. Era un actor, por supuesto. «¡Bombas!», gritó. «El ruido ahogaba...». Se detuvo y tosió cubriéndose la boca con la mano. «¿Está bien esto?», preguntó. «No suena bien. Por Dios. ¿Quién lo ha escrito?».

Norma se estremeció. Estaban en la quinta o sexta toma. El actor tenía entrenamiento shakesperiano, o al menos eso decía su currículum. Cada vez que terminaba, miraba esperanzado a Len, quien a su vez miraba a Élmer, quien negaba con la cabeza. Siguiente escena. Norma se quitó los audífonos y suspiró. Élmer dejó escapar el humo de su boca. Se le notaba aburrido. Su traje marrón lucía gastado, sobre todo con marcas opacas en las rodillas y los codos. Víctor, sin embargo, parecía estar pasando un buen rato: se reía y hasta corregía al actor cuando este pronunciaba mal una palabra. Al quitarse los audífonos, Norma se dio cuenta de lo absurdo de la situación: detrás del vidrio, el actor inició una nueva escena, mirando su texto con atención y moviendo los labios silenciosamente. No habían llegado a la mitad de la escena, y Élmer ya estaba diciendo no con la cabeza. Len le dio un golpecito en el hombro al incompetente actor. El hombre dejó el papel y abandonó apesadumbrado la cabina de sonido. Víctor se rió.

«El comercial sale al aire en treinta segundos», dijo Élmer por el intercomunicador, una vez que el actor se retiró. Len dio dos palmadas de advertencia. Le habían dicho a Víctor que no tocara nada, pero él nunca había estado en un lugar así y, como es obvio, se moría de curiosidad. Interrumpió varias escenas al presionar botones que no debía tocar. Pidió disculpas y todos se rieron, excepto el actor. Pero unos minutos después, Norma descubrió a Víctor mirando fijamente otra luz parpadeante en el tablero, como si se estuviera retando a sí mismo a tocarla.

«Es como un helicóptero», repitió en varias oportunidades cuando entró a la cabina por primera vez. Les contó que los había visto sobrevolando el pueblo. Programas de erradicación de drogas, supuso Norma. Luego de verlos, Víctor hizo un dibujo de ellos y le preguntó a su profesor qué eran.

—En el pueblo usaban una palabra indígena, pero yo quería saber cuál era la *verdadera* palabra.

—¿Cuál es la palabra indígena?

Víctor se quedó pensativo durante un momento.

—No me acuerdo —dijo.

Ahora, el niño estaba jugando. Ella se daba cuenta al ver sus ojos: la emisora se había convertido en un helicóptero, la sala de control volaba por todo el país, sobre valles y ríos, bordeando la costa y cruzando sus desiertos. Sentía que soñaba con el niño, y le hacía feliz verlo entretenido. De pronto, le pareció muy pequeño para su edad —¿o era solo porque el día anterior le había parecido tan viejo?

Len sintonizó la emisora. Estaba terminando un comercial de detergente, con el ruido de niños que jugaban. Todos prestaron atención. Se oyó una interferencia al inicio, seguida por el sonido triste de un violín surgiendo de entre un estruendo áspero y grave. Se escuchó la voz del narrador:

Este domingo, en Radio Ciudad Perdida… Un niño viene de la selva… A contarnos una historia increíble… Que le tocará el corazón… Lo conmoverá hasta las lágrimas… Le traerá alegría y esperanza… Conozca la desgarradora historia de su viaje… Su recorrido a pie hasta la ciudad… Y los sueños que lo trajeron hasta aquí… ¿Podrá Norma ayudarlo a encontrar a sus seres queridos…? Este domingo, en una edición muy especial de Radio Ciudad Perdida.

En este punto, el violín dio paso a una serie de sonidos de la naturaleza, pájaros gorjeando, agua burbujeando apaciblemente sobre piedras lisas, y luego la voz temblorosa del niño, diciendo simplemente:

—Me llamo Víctor.

Len empezó a aplaudir. Víctor sonrió de oreja a oreja.

—¡Bravo! —dijo Élmer—. ¿Norma?

—Está bien —dijo ella—. No ha quedado nada mal.

—¿Lo dices en serio? ¡Pero si lo hizo bien a la primera! Este chico tiene un talento innato.

Víctor jugaba con una perilla del tablero. Una onda sonora surgió de los parlantes y luego se apagó. Todos voltearon a mirar al niño.

—No vine caminando —dijo él.

—Claro que no viniste caminando —Élmer se rascó la frente y encendió otro cigarrillo.

Norma se puso de pie y empujó su silla hasta un rincón de la pequeña sala de control.

—Ni siquiera es posible caminar hasta la ciudad, ¿verdad?

—Pero suena bien —dijo Len.

Élmer se aclaró la voz y le pidió al niño que se retirara un momento, prometiendo que le darían comida apenas cruzara la puerta. Víctor se levantó sin protestar. Len bajó el volumen y salió con el niño. La puerta se cerró tras ellos.

—¿Qué te sucede, Norma? —preguntó Élmer cuando se quedaron a solas.

Se escuchaba un débil zumbido proveniente de los parlantes, como el ruido de un globo desinflándose. Élmer se alisó el cabello con los dedos. En un comienzo, Norma no decía nada. Él se aflojó la corbata y desabrochó el botón superior de su camisa.

—Habla —le dijo—. Te escucho.

—Estoy cansada —Norma se echó hacia atrás en su silla—. No sirvo para esto. Esta mañana se despertó llorando.

—Los niños lloran, Norma. ¿Qué le vas a hacer?

—Exacto, ese es el punto. No sé qué hacer —se mordió el labio. Rey solía gritar de la misma manera, solía despertarse cubierto de sudor, en estado febril, con ataques. Esas pesadillas.

—¿Te molesta esta edición del programa? —preguntó Élmer. Se quitó el saco y lo colocó sobre el tablero, cubriendo las pequeñas luces rojas.

—Él no vino caminando, Élmer. Y no podemos enviarlo de vuelta. No podemos engañarlo.

—Norma, tú sabes cómo funciona esto.

—Prométemelo.

Lo miró directamente a los ojos. A pesar de todo, Élmer tenía un rostro amable, redondo y regordete, con una suavidad sin rasgos definidos. Cuando sonreía, como en ese momento, las mejillas se le hinchaban y sus ojos se encogían hasta casi desaparecer. Estaba más viejo, pero ambos habían sido amigos alguna vez. En cierta ocasión, cuando su tristeza se hizo tan profunda que apenas si podía hablar, Norma llegó a permitir que él la besara. Fue luego de lo de la cárcel, cuando había perdido toda esperanza. Eso había ocurrido años atrás, tanto tiempo antes que ella casi ni lo recordaba.

—Lo intentaré —dijo Élmer.

—Gracias.

Él se puso de pie y hurgó en sus bolsillos buscando un cigarrillo.

—¿Qué vas a hacer con él? —le preguntó—. ¿Ha dicho algo?

—No mucho —dijo ella—. Parece ser un buen chico.

—Ten cuidado, no te vaya a robar.

Norma sonrió.

—¿Qué me podría robar? No me pagas lo suficiente.

—Quéjate con el gobierno, no conmigo —dijo Élmer, con un cigarrillo colgando de sus labios—. No hay nada que yo pueda hacer al respecto, Norma, lo sabes bien.

Le ofreció un cigarrillo, pero ella lo rechazó moviendo la cabeza.

—Déjame buscar a los suyos —dijo ella—. Empezaré por los de la lista.

Élmer levantó la mirada.

—¿Por qué quieres hacerlo?

—Anoche huyó de mi lado. Se bajó del autobús y corrió hacia un vecindario cerca de Las Barracas. ¿Te imaginas lo asustado que debe de estar?

—No parecía asustado aquí.

—Élmer, ni siquiera me estás escuchando. Esta mañana se despertó gritando.

Se quedaron en silencio durante un momento. Élmer se rascó la cabeza.

—¿Qué fue lo que te prometí? ¿Un día libre?

—Dos.

—¿Has revisado la lista?

—No —dijo ella—. ¿Y tú?

—No he tenido tiempo —lanzó un suspiro—. No sabemos nada sobre estas personas, ¿te das cuenta? Ni siquiera los distritos donde viven. Solo tenemos nombres. Supongo que estarán desperdigados por algún lugar de Pueblo Nuevo, pero, por lo demás, ¿quién sabe?

La ciudad era un ente inabarcable, descontrolada en su crecimiento e impenetrablemente densa, pero había casi sesenta nombres en la lista, y algunos de ellos tenían que estar vivos.

—Tendré que hacer pasar la lista por el departamento legal, claro está. Para investigar todos los nombres primero —dijo él.

—Por supuesto.

Los interrumpió un golpe seco en la ventana. Víctor había entrado a la cabina de grabación por la puerta lateral. Len estaba a su lado. El niño los saludó agitando las manos. Élmer y Norma hicieron lo mismo.

Élmer presionó el botón del intercomunicador.

—¿Cómo estás, muchacho?

Víctor sonrió. Len levantó el pulgar en señal de aprobación. Poco después, se escuchó su voz mezclada con estática.

—Víctor quiere saber a qué hora nos vamos.

Élmer sonrió a Norma y presionó nuevamente el botón del intercomunicador.

—¿Adónde quiere ir?

El niño movió los labios, pero no se oyó sonido alguno, luego se escuchó de nuevo la voz de Len:

—A todas partes. Dice que quiere ir a todas partes.

—¿Qué te parece eso? —le preguntó Élmer a Norma.

—Estupendo —podía ver que el niño estaba feliz—. Es maravilloso.

—Se nota que hay progreso —dijo Élmer—. Adelante, Norma. Haz lo que quieras. Aunque no es lo que tenía en mente.

—¿Y qué tenías en mente?

—Bueno, no lo tenía tan claro tampoco. Estoy harto de verte triste. Eso es todo. Pensé que esto te haría bien. Te has vuelto esclava de la rutina.

—No es como regalarme un cachorrito, Élmer. Es un niño.

—Lo sé —Élmer se inclinó hacia ella—. Pensé que podría afectarte un poco. Vi 1797 y pensé en ti. ¿Qué más puedo decir?

—Nada. No puedes decir nada. Nunca has podido.

—¿De qué hablas?

Ella se detuvo.

—No lo sé.

Él le extendió los brazos.

—Norma, ¿puedo decirte algo? —lanzó un suspiro—. Cuando te digo que me preocupas, es cierto. Eso es todo. Si quieres buscar a su familia, está bien. Vive tu vida.

—Gracias.

Luego Élmer le pidió la lista. La tenía, ¿verdad? Mientras ella buscaba el trozo de papel en sus bolsillos, Élmer se volteó hacia el intercomunicador.

—Bravo —dijo—. Eres un buen chico.

En la sala de grabación, Víctor flexionó sus bíceps.

REY TENÍA TODA la culpa de que a ella le costara tanto olvidarlo. Le encantaban los actos de desaparición. Delante de sus propios ojos, un soldado armado lo había hecho bajar de un autobús. Reapareció un año más tarde; cuando ella le preguntó adónde se lo habían llevado, «La Luna» fue su única respuesta. Y luego, en la puerta del departamento de un segundo piso, en un edificio chato de color verde en el extremo oeste del centro de la ciudad, Rey, como si nada, resucitó a su propio padre, a quien había matado perversamente. ¿Por qué? Estas ideas no la abandonaban, formaban estructuras sólidas en su mente: mi esposo puede adentrarse en una zona de guerra y regresar ileso. Él puede, lo ha hecho, lo hará nuevamente. Los muertos vuelven a la vida. Él existe al margen de la muerte. Era una forma extraña de fe, ciertamente, pero, ¿acaso alguien podía culparla?

El padre de Rey abrió la puerta y miró a su hijo de arriba a abajo. Norma se quedó a un lado, se sentía incómoda. «¿Eres tú?», susurró el anciano. «¿Eres tú?».

«Soy yo, papá», dijo Rey, y el anciano parecía no creerlo, parecía desconfiar de sus propios ojos. Se acercó y tocó el rostro de Rey, la nariz ligeramente torcida, la sonrisa con hoyuelos, las cejas pobladas. Rey se dejó acariciar por su padre como lo habría hecho un gato casero. Norma miró hacia otro lado, repentinamente avergonzada. Fijó su atención en la pared manchada por la humedad.

El departamento no parecía lo suficientemente grande ni para una persona. Por todas partes había pilas de papeles que se elevaban desde el piso, cada una optimistamente coronada por una piedra del tamaño de una mano, colocada allí para mantener todo en su sitio. Había diccionarios por todas partes, sobre el escritorio, sobre la mesita de café: francés-wolof, inglés-ruso, español-hebreo, quechua-catalán, alemán-portugués, italiano-holandés. Norma y Rey se sentaron en el sofá —sus resortes se asomaban con incomodidad a través de la tela— y esperaron mientras el anciano les traía agua. Norma oyó el gemido de las tuberías antiguas, borboteos y gruñidos provenientes de lo más profundo de las paredes. Se volteó hacia Rey: «Eres una mierda», le dijo.

Él sonrió, pero ella no estaba bromeando. No podía comprender la frialdad con la que había actuado: ¿para qué decirle que su padre había muerto y luego hacerlo reaparecer de esta manera?

El anciano ya no veía muy bien, pero aún se desplazaba con destreza por el departamento. La bandeja apenas si temblaba entre sus manos, y no derramó el agua. Rey despejó un espacio en la mesita de café, y luego de que el anciano rechazara un espacio en el sofá para sentarse sobre una pila de periódicos, todos tomaron los frascos de vidrio que hacían las veces de vasos y los levantaron en un brindis. «Por los reencuentros», dijo el anciano. Se quedaron un momento en silencio, mientras tomaban sorbos de la turbia agua de caño. El padre de Rey se cubrió la boca con una arrugada mano y tosió. La habitación estaba mal iluminada y llena de moho. «¿Dónde te has metido?», le preguntó a su hijo. «¿Estabas esperando a que me muriera?».

Hubo un silencio incómodo. Rey se quedó inmóvil, como meditando sobre lo que acababa de decir su padre. Norma espantó una mosca que se había posado sobre su rostro.

«Bueno, cambiemos de tema», dijo el anciano, riéndose, y descartó la pregunta con un gesto, como si estuviera dispersando humo o neblina, como si la pregunta no hubiera tenido ninguna importancia. Tenía el rostro amarillento y agotado, y llevaba sus pocos cabellos peinados ordenadamente hacia atrás. Su calva era austera y pálida.

—¿Estás bien, hijo?

Rey asintió con una sonrisa a medias.

—Yo me las arreglo como mejor puedo —dijo el anciano—. Gracias por preguntar. ¿Ves a tu tío?

—De vez en cuando.

Era una entrevista, y Norma estaba de más. El anciano prácticamente había ignorado su presencia, y Rey no la había presentado. Se quedó inmóvil, tratando de hacerse invisible, mientras padre e hijo se miraban fijamente e intercambiaban preguntas: sobre los estudios, la salud, el dinero, parientes lejanos.

Cuando parecieron quedarse sin tema de conversación, el anciano sacó un paquete de cigarrillos de un cajón y se los ofreció. Rey tomó uno y poco después ambos fumaban. Sostenían sus cigarrillos de la misma manera, entre el dedo medio y el anular. Era una escena extraña.

—Deberías dejar de fumar, hijo —dijo el anciano.

—Pienso hacerlo. ¿Y tú?

El anciano asintió.

—Y bueno, ¿quién es esta hermosa jovencita?

—Te presento a Norma.

La ocasión exigía una sonrisa; Norma hizo lo mejor que pudo. El anciano la saludó con un sombrero imaginario. Luego colocó las manos sobre su regazo y dijo:

—Niña, tú te mereces algo mejor que mi negligente hijo.

—No le llenes la cabeza con ideas —dijo bruscamente Rey.

—¿Ya te contó?

—¿Contarme qué? —preguntó Norma.

—Que lo llevaron a La Luna —los ojos del anciano brillaban. Se acomodó sobre la pila de periódicos y le lanzó una sonrisa irónica—. Mi hijo es un fugitivo —dijo.

—Por eso no te visito, papá —dijo Rey—. Dices puras tonterías.

—Pero ¿desde hace cuánto no se ven? —preguntó Norma. Apenas las palabras salieron de su boca, lamentó haber intervenido.

Ambos se encogieron de hombros, a la vez, como si se hubieran puesto de acuerdo.

—No tanto —dijo el padre de Rey—. Un año. Vino a vivir aquí cuando volvió. ¿Le has contado? —preguntó nuevamente.

—¿Cuando volvió?

—De La Luna —dijo Rey.

—Sé que se lo llevaron —dijo Norma—. Estuve allí, fue hace dos años.

—¿Estuviste en La Luna? Qué romántico: ¿conociste a mi hijo en La Luna?

—No, señor.

—Mi hijo, el terrorista —murmuró el anciano—. Es lo que ganas por hablar en voz alta en este país.

—Pero estuve presente cuando se lo llevaron —dijo ella. Era su recuerdo más íntimo: el autobús, la desaparición. Las largas semanas de espera, mientras se enamoraba de un desconocido—. Yo...

—Nos vamos a casar —dijo Rey, interrumpiéndola—. Norma es mi prometida.

Norma le lanzó una mirada feroz. Rey le pellizcó la pierna.

—¡Ajá! —exclamó el anciano, dejando su recipiente de agua sobre la mesa. Aplaudió y sonrió como un niño con un juguete nuevo—. ¡Sabía que había un motivo para esta visita!

Casi no había aire en el departamento, y apenas si había luz. El humo formaba pequeñas nubes en el techo. ¿Matrimonio? El anciano parecía estar realmente encantado, y observaba atentamente mientras Rey arrimaba la mesa lejos del destartalado sofá. Se agachó y plantó una rodilla en el piso. Norma miraba a Rey, al anciano, desconcertada, consternada. Rey empezó a hablar, pero la escena no era precisamente como ella se la había imaginado: en un departamento hacinado de un barrio pobre de la ciudad, en invierno, frente a un anciano resucitado de entre los muertos. «Norma», dijo él, «¿quieres ser mi esposa?». Dos años habían transcurrido desde que se conocieron, el tiempo había pasado volando. Rey sonreía de oreja a oreja y el anciano aplaudía. Toda la escena era extremadamente insólita.

«Sí», dijo ella, mirando alternadamente a Rey y a su padre. Fue la única respuesta que se le ocurrió. Las paredes parecían estar a punto de derrumbarse.

El padre de Rey se puso nuevamente de pie. «¡Licor!», gritó. «¡Un brindis de verdad!». Norma examinó el sencillo anillo de plata que Rey acababa de colocar en su dedo. «¿Qué es todo esto? ¿Un teatro montado para tu padre?», preguntó ella. «Esto es para nosotros», dijo Rey.

El anciano regresó con una botella de licor transparente, vació su agua sobre una planta marchita, junto a una pila de libros, y, con señas, les indicó a Rey y Norma que hicieran lo mismo. Les sirvió una cantidad generosa a cada uno y propuso un brindis.

—Si tan solo tu madre estuviera viva. ¿Le has contado a Trini? —dijo el padre de Rey. Hablaba deprisa, casi hasta quedarse sin aliento. Estaba emocionado—. ¿Cuándo será la ceremonia?

—Aún no lo sabemos, papá.

El anciano entrecerró los ojos.

—¿Piensan invitarme?

—¡Por supuesto! —dijo Norma.

—Claro que sí —añadió Rey.

Norma no comprendía lo que estaba ocurriendo. El anciano mojó su pañuelo con un poco de licor y limpió con él las lunas de sus anteojos.

—Déjame ver ese anillo —dijo. Norma extendió su mano izquierda, y el anciano suspiró hondo—. Veo que tu carrera no es muy lucrativa, hijo.

—Debí ser poeta, como tú —dijo Rey, y el anciano se rió. Levantaron sus vasos otra vez, y todos sonrieron.

—Pero, niña —dijo el anciano dirigiéndose hacia Norma, repentinamente serio—. Si eres inteligente, hazme caso y no tomes nuestro apellido.

—¿Qué quiere decir, señor?

El anciano y su piel amarillenta; el anciano y el diente torcido de su sonrisa amarillenta. Su rostro arrugado y solitario. La habitación llena de humo.

—No es hora de hacerte la tonta, niña.

—No lo escuches —dijo Rey—. Mi padre está hablando tonterías.

En la sala de control, años después, Élmer revisaba la lista:

—Norma —dijo repentinamente—. Tenemos un problema.

—Te amo, Norma —dijo Rey.

Esas pesadillas, Rey, ¿de dónde vienen? ¿Qué fue lo que te hicieron?

—Nuestro apellido está mancillado, niña —el anciano se mordió el labio y bajó la mirada—. Yo contribuí con ello, y mi hijo también ha hecho lo suyo. Te lo aseguro: no lo necesitas.

—Y yo te amo a ti, Rey.

El niño dio unos golpecitos a la ventana. Colocó el rostro contra el vidrio e infló las mejillas. Era un niño hermoso.

—Norma, lo siento —repitió Élmer—, pero tenemos un problema.

Segunda parte

SEIS

Elías Manau era un hombre de mejillas sonrosadas, venía de la capital y llevaba seis meses en 1797 cuando llegaron los soldados. Era un hombre tímido y no le faltaban razones para ello. Su exilio como profesor en aquel lugar húmedo y remoto era consecuencia de su constante mediocridad. Había quedado entre los últimos lugares en el examen de asignación regional, muy por debajo del puntaje necesario para poder obtener un trabajo en la ciudad, en una buena escuela. Los desalentadores resultados fueron anunciados en la radio, pocos días después del examen, los nombres en orden alfabético. La lectura tomó varias horas. Su familia no tenía ni dinero ni buenos contactos, por lo que no hubo nada que pudiera hacerse. Tenía treinta años cuando se marchó de casa. Nunca antes había estado en la selva. De hecho, nunca había salido de la ciudad.

Manau cargaba consigo la vergüenza de un hombre puesto al descubierto, alguien que había creído siempre que su mediocridad era un secreto. Se empezaba a dar cuenta de que tal vez se había convertido en el fracasado que su padre siempre había augurado que sería. El pueblo, su nuevo hogar, era un lugar permanentemente empapado. Y las lluvias no traían ningún alivio. Alquiló una habitación en la casa de un hombre llamado Zahir, que había perdido ambas manos durante la guerra. El hijo de Zahir, Nico, era un alumno totalmente desmotivado que parecía desconfiar de él. De vez en cuando, Manau los ayudaba en el cultivo de su pequeña parcela, pero, en realidad, carecía de talento para ello. La tierra no lo llamaba. Manau extrañaba el concreto y todo aquello que había dejado atrás. El padre minusválido de Nico cavaba agujeros con sus muñones, transportaba pesadas cargas sobre su espalda y sostenía bultos en equilibrio sobre sus amplios hombros con la ayuda de su hijo. El hombre era sólido como una roca. Por la noche, Manau oía el zumbido monótono de los mosquitos en el aire húmedo, los distantes graznidos y variados aullidos que producía la selva, y, luego de correr la delgada cortina de su habitación, examinaba su cuerpo desnudo para ver el progreso de las llagas y el sarpullido que lo atormentaban. Era su rutina diaria, un ejercicio de higiene personal que se convertía en una extraña forma de vanidad. Su lastimera condición jugaba un papel central en sus fantasías sexuales. ¡Ser objeto de tiernos cuidados que le devolvieran la salud! ¡Recibir masajes y frotaciones con esencias de frutas, con pociones de hierbas aromáticas! Con ayuda de un opaco espejo y la lámpara de querosén, inspeccionaba su cuerpo —la piel carbuncular que brotaba de su espalda y de sus nalgas, debajo de sus axilas— y se sentía satisfecho por el hecho de que un día no muy lejano luciría lo suficientemente patético como para provocar un poco de ternura y generosidad en el corazón de alguna mujer. En la ciudad pensaban que el calor volvía más liberales a las mujeres de la selva, y, de hecho, la posibilidad de estas mujeres desconocidas, con sus bellas y bronceadas piernas bien abiertas, había sido el único consuelo de Manau cuando se enteró de a dónde iría a enseñar.

Casi todas las mañanas, Manau llegaba temprano a la escuela para barrer los charcos de agua que había dejado la lluvia. El techo tenía goteras y no era posible hacer nada para evitarlas. Al menos podía sentirse agradecido de que la escuela tuviera un piso de madera elevado, construido sobre pilotes. Zahir decía que tendrían que reemplazarlo en unos años, pero por el momento estaba bien: aguantaba, con un mínimo de crujidos, las tristes idas y venidas de Manau. El gobierno había considerado conveniente enviar quince rústicos pupitres, en los que sus indiferentes alumnos se sentaban, esperando que Manau los entretuviera —les habían prometido veinte, pero un funcionario de 1791 decidió quedarse con cinco, y como nadie reclamó, Manau tampoco lo hizo—. Cada mañana dictaba sus clases sin entusiasmo, y cada día enviaba a sus alumnos a almorzar un poco más temprano. Su nivel de entendimiento era muy básico, casi primitivo. Manau había abrigado la esperanza de que lo percibieran como un caballero de la ciudad, un hombre culto e instruido, pero, en vez de eso, a todos parecía divertirles su ignorancia sobre árboles y plantas, y los decepcionaba su incapacidad para distinguir entre los sonidos de diversas aves. «No me interesan las aves», les dijo en cierta ocasión, y, para su sorpresa, las palabras salieron con furia de su boca.

No era que los niños le tuvieran antipatía. Manau era aburrido, pero inofensivo; dictaba sus clases con apatía, pero dejaba que sus alumnos salieran temprano; y en ocasiones avisaba que no iría a la escuela, cosa que a nadie parecía importarle. El día que llegaron los soldados en un par de chirriantes y oxidados camiones verdes, Manau se apresuró a cancelar las clases: en los rostros de sus alumnos se notaba un entusiasmo con el que él no podía competir. Aquel día había escrito en la pizarra algunas reglas sobre fracciones. Nunca le había gustado la aritmética. Afuera, se oía el ruido rasposo de los motores, y los soldados instalaban techos de lona en la plaza. Más tarde se enteraría de que era la primera vez que los soldados visitaban el pueblo en más de un año. La presencia de forasteros era excitante y desconcertante a la vez. Los ojos de sus alumnos se movían inquietos. Manau oía el ansioso raspar de las uñas contra los pupitres. Era inútil. ¡Salgan a la calle!, les ordenó, ¡aprendan sobre la vida! Sonrió con orgullo mientras la escuela se vaciaba como si, a fuerza de flojera, hubiera descubierto una nueva pedagogía, un magistral hallazgo educativo. Todos los alumnos salieron, todos menos Víctor, a quien le había pedido que se quedara.

En las fantasías de Manau, era la madre de Víctor, una viuda, quien a fin de cuentas lo acogería. Sabía que ella era mayor que él, pero con la gente de la selva no era fácil adivinar la edad. Durante el tiempo que llevaba viviendo en el pueblo, Manau se había enterado de algunos detalles de su pasado: se había enamorado de un forastero de la ciudad que desapareció en la selva hacia el final de la guerra. La gente decía que había muerto. De modo que era una mujer libre, ¿y acaso Manau no era también un forastero de la ciudad? Sus posibilidades eran bastante evidentes. Pero lo que más excitaba a Manau era lo que tenía a la vista: una mujer de carne y hueso, con muslos firmes y un peso que le sentaba muy bien. Llevaba el cabello negro amarrado con una cinta roja, y su boca, más bien pequeña, parecía siempre a punto de sonreír. Tenía ojos grandes e inocentes y un toque sonrosado en las mejillas. Se llamaba Adela.

Para entonces, el salón de clases se había quedado desierto, y el hijo de Adela se encontraba de pie frente a él, expectante. «Víctor», le preguntó. «¿Era tu padre un soldado?».

El niño pareció confundido. De hecho, ni siquiera el mismo Manau estaba seguro de por qué le había hecho esa pregunta. Recientemente su aislamiento se había hecho tan duro, tan absoluto, que había resuelto hacer algo al respecto. La veía todos los días en el pueblo, haciendo equilibrio con una bandeja de pescados plateados sobre su cabeza. Su hijo, un niño poco desarrollado para su edad, se sentaba en la primera fila, junto al hijo de Zahir. Manau los tenía a la vista, allí, a su alcance —lo único que tenía que hacer era hablar.

—No, señor —dijo Víctor—. Creo que no.

—Ah —dijo Manau asintiendo con la cabeza. El niño estaba ansioso por marcharse, volteaba constantemente la cabeza en dirección a la puerta—. ¿Y tú, quieres ser un soldado? —preguntó Manau.

—No lo sé, señor.

—Si te marcharas, le romperías el corazón a tu madre.

—¿Conoce usted a mi madre, señor? —preguntó muy educadamente el niño.

Manau sintió cómo súbitamente la piel rojiza bajo su ropa se erizaba, como quejándose. Se esforzó por controlar la urgencia de rascarse.

—Sí, la conozco —dijo.

—Ah.

—Pero no muy bien —añadió Manau—. No muy bien.

Insinuarse a una mujer por medio de su hijo, pensó Manau, ¡qué cobarde y despreciable! Quería terminar ya con el asunto. Sacó un lápiz nuevo de su maletín y se lo ofreció a Víctor. El niño lo aceptó de inmediato. Manau iba a decirle al niño que ya podía marcharse, pero en ese momento Víctor se aclaró la voz y pidió permiso para hablar. Cuando Manau asintió, el niño dijo:

—Señor, ¿qué edad tenía usted cuando se marchó de su casa?

—¡Qué pregunta tan extraña!

—Discúlpeme, señor.

Manau se puso de pie y se quedó pensando en qué responderle. ¿Acaso un viaje alrededor del mundo a los doce años, como polizón en la bodega de un barco que se dirigía al norte? ¿Podría mentirle y decir que había viajado al otro extremo del continente, o más lejos aún, al África? ¿Podría decirle que había visto las grandes catedrales de Europa, los rascacielos de Nueva York, los templos de Asia? Claro que con «marcharse de casa» el niño se refería a algo completamente distinto. Ver el mundo era solo una cuestión fortuita: para alguien nacido en un lugar como 1797, marcharse era lo que se debía hacer para empezar a vivir.

—Soy de la ciudad, niño. De allá no tenemos que marcharnos.

Víctor hizo un gesto de asentimiento, y Manau se dio cuenta de que lo que había dicho era terrible, cruel y falso. En la ciudad, al igual que en este pueblo, todos los niños soñaban con escapar.

—Tengo treinta años y acabo de dejar mi casa —dijo Manau—. ¿Por qué?

El niño se mordió los labios, echó un vistazo en dirección a la puerta y luego fijó la mirada nuevamente en su profesor.

—Es por Nico —dijo—. Siempre ha dicho que se marchará con los soldados. Dice que no le importa si su familia se muere de hambre sin él.

Manau sacudió la cabeza. Su casero le había confesado ese miedo a menudo: «Sin las manos de Nico pasaremos hambre. ¿Qué puedo hacer yo con estos muñones?».

—¿Cuál es tu interés en el asunto?

—Alguien tiene que hacer algo —dijo Víctor—. Él es mi amigo.

—Eres un buen niño —dijo Manau. Agradeció a Víctor, le dio una palmada en el hombro y le dijo que no se preocupara—. Voy a hablar con su padre.

Acompañó al muchacho hasta la puerta y lo observó mientras se alejaba corriendo para reunirse con sus amigos. El profesor volvió a su escritorio, acomodó unos papeles y luego borró la pizarra con un trapo húmedo. Afuera, los niños revoloteaban alrededor de los soldados, extasiados. Pronto llegarían sus madres a alejarlos, a ordenarles que fueran a esconderse en la selva. Pero aquel miedo había pasado de moda, y los niños lo sabían. Cuando se cruzó con ellos al salir, Manau vio el entusiasmo reflejado en sus ojos, miradas que ningún alumno le había mostrado jamás.

MÁS ADELANTE, CUANDO su madre murió y él tuvo que dejar 1797, Víctor recordaría aquel día como el inicio de la desintegración del pueblo. Nico hablaba de marcharse, y Víctor se preocupaba. Ambos observaban a los soldados, admirándolos primero a la distancia y luego de cerca, llevándoles agua y fruta cuando así les ordenaban. Transcurrida una hora, Nico le preguntó a un soldado de dónde era. El joven no aparentaba tener más de dieciocho años. Mencionó un número y le dijo que quedaba en las montañas. Víctor y Nico asintieron con la cabeza al mismo tiempo.

—¿Cómo pueden soportar este calor, muchachos? —preguntó el soldado frunciendo el ceño, con el rostro enrojecido. Yacía tumbado en el suelo, sudando bajo la sombra del techo de lona.

—No lo soportamos —dijo Nico—. Odiamos este lugar.

El soldado rió y llamó a algunos de sus amigos.

—Ellos también odian este lugar —dijo, y todos estuvieron de acuerdo en que eran unos niños inteligentes.

Víctor no odiaba aquel lugar. Escuchó cómo su amigo enumeraba al soldado los defectos del pueblo y se sintió avergonzado. No hay trabajo, dijo Nico, pero eso no era del todo cierto: todo el mundo no hacía otra cosa que trabajar. Nico dijo que no había nada que hacer, pero para Víctor trepar árboles seguía siendo una actividad importante. Las quejas de Nico sonaban crueles, duras. Por la tarde, solían ir a nadar en el río —así es como soportamos el calor, tenía ganas de decirles. Y es fantástico. Es hermoso. El agua es fresca y turbia, puedes enterrar los dedos de los pies en en el fondo frío y fangoso, y sentir cómo se cierra sobre tus pies, succionándolos como si quisiera ahogarte. Uno sale del río limpio—. Sus pensamientos le hicieron sonreír, pero Víctor se quedó callado. Nico hablaba con tal seguridad que contradecirlo parecía casi peligroso. Lo escuchó en silencio hasta que el joven soldado lo miró y dijo: «¿Y qué hay de ti, hombrecito? ¿Qué tienes que decir?».

El soldado lo señalaba con un dedo delgado y huesudo. Víctor giró la cabeza y dio una rápida mirada por encima del hombro, y todos se rieron.

En ese preciso momento llegaron las madres y rápidamente dispersaron a los niños. Su propia madre estaba allí, mirando con furia al soldado. «¡Qué vergüenza!», exclamó, y el soldado retrocedió como si hubiera visto a un animal salvaje.

«Estoy bien, Ma», murmuró Víctor, pero era inútil. Ella no le estaba prestando atención. Las madres se turnaron para gritar a los soldados; los niños las escuchaban con la cabeza baja. La madre de Víctor le apretaba la mano con firmeza; su voz se destacaba sobre todas las demás. Estaba allí, con un dedo acusador trazando círculos en el aire, regañando al capitán. «¿Qué quieren de nuestro hijos?», le decía. «¿No se da cuenta de que ellos son todo lo que tenemos?».

El capitán era un hombre corpulento y gigantesco, tenía ojos grandes y redondos, y un bigote salpicado de canas. Mientras la madre de Víctor hablaba, él asentía con la cabeza en señal de disculpa.

—Señora —dijo el capitán cuando ella terminó—, mis más sinceras disculpas. Ordenaré a mis soldados que eviten hablar con sus hijos.

—Gracias —dijo la madre de Víctor.

—¿Escucharon eso, soldados? —gritó el capitán.

Se oyó un coro de *¡sí, mi capitán!* proveniente de los reclutas. Adoptaron la posición de firmes en señal de respeto a las mujeres.

Las disculpas continuaron. Mientras hablaba, el capitán jugueteaba con la visera de su gorra. «Me parece que hemos arruinado nuestras relaciones con la gente de este magnífico pueblo», dijo. «Estamos aquí solamente para ayudar. Es nuestro mandato solemne».

Todas las mujeres asintieron, pero Víctor sabía que el capitán se dirigía solo a su madre. Lo veía en los ojos del hombre. Ella le apretaba la mano y Víctor hacía lo mismo.

«Les aseguro que no queremos nada con sus hijos, señora», prosiguió el capitán mientras sus labios se curvaban en una sonrisa. «Son las mujeres de este pueblo las que nos han cautivado».

AQUELLA NOCHE, LA cantina se repletó de soldados. Se habían quedado en camiseta y habían dejado sus botas apiladas junto a la puerta. El calor de aquel día había sido inhumano: hirviente, denso. El poblado entero había esperado la noche para recuperarse. Una brisa soplaba perezosamente a través de las ventanas abiertas de la cantina. En el interior, se sentía un olor a pezuña y cerveza. Los soldados estaban acabando con toda la bebida del lugar, mientras coreaban las canciones de la radio. El piso de madera estaba brillante y resbaladizo. Manau se sentía melancólico, y compartía unas botellas de litro con un grupo de hombres indiferentes e infelices. Se quejaban del menguante suministro de cerveza y de la sed de los soldados. Solo tenían un vaso, así que bebían en círculo. «¿Qué se han creído estos mocosos?», oyó Manau quejarse a un hombre. «No nos van a dejar nada».

Era una preocupación real para los habituales clientes y asiduos de la cantina. De vez en cuando, alguno de ellos ofrecía una sonrisa triste y un brindis por los soldados, y luego murmuraba maldiciones en voz baja.

El padre de Nico entró, apoyó sus muñones sobre la barra y confirmó la preocupación de la multitud: el próximo camión cervecero no pasaría hasta dentro de diez días. «Siempre y cuando la lluvia no se lleve los caminos», añadió Zahir. Conocía bien los horarios de entrega. Cuando llegaba el camión de la cerveza o cualquier otro, ofrecía al conductor su amplia espalda para la carga y descarga de las mercaderías. Tenía una pequeña carretilla que se amarraba al pecho y que le permitía ser útil aun sin manos.

Manau asintió a su casero, a los hombres allí reunidos. Se sentía aceptado. Nada hermana tanto a la gente como el quejarse juntos. Miró a Zahir a los ojos y recordó que había algo que debía contarle. ¿Qué ocurriría si Nico se marchaba? Víctor había abordado el tema como lo haría un niño: sin matices, con la certeza de lo que es correcto y lo que es incorrecto. «No le importa si su familia se muere de hambre sin él», dijo Víctor de su amigo, horrorizado. Para Manau las cosas no estaban tan claras: ¡qué lugar este para llegar a la adultez! Nadie se moriría de hambre —¡hasta Zahir debía saber eso!—. Por supuesto que el niño quería marcharse. Era el alumno de más edad de toda la escuela, tenía casi dos años más que cualquiera. Unos meses antes había celebrado su decimocuarto cumpleaños, en un día sombrío y lluvioso, rodeado por niños que apenas le llegaban a los hombros. Todos los niños de su edad se habían marchado a la ciudad. Que se vayan, pensaba Manau. Dejen que Nico se marche también. La idea le pareció cómica a Manau: la lenta desaparición de aquel lugar, casas tapiadas en todas las calles de la fangosa plaza. Las puertas con candado, las ventanas cerradas, las paredes tembleques, las habitaciones pudriéndose por dentro. Con dueños que no las visitaban, que no enviaban dinero. No faltaba mucho para eso; pronto dejarán de fingir, empacarán en masa y cerrarán el pueblo para siempre. Dirán una plegaria, le darán la espalda a este lugar y dejarán que la selva lo rodee, lo colonice, lo destruya.

Luego de que las madres dispersaron a sus hijos, algunos padres se acercaron a Manau a quejarse: ¿cómo así los dejó salir?, ¿por qué justo hoy? Las madres querían desesperadamente que sus hijos se quedaran, porque las madres son iguales en todas partes. ¿Qué pasará si nos dejan? La madre de Manau también se había preocupado por su hijo, se había quedado despierta a su lado la noche en que él esperaba, nervioso, oír su calificación en la radio. Cuando la anunciaron, ella lloró; sabía lo que eso significaba. ¿Adónde te van a mandar?, le preguntó. Y ahora estaba allí. Desde hacía un tiempo, Manau sentía la irrealidad de sus propias acciones. Nada tenía el peso, la forma o los colores del mundo real. Eso le permitía observar su cuerpo desnudo y corrompido con una amena indiferencia; e imaginarse, con los ojos cerrados, a Adela haciéndole el amor sobre el crujiente suelo de madera de su cabaña, construida sobre pilotes cerca del río. Era eso lo que en aquel momento le permitía mirar con furia al capitán a través del ambiente fétido y humeante de la cantina, sin miedo, con la certeza de que no importaba lo que dijera o hiciera, los desmoralizados hombres del pueblo lo respaldarían. Tarareó una canción que sonaba en la radio, sintió el latido distante de su propio corazón, y sonrío para sus adentros.

Afuera, Víctor, Nico y otros niños se habían parado sobre cajas de plástico y miraban por la ventana al interior de la cantina. La hermana de Nico, Joanna, estaba allí con una amiga, burlándose de los muchachos. «Monos», les gritaron las chicas. «No saben ni pensar solos». Los niños ignoraron el ataque. Nico había dedicado todo el día a eso, a perseguir a los soldados por todo el pueblo, e incluso siguió a un grupo que se internó en la selva para un ejercicio de reconocimiento. Regresó bastante decepcionado, y le contó a Víctor que no habían disparado sus armas.

«Ni siquiera una vez», dijo.

La cantina desbordaba de ruido y vitalidad. Era una escena extraña: quince desconocidos y, en el fondo, algunos de los clientes habituales, casi ocultos tras una cortina de humo. Alguien cantaba desafinadamente, y la melodía fue pronto eclipsada por risas y silbidos. Víctor se paró en puntas de pie para no perderse nada. ¿No era aquel su profesor, por momentos de espaldas, por momentos sonriendo bobamente a los soldados? El capitán que había sonreído a la madre de Víctor estaba sentado en el centro de un círculo de soldados cuyos ojos brillaban con reverencia. Les contaba historias de guerra en las que no se hablaba de cadáveres, no había muertos: solo largos trechos de marcha con las armas en ristre.

—No había nada a qué disparar. Lo único que hacíamos era caminar. Lo suficiente como para gastar dos pares de botas, como para que los pies se nos pudrieran.

—¿Nunca se encontró con una batalla?

—La selva es infinita —dijo él—. Al líder de nuestro escuadrón le decíamos Moisés. Éramos una tribu errante.

Víctor hacía un gran esfuerzo para poder ver lo que ocurría. Nico, en cambio, tenía los codos apoyados sobre el alféizar de la ventana. Sin embargo, Víctor pudo escucharlo todo, y ahora miraba a su amigo. No lo habían impresionado esos relatos mundanos de la vida militar.

—¿Es *eso* lo que quieres hacer? —preguntó—. ¿Caminar?

Nico se encogió de hombros.

—¿Y tú qué sabes? —dijo—. Ya no hay guerra, de todos modos.

—Qué estúpida suena esa vida.

—Tú eres estúpido —dijo bruscamente Nico—. Al menos ellos no se quedan aquí.

Víctor le dio un puñetazo en el hombro, y su amigo se cayó de la caja sobre la que estaba parado. Esa no había sido su intención. Los demás niños retrocedieron, en silencio.

Nico se puso de pie. Uno de los niños más pequeños empezó a quitarle la tierra de la espalda, pero Nico alejó su mano de un palmazo. Sonreía.

—Un accidente, supongo —dijo Nico.

—Sí.

—Eres bueno para los accidentes, ¿no?

Víctor se quedó callado. Contenía la respiración.

—Pídeme disculpas —dijo Nico.

—Discúlpame —murmuró Víctor. Le extendió la mano, y sintió cómo Nico lo empujaba con ambas manos. Cayó hacia atrás y su cabeza chocó con fuerza contra la pared. Oyó un grito. Estaba seguro de que una de las niñas gritaba. Todo se puso oscuro, luego brillante. Víctor jadeaba por alcanzar un poco de aire. Parpadeó: Nico estaba sobre él, junto a una docena de niños. Veía halos de luz rodeando a todos aquellos rostros jóvenes y conocidos.

—No le van a contar esto a nadie.

—Víctor está bien.

—Lo has matado...

En cierta ocasión, mientras trepaban árboles cerca del río, Víctor y Nico vieron pasar un helicóptero que avanzaba esquivando las copas de la floresta, río abajo, mientras se tambaleaba en el cielo. Aquel era un recuerdo de mucho tiempo atrás, de un día muy ventoso. Ambos habían trepado apresuradamente al árbol, solo para verlo mejor, y casi habían perdido el equilibrio en dos ocasiones. Paralizado por el movimiento del aparato, Víctor se preguntaba dónde aterrizaría, adónde se dirigía. En ningún momento se le ocurrió pensar que la máquina llevaba gente en su interior; para él, era brillante, de acero, y con vida propia. Era macho y hembra, un ser integral. Vio su pasado y su futuro. Vivía en la cima de una montaña que miraba a la ciudad. Tenía sangre en su interior y un corazón que latía. Y justo en ese momento, antes de perderse de vista, el helicóptero atrapó el reflejo del sol: una explosión de luz plateada, como una estrella contra el brillante cielo de la mañana. El distante zumbido se fue apagando, pero varios minutos después, cuando parpadeaba, Víctor aún podía ver el resplandor del helicóptero grabado en rojo, ardiendo contra el negro interior de sus párpados.

Fue solo al zambullirse en el río fresco que se desvanecieron los últimos rezagos de aquel momento.

Qué extraño, pensó Víctor, que ambos hubieran podido ser amigos.

Ruido, gritos; sus compañeros formaban un cerco a su alrededor. Nico estaba en cuclillas a su lado. «Perdón, Víctor», dijo. «¿Estás bien?». Víctor percibió que decía que sí con un movimiento de cabeza. Una de las niñas pasó sus dedos por entre su cabello, y él sintió que la amaba.

En el bar, los hombres del pueblo escuchaban de espaldas a los soldados. Historias de guerra. Manau notó que su casero había dejado caer su cabeza contra el pecho, como si estuviera tratando de observar el funcionamiento de su corazón. Era su turno de beber y se estaba tomando su tiempo. Otro hombre le frotaba la espalda, y pasó un buen rato antes de que levantara la mirada. Tenía los ojos entrecerrados. «No me gusta esta conversación», dijo. Levantó el vaso entre sus dos muñones, sin esfuerzo alguno, se lo llevó a los labios y bebió. No derramó ni una gota. Le pasó el vaso a Manau.

Qué elegancia, pensó Manau. Vació la espuma en el suelo e hizo un gesto de asentimiento a su casero. Los soldados eran alegres y bulliciosos, y Manau sentía que los odiaba. Estaban de paso, se olvidarían. Él, en cambio, se quedaría. *Nosotros* nos quedaremos, pensó Manau, y el pronombre chisporroteó en su cerebro. En la lengua local había dos tipos de *nosotros*: un *nosotros* que incluía también al otro interlocutor, y otro que no lo incluía. Casi nadie hablaba esa lengua ya —unas pocas ancianas del pueblo, nadie más—. Pero algunos de sus antiguos términos habían pasado a la lengua nacional, entre ellos estos dos. El *nosotros* inclusivo era una de las palabras favoritas de Manau. Aquella noche, mientras observaba cómo su casero levantaba un vaso y se lamentaba de la lejana guerra, sintió algo parecido a un vínculo familiar. Era el trago. Era el calor, que lo cubría todo con una neblina crepuscular. Los soldados eran forasteros impenitentes, y el capitán, un comediante morboso, pero Manau sí pertenecía, sí era parte de este pueblo.

La madre de Víctor entró a la cantina. Los soldados la recibieron con vítores. El capitán, con el rostro radiante y colorado, propuso un brindis —¡Por los niños!, gritó, dándose aires—. Manau vio cómo Adela se sonrojaba y luego fruncía el ceño. ¿Se estaban burlando de ella? La idea lo escandalizó. Ella llevaba puesta una sencilla falda azul y una delgada camiseta blanca decorada con un velero. La camiseta era vieja, el cuello se había anchado tanto que dejaba al descubierto su hombro derecho. Iba descalza. Cuando terminó el brindis, el capitán le insistió que se sentara con ellos. «Solo por un momento, señora», dijo. Ella se negó y, en lugar de ello, caminó hasta donde se encontraba Manau y le preguntó si podía hablar con él. En privado.

Él se quedó sin aliento. «Por supuesto», dijo, demasiado rápido. Casi añadió, «señora», pero se contuvo. Se preguntó si hacerlo sería de mal gusto. ¿Tenía aliento a cerveza? ¿Se veía borracho? Le sonrió y borró esas ideas de su cabeza. ¿Había algún indicio de romance en sus labios firmemente fruncidos?

La siguió afuera. Los niños ni siquiera se molestaron en dispersarse. Estaban arremolinados junto a la ventana, seguramente tramando algo. Esta noche, pensó él, estamos de carnaval. Somos un circo en el centro del mundo. ¡Que zumbe el generador y que suene la música; que tintineen los vasos y se entrechoquen las botellas! Benditos sean los hombres vulgares y sus sonrisas groseras, los soldados aturdidos por el alcohol —¡los héroes de los niños!—. Una vez más, la palabra *nosotros* pasó frente a sus ojos, como una bandera agitada por el viento, y Manau decidió que a partir del día siguiente mejoraría su postura. Era un comienzo, un punto de partida. Mejoraría todo aspecto de sí mismo. Sería un mejor hombre para que su madre se sintiera orgullosa de él. Siguió a Adela hacia la oscuridad que empezaba a apenas unos pocos metros de la cantina. Ella lo tomó del brazo, como si pensara que él podía escaparse.

—Su hijo es un buen alumno —le dijo él mientras caminaban. ¿Hablaba arrastrando las palabras?—. Es un chico realmente inteligente.

—Lee todo el tiempo —dijo ella—. Libros viejos que su padre le traía.

Se encontraban ahora a cierta distancia de la cantina. No había llovido en todo el día, y el aire estaba húmedo y lleno de insectos. Caminaron lentamente por los senderos desiertos del pueblo, casi hasta el límite, donde empezaba el bosque.

—¿Le preguntó usted, señor Manau, sobre el padre de mi hijo?

—Así es.

—¿Por qué? —preguntó ella.

Adela tenía una fortaleza que él admiraba. Cuando la veía cruzar el pueblo, Manau siempre se fijaba en sus pantorrillas, en los flexibles músculos de sus piernas. Lo hacían flaquear. La mano de ella rodeaba uno de sus bíceps casi sin tocarlo, pero él se sentía en su poder. Su cuerpo, al margen de cuán desfigurado o corrompido estuviera por el calor, nunca sería del agrado de ella. Un trozo de piel que le picaba empezó a arderle bajo su tenue roce. Sintió la necesidad irresistible de ser honesto. Eso no le ocurría a menudo.

—Me siento solo —susurró, cerrando los ojos.

Los abrió de nuevo un poco después —unos cuantos segundos, un minuto— y ella seguía allí. Adela se había ablandado un poco, o al menos así parecía. Era difícil asegurarlo en la penumbra. Ella le tocó el rostro.

—Nuestros profesores nunca duran mucho tiempo —dijo—. No es un trabajo fácil.

—No, no lo es —dijo él en voz baja.

Por un momento, la noche pareció carente de sonidos. Era la mano de ella sobre su rostro, y nada más que eso. En un instante, todo había terminado. Ella retiró su mano. En la oscuridad, él siguió su recorrido con la mirada. La mano de Adela quedó colgando a un lado de su cuerpo, resplandeciente; luego la juntó con la otra y ocultó ambas detrás de su espalda.

—Perdóname —dijo él.

Adela hizo un gesto de negación.

—Víctor no sabe la historia completa. Era muy pequeño.

—No le volveré a preguntar —prometió él.

—No te preocupes —dijo ella—. Tú no sabías nada. Le contaré todo. Pronto.

—Ya debería marcharme.

—Claro —dijo ella.

Él quería marcharse —era su intención—, pero en vez de hacerlo se quedó mirando al suelo, inmóvil, como si lo hubieran plantado en la tierra delante de ella. La miró a los ojos. Ella estaba expectante.

—¿Sí?

—Tengo algo terrible que pedirte.

Ella sacudió la cabeza de un lado a otro, sin comprender.

—Es mi piel —dijo—. Tengo comezón.

Ella ladeó la cabeza de manera casi imperceptible.

—¿Me estás pidiendo que te rasque?

Manau hizo un gesto de asentimiento, ¿acaso ella sonreía?

—¿Dónde? —preguntó Adela.

No estaban ni a cien metros de la cantina, de los niños, los soldados y las historias de guerra. Pero se encontraban a un universo de distancia. El firmamento desbordaba de estrellas. Cuando ella murió, él recordaría esto, este contacto: los dedos de Adela rascándole la espalda, suavemente al comienzo, luego vigorosamente, como si estuviera cavando en la tierra en busca de un tesoro.

CUANDO REGRESÓ, MANAU se topó con docenas de niños y tuvo que esquivarlos para llegar a la puerta de la cantina. Era como si se hubieran emborrachado solo por estar cerca del lugar. Todos eran sus alumnos. «Profesor Manau», gritaban. «¡No hay clases mañana! ¡No hay clases!». Él sonrió y se sintió optimista. Algunos de los niños lo jalaban del pantalón. Un soldado asomó la cabeza por la ventana y lo saludó con una venia. Manau no vio ni a Víctor ni a Nico entre el grupo, y una vez más le pasó por la cabeza que debía hablar con su casero sobre el niño, pero este pensamiento rondó su mente solo por un instante. Luego entró al local.

En realidad, Víctor sí se encontraba allí, oculto entre los niños, apoyado contra la pared de la cantina. Estoy bien, se decía a sí mismo, pero todo a su alrededor tenía una falta de consistencia, una fragilidad que lo asombraba. Sentía como si pudiera aplastar cualquier cosa con solo mirarla —un árbol, una roca, una nube—, y eso le preocupaba. Se sentía mareado. Las paredes de la cantina temblaban, toda la estructura se estremecía de risa.

Dentro de la cantina, las cosas estaban a la deriva. Se había producido una explosión de ebriedad y nadie se había librado de ella. Los soldados se habían extendido por toda la habitación como la hiedra, un par de ellos se habían apoyado contra la ventana abierta y charlaban con los niños, arrojando el humo sobre sus cabezas; los hombres del bar se habían integrado al grupo, ahora reducido, y formaban una órbita oblonga alrededor del capitán. Cuando Manau entró, el padre de Nico dio un grito, y pronto todos aplaudían al profesor. Manau aún sentía caliente el lugar donde le habían rascado la espalda, la estela ardiente de los dedos de Adela, y ahora le ocurría esto: le dieron ganas de llorar. Aceptó la ovación con una mano en alto y se sentó entre su casero y el capitán. Le sirvieron un vaso y, luego de un leve gesto de brindis, se lo llevó a los labios.

—El señor Zahir estaba contándonos sobre sus manos —dijo el capitán mientras Manau bebía—. ¿No es verdad?

El casero de Manau asintió y se aclaró la garganta. Estaba totalmente ebrio, con la mirada dispersa y difusa.

—Sucedió no muy lejos de aquí —señaló agitando un muñón, y Manau pudo ver el tejido cicatrizado, curtido e irregular que rodeaba el lugar donde sus brazos terminaban de manera tan abrupta.

El capitán le sirvió un vaso a Zahir.

—Qué terrible —dijo.

—Me acusaron de robar de la parcela comunal. Ahora está cubierta de maleza y nadie la trabaja, pero solía estar en el límite del pueblo, un poco más allá de la plaza. Lo hicieron en un *tadek*.

Un *tadek*, pensó Manau, sacudiendo la cabeza, incrédulo.

—¿Aquí? ¿Quiénes?

—La IL, por supuesto, amigo mío. ¿Quién más cometería semejante atrocidad? —dijo el capitán—. Continúe, por favor.

—El hijo de Adela me seleccionó —dijo Zahir—. Apenas tenía cuatro años. Vamos, me dijeron. Y me fui con ellos —hizo señas pidiendo más cerveza. Uno de los soldados llenó el vaso y se lo pasó. Zahir empezó su acto de equilibrismo, pero el vaso se le resbalaba de las muñecas. Se detuvo—. Pero, ¿para qué hablar de esto? —gritó, dirigiéndose al capitán.

—Estos soldados no recuerdan lo que ocurrió, Don Zahir. No lo saben. Ni siquiera el profesor, un hombre instruido, ni siquiera *él* lo recuerda.

—Pero yo no vivía aquí en aquel entonces. Soy de la ciudad.

—Es cierto.

—Y en la ciudad —preguntó Zahir— ¿las cosas marchaban bien?

Manau miró a su casero a los ojos. Su hijo se marcharía: si no ahora, pronto. Él pasaría hambre, al igual que su esposa e hija. El pueblo, con suerte, desaparecería entre la selva.

—No, es verdad. En la ciudad todo era....

—Terrible —dijo el capitán. Sonreía—. Discúlpeme, caballero. Pero hay que decirlo: todo era terrible.

Manau asintió.

—Lo siento, Zahir. No quería interrumpirte.

—Eso es todo. ¡Me cortaron las manos! Y sin embargo, no soy un inútil.

—Claro que no, don Zahir —murmuró el capitán.

—¿Y saben qué es lo que más extraño? —preguntó Zahir en voz baja. Se inclinó hacia ellos.

—Tocar la guitarra —dijo uno de los hombres—. Don Zahir, ¡usted tocaba lindo! —tarareó una melodía que crecía en intensidad mientras acariciaba cariñosamente un instrumento invisible.

—No, no, no es eso.

—La tierra, bella y fértil, entre sus manos.

—¡Suenas como un mal poeta! —dijo Zahir.

—¿Entonces qué? —preguntó Manau.

—Se lo voy a decir —colocó un brazo sobre Manau y otro sobre el capitán—. Mis dedos —susurró Zahir— dentro de mi esposa.

—¡No! —gritó el capitán, incrédulo y rebosante de alegría.

—¡Sí!

—¡Don Zahir! ¡Qué vulgaridad!

Pero su rostro era el mismo de un devoto rezando por el perdón. Manau se sintió sobrecogido. Hubiera sido capaz de prestarle sus propias manos a Zahir para una noche de pasión, si tal cosa fuera posible.

—Ella era tan húmeda —dijo Zahir— y tan caliente... ¡Ay Dios!

—¡Por las mujeres! —dijo el capitán.

—¡Por las mujeres! —gritó toda la habitación llena de hombres.

Afuera, algunos de los niños también gritaron. Las niñas que estaban con ellos se sonrojaron e hicieron una reverencia.

—Yo todavía soy una niña —dijo Joanna, con una sonrisa beatífica.

—Víctor, ¿estás bien? —preguntó Nico por centésima vez. Estaba empezando a preocuparse.

Adentro, el padre de Nico se quedó en silencio, y Manau sintió un calor que descendía de las alturas, con efecto narcótico. Le volvieron a pasar el vaso. Nadie hablaba ya del camión de cerveza o los caminos intransitables. Se lo beberían todo. ¿Qué era el mañana? Una idea, y nada más.

CUANDO LLEVARON CARGADO a Víctor al interior de la cantina, unos minutos más tarde, los hombres y soldados aún estaban en éxtasis por la revelación de Zahir. La radio sonaba solitaria, sin acompañamiento, mientras todos los hombres recordaban en privado sobre las cálidas vaginas que habían conocido. Años atrás, décadas atrás, no importaba cuánto tiempo hubiera pasado; todo el olor y esplendor del sexo imaginado colmaba la habitación. Se miraban las manos y los dedos con absoluta devoción. Habían derramado grandes cantidades de cerveza: el piso estaba tan mojado que se podía patinar sobre él.

Alrededor de Manau, todos los hombres soñaban con lujuria. El capitán y Zahir susurraban con una actitud conspiradora sobre los placeres de la carne. Unos cuantos soldados se habían dormido tendidos en el piso, con botas mohosas bajo sus cabezas a manera de almohadas. Manau ya había terminado de pasar revista a sus recuerdos de mujeres; eran pocos, de todos modos. Levantó la mirada y vio a Nico parado torpemente junto a la puerta, con el hijo de Adela desfalleciente y aturdido en sus brazos.

Víctor era un niño delicado y enfermizo. Esto era algo que Manau no había notado en un comienzo, pues se trataba de un chico bondadoso y sonriente, y su madre lo mantenía limpio y bien vestido. Pero en ese momento Manau tuvo la absoluta certeza de que nunca había visto a un ser humano tan frágil en su vida.

—Me caí —dijo Víctor, antes de que Manau pudiera preguntarle—. ¿Puede alguien llamar a mi mamá?

La voz del niño bastó para despertar a todos del trance en que se encontraban. El capitán reaccionó y su rostro se contrajo en una exagerada expresión de preocupación. Los militares adoran las crisis, pensó Manau. Zahir se levantó de inmediato y tomó a Víctor de los brazos de su hijo. Los delgados brazos del niño se descolgaban de su cuello.

—Todo va a estar bien —le dijo Zahir. Con su muñón derecho, le dio unas palmaditas en la cabeza.

—Yo lo empujé —dijo Nico—. Fue mi culpa.

Pero nadie lo escuchaba. El capitán se puso de pie.

—Vamos a llevar al niño a su casa —dijo Zahir.

—¿Va a estar bien? —preguntó Nico.

—Sí —respondió Manau de inmediato—. Va a estar bien.

—¿No va a morirse?

—Claro que no —Manau hizo una pausa.

Ya no era un niño. Se podía razonar con él. El bar se había vaciado y se habían quedado a solas.

—No puedes marcharte —le dijo Manau—. No ahora. Víctor me lo contó todo. Y te lo prohíbo.

Manau dejó que su magnífica declaración final quedara flotando en el aire durante un momento. *Te lo prohíbo.* Tenía autoridad, peso.

—¿Me has entendido?

Nico parecía haber comprendido.

—¿Tienes algo que decir? —preguntó Manau.

Pero el niño no tenía nada que decir. O no quería decir nada. Manau lo dejó en la cantina desierta y se adentró en la oscuridad de la noche para ir con el hijo de Adela.

Su hogar no volvería a albergar a tanta gente sino hasta la muerte de su madre. Entonces él se convertiría una vez más en el centro de atención; mujeres, amigos y desconocidos apiñados a su alrededor, con miedo de hablar, con miedo de no decir nada. Pero aquella noche, la noche previa a la partida de Nico, un capitán del ejército, borracho, le dijo que era un niño fuerte, un verdadero hijo de la patria. Aquella noche, el padre manco de su mejor amigo lo cargó a través del pueblo, y su nervioso y asustado profesor caminó a su lado, rascándose tan discretamente como podía. Una procesión de medianoche bajo una infinidad de estrellas, con los niños siguiéndolos detrás, preocupados por su compañero de clase. Cantaban canciones, vitoreaban a las mujeres. Habían tratado de despertarlo junto a la pared de la cantina, sin éxito, hasta que Nico dijo finalmente «Ya basta, yo lo llevo». Al final, ese día tuvo para Víctor la misma agitación y locura que tendría más adelante la muerte de su madre —con la excepción de que en este caso se trataba de una celebración—. Él se había convertido en el centro del mundo. Un batallón de soldados hacía guardia junto a su puerta. Don Zahir lo depositó en su cama. Víctor oyó la voz de su madre, demasiado preocupada como para regañarlo. Le colocaron trapos calientes en la frente, y soñó con un helicóptero de luz plateada. Las viejas aparecieron junto a la cabecera de su cama, murmurando plegarias en la vieja lengua.

¿Llegó a susurrarle a Don Zahir al oído?, ¿llegó a decirle que Nico quería irse? Tuvo la intención de hacerlo. Más adelante, se convenció a sí mismo de que sí lo había hecho. Pero no sirvió de nada: al llegar la mañana, su mejor amigo se había marchado.

SIETE

ELLA LA HABÍA tenido en sus manos, incluso había echado un vistazo a los nombres: ninguno le había llamado la atención. ¿Cómo era posible que no lo hubiera visto aquel día? Mientras Víctor jugaba en la sala de controles de la radio, presionando botones y haciendo girar perillas sin orden ni concierto bajo la atenta mirada de Len, Élmer tomó la lista y sacó un lapicero grueso y negro. Norma se quedó de una pieza. ¿Qué era peor: descubrir que el nombre de Rey aparecía en la lista, que por alguna razón ella no se había dado cuenta, o verlo desaparecer nuevamente?

—Espera. Déjame verla —trató de coger la mano de Élmer—. ¿Por qué tenemos que hacer eso?

—Porque es peligroso.

—Dámela un momento.

Él aceptó con un suspiro y le entregó el papel.

—¿Sabías algo de esto? —le preguntó.

Norma extendió la lista sobre su muslo, alisando sus arrugas con las palmas de las manos.

—Claro que no —respondió sin levantar la mirada—. Yo nunca sé nada —pasó los dedos sobre las letras que componían el nombre de su esposo. Allí estaba, el alias de Rey escondido entre otras dos docenas de nombres—. ¿Y tú, sabías?

—No —dijo Élmer—. Pero lo siento, Norma. O la destruyo o se la entregamos a la Policía. Esta lista; podrían ser colaboracionistas, simpatizantes. Rey aún es un hombre buscado.

Aunque esté muerto.

Todo se cancelaría, la lista jamás se leería en la radio, no habría un programa especial para Víctor y los demás, los hijos e hijas de 1797, nadie preservaría su recuerdo. La gente desaparece, se desvanece. Y con ellos, su historia, para que nuevos mitos reemplacen a los antiguos: la guerra nunca ocurrió. Fue solo un sueño. Somos una nación moderna, civilizada. Pero entonces, cinco años después, se oye un diminuto eco de aquella gente perdida. ¿Puedes ignorarlo?

—Se trata de un error, tiene que ser un error.

Quería reírse, y lo hizo —pero fue una risa nerviosa, incómoda, como si estuviera ocultando algo. Élmer frunció el ceño.

—Yo la guardaré —dijo Norma—. Puedo hacer el programa sin mencionar su nombre.

—Pero yo me quedaré con la lista.

—¿Acaso no confías en mí?

Élmer lanzó un suspiro.

—Todos los que aparecen en este pedazo de papel podrían ser culpables de algo. No quiero correr riesgos. También me perjudica a mí, y lo sabes. Yo soy el responsable de esta emisora.

—Voy a llegar al fondo de esto.

Élmer sacudió la cabeza de un lado a otro, y seguramente tenía sus razones —buenas, sólidas razones—, pero ella no lo estaba escuchando. Él hablaba, explicaba moviendo las manos, abriendo y cerrando los puños. Su rostro era suave y comprensivo, pero eso no importaba. Élmer le pedía que olvidara la lista por su propia seguridad; por su amistad, que a veces era difícil pero auténtica, real, pero ella no podía oírlo. ¿Acaso él no se había preocupado siempre por ella? ¿No había estado a su lado durante todo este trance, sin jamás traicionarla? Había otros hombres —dijo Élmer cuidadosamente— que no podían afirmar sinceramente haber hecho lo mismo.

Pero Norma no lo escuchaba. Se puso de pie y dio unos golpecitos en la ventana de la sala de controles, hasta llamar la atención del niño. Le dirigió una gran sonrisa, y sintió cómo se contraían los músculos de su rostro. Él era joven. Le devolvió la sonrisa.

Norma sostuvo la lista contra la luz. Había una sola mancha de tinta negra junto al alias de su esposo, donde Élmer había tocado el papel con la punta del lapicero.

—¿Qué estás haciendo? —preguntó Élmer.

El niño observaba todo por la ventana. Norma dobló la nota en cuatro. Sin decir una palabra, se levantó la blusa y colocó la lista dentro de su ropa interior.

Élmer se acariciaba la barbilla.

—¿Es esta tu idea de una broma?

Ella le señaló a Víctor la puerta. Del otro lado de la ventana, Len se encogió de hombros. El niño desapareció tras la puerta. La iba a esperar afuera. Norma se volteó hacia Élmer.

—Lo siento —dijo, y salió de la sala de controles sin decir nada más. «Está dejando que me vaya», pensó ella mientras la puerta se cerraba tras de sí.

—Norma —dijo Élmer, pero eso fue todo.

Víctor la aguardaba en una destartalada sala de espera que la emisora tenía para los invitados a sus programas. Se había sentado en un sillón de cojines hundidos, y jugaba a insertar un dedo meñique en los agujeros del viejo tapizado.

«Es la hora de almuerzo», dijo Norma con su voz más dulce. El corazón le latía con fuerza: podía sentirlo en su pecho, en su garganta. «¿Quieres almorzar?».

Víctor asintió. Los niños de su edad siempre tienen hambre. Claro que quería almorzar. Tomaron el ascensor, cruzaron el vestíbulo —una sonrisa y un gesto cordial a la recepcionista— y salieron a la calle. Ella lo tomó de la mano.

Se alejaron de la radio en dirección a la Plaza Pueblo Nuevo, hacia el reconstruido corazón de la ciudad, a veinte cuadras, o quizás más, de la emisora. Había dejado muy preocupado a Élmer. Norma estaba segura, casi podía verlo: recorriendo los vestíbulos de la radio, meditando lo que haría a continuación. Quizás enviaría a alguien a buscarla. Quizás al llegar a su departamento esa noche encontraría a la Policía esperándola. Aunque dudaba de que algo así ocurriera. Después de todo, Élmer la había dejado marcharse con la lista. Sentía el roce del papel contra su piel. Por el momento, estaba a salvo. Norma y Víctor pasaron un restaurante tras otro, y en cada uno, el niño aminoraba el paso y se detenía durante un instante frente a la puerta. Había pollos girando en asadores, meseras regordetas que entregaban menús a los transeúntes. Víctor los aceptaba todos y se los iba guardando en el bolsillo mientras Norma lo obligaba a avanzar. Quería ser tolerante con su curiosidad, pero era difícil en un momento como aquel. Había soldados cada dos esquinas, tan integrados al paisaje urbano que se habían vuelto casi invisibles: los mismos muchachos con rifles que la habían atormentado en cierta ocasión, que se habían llevado a Rey de un autobús veinte años atrás. Los peatones se movían caóticamente entre los edificios modernos y monótonos, bajo un cielo nublado que amenazaba con aclarar. Los taxis hacían sonar sus bocinas, los vendedores gritaban, se oían los silbatos de los policías como si fueran alaridos.

Encontraron un lugar y se sentaron al fondo, lejos del ruido de la calle, en un rincón de paredes de espejos y relucientes tubos de neón deletreando los nombres de cervezas y equipos deportivos del país. La mesera era bonita, pero tenía mala dentadura y un acento selvático que parecía querer ocultar. Les sirvieron la comida rápidamente. Víctor bebía una gaseosa de naranja con un sorbete y comía con las manos, feliz de poder hacerlo en silencio. Norma masticaba unas papas fritas con desgano y tomaba unos sorbos de agua. Once años: dentro de un año más, Víctor sería una persona diferente; en cinco, estaría irreconocible, casi un hombre. Él seguía comiendo, y de vez en cuando sonreía, mostrando pedazos de pollo atascados entre sus dientes. Se enjuagaba con tragos de gaseosa, abultando los labios y las mejillas. Ella tuvo ganas de pasar su mano por la cabeza afeitada del niño: la sentiría áspera, como papel de lija. Su mente repasó algunos eventos ocurridos en los últimos diez años, y luego eventos ocurridos en la década anterior, imágenes de Rey y sus diversos nombres, sus historias secretas, sus evasivas, sus desapariciones y sus disfraces. El niño tenía derecho a saberlo.

—Había un nombre en la lista.

Norma aspiró profundamente y exhaló. Lentamente. Sacó un lapicero de su bolso y escribió el nombre en una servilleta, con letras mayúsculas. Se quedó observándolo. ¿Cuándo había sido la última vez que lo había escrito —este nombre extraño de su pasado—? Una década, ¿o quizá más? Desde la época en que le escribió cartas de amor, en las semanas que siguieron a su desaparición, cartas dirigidas al nombre que aparecía en el carné que encontró en su bolsillo, desde entonces, hacía *tanto* tiempo.

—¿Lo reconoces?

Víctor masticaba un gran bocado de pollo. Miró el nombre cuidadosamente.

—¿Cómo se pronuncia?

Norma sonrió. Tomó un sorbo de la gaseosa de Víctor. Sintió la botella fría y húmeda en su mano. Se enjugó el sudor pasándose la mano por la frente. El dolor de cabeza que le había empezado en la emisora disminuyó durante apenas un instante. Casi se le quebró la voz al decirlo.

Víctor repitió el nombre.

—¿Y cómo era?

El niño quería saber cómo era. Ella nunca había escuchado a nadie decir ese nombre en voz alta; eso la hizo sonreír. O más bien, casi llorar. Era una de aquellas sonrisas que ocultan cosas, una sonrisa deshonesta. ¿Por dónde empezar? En las paredes de espejos, Norma veía la calle y su frenético movimiento, hombres y mujeres atrapados en la febril charada de reconstrucción ciudadana. Cabía preguntarse: ¿alguna vez hubo una guerra? ¿O fue que solo la habíamos imaginado? La Plaza Pueblo Nuevo estaba a unas cuadras nomás, un monumento al olvido construido sobre las ruinas del pasado. *¿Cómo era?* Gracias a Dios por los espejos, pensó Norma, y por esta gente, y la de allá, que pasa a toda prisa frente a ellos, por el frenético trabajo de sobrevivir. Pero ninguno de ellos era Rey y ninguno conocía su nombre: era un mentiroso, un hombre hermoso que contaba hermosas mentiras. En el restaurante había luces de neón y meseras de piernas largas, con senos que se desbordaban de sus blusas entubadas de color anaranjado, mujeres vestidas como caramelos, listas para ser comidas, adornadas con colores de cajas de detergente. ¡Zorras limpias y jóvenes! Esta ciudad la iba a volver loca, o su soledad se encargaría de ello. Mientras tanto, Víctor la observaba en el espejo, sus ojos recorrían toda la escena, una nación alimentándose, el pollo arrancado de los huesos, devorado, una docena de rostros jóvenes y viejos con sonrisas grasosas. Se oía una insulsa melodía a un volumen un poco más bajo que el murmullo de las conversaciones, y Norma sentía que su cabeza estaba a punto de estallar.

—¿Está usted bien? —le preguntó el niño. Su voz era suave.

—No —dijo Norma.

—A veces mi madre se ponía así —hizo una pausa y se inclinó hacia adelante—. Como si se le fuera a caer la cabeza.

Era eso, precisamente. Había perdido la cabeza. Norma aspiró profundamente. La había perdido aquella primera noche en que conoció a Rey, y nada había cambiado en varias décadas. ¿Cuánto tiempo más duraría este desfallecimiento? Víctor se limpió cuidadosamente la boca con la misma servilleta en la que ella había escrito. Norma se la quitó y la extendió sobre la mesa. Estaba grasosa y manchada, la tinta se había corrido y era casi ilegible. Era irrecuperable. Sintió cómo la sangre se agolpaba en sus mejillas.

Víctor se disculpó, pero con un gesto ella le indicó que no tenía importancia.

—Mira —le dijo—, no sé cómo era. Pensé que lo sabía. No era un desconocido. Estuvimos juntos durante mucho tiempo. Y hemos estado separados desde hace tanto —lanzó un suspiro—. Pero en ocasiones reaparece. Y hoy lo siento como... —¿cómo se siente?— ...como si todo esto fuera una broma.

El niño lucía confundido.

—¿Una broma, señorita Norma?

—No. Tienes razón, no exactamente como una broma —hizo una mueca con el labio inferior—. No sé cómo describirlo. Llevo mucho tiempo esperándolo.

Víctor era apenas un niño y un desconocido, tan extranjero como ella lo sería en Arabia o Ucrania, pero quería que comprendiera. Más que eso, sentía que él *podía* entender, si tan solo se lo propusiera.

Pero, ¿en qué estaba pensando él realmente? Ella solo podía hacer suposiciones: probablemente en el pollo, en la persistencia del sabor en sus labios, o en esa satisfactoria pesadez en la boca del estómago. ¿En la luminosa rocola ubicada detrás de ella, con sus botones relucientes, discos compactos y una selección de canciones que él probablemente no había escuchado jamás? ¿En la mesera regordeta y su fea dentadura? Era como si repentinamente Víctor hubiera ganado un nuevo matiz, algo que lo diferenciaba del resto: había dejado de ser un niño. Podía mirar en cien direcciones distintas, distraerse con cien cosas, pero todo lo que Norma veía era eso: que él había traído un trozo de papel de la selva. Y escrito en él, un nombre que demostraba que el chico conocía el mundo de los muertos, que en la selva había hablado con ellos.

—No he visto a mi esposo en diez años —dijo ella. Víctor parecía escucharla, y a ella con eso le bastaba—. No soy estúpida, Víctor. No es un desaparecido. Está en una lista que guardan en Palacio: su nombre ni siquiera puede mencionarse. Cada noche, en la radio, ¿me entiendes?, quiero hablar con él. Pero no lo hago. Si me atrevo a decir su nombre, ocurriría algo terrible.

—¿Qué ocurriría, señorita Norma? —preguntó el niño.

—Bueno, por lo menos, una serie de preguntas incómodas. Pero más probablemente arrestos, investigaciones, desapariciones. Es peor que eso: si digo su nombre otra vez, sería como admitir que aún pienso que él podría estar escuchándome. Y no estoy segura de poder soportar eso.

—¿Qué pasaría si yo digo su nombre?

Ella colocó sus manos sobre las de Víctor.

—¿Puedo decirte algo?

—Sí —dijo Víctor. Empujó su plato y acercó la gaseosa, le ofreció lo que quedaba. Cuando ella lo rechazó, él terminó la bebida usando el sorbete, con el ceño fruncido.

—Me das un poco de miedo.

Él enarcó las cejas durante un instante, luego sus ojos se posaron en la mesa. No se atrevía a levantar la mirada.

—No te preocupes —dijo Norma—. Supongo que probablemente tú también me tienes miedo. ¿Cierto? —le apretó las manos; eran aún manos de niño, con dedos delgados y huesudos, y piel suave—. ¿Un poquito asustado? —preguntó ella.

El niño bajó la mirada hacia la mesa.

—Da miedo —dijo ella, sin dirigirse ni a Víctor ni a sí misma, sino al espacio que los separaba—. Seguro que sí.

—No vine solo —Víctor hizo una pausa y respiró hondo—. Vine con mi profesor. Él debe de saber. Se llama Manau.

El niño retiró sus manos de entre las de ella y se rascó la cabeza.

—Era el amigo de mi madre. Su enamorado. Supuestamente me iba a cuidar. Pero no lo hizo. Me abandonó en la emisora.

—¿Así nomás, te abandonó? ¿Qué te dijo?

Víctor tomó el vaso vacío y clavó el sorbete en el hielo que se derretía en el fondo. Sorbió, y por un momento solo se oyó el ruido del agua fluyendo a través de su garganta. Luego se detuvo.

—Nada. Dijo que usted me cuidaría.

—L-l-lo est-t-oy haciendo —tartamudeó Norma—. Y lo seguiré haciendo. Pero, ¿por qué te dijo eso? ¿Por qué te abandonó?

Víctor se encogió de hombros.

—Estaba triste. Los ancianos decían que se había enamorado de mi madre.

Norma se recostó contra el respaldo de la silla, súbitamente divertida. Como si enamorarse fuera excusa para todo. ¿Cuántas cosas se podían explicar de manera tan sencilla, cuánto de su pasado? Este tal Manau: ¿había abandonado a un niño en medio de la ciudad porque tenía el corazón destrozado?

—Es como estar mareado —dijo ella, suspirando—. Tratar de comprender todo esto me hace sentir como si estuviera muy, muy mareada.

—Él sabe. Estoy seguro de que Manau sabe. Él puede ayudarnos.

—Mi esposo no es... no era un hombre sencillo —dijo ella—. Le gustan las artimañas.

—Eso no está bien.

Norma se frotó los ojos: las luces, el niño, la nota.

—Tienes razón. No está bien. Me siento marea-da —repitió—. Eso es todo.

YA LIMPIA LA mesa y pagada la cuenta, Víctor le confesó que había soñado con su madre. Murió en el río, dijo. «Lo siento mucho, pobrecito», dijo Norma, pero él no se lo había contado para eso: pensaba más bien que quizás el río habría traído a su madre hasta la ciudad. La hora de almuerzo había terminado, y las meseras se reunieron junto a la barra iluminada por las luces de neón a conversar y tomar gaseosa.

—¿Qué te gustaría hacer? —preguntó Norma al niño.

—El mar —dijo él—. Quiero verlo.

Las playas de la ciudad están desiertas durante la mayor parte del año, solitarias extensiones de arena azotada por el viento, rodeadas por acantilados que se caen a pedazos. Los vagabundos se calientan alrededor de precarias fogatas, y en ocasiones las olas depositan algún cuerpo hinchado en la orilla. En invierno, la ciudad le da la espalda al mar, las nubes bajan y se vuelven densas, llanas y tenues, como un techo de algodón sucio. ¿Qué playa? ¿Qué mar? Cada cierto tiempo, el viento cambia de dirección y da indicios de su presencia —un olor salobre que atraviesa la ciudad—, pero esos días son raros. Una autopista corre paralela a la costa; el ruido de los automóviles que pasan y de las olas que revientan se funden en un solo y confuso rumor. Algunas de las playas que se encuentran más al norte funcionan también como lugar de trabajo para la cuidadosa labor de separar y quemar basura, que lleva a cabo un diligente ejército de niños flacos, de expresión dura y cabello enmarañado. Atraviesan los basurales armados con palos largos, recogiendo alimento para cerdos de entre los montones malolientes.

Víctor podía ser uno de ellos, pensó Norma. Tenían su edad, su contextura, su color, y sus raquíticos cuerpos se movían diestramente entre los desechos. ¿Y si lo fuera? Si hubiera venido de 1797 y no hubiera encontrado la radio aquel día, si hubiera vagado hambriento y aturdido por las calles, si hubiera decidido vivir en los callejones de Auxilio, o si lo hubiera recogido la Policía en los barrios bajos detrás del Metrópolis, ¿le habría sorprendido a alguien? Un niño como Víctor podía vivir y morir en cualquiera de una docena de miserables pueblos jóvenes, en El Asentamiento o en Villa Miami, en La Colección, en Los Miles o en Tamoé, y nadie se enteraría. No habría misterios ni interrogantes: otro niño de origen oscuro llega a los bajos fondos de la ciudad a ganarse la vida, y su éxito o fracaso no tiene trascendencia alguna para nadie más que él.

Se dirigieron a la costa a buscar a su madre. Norma le dijo —o empezó a decirle— que las cosas no funcionaban así, que el río cruzaba el continente en la dirección opuesta, que el océano era infinito. Pero se detuvo. Él tenía que descubrirlo solo, y se curaría de su sueño cuando lo viera por sí mismo. Norma lo dejó hablar. Él chachareaba sobre su pueblo, sobre su madre, sobre Manau —«¡Lo encontraremos!», decía, aunque la ciudad era tan grande como el mar, y Manau era tan solo un hombre—. Ella se sintió feliz de estar en un taxi, con las ventanas abiertas y el aire ingresando con tal estruendo que le impedía oír el repiqueteo de sus propios pensamientos. Veía cómo se movían los labios del niño, oía tan solo palabras dispersas y le sujetaba la mano para infundirle confianza.

En la playa, Norma y Víctor vieron a una diminuta y encorvada mujer que cargaba un saco en la espalda. Se movía con gran lentitud, de una manera artrítica, a lo largo de la línea de flujo y reflujo de las olas. Los tres eran las únicas personas que se encontraban allí. Se quedaron observándola durante un momento: colaba arena en su bolsa usando un tamiz, luego avanzaba un poco y repetía la operación. El viento dispersaba basura por toda la playa. Ocasionalmente, una ráfaga fuerte de viento arrastraba arena hacia el cielo y mar adentro. Aunque el sol seguía oculto, no hacía tanto frío.

Víctor puso manos a la obra: desató los cordones de sus zapatos y se quitó las medias, decidido y entusiasta. Estiró los dedos de los pies, colocó sus medias dentro de sus zapatillas, y puso todo detrás de una banca de piedra ubicada en la orilla. Se quitó la chompa que Norma le había prestado esa mañana —que le había regalado—, una vieja prenda de lana que Rey había encogido en la lavadora, años atrás. Norma no tenía razones para sentirse asombrada, pero lo estaba: para Víctor, en cambio, la chompa simplemente le servía para protegerse del frío. No tenía ningún significado especial para él, no le recordaba a ninguna persona viva o muerta. ¡Claro! Él estaba libre del pasado de Norma, ¿y por qué tendría que ser de otro modo?

Norma y Víctor caminaron por la arena. Ella no lo tomó de la mano, como en el taxi, aunque sentía ganas de hacerlo. En vez de eso, lo observó mientras avanzaba saltando, yendo y viniendo casi hasta el borde del agua. El niño agitaba los brazos y giraba sobre sí mismo, como bailando. Ella lo siguió hasta el agua y se detuvo justo donde la arena se volvía húmeda y suave. Hacía años que ella no iba a la playa, desde que era una niña. ¿Había ido alguna vez en invierno? Existía la posibilidad de que nunca lo hubiera hecho. Norma se quitó los zapatos, remangó su pantalón y puso un pie sobre la arena mojada. Presionó con firmeza contra la fría superficie y se sintió bien. Retiró el pie, volvió a la arena seca, y se puso de cuclillas para admirar su obra: una huella perfecta de su pie. Hizo otra un poco más adelante, y caminó hacia donde las olas invaden la arena, una fina capa de agua que avanza y retrocede. Luego volvió exactamente sobre sus pasos. Allí estaba: su desaparición. Había entrado caminando al océano y no había regresado.

Cuando niña, había pasado toda una tarde en esta playa, creando enormes huellas de pisadas y gigantescas huellas de garras alrededor de su padre, mientras este dormía con un sombrero de paja cubriéndole los ojos. ¿Qué edad tendría? ¿Ocho? ¿Nueve? Norma sonrió. Su madre, recordó, vestía una ropa de baño negra y un sombrero de ala baja que le daba un efecto dramático. Tenía aires de estrella de cine y se consideraba demasiado elegante para nadar, así que alternaba entre leer, fumar y mirar fijamente el mar. Norma gateaba sobre la arena brillante y caliente alrededor de sus padres, creando un rastro de extrañas huellas. Estaba absorta en su labor: la curvatura y el filo de las garras, la profundidad del talón. Llenó su cubo de plástico con agua de mar y con ella humedecía ligeramente la arena para unir las piezas de su obra. Cuando su padre finalmente despertó, Norma se la mostró. Su actitud era seria y decidida. La bestia que había imaginado mientras trabajaba era aterradora y peligrosa.

—Un extraño animal vino mientras dormías, papi —dijo—. Tenía colmillos y garras.

Él aceptó el cigarrillo que le ofrecía su esposa. Echó un vistazo a las huellas a su alrededor.

—¿Qué hizo el animal?

—Te tragó entero.

Su padre la miró fingiendo preocupación.

—¿Eso quiere decir que estoy muerto?

Ella le dijo que sí, y él se rió.

Una ráfaga de viento le arrojó arena a la cara, y le hizo darse cuenta de que Víctor le había estado hablando. Su profesor recorrió con él todo el camino hasta la ciudad. Salieron de 1797 unos días antes, y estuvieron juntos hasta llegar a la estación central de autobuses en la capital. Luego Manau caminó con Víctor hasta la radio y lo dejó allí. Norma asentía con la cabeza: era algo inexplicable, cruel. ¿Abandonar a un niño en la ciudad, dejarlo a su suerte? Y tan inexplicable como aquello era el hecho de que Víctor pareciera no guardarle rencor. ¿Por qué lo abandonó Manau?

—Había regresado a su casa —dijo Víctor, como si todo fuera así de simple—. Era lógico que Manau me abandonara —dijo Víctor. Claro: la tristeza lo había quebrado.

Norma se sentó en la arena, con las piernas extendidas hacia adelante. Víctor salió corriendo y volvió unos minutos más tarde con un cargamento de madera y algas arrastradas por la corriente, y una lata de metal de origen desconocido con bordes oxidados. Era un niño dispuesto a perdonar, un Buda —Víctor jadeaba, sin aire, con el rostro enrojecido.

—Es bonito —dijo—. ¿Verdad?

Ella sonrió. No estaba claro si se refería al mar, a la arena o a su colección de desechos, pero, en cualquier caso, a Norma le parecía imposible mostrarse en desacuerdo con el niño sobre aquel tema o cualquier otro.

La arena sucia, el horizonte sin luz, detalles que no podían opacar la belleza de lo que se extendía frente a él: una masa interminable de agua. Se movía, tenía vida: su olor salobre, su superficie moteada de espuma y olas que reventaban, una infinidad de agua y espuma elevándose, descendiendo, respirando. El mar simplemente no podía decepcionar a nadie.

Todo tenía un tinte verdoso, los cuerpos, manos y rostros de todos en 1797. Su madre también se encontraba allí —él estaba seguro de ello—, pero eso era todo lo que podía recordar de su sueño: un sabor amargo en la boca, quizás, pero ninguna imagen que interpretar, ninguna historia que desentrañar. En el pueblo, había una vieja que interpretaba los sueños. Decía haber vivido con los indígenas en lo más profundo de la selva, que conocía su lengua: usaban una misma palabra para *medicina* y *árbol*, le dijo a Víctor. En cierta ocasión, Víctor acompañó a su madre a visitarla, y la esperó afuera, escarbando la tierra con una rama afilada. Su madre pagó a la vieja con un atado de tabaco seco y media docena de pescados plateados.

—¿Con qué soñaste? —le preguntó Víctor.

—Con tu padre —respondió ella, pero no dijo más.

Aquella mañana, antes de salir, Víctor le pidió permiso a Norma para revisar sus estantes. Nunca había visto tantos libros. No le dijo que abrigaba la esperanza de hallar algún tipo de mapa, y, en él, su pueblo y su río. Si podía trazar su sinuoso recorrido hasta llegar al mar, quizás fuera posible. ¿En qué dirección corría el río? Estas eran cosas que nunca había aprendido. En su casa, sujeto con tachuelas a la pared de madera, junto a la puerta, había un mapa amarillento por el moho, con sus líneas y colores destiñéndose. Era de antes de la guerra, tenía nombres y no números. El mapa de su padre. Pero Víctor no recordaba nada sobre él, excepto que cuando le pidió a su madre que señalara su pueblo, ella lanzó un suspiro.

—No aparecemos en él, tontito.

Cuando retiró el mapa de la pared para mostrárselo a su profesor, Manau lo vio y sonrió. Señaló la capital, recorrió su litoral con la uña, luego tomó su lapicero rojo y tachó el antiguo nombre. A la izquierda de la ciudad señalada con una estrella, en algún lugar del vasto océano, Manau escribió la palabra *uno*.

—¿Cómo es la capital? —preguntó Víctor.

—Hermosa —dijo Manau.

La tarea de Víctor aquella lejana noche fue corregir los nombres de diversas ciudades con un mapa mimeografiado que le entregó Manau, reemplazando cada nombre con un número. El orden de los números se le fue haciendo claro a medida que avanzaba con su labor: menos de tres dígitos en la costa, por debajo de cinco mil en la selva, sobre esa cifra en las montañas. Los números impares estaban por lo general cerca de un río; los pares, junto a una montaña. Los números que terminaban en uno estaban reservados para las capitales regionales. Mientras más alto fuera el último dígito, más pequeño era el lugar.

En el departamento de Norma, hojeó los libros, pero no encontró nada. Libros sobre historia de la radio, libros con imágenes de plantas de la selva, diccionarios de idiomas que él jamás había oído mencionar. Ella estaba sentada en la cocina mientras él desempolvaba viejos volúmenes con tapas de cuero, pasaba las desgastadas y

deshechas páginas de libros que nadie había abierto en
años. Había dibujos lineales de aves y plantas en cuader-
nos de páginas gruesas. Otros tenían una tipografía tan
pequeña que apenas si podía leerla. Víctor se detuvo un
momento en un libro gris repleto de rostros, fotografías
de hombres y mujeres jóvenes en traje formal. Cada página tenía algunos rostros tachados, con una fecha debajo
de la fotografía. Buscó a Norma con la mirada, pero, al
no encontrarla, dejó el libro a un lado. Cuando cerraba
los ojos, Víctor podía verla una y otra vez: su madre en la
roca, primero firme contra la corriente, luego flotando a
la deriva, sumergiéndose entre las aguas espumosas. ¿En
qué dirección corría el río? Cuando vino a la ciudad, ¿se
había acercado o alejado de ella? ¿La había seguido hasta
el mar?

Todo el día no hizo más que pensar en el océano. Imaginaba la palabra *uno* inscrita en algún lugar del
mar. Cuando visitaron la playa y vio su tamaño, no se
desanimó. Lo llenó de energía. Tuvo la certeza de que
allí se encontraba su madre. Ahora recordaba estar sentado junto a Norma, recobrando el aliento, y pensaba en
su sueño y en toda el agua que había frente a él. Tenía
los ojos fijos en la espuma, en las olas que reventaban en
el horizonte. Depositó su cargamento sobre la arena.

—¿Qué has encontrado? —preguntó ella.

Él le mostró lo que tenía.

—Esto —dijo él— es una espada —sujetó el
pedazo de madera desde la base y lo blandió en el aire
aire—. ¿Ves?

Ella cogió el palo de sus manos y con trazos flo-
ridos escribió su nombre en el aire.

—Se ve peligrosa. ¿Y esto?

Las algas le recordaban a su hogar, al musgo

verde que colgaba de las ramas más bajas de los árboles.
¿Era posible explicarle eso? ¿Cómo formaba cortinas de
verde que oscilaban en el viento y cómo sus extremos
más bajos rozaban la superficie del río? Intentó hacerlo.
El color era el correcto: un verde oscuro profundo, casi
negro, pastoso e impregnado de agua.

—¿Puede imaginarlo? —le preguntó Víctor.

Ella le dijo que sí.

Se quedaron oyendo el ruido del mar. No hacía
ni frío ni calor. Una grieta se formó en un banco de
nubes y por ella penetraron irregularmente algunos rayos de luz. Víctor preguntó:

—¿Sigue mareada?

Norma se movió más cerca de él.

—No —dijo—. ¿Y tú?

—¿Qué va a pasar conmigo?

Norma sonrió.

—No lo sé —dijo—. Eres un chico fuerte, ¿no
es cierto? Tal vez vas a tener que quedarte conmigo un
tiempo.

Él lanzó un golpe al aire con su espada de madera.
Durante un momento, solo se escuchó el ruido del océano y sus movimientos rítmicos.

—¿Te parece bien? —preguntó Norma, y algo en
el tono de su voz hizo sonrojar a Víctor. No le respondió
de inmediato.

—Mi madre la adoraba, señorita Norma —dijo—.
Todos en mi pueblo la adoran.

Norma se quedó callada.

La mujer encorvada había recorrido toda la playa,
arrastrando su saco tras de sí. Víctor se puso de pie súbitamente y caminó hacia ella. Ella le sonrió y siguió con su
trabajo, echando la arena en el tamiz de metal, dejando

que pasaran los granos más pequeños. Lo que quedaba, lo echaba en el saco.

—Mamita —dijo Víctor—, ¿puedo ayudarla?

—Buen chico —dijo la mujer.

Él tomó un puñado de arena y lo dejó pasar entre sus dedos, luego le ofreció los guijarros que quedaron en la palma de su mano. La anciana sonrió y los dejó caer en su tamiz. No pasaron a través de él. Ella le agradeció y los echó en su bolsa. Le acarició la cabeza e hizo un gesto de asentimiento a Norma.

—Buen chico —repitió—; ayuda a una vieja como yo.

—¿No quiere sentarse y descansar con nosotros un momento? —le preguntó Norma.

La mujer sonrió, dejando al descubierto una boca llena de encías de color rojo rosáceo.

—¡Ay, ustedes los jóvenes tienen tiempo para sentarse y descansar! ¡Yo no!

—Yo puedo recoger piedras por usted —dijo Víctor.

Ella se sentó y le entregó su tamiz. Él se arrodilló y echó un puñado de arena en él. Recorrió su dentadura con la lengua mientras observaba cómo pasaba la arena por la red de alambre. Cuando terminó, se la llevó a la mujer para que la inspeccionara.

—Muy bien —dijo ella.

La mujer sacó un pedazo de pan de un bolsillo interior, le arrancó la corteza y se lo ofreció a Norma y Víctor, pero ellos no se lo aceptaron. Comió solo el interior blanco y migoso del pan, mascando de una manera lenta y metódica. Llevaba una pequeña radio colgada al cuello, sujeta por un cordón de zapatos. Luego de terminar su pan, sacó la única batería de su radio, la frotó entre las palmas de sus manos y la volvió a colocar en su sitio. Con un chasquido, la radio cobró vida y empezó a escupir sonidos chirriantes, estática, voces.

Norma le echó un vistazo a su reloj.

—Es hora de uno de los programas de la tarde, mamita —le dijo—. Consejos amorosos o reportes policiales.

—El domingo —anunció Víctor— voy a estar en la radio.

La mujer levantó la mirada.

—Qué bueno.

—Puedo decir su nombre, si quiere.

Miró a Víctor.

—Eso sería realmente bueno.

Víctor estaba otra vez de rodillas, tamizando guijarros. La mujer empezó a contarle a Norma cómo así había terminado haciendo esto. Su esposo trabajaba en construcción. Tenía ganas de hablar, no podía evitarlo. Víctor la escuchó narrar cómo su esposo se había matado al caer de una viga, cómo ella había ido a buscar a su socio y le había suplicado que le diera algún trabajo. Toda su vida adulta la había pasado en su casa. ¿Qué podía hacer? Esto fue lo que le ofrecieron. Vendía los guijarros a una mezcladora de concreto de la Avenida F.

—Me engañó —dijo la mujer con la voz quebrada—. Mi esposo me lo prometió. Me dijo que no me abandonaría.

—Eso hacen los hombres —dijo Norma—. Dicen cosas como esa. Y quizás hasta las digan en serio, mamita.

Víctor prestaba atención a la conversación y seguía vaciando el contenido del tamiz al saco de guijarros. En dos ocasiones interrumpió a la mujer para preguntarle su nombre. En ambas oportunidades, la mujer lo ignoró y se quedó mirando fijamente a Norma.

—¿Es usted la de Radio Ciudad Perdida, señorita?

Norma se sonrojó.

Sonriendo, la mujer tomó la mano de Norma entre las suyas y la apretó.

—¿Por qué no estuvo en la radio esta mañana?

—Me dieron el día libre, mamita, eso es todo.

—¿Regresará? —preguntó la mujer—. ¿Mañana?

—O pasado mañana —dijo Norma.

Una bandada de gaviotas volaba en círculos sobre sus cabezas. Las nubes se habían vuelto poco espesas y translúcidas.

—Estoy muy feliz —dijo la mujer luego de un rato—. Estoy muy feliz de que usted realmente exista.

Norma le tomó su mano y le acarició la nuca. Víctor se sentó y colocó su mano en la espalda de la mujer. Estaba sucia y olía a mar. Ella se había encogido, hecha un ovillo, dentro del abrazo de Norma y ni siquiera notaba la presencia de Víctor.

—Mamita —dijo Norma—, ¿puedo ayudarte a encontrar a alguien?

La vieja se incorporó, asintiendo con la cabeza.

—Ay, Norma —susurró. Sacó un pedazo de papel de su bolsillo—. Le pedí a un hombre que lo escribiera por mí —dijo ella—. ¿Qué dice?

Norma leyó los dos nombres en voz alta.

—Dios misericordioso —dijo la mujer—. Dígales que trabajo en esta playa. Son mis hijos —luego recogió sus cosas y les agradeció a ambos—. Pero en especial a ti, niño —dijo—. Dale un beso a la mamita.

Se inclinó y le ofreció la mejilla. Víctor la besó, obediente.

Cuando la mujer ya se había alejado un poco, Víctor tomó su espada. Luego recogió un puñado de arena y se lo echó en el bolsillo. Se quedó mirando el océano, oteando el horizonte de un extremo a otro. Su madre, por supuesto, no estaba allí. Pero sí Norma, caminando un poco por delante de él en dirección a la autopista, sujetando en la mano la lista de la anciana, firmemente, para que no se le fuera a ir volando.

OCHO

Cuando todavía era un joven profesor, en la época en que la guerra recién comenzaba en serio, Rey resucitó su antiguo alias para publicar un ensayo en uno de los periódicos más politizados de la ciudad. El comité central había decidido que el riesgo valía la pena: era una provocación calculada. A pesar de la mínima circulación del periódico, el ensayo causó cierta controversia. En una serie de artículos, Rey describió un ritual que había presenciado en la selva. Llamó a este ritual *tadek*, el mismo nombre de la planta psicoactiva con la que se efectuaba, aunque afirmaba que los nativos tenían más de media docena de nombres distintos para referirse a él, dependiendo de la época del año en que se celebraba, del día de la semana, del crimen que había que castigar, etcétera. El *tadek*, según la descripción de Rey, era una forma rudimentaria de justicia, y funcionaba así: cuando ocurría un robo, por ejemplo, los ancianos del pueblo escogían a un niño menor de diez años, lo aletargaban con una poderosa infusión y dejaban luego que el niño narcotizado se encargara de encontrar al culpable. Rey había presenciado esto en persona: un niño que avanzaba tambaleándose como un borracho por los enlodados senderos fangosos de un poblado, que entraba al mercado atraído por el color de la camisa de algún hombre, los dibujos geométricos del vestido de alguna mujer, o por un olor o sensación que solamente el niño, en su estado alterado por los tóxicos, podía conocer. El niño se aferraba a un adulto, y con eso bastaba. Los ancianos anunciaban que el *tadek* había terminado y se llevaban al criminal recién identificado para cortarle las manos.

Si el artículo de Rey hubiera sido solamente una mera descripción antropológica de un ritual rara vez practicado, ahí habría quedado todo. No hubiera sido motivo de controversia, ya que por esos días lo que más se sabía de la selva era que nadie sabía, en realidad, nada sobre ella. A nadie le hubiera sorprendido enterarse de un violento ritual pagano proveniente de la floresta oscura. Pero Rey fue más allá. Sostuvo que aunque el *tadek* había estado a punto de extinguirse, pasaba ahora por una suerte de renacimiento. Además, no lo condenó, no lo llamó barbarismo ni empleó ningún giro peyorativo al describir su crueldad. En opinión de Rey, el *tadek* era un antiguo predecesor del moderno sistema de justicia empleado por entonces en la nación. La justicia de guerra, la justicia arbitraria, argumentaba, tenía una validez tanto ética (era imposible saber qué crímenes se ocultaban en los corazones y las mentes de los hombres) como práctica (castigos rápidos y violentos, si se aplicaban al azar, podían promover la paz, asustando a subversivos en potencia antes de que tomaran las armas). Con una prosa mesurada, alababa algunos bien publicitados casos de líderes sindicales torturados y estudiantes desaparecidos, que consideraba versiones modernas y exitosas del *tadek*: casos en los que el Estado atribuía la culpa sobre la base de indicadores externos (juventud, ocupación, clase social) de tanta o menor significación que el dibujo geométrico de algún vestido. El niño borracho era tal vez innecesario en el contexto moderno, pero la esencia era la misma. La presencia del *tadek* en la selva no era la expresión arcaica de una tradición agónica, sino una reinterpretación de justicia contemporánea vista a través del prisma del folclor. En tiempos de guerra, el Estado-nación había finalmente logrado llegar con éxito a las masas aisladas: condenarlos ahora por recrear nuestras instituciones en sus propias comunidades no era nada más ni nada menos que hipocresía.

En la ciudad se produjo una ola de conmoción e indignación entre las clases ilustradas. El *tadek* fue tema de discusión en la radio (había casi una docena de estaciones radiales en aquel entonces), y, para sorpresa de muchos, algunas personas, a menudo llamando desde destartalados teléfonos públicos de los distritos más alejados y pobres de la ciudad, lo defendían. No usaban los argumentos de Rey —nadie lo hacía—, más bien, invocaban la tradición, la comunidad, la cultura. Estaban felices de que el *tadek* volviera. Contaban historias de los inválidos del pueblo, verdaderos símbolos vivientes que recibían su castigo sin quejarse. Era una lección para los niños. Sus detractores lo llamaban *retrógrado* y *bárbaro*. Algunos periódicos locales publicaron estudios sobre el *tadek*, junto con despachos igualmente preocupantes provenientes del interior: tiroteos en poblados antes tranquilos y prácticamente olvidados, policías secuestrados de sus puestos a plena luz del día, patrullas del ejército que sufrían emboscadas y eran despojadas de sus armas en ventosos pasos de montaña.

Al gobierno no le quedó más opción que clausurar aquel periódico y otros más. Un locutor de radio que transmitió una serie de programas que examinaron y ampliaron los artículos de Rey fue brevemente encarcelado, interrogado y luego puesto en libertad. Un congresista que se consideraba muy liberal presentó un proyecto de ley que declaraba ilegal la práctica del *tadek*. Este fue aprobado, por supuesto, luego de que los senadores subieran uno tras otro al estrado para expresar su indignación. Incluso el presidente denunció su práctica cuando refrendó la legislación, afirmando que el propio concepto ofendía la dignidad de una nación moderna. Predicó a favor de una fe ininterrumpida en el progreso y, como en casi todos sus discursos de aquellos días, aludió vagamente a una minoría descontenta que se dedicaba a perturbar la calma de un pueblo pacífico y leal. La propia guerra, que tanto había demorado en gestarse, finalmente había llegado, pero durante los primeros cinco años de su violenta existencia solo recibió estas indirectas alusiones por parte del gobierno.

Cuando Rey publicó sus artículos, la guerra llevaba casi tres años convulsionando el interior del país, pero en la ciudad casi ni si se había sentido. Todo en la capital era diferente cuando empezó la guerra, tan limpio y ordenado —antes de que fuera creado El Asentamiento, antes de que la Plaza fuera arrasada y reemplazada con la Plaza Pueblo Nuevo, cuando Las Barracas eran realmente un grupo de barracas y no una barriada expandiéndose a paso furioso por el extremo norte de la ciudad—. En aquella ciudad, que a estas alturas ya no existe, era una afrenta imaginar que el *tadek* pudiera ser real. Era un insulto a la idea que la ciudad tenía de sí misma: una capital, un centro urbano en diálogo constante con el mundo. Pero no solo eso: la guerra misma era un insulto a las clases ilustradas, y por ello el *tadek* fue patrióticamente proscrito por ley, y con él, la guerra, todas las realidades desagradables del país fueron suprimidas de periódicos y revistas, y su mención en la radio, totalmente prohibida.

Al inicio de la controversia, el editor de Rey en el periódico pasó a la clandestinidad —esto se había acordado previamente—, pero antes de hacerlo, prometió a Rey que nadie lo delataría. Aquel nombre había estado fuera de circulación durante muchos años, y en verdad él nunca había sido una figura pública más allá del pequeño e insular mundo de la política universitaria. Pero, con todo, su tensión era real: varias semanas después de la publicación, Rey seguía esperando que un grupo de hombres armados irrumpiera en su casa, que echaran abajo su puerta durante la madrugada y se lo llevaran de vuelta a la cárcel, de vuelta a La Luna. Nadie lo leerá, le habían dicho. Pero Rey dormía intranquilo, abrazado con fuerza a Norma, con la certeza absoluta de que cada noche que pasaban juntos sería la última. Tenían solo unos cuantos meses de casados, y él nunca le había siquiera insinuado lo que podía ocurrir.

Por algún motivo, él creyó que podía dar ese paso sin que ella jamás se enterara. Cierta tarde, antes de que las cosas empeoraran, Rey llegó a casa y encontró a su esposa en la cocina, de pie junto a la hornilla, revolviendo una olla de arroz. Se acercó por detrás y le besó el cuello, pero ella se alejó. El periódico que nadie leía estaba allí, sobre la mesa de la cocina.

—Te van a matar —dijo ella.

Él pensó exactamente lo mismo cuando le propusieron el proyecto. Le habían asegurado que no correría peligro. Rey recobró la compostura antes de responderle.

—Nadie sabe quién soy.

Norma se rió.

—¿En serio? No puede ser que creas eso.

Pero ¿qué más podía él creer?

—¿Por qué has escrito esas cosas?

La verdad era que se lo habían pedido, que había sido algo aprobado. Pero no podía decirle eso. Intentó tocarla, pero ella se apartó. Rey le había propuesto matrimonio y se habían casado; habían transcurrido cuatro años desde el día en que se conocieron, pero ella aún no le había hecho esas preguntas. Mas ahora, con los ensayos publicados y a la vista de todos, Norma le iba a preguntar lo que tenía derecho a saber. Ella era su esposa, después de todo, y él, su esposo. Eran las preguntas que él había estado esperando desde el día en que le propuso matrimonio en el departamento de su padre: el «¿quién eres?» planteado en varias formas. Ahora, el momento había llegado.

—Pregúntame lo que quieras —dijo él, y ella, como cualquier periodista, comenzó por el principio.

—¿Por qué no me contaste que tu padre estaba vivo?

—Pensé que yo iba a morir.

Esta parte era cierta.

—Y estaba seguro de que volverían por mí. Quería protegerte. Mientras menos supieras de mí, mejor.

No había mentido, todavía. A veces aún se sorprendía de no haber muerto dentro de un hoyo y desaparecido de la faz de la tierra. Pero esta era la prueba: se encontraba en su propio departamento, con su esposa preparando la cena para ambos. Cientos de hombres podían estar haciendo exactamente lo mismo en ese preciso momento. Miles. ¿Quién podía afirmar que él era diferente? Y muchos de esos hombres, suponía él, no esperaban morir aquel día. Rey suspiró. La cocina era oscura y claustrofóbica. Añoraba un día hermoso, de nubes altas y ralas extendidas por el cielo como una muselina. Una brisa. Antes de que la guerra llegara a los vecindarios más refinados, había parques con olivos y limoneros plantados en hileras, y macizos de flores repletos de vivos colores, lugares a la sombra en los que se podía tomar una siesta sobre una manta extendida, lugares por los que las parejas podían pasear tomadas de la mano y discutir en susurros asuntos personales de todo tipo. Esto también se acabaría con la guerra. La ciudad se volvería irreconocible. Solo unas semanas después, en el punto más crítico de la controversia sobre el *tadek*, Rey redactó su testamento y lo revisó junto con un colega de la universidad, un profesor de Derecho para quien todo el tema no era más que una paranoia mórbida. Llegarás a viejo, le repetía una y otra vez el profesor, riendo nerviosamente, y riendo más aún porque Rey no lo hacía. Rey le dejó todo a Norma. Cuando encarcelaron al locutor de radio, Rey supo que también irían tras él. Era solo cuestión de tiempo: visitó a su padre para prometerle un nieto, pero no le explicó más. Le suplicó a su esposa que lo perdonara. Todo esto ocurriría más adelante, pero en ese momento lo que hizo fue acercarse a Norma. Sintió la tensión de su cuerpo al tocarla. La hizo girar hacia él, pero ella no levantó la mirada. Tomó la mano de Norma en la suya y acarició sus nudillos con el pulgar, dibujando ochos. Se dio cuenta de que podía herirla, y de que podía ocurrir con facilidad. La idea lo aterró.

—¿Eres de la IL? —le preguntó ella.

Durante un instante, Rey pensó en decir lo que le habían enseñado, lo que el profesor barbudo le había dicho en La Luna: que no existía tal cosa. Que la IL era solo una invención del gobierno, concebida para asustar y distraer a la gente. Casi lo dijo, pero justo en ese momento ella pestañeó.

—Dime la verdad —dijo Norma— y nunca más te volveré a preguntar.

Ella era su esposa, y estaban en su hogar; tenían las puertas cerradas con llave y pestillo, se encontraban a salvo. Rey sintió enormes ráfagas de afecto por esta mujer, por esta ilusión llamada vida: quizás mañana saldría el sol que tanto añoraba y ambos podrían dar un paseo por aquel parque tranquilo. Lo peor de la guerra estaba aún tan lejano que era inimaginable.

Y por eso Rey se declaró curado, como si la subversión fuera una enfermedad. «No, no soy de la IL. Déjame explicarte». Le contó a su esposa que en La Luna lo habían arrojado a un calabozo tan estrecho que debió estar de pie durante siete días, incapaz siquiera de doblar las rodillas, incapaz de ponerse de cuclillas. Era prácticamente un hueco, cubierto por tablones de madera, con diminutas aberturas lo suficientemente anchas como para ver una franja de cielo: apenas una franja, pero era todo lo que necesitaba para sus ruegos. ¿Qué pedías, Rey? Nubes, respondió él. En el día, cuando el sol brillaba con fuerza sobre su cabeza, el ambiente se volvía caluroso y sofocante, como si lo estuvieran horneando vivo, sentía que le caminaban insectos por todas partes, pero no estaba seguro de si eran reales o no. Se convenció a sí mismo de que no lo eran. Si saltaba, podía llegar casi hasta el borde del agujero, pero luego del primer día, le fue imposible saltar. Rey pasaba horas tratando de agacharse para masajear los acalambrados y entumecidos músculos de sus pantorrillas. Era un delicado procedimiento que consistía en levantar la pierna en dirección a su pecho, hasta que su rodilla chocaba contra las paredes de tierra del agujero que ahora consideraba propio, inclinarse hacia un lado y extender las manos hacia abajo, hacia la oscuridad. Mi hueco no era lo suficientemente ancho, le dijo a Norma. Mi tumba, habría podido decir. Escarbó las paredes con las uñas de las manos y arañó el fondo con los dedos de los pies. Quería masajear sus pantorrillas, pero debía contentarse con rascarse un punto justo por debajo de la rodilla. Se rascó hasta que le dolió, y luego se rascó más. En la cuarta noche, un par de soldados borrachos quitaron la cubierta. Rey vio estrellas, el cielo lleno de luz, y supo que se encontraba lejos de la ciudad. Lucía hermoso, y por un momento creyó en Dios. Luego los soldados abrieron el cierre de sus pantalones y orinaron sobre él. Fue un acto rutinario y silencioso. Él esperaba oírlos reír o bromear, que hallaran algo de felicidad en su crueldad, pero no hubo nada de eso, solo la luz de las estrellas y el brillo marmóreo de los rostros de sus torturadores. Rey dormía de pie. Percibía su propio olor. Pasó el quinto día, y el sexto. Estaba inconsciente cuando en el séptimo día lo sacaron y lo trasladaron a una celda con media docena de prisioneros: el hombre barbudo de traje arrugado y otros más, todos ellos consumidos, deformes, con fuerzas solo para yacer tirados en el suelo, incapaces de hablar.

Rey le juró a Norma que se había curado de toda ambición política. «Así de simple», dijo, con tal fervor que ella podría haberle creído. En realidad, lo esencial de lo que había dicho era cierto: «Quiero vivir. Quiero envejecer a tu lado. No quiero volver jamás a ese lugar».

PERO TODO EMPEZÓ apenas seis meses después de que regresara de La Luna, unos años antes de la controversia del *tadek*, durante un viaje matutino en un autobús interurbano, el día que Rey se encontró con el hombre barbudo. Llevaba puesto el mismo traje arrugado y tenía la misma expresión de divertida indiferencia. ¿Era él? Sí; no. Rey se frotó los ojos. En lugares como ese, entre desconocidos, por lo general su cerebro funcionaba mejor: su mente divagaba, difuminando y luego borrando aquello que no le interesaba recordar. La Luna, La Luna: lo perseguía, como una canción cuya melodía no se podía sacar de la cabeza. Su tío Trini le había conseguido un empleo en Tamoé; trabajaba como inspector de asentamientos humanos para la agencia gubernamental que legalizaba las invasiones de tierras. Era algo temporal, un puesto invisible en una burocracia invisible, algo que le permitiría sobrevivir hasta que tuviera fuerzas para volver a la universidad. Llevaba solo tres semanas en el puesto, vagando entre pueblos jóvenes, haciendo preguntas a madres que lo miraban con recelo, como si él fuera a despojarlas de sus hogares. Anotaba nombres en su tablilla, dibujaba mapas rudimentarios de los vecindarios miserables en papel milimetrado que le daban en la oficina. Almorzaba en silencio en el mercado al aire libre, y así transcurrían sus días. Recordaba La Luna, se la imaginaba detrás de cada cerro. El viaje en autobús demoraba una hora y media en cada sentido, tiempo que él dividía entre dormir y una especie de autohipnosis que había desarrollado: se quedaba observando a los demás pasajeros hasta que los ojos se le cruzaban, hasta que los pasajeros perdían su apariencia humana y se convertían solo en formas y colores. Veía pasar la ciudad por la ventana, y de cuando en cuando alguna palabra de un diario que alguien estaba leyendo atraía su atención: la guerra aparecía en los titulares, en aquel entonces todavía en las páginas interiores, aún una pesadilla remota. Él nunca leía los diarios; se había propuesto no hacerlo.

El autobús dibujó una curva cerrada. Los pasajeros se bambolearon con él —bailarines, todos— y Rey pudo vislumbrar otra vez al hombre: estuvimos encadenados juntos, pensó Rey, y cerró los ojos con fuerza. Para entonces, una noche con pesadillas ni lo sorprendía, ni lo desconcertaba demasiado: las explosiones de violencia fílmica no ocurrían todas las noches, solo dos veces por semana. Rechinaba los dientes al dormir: por las mañanas, sentía el dolor de su mandíbula y el polvillo del esmalte esparciéndose por su lengua. Se alojaba con su padre y dormía en el sofá, y cada noche Trini iba a visitar a su traumatizado sobrino; juntos revivían tiempos mejores mientras bebían tazas de té humeante. «Necesitas una mujer», le decía Trini, y eso era lo único en lo que su padre y su tío concordaban.

El hombre del traje arrugado lo miraba fijamente. O quizás era Rey el que lo miraba. Imposible asegurarlo: uno se habría imaginado que la ciudad era el lugar perfecto para pasar de incógnito, un lugar en el que se podía desaparecer, un lugar tan gris que se encargaría de olvidar por ti. Pero aquí estaba el hombre. Sus miradas se cruzaron. La Luna es como mi segundo hogar, le había dicho. Rey empezó a temblar. Eso significaba que estaba marcado. Era una bomba de tiempo. Lo que más deseaba Rey en aquel momento era bajarse del autobús en el próximo paradero: no tenía problema en esperar por el siguiente autobús en cualquier extraño o desconocido rincón de la ciudad, en cualquier lugar lejos de ese hombre —llegaré tarde al trabajo, pensó, pero no importa—. Rey se dio cuenta de que sudaba, de que su corazón latía de manera irregular, con frenesí, mientras que el hombre del traje arrugado —ahora Rey podía verlo, entre la somnolienta multitud de todos los días— parecía totalmente tranquilo. Miró a Rey fijamente a los ojos, sin pestañear ni girar la cabeza.

Rey pasó el resto del trayecto con los ojos entrecerrados, fingiendo dormir. Cuando se despertó, el hombre ya no estaba. Era un día despejado en Tamoé, un día soleado que lo afectaba como si fuera una droga: Rey de pronto tocaba las puertas incorrectas, hablaba atropelladamente y se equivocaba al repetir su rutina previamente ensayada: «Represento al gobierno; estoy aquí para ayudarlo a legalizar su reclamo de esta tierra, de esta casa». El sudor se acumulaba en su frente, le escocía los ojos. Le cerraban puertas en la cara, las mujeres se negaban a hablar con él sin sus esposos presentes. Él les dejaba tarjetas de visita y les prometía volver. El día transcurría como entre una nube de opio, mientras Rey iba de una calle polvorienta a la siguiente. Representaba al gobierno —como lo representaban también aquellos soldados, la noche en que orinaron sobre él, bajo las estrellas—. *El abrazo generoso del poder*, lo llamaba Trini, con una sonrisa de satisfacción. «No te preocupes, muchacho», le había dicho su tío. «Si todas las personas que pasan por La Luna estuvieran en una lista negra, no quedaría nadie a quien contratar».

Pasaron un par de días antes de que volviera a ver al hombre del traje arrugado: en el mismo viaje matutino de autobús hasta Tamoé. En esta ocasión, el hombre subió algunos paraderos después que Rey, lo saludó haciendo un gesto con la cabeza —¡no cabía duda, era él! ¡descarado!— y luego ocultó su rostro tras un periódico. El día siguiente, volvió a ocurrir lo mismo. Y el siguiente. Al cuarto día, Rey llamó para avisar que estaba enfermo, un innecesario gesto de cortesía que él se sentía obligado a dispensar: era un subalterno dentro de una enorme burocracia, y nadie se habría dado cuenta. A pesar de ello, se puso un abrigo, salió tambaleándose a la calle y llamó desde el teléfono público de la esquina, temblando. Con gran diligencia, reportó síntomas tan vagos como reales: una ligera sensación de vértigo, dolor en el hombro, dificultades para respirar. No mencionó nada sobre su miedo ni sobre las pesadillas, tan intensas que lo paralizaban. Todo lo que necesitaba, concluyó mientras hablaba con una secretaria poco interesada, era descansar un poco.

Rey volvió al trabajo al día siguiente, y en esta ocasión el hombre del traje arrugado lo estaba esperando en el paradero del autobús, sentado en la banca con un periódico doblado bajo el brazo, observando el tráfico con la mirada vacía. Rey no le había contado a nadie sobre esta aparición —ni a su padre ni a Trini—. Sentía que el hombre lo estaba agrediendo. No había nadie más en el paradero. Rey le lanzó una mirada hostil y el hombre le sonrió.

—¿Me está siguiendo? —preguntó Rey.

—¿Puedes sentarte? —el tono de voz era cálido, paternal—. Tenemos varias cosas de qué hablar, tú y yo.

—No lo creo —dijo Rey, pero se sentó de todos modos—. Usted no me da miedo.

—Claro que no —dijo el hombre.

Había engordado un poco desde la última vez que Rey lo vio. Aunque, por supuesto, podía darse por sentado que a todos les había ocurrido lo mismo. En La Luna, dos veces al día un soldado se acercaba y arrojaba trozos de pan en el hoyo, junto con una bolsa plástica llena de agua.

—Tamoé —dijo el hombre— es el futuro de esta afligida nación.

Llegó un autobús; de él bajó una mujer con un saco de vegetales. El conductor del autobús mantuvo la puerta abierta, como esperando a Rey, pero el hombre del traje arrugado le indicó con un gesto que se marchara.

—En Tamoé se sentarán las bases de todo. Yo hasta diría que ya está ocurriendo, en este preciso momento. Dime, ¿te gusta tu trabajo?

¿Qué podía gustarle? Era una barriada como cualquier otra. Rey se cubrió la boca y tosió.

—Tenemos gente allá —prosiguió el hombre. La comisura de sus labios se curvaba formando una sonrisa—. Me gustaría que los conozcas —metió la mano en un bolsillo del interior de su saco y extrajo un sobre—. Yo no puedo visitarlos contigo. Sería peligroso.

Rey miró al hombre y luego a su alrededor, a la concurrida avenida. Vistos desde lejos, no eran sino dos hombres —desconocidos, amigos— conversando. ¿Los estaría vigilando alguien? ¿Espiando su conversación? Podían estar hablando sobre el clima, los resultados deportivos del fin de semana, o cualquier otra cosa. El hombre colocó el sobre en la banca, entre ambos.

—¿Por qué yo? —preguntó Rey.

—Porque sé cuál es tu nombre —le respondió el hombre—. No el que te pusieron tus padres. El otro.

El nombre, el documento de identidad. Por un instante, una imagen se dibujó ante sus ojos: la mujer a la que no había visto desde que comenzaron sus infortunios. Se llamaba Norma. *Norma*.

—No sé de qué me habla —dijo Rey, pero sus palabras tenían una decepcionante falta de determinación: sonaban débiles, frágiles.

—Veo que lograron asustarte en La Luna. Pero hay otras cosas en las que nos puedes ayudar. Cosas tranquilas. Cosas decentes. Ya no es necesario que te expongas en público para apoyarnos.

—No comprendo.

—Por supuesto. No muchos de nosotros sabemos quién eres en realidad —el hombre lo miraba sin pestañear—. ¿Quieres que diga tu otro nombre? ¿Quieres que te lo demuestre?

Súbitamente Rey sintió que dejaba atrás su juventud, que había transcurrido una década y que se había convertido, de la noche a la mañana, en un hombre viejo y decrépito, un hombre sin nada que perder. Agonizante. No había vuelto a ver a Norma, no había pensado en ella hasta ese preciso instante. ¿Podría siquiera reconocerla? Había pasado seis meses atrapado por la perturbadora esencia de sus propios sueños. Rey tomó el sobre sin siquiera mirarlo, y lo colocó en el bolsillo interior de su abrigo. Era delgado y ligeramente ceroso. Instintivamente, supo que estaba vacío. Todo había sido una prueba.

El hombre sonrió.

—Avenida F-10, lote 128. Pregunta por Marden.

Me encerrarán de nuevo, pensó Rey, y en esta ocasión nadie me verá. Esta vez no me perdonarán. Si acudiera a la Policía, ¿qué podría decirles? ¿Cuál sería mi evidencia? Un sobre vacío y una vaga descripción de un hombre de barba rala y un traje desarrapado. Y dónde conoció a este hombre, le preguntaría un policía, y en ese preciso momento me traicionaré: Cuando estuve preso, señor, en La Luna.

El hombre se rascó las cejas.

—Tienes preguntas a las que yo no puedo responder —dijo—. Mientras tanto, déjame preguntarte algo: aquellos soldados, los que nos acompañaban cuando nos vimos por última vez, ¿los odias?

El autobús estaba a solo media cuadra de distancia. *Odio* era una palabra que Rey jamás usaba. No significaba nada para él. Los soldados le habían orinado encima sin alegría, con la indiferencia de científicos llevando a cabo un experimento. Cuando Rey era niño, él y sus amigos atrapaban escarabajos, los colocaban en recipientes de plástico y les prendían fuego sintiéndose dichosamente crueles: un grupo de niños cautivados por un acto común de maldad. ¿Por qué este recuerdo lo llenaba de tanta nostalgia, y por qué los soldados fueron tan indiferentes en su crueldad? Lo habían torturado con la misma convicción con la que él recorría las calles de Tamoé. En otras palabras, lo habían hecho apáticamente, de manera automática. ¿Cómo podía odiarlos? Era su trabajo. Rey sabía que hubiera bastado con que los soldados se rieran de él por lo bajo para odiarlos. Totalmente. Sin eso, le parecían extrañamente inocentes.

El autobús se detuvo frente a ellos. Rey intentó levantarse, pero el hombre del traje arrugado lo retuvo.

—Tú espera el siguiente —le dijo. El hombre subió al autobús sin volver la vista atrás.

Conservó el sobre durante dos semanas. Aquella primera noche, luego de que Trini se marchara y de que su padre se fuera a dormir, Rey lo sostuvo a contraluz y comprobó que estaba vacío. Había una letra *M* escrita a mano en la esquina superior derecha. El sobre estaba cerrado, era delgado e insustancial.

Rey volvió a Tamoé toda esa semana, esperando ver al hombre de la barba rala cada mañana. Pero eso no ocurrió. Recorrió el vecindario como siempre lo había hecho, tomando notas, dibujando sus mapas rudimentarios, llenando formularios para hombres analfabetos que insistían en revisarlos detalladamente antes de escribir una *X* al pie de la página. Deliberadamente evitaba la avenida F-10, y nunca la cruzaba a pie: si le tocaba trabajar en el lado norte de la F-10, bajaba del autobús unas cuantas cuadras más allá de la avenida y pasaba todo el día en esa zona. En otras ocasiones, restringía su trabajo al lado sur, sin acercarse jamás a esa nueva frontera artificial.

Le tomó dos semanas, pero cuando Rey finalmente decidió ver a Marden, lo hizo de inmediato. Más adelante, se preguntó qué era lo que lo había llevado a aquel lugar, y decidió que había sido la curiosidad —una curiosidad natural—. Luego se dijo que siempre era útil tener un saludable interés por lo desconocido. En su carrera como científico; en su vida, si le permitían vivirla. No era el odio que el hombre del traje arrugado quería que sintiera, y, de cierta manera, Rey se sentía orgulloso de ello. Y sin embargo, tenía miedo. Aquel día se vistió como lo hacía normalmente, se lavó la cara con el agua fría del grifo del departamento de su padre, y colocó el sobre vacío doblado en su bolsillo delantero. Cuando cerró la puerta tras de sí, Rey la sintió extrañamente pesada.

La avenida F-10 corría aproximadamente de este a oeste cruzando Tamoé, un camino de cuatro carriles repleto de baches, dividido por una franja de cascajo y salpicado ocasionalmente con arbustos secos. Estaba bordeada por bloques de departamentos bajos y estrechos, hacinados talleres de reparaciones y unos cuantos restaurantes de cuestionable higiene y menús limitados. Si un lugar como Tamoé hubiera tenido un centro, este habría sido la F-10: una de las dos avenidas con postes de luz en el recién colonizado distrito. Los días en que trabajaba en la zona norte de Tamoé, el autobús que lo llevaba de vuelta a casa cruzaba la avenida: Rey sentía su calor y energía desde varias cuadras antes. Al caer la noche, grupos de muchachos se congregaban bajo los postes de luz de la F-10: en cuclillas alrededor de esta suerte de tótems, se reían animadamente mientras eran bañados por la pálida luz anaranjada. Esto desconcertaba a Rey: era como si los jóvenes del distrito nunca salieran de Tamoé; en lugar de ello, venían a esa avenida simplemente a pararse bajo los postes de luz.

Aquella mañana, Rey se bajó en el corazón de la F-10 y caminó hacia el este. Incluso de día, el lugar se hallaba repleto de jóvenes. Las mujeres vendían té en carretillas de madera, emolientes de aromas acres, jarabes que prometían curar la tos. Las moto-taxis se apiñaban en la esquina y trasladaban a los vendedores hasta el mercado, a unas cuadras de distancia. Pero diez cuadras más arriba, la avenida recuperaba el aire provincial que caracterizaba al resto del distrito. El asfalto desaparecía abruptamente y los bloques de departamentos de cuatro y cinco pisos, los edificios de construcción más sólida de todo Tamoé, eran reemplazados por casuchas que le interesaban directamente a Rey y su trabajo: viviendas diseñadas con gran ingenio, hogares construidos con materiales rescatados de la ciudad. La urbe seguía creciendo y creciendo de manera ilegal, ubicua e inevitable, y nadie podía imaginar que alguna vez fuera a detenerse. La avenida en sí terminaba en la base de una colina amarillenta que se caía a pedazos, y un camino polvoriento conducía directamente a un montículo de piedras. En este lugar, un niño con el torso desnudo había plantado una bandera roja. Media docena de otros niños corrían alrededor del montículo, ignorando a Rey, y cada cierto tiempo intentaban trepar a la cima, pero eran repelidos por una lluvia de piedras. Jugaban a la guerra. Un escuálido perro negro estaba sentado a una distancia prudente de los niños, y mordía nerviosamente un pedazo de tecnopor.

El lote 128 se encontraba ubicado en el lado polvoriento de la calle, a la izquierda del montículo de piedras. Era una casa como cualquier otra de la manzana, construida con ladrillos de adobe y con pequeñas ventanas sin marco a ambos lados de la puerta, bordeada por una cerca de caña trenzada que le llegaba a la altura de las rodillas. Rey pasó sobre ella. El número había sido pintado con esmero en el centro de la puerta. Rey resistió el impulso de echar un vistazo a través de las ventanas. Dio dos golpes a la puerta y aguardó.

—Marden —dijo Rey cuando se abrió la puerta—. Traigo un mensaje para Marden.

El hombre que abrió la puerta era grande y pálido, vestía una camiseta y un pantalón oscuro sujeto por una soguilla y con parches en las rodillas. Tenía más de cincuenta años, quizás muchos más. Su cabello era del color de un filtro usado de cigarrillo y su rostro, flácido y descolgado, tenía esa misma palidez gris-amarillenta de algo gastado. Si era Marden, el nombre parecía no causar ningún efecto en él o, más bien, no precisamente el efecto que Rey había estado esperando: una mirada de reconocimiento, incluso de camaradería. El hombre miró hacia la avenida con recelo, luego hizo pasar a Rey con un gesto. Le señaló una silla en el centro de la habitación y se puso de cuclillas frente a una diminuta hornilla de gas que descansaba sobre el suelo de tierra. Con un tenedor torcido, vigilaba la cocción de un huevo. Este flotaba hacia la superficie y luego se volvía a hundir en una olla llena de agua hirviente.

—Mi desayuno —dijo el hombre. Se disculpó por no tener nada que ofrecer a su visitante, en un tono tal que Rey no pudo considerarlo como un acto de cordialidad.

—Ya comí, muchas gracias —dijo Rey. El hombre se encogió de hombros y le dio un golpecito al huevo.

La habitación estaba en la penumbra, y el aire se sentía cargado de polvo, humo y vapor. Aparte de la silla, había una cama de dos plazas y una radio sobre una mesita de noche. En la habitación por lo demás carente de color, había una gran mancha anaranjado-rojiza: un cubrecama de tejido fino, de color encendido y brillante, y totalmente fuera de lugar.

El hombre debió haber visto a Rey observándolo.

—Lo tejió mi madre —dijo—. Hace años.

Los hombres viejos también tienen madres. También los subversivos, incluso aquellos que llevan vidas espartanas. Rey trató de sonreír. El hombre apagó la hornilla y echó el huevo en un pocillo. El agua dejó de moverse en la olla, aún humeando. Echó un poco de café instantáneo en una taza y luego la llenó con la misma agua que había usado para hervir el huevo. Removió el contenido de la taza con el tenedor y se la entregó a Rey.

—Cuando termines —dijo— tomaré yo.

Rey aceptó la taza. ¿Tienes azúcar?, estuvo a punto de preguntar, pero cambió de opinión. Se llevó la taza a los labios. Por lo menos olía a café.

—El mensaje —dijo el hombre sin levantar la mirada. Se había sentado con las piernas cruzadas y pelaba cuidadosamente el huevo, juntando los pedacitos de cáscara sobre su regazo—. ¿Quién te lo dio?

—¿Eres Marden?

El hombre miró a Rey, luego se limpió los dedos, tomó el huevo y se lo metió entero a la boca. Masticó durante un minuto o más, mientras Rey tomó un trago de su café, a falta de algo más que hacer. El líquido le quemó la lengua. Luego se inclinó hacia adelante, colocó los codos sobre las rodillas y apoyó la barbilla en la palma de su mano. Observó cómo comía el hombre. La piel suelta de sus mejillas se hinchaba y tensaba. Tragó con una expresión exagerada de satisfacción y se frotó el estómago.

—Soy Marden —dijo—. ¿Quién te dio el mensaje?

Rey dejó su café y se sentó en el suelo junto al hombre. Extrajo el sobre de su bolsillo trasero.

—No sé su nombre.

Marden examinó el sobre, entrecerró los ojos al ver la *M* y una sonrisa apareció en su rostro.

—Muy astuto —dijo. Rompió el sobre por la mitad, luego en cuatro partes, luego en ocho. Le devolvió a Rey los pedazos—. ¿Dónde consigue a la gente en estos días? —dijo, divertido.

Rey sostuvo los trozos de papel entre las manos.

—¿Qué hago con esto? —preguntó.

Marden se encogió de hombros.

—Fúmalos. Entiérralos. Conviértelos en confeti para tu matrimonio. No importa, muchacho.

—No comprendo.

—Cuando te pregunte, dile que fueron ocho pedazos. Cuando te necesitemos, el profesor se encargará de avisarte. Te dirá dónde dejar un mensaje para mí, y así lo harás —Marden tosió secamente en su mano—. ¿Trabajas en Tamoé?

—Sí — dijo Rey—. Si lo mío se llama trabajar.

—Evita esta parte del distrito. Espera a que te

busquemos. Pueden pasar meses. O un año. Dos, incluso. Nadie lo sabe.

—¿Nadie?

—Yo no. Ni tú. Ni siquiera el profesor lo sabe. Cumplimos órdenes. Tú serás un mensajero. Tu trabajo es esperar.

Rey colocó los pedazos del sobre de vuelta en su bolsillo. Su café se había enfriado un poco, lo suficiente como para pasar sin problemas el amargo líquido. Lo terminó y le entregó la taza a Marden. ¿Eso era todo? ¿Había esperado dos semanas para que un viejo de rostro flácido y cabello amarillento hiciera pedazos un sobre vacío frente a él? No le parecía justo.

—¿Has estado en La Luna? —preguntó Rey.

Marden frunció el ceño.

—Sí, he estado allí —dijo tras una pausa—. ¿Tú también?

—Sí.

—No se lo cuentes a nadie —dijo Marden con un suspiro—. No debes volver aquí. Tenemos gente en todo el distrito. Hay varias cosas en marcha.

Con eso concluyó su reunión. No hubo despedidas ni apretones de mano. La puerta se abrió y la pequeña habitación lo dejó salir.

Afuera, los niños corrían frenéticamente en círculos, produciendo una fina capa de polvo, una neblina baja y arenosa que se extendía sobre la calle. La sentía en sus fosas nasales, sentía el sabor en su boca. El día recién comenzaba. Los niños no le prestaron atención. Rey se alejó de la colina, bajando por la avenida y arrojando distraídamente los pedazos del sobre en el camino.

CUANDO VOLVIÓ A la universidad aquel año, justo antes de su vigésimo quinto cumpleaños, Rey aún no había vuelto a ver al hombre del traje arrugado, ni tampoco conocía el lado este de la F-10. Continuaba con su trabajo, documentando decenas de familias de indígenas y las direcciones exactas de sus destartalados hogares. Interpretaba los gestos y ademanes de los pobladores cuyas respuestas no entendía y falsificaba las firmas de aquellos a quienes pensaba que podía ayudar. Aprendió un poco de la lengua indígena, lo suficiente como para decir «buenos días», «gracias» y «de nada». Medio año en Tamoé, y el polvo ya se había convertido en parte de él: por la noche, formaba nubes al sacudir su ropa, y sentía su peso sobre la piel. Lo enterraría vivo si se quedaba más tiempo. Cada viernes, acudía a la oficina central del distrito, una habitación de decoración insípida con un solo escritorio y una bandera desteñida por el sol, ubicada en la única otra avenida con electricidad que había en el distrito. Entregaba sus documentos y se preguntaba fugazmente qué ocurriría con esos mapas, formularios y registros. Rey sabía que una vez que la gente se establecía en un lugar, nada la sacaba de allí. No necesitaban de su ayuda para nada, salvo para darles serenidad: solo un cataclismo lograría desocupar la zona. De vez en cuando pensaba en el hombre del traje arrugado, pero, en esas raras ocasiones, toda la escena le parecía un disparate. No había ninguna guerra subversiva en potencia: ¿dónde estaban los soldados? Los jóvenes del distrito parecían felices de pasar sus noches apoyados contra los postes de luz, posando para las chicas que pasaban por el lugar. Al hablar de Tamoé, el hombre del traje arrugado había invocado el futuro de la nación, pero ¿quién era el contacto misterioso de este distrito de vanguardia? Un seco y flemático hombre de palidez enfermiza, que pelaba huevos a solas. Con la apariencia de quien que vive en las nubes y su existencia marginal, Marden ni siquiera parecía capaz de salir de casa, mucho menos de instigar una revuelta general.

Rey hizo arreglos para trabajar solo medio tiempo y reinició sus estudios. A pesar de toda la cháchara, de las advertencias del presidente y los editoriales belicosos, la vida en la universidad aún no había cambiado. No había soldados dentro de ella. Los alumnos todavía se reunían en el patio principal para hablar del inminente conflicto, como antes, con esa extraña mezcla de ansiedad y asombro. Volver a la universidad lo ponía nervioso: no pocas personas podrían recordar algunos de los discursos, de abierta crítica al gobierno, pronunciados durante su breve e intoxicante paso previo por las aulas. La perspectiva de encontrarse con esa gente le aceleraba el pulso. Había formado parte de comités que organizaban viajes a la sierra. Se había reunido en cuartos oscuros para planear marchas de protesta. Y lo más importante, se había agenciado otro nombre, con todas las responsabilidades que ello involucraba. Pero luego había desaparecido. Sus viejos amigos tendrían preguntas que hacerle: ¿dónde has estado?, ¿qué te hicieron?, ¿estás bien? En los meses de su recuperación, a menudo su padre le entregaba una nota que algún joven preocupado había dejado en el departamento. Siempre eran corteses, pero insistentes: que se pusiera en contacto con ellos, que lo estaban esperando. Rey nunca respondía: ¿qué podía decirles? Alguna gente de la universidad sentía respeto por él. Pero él no había visto a nadie en casi un año; había huido a Tamoé. Seguramente habían interpretado su silencio como traición, y si le preguntaban, no sabría qué responderles.

¿Los odias? Esa pregunta lo atormentaba. En la universidad, Rey entraba al salón justo cuando el profesor iba a empezar la clase, y salía antes de que terminara la hora. Usaba camisetas de manga larga con capucha, incluso en días soleados, y caminaba con prisa por el campus, con la mirada fija en el piso. Todo lo que le diría a Norma años después era cierto. Le tenía miedo a la política. Tenía miedo de morir. Tenía miedo de llegar a los cincuenta convertido en un viejo de salud quebrantada, viviendo en un tugurio en los límites de la ciudad, esperando la llegada de misteriosos mensajes del gran cerebro de la subversión. Cuando Rey volvió a encontrarse con ella, cuando la vio y vio que ella también lo había visto, sintió un estremecimiento: aun a la distancia, ella lo recordaba, en toda su cercanía, el terror de lo que había hecho, de Marden y el hombre del traje arrugado, y los horrores vacíos que aún penetraban en sus sueños. Había arriesgado demasiado. Se había alejado mucho de aquella noche de baile, aquella noche de presunción y fanfarronería. Solo había querido impresionarla. Porque ella era hermosa. Porque parecía que él no le disgustaba tampoco. Y ahora ella venía caminando hacia él. La IL lo había contactado en un paradero de autobús; ¿por qué creyó, por un instante siquiera, que se olvidarían de él ahora? ¿Que simplemente podía marcharse? Era un día nublado y frío, la desazón del invierno.

Norma le sonrió, y fue como ver un radiante rayo de sol. Ella tampoco se había olvidado de él. Rey entró en pánico.

Era cierto. Siempre lo había sido: uno puede creer en una cosa y en lo opuesto, tener miedo de todo y no importarle nada al mismo tiempo. Uno puede escribir artículos peligrosos con un seudónimo y creerse un intelectual imparcial. Uno puede convertirse en mensajero de la IL y enamorarse de una mujer que piensa que no lo eres. Uno puede aparentar que el hecho de que la nación esté en guerra es una tragedia y no obra de sus propias manos. Uno puede autoproclamarse humanista y odiar con fría determinación.

Cuando, al término de la guerra, los miles de desplazados regresaron al lugar de la Batalla de Tamoé, encontraron sus casas incendiadas, sus avenidas bombardeadas, sus colinas regadas de pertrechos militares sin detonar. Tanques habían vapuleado sus calles, bulldozers habían arrasado manzanas enteras de viviendas. Sus queridos postes de luz también habían caído, aun cuando, en todo caso, quedaba menos gente joven para congregarse alrededor de ellos. Todo el distrito sería reconstruido. Sin un solo monumento a la memoria de los muertos. Sin siquiera una placa que recordara lo que había allí antes. Se anunció que a aquellas familias que tuvieran su documentación en orden les permitirían regresar, las perdonarían. Si lograban encontrar su antiguo terreno, podían tomar posesión de él, sin que importara el papel que habían jugado durante la batalla o sus simpatías por la IL. En una manzana quemada de la F-10 se instaló una oficina para procesar todas las solicitudes. Una fila de gente se formaba allí cada mañana, desde antes del amanecer. Durante meses, los desplazados llegaron con las cabezas inclinadas como en penitencia, llevando consigo los formularios que Rey les había ayudado a llenar o los mapas que él les había dibujado: era todo lo que tenían en este mundo.

NUEVE

AL LLEGAR A la ciudad, Manau respiró hondo. Su olor le bastaba: esa potente mezcla de metal y humo. Estaba en casa. El hijo de Adela sujetaba su mano, y Manau se sintió entusiasmado por la posibilidad de olvidarla: su sabor, su cuerpo, sus caricias. Cerró los ojos.

El niño levantó el rostro y lo miró:

«¿Qué hacemos ahora?».

Manau le apretó la mano y lo hizo caminar a su lado. Cargaba las mochilas de ambos en los hombros. Afuera de la estación de autobuses, la calle estaba llena de gente, desbordándose de las aceras, caminando entre los automóviles. Víctor no había dicho casi nada durante la última hora del recorrido. Incluso esa simple pregunta —¿qué hacemos ahora?— debía ser considerada un progreso. Lo observaba todo con ojos asustados y muy abiertos. El niño no estaba en casa: estaba en el infierno. Y la ciudad era un lugar terrible, sin duda, pero el mundo estaba lleno de lugares terribles. Quizás Víctor era demasiado joven para hallar consuelo en ello. Y había otras cosas que se debía tomar en cuenta: Adela estaba muerta y ahora ambos se habían quedado solos. Al igual que en los cuatro días anteriores, Manau intentó aclarar sus ideas, pero aún lo perseguía el impulso de llorar. Diez días antes, le había hecho el amor a Adela sobre una esterilla de caña. Era una noche sin luna. A su alrededor, sobre sus cabezas, en la proximidad del bosque, se oía la animada e inescrutable música de las aves. Una punzada de deseo lo atravesó al recordarlo: él y Adela se habían arañado y empujado uno al otro, habían rodado torpemente fuera de la esterilla, sobre el suelo. La tierra húmeda se había pegado a sus cuerpos. Más tarde, llegó la lluvia para limpiarlos: un rayo surcó el cielo, cortinas de agua púrpura cayeron con estruendo sobre los árboles.

En la ciudad, el cielo y las nubes tenían un resplandor blanquecino. Hacía un año que él no había visto esa tonalidad sombreada. «¿Va a llover?», preguntó Víctor. «¿Es eso lo que está mirando?».

Manau logró esbozar una sonrisa. «No creo». No le dijo que ahora se encontraban en el desierto costero, que mientras estuviera en la ciudad, Víctor no vería nada que se pareciera a la lluvia. Siempre nublada, esta ciudad, siempre húmeda. Es todo una ilusión, quiso decirle Manau. Pero en lugar de eso, le preguntó: «¿Tienes hambre?». El niño asintió.

En la acera, una mujer indígena en cuclillas vendía pan en una canasta cubierta colocada precariamente sobre un cajón. Le daba pitadas a un cigarro enrollado a mano, y no les sonrió. Manau tomó dos panecillos y le pagó con un puñado de monedas. La mujer las sostuvo en la palma de su mano durante un segundo, luego colocó una moneda entre sus molares y la hizo girar. La moneda de metal se dobló entre sus dientes.

«Es falsa», dijo, devolviéndosela. «No me den esta plata de la selva».

Su acento serrano era marcado y lleno de vocales masticadas. ¿Plata de la selva? Manau murmuró una disculpa y buscó un billete en su bolsillo. El niño observaba la escena en silencio. Ya había terminado la mitad de su panecillo. La mujer frunció el ceño. «Se paga primero y se come después, niño». Sostuvo a contraluz el billete que le entregó Manau, inspeccionándolo. «¿De dónde vienen?», les preguntó.

«De 1797», dijo Manau. Trató de hacer una broma: «El billete es bueno, señora, lo acabo de fabricar».

Ella soltó una bocanada de humo. Ni siquiera una sonrisa. «Gente como tú han arruinado este lugar». Le entregó su cambio a Manau y volteó para atender a otro cliente.

Manau sintió que le hervía la sangre. La ciudad estaba impregnada de un olor a ruina: se arremolinaba en el aire húmedo y se le pegaba a uno, fuera adonde fuera. Llevé ese olor conmigo hasta la selva, pensó Manau, y ahora lo acusaban de traerlo de vuelta a casa. Miró a la mujer, al niño. En el vecindario donde creció, había una mujer indígena que lustraba zapatos y afilaba cuchillos. Recorría las calles charlando con las mujeres que la conocían, ofreciendo dulces a los niños. Vivía debajo del puente que estaba al final de la calle, siempre sonreía y jamás se quejaba, ni siquiera cuando la guerra empeoró y la mitad de sus clientes se mudaron del lugar —así era como debían ser: estos serranos, estos pobres desesperados.

Manau escupió sobre la acera, frente a la mujer.

«¡Fuera de aquí!», dijo la mujer entre dientes.

Fue entonces que lo hizo: no por él, sino por el niño. Con un rápido puntapié, Manau tumbó la canasta de pan de la mujer, haciéndola caer del cajón. Se oyó un grito. El pan se desparramó por la acera sucia, una parte rodó hasta las alcantarillas. En un instante, la mujer se puso de pie, con el rostro colérico y los puños apretados. Seguramente lo habría atacado, y sin duda le habría hecho daño, pero no tuvo tiempo para ello: los transeúntes arremetieron contra ella, se arremolinaron a su alrededor, estaban robando su pan. La mujer correteaba tras ellos, golpeaba sus manos, pero todo era inútil. Su pan desapareció entre las manos de obreros, señoras con vestidos de entrecasa y andrajosos niños de la calle de pelo enmarañado. «¡Ladrones!», gritó la mujer, a punto de estallar, con el rostro lívido, de un color extraño. Algo animal se había liberado en su interior: agitaba su cigarro con movimientos frenéticos y amenazadores. Atacó a un hombre que había robado un panecillo, y durante un breve y terrible instante pareció a punto de morderlo.

La venta de pan de un día se esfumó en quince segundos.

Todo sucedió tan deprisa que no podía estar seguro de por qué lo había hecho, solo sabía que no se arrepentía de ello. En lo absoluto. Manau arrojó un poco de cambio sobre la canasta volcada, tomó a Víctor de la mano y se retiró del lugar. Sus ojos recorrieron la avenida. A lo lejos, se veía la antena de la emisora de radio, un falo de metal entretejido que apuntaba al cielo, adornado con parpadeantes luces rojas. «Vamos», le dijo Manau al niño, y se dirigieron hacia allá, primero caminando, luego corriendo, como si alguien los estuviera persiguiendo.

APENAS DIEZ DÍAS antes, mientras Manau bebía vino de palma y esperaba la brisa, Zahir lo invitó a que tocara sus muñones.

—Dale gusto a este viejo —le dijo, aunque Ma-

nau no pensaba que su casero y amigo fuera viejo—.
Hoy me siento triste.

—¿Estás seguro?

—Claro que estoy seguro. Ya es hora de que lo
hagas. He visto cómo te quedas mirándolos.

Manau se sonrojó y empezó a dar una explicación, pero Zahir lo interrumpió.

—Está bien —dijo—. Todos lo hacen.

El sol se había ocultado detrás de los árboles, y
el color del cielo se iba atenuando hasta volverse de un
brillante negro azulado. Caía la noche en la selva: una
nube de mosquitos zumbaba alrededor de la lámpara
de querosén. Manau tomaba sorbos de vino en un pote
de calabaza. Hacía meses que Nico se había marchado
y no se había vuelto a saber de él. Aquella noche, como
en todas, Manau procuraba no mencionar al hijo de
Zahir. Cuando el vino le soltaba la lengua, Manau sentía ganas de confesar, pero en ese momento dudaba sobre qué decir, y se quedaba callado. Así había transcurrido casi medio año. Toda una cosecha.

En unas cuantas horas, empezaría a soplar la
brisa nocturna, Manau se excusaría e iría a buscar a
Adela, y se olvidaría de Nico y de su desdichado padre
hasta el día siguiente. Saliera o no la luna, la invitaría a
ir a nadar.

Zahir aguardaba la inspección con los ojos firmemente cerrados y los brazos extendidos. Manau bebió un sorbo más del pote de calabaza y lo dejó en el
suelo. Colocó una mano sobre cada muñón y sintió la
piel áspera contra sus palmas. Sostuvo el brazo derecho
de Zahir por lo que quedaba de la muñeca, y la recorrió con su pulgar. Donde se había formado la cicatriz,
la piel se había recogido sobre sí misma, como si fuera

el agujero de un desagüe, una grieta o el cauce seco e irregular de un arroyo.

—Han pasado siete años —dijo Zahir, abriendo los ojos—. Hoy se cumplen siete años.

Manau lo soltó. Se había hecho a la idea de que los muñones de su casero eran un cruel defecto de nacimiento, un problema con el que Zahir había debido convivir desde siempre. Esto, por supuesto, no era cierto. Él lo sabía. Y sin embargo, le parecía asombroso: siete años y un día antes, Zahir podía rascarse la frente, encender sus propios cigarrillos. Podía hacerle el amor a su esposa de otras diez maneras posibles. Manau miró sus propias manos y le parecieron milagrosas. Apretó los nudillos; estos dejaron escapar un satisfactorio *pop*. Meneó los dedos, y en ese momento se dio cuenta de que Zahir lo estaba observando.

—Discúlpame.

—Uno se acostumbra. En serio. ¿No me crees?

Manau se esforzó por mirar a Zahir a los ojos.

—Claro que sí —dijo.

La oscuridad se iniciaba a apenas unos cuantos metros de la escalera de la cabaña elevada de Zahir. La gente del pueblo cruzaba, casi invisible, por el lugar. De vez en cuando, se oía un saludo. Manau se sentía incapaz de hablar. En poco más de una semana se marcharía del pueblo, y todas las historias que había escuchado allí le parecerían una carga ajena, tristes relatos que le habían endilgado: su amigo inválido, las docenas de desaparecidos, el pueblo y su lucha interminable contra la selva invasora. Las inundaciones, la apatía, la guerra. Manau miraría al niño —su compañero de viaje— y recordaría este día y otros más, cuando Zahir le contó sobre 1797 y su historia. Se sentiría decepcionado de sí mismo por haberlo permitido, por haber aceptado estos recuerdos que no eran los suyos. En aquel momento le habían parecido llevaderos; gratos, incluso: la luz del crepúsculo, el halo adormecedor del vino, las historias que siempre terminaban mal. Casi se había convertido en parte de todo ello. Podría haber formado un hogar allí, si Adela no hubiera muerto.

Zahir dijo:

—Vinieron los de la IL y nos pidieron comida. Les dijimos que la guerra ya había terminado. Nos llamaron mentirosos. Les dijimos que no nos quedaba comida de sobra. Dijeron que seguramente alguien había robado la comida, si ya no quedaba nada para darles. Que había un ladrón en el pueblo, sentenciaron. De modo que eligieron al niño e hicieron *tadek*.

Se frotó el rostro con el extremo del brazo. En días de fiesta, luego de unos tragos, Zahir permitía que su esposa atara borlas a sus brazos. Rojas y blancas. Manau lo había visto, había sido testigo de todo el proceso. Cuando ella llegaba a sus muñones, se detenía, masajeaba la piel áspera con suavidad, con adoración. Seguramente ella también extrañaba sus manos, pero por la forma en que prodigaba atenciones a sus muñones, uno nunca habría podido advertirlo. Ataba también flores a las borlas; y luego, cuando comenzaba la música, Zahir bailaba al ritmo de los tambores y las flautas, agitando los brazos como si fuera un pájaro.

—¿Y Víctor te eligió? —preguntó Manau.

—Porque me conocía, supongo. Era amigo de Nico. Siempre fueron buenos amigos. Pudo ser cualquiera. Es un milagro que no haya elegido a su madre.

Adela sin manos, Manau se paralizó de terror al imaginarlo.

—Víctor no lo recuerda —dijo Zahir—, y es mejor así. ¿Qué de bueno traería eso?

Nada, pensó Manau. Pero, ¿lo recordaba Nico? ¿Qué de bueno traería eso? ¿O cuánto de malo había ya ocasionado? Manau buscó su cuenco a tientas. El vino se había calentado, pero lo bebió sin problemas. La brisa empezaría a soplar pronto.

—¿Quieres saber algo más? —dijo Zahir—. Me lo merecía. El niño tenía razón.

—Nadie merece algo así.

—Yo sí.

Manau aguardó a que su amigo prosiguiera, pero Zahir no dijo más. El silencio duró un minuto, o quizás más. Manau no pidió explicaciones. No se atrevió a hacerlo. Se quedaron escuchando los sonidos del bosque. Cuando Zahir volvió a hablar, su tono de voz era distinto.

—Pero esa fue la segunda vez que vino la IL —dijo Zahir—. La primera vez vinieron a matar al cura.

—¿Había un cura? —preguntó Manau.

En ese momento, de la oscuridad surgió una voz de mujer:

—Oh, sí, había un cura.

Era Adela. Se había acercado sigilosamente a ellos. Entró al campo de luz anaranjada que despedía la lámpara, y Manau sintió un calor en el pecho: ya no tendría que ir a buscarla más tarde. Estaba allí mismo; quizás había estado buscándolo.

—Nos encontraste —dijo.

Llevaba el pelo amarrado en una trenza suelta; algunos mechones le caían sobre los ojos. Adela prácticamente resplandecía. Extendió una mano, y Manau se la besó.

—Don Zahir —dijo Adela inclinando ligeramente la cabeza.

Él le dio la bienvenida con una venia silenciosa.

Manau le ofreció a Adela su silla, pero ella prefirió sentarse en la parte superior de la escalera. Se levantó la falda sobre las rodillas. Él se fijó en sus pies descalzos, en sus tobillos.

—¿Hay vino? —preguntó.

—Para ti, querida, siempre hay vino —dijo Zahir, y Manau se puso de pie sin esperar una indicación. Se dirigió al interior y volvió con un pote de calabaza. Sirvió con sumo cuidado un cuenco lleno. Ella bebió un sorbo.

—Zahir —dijo Adela—, estabas contando una historia.

—El cura y su destino. Historias viejas.

—Cuéntala —dijo ella.

Zahir lanzó un suspiro. Ella era irresistible, y no solamente para Manau.

Eran los inicios de la guerra: un grupo de guerrilleros agobiados por el sol llega por casualidad al pueblo. Eran jóvenes, dijo Zahir. Apestaban a juventud, y por este motivo muchos los perdonaron. Además, a decir verdad, la víctima no era un hombre querido por todos. El sacerdote había llegado del extranjero treinta años antes, y hasta el momento de su muerte, seguía aferrado testarudamente a su acento. Se rehusaba a aprender siquiera unas palabras de la antigua lengua, y no contribuía al mantenimiento de la parcela comunal. Despreciaba a los indígenas que llegaban al pueblo a intercambiar plantas medicinales y aves silvestres por cereales, hojas de afeitar y balas. No conocían a Dios, decía el sacerdote. Por eso, cuando los de la IL mostraron sus armas y lo maniataron, nadie protestó. Los rebeldes tenían los rostros cubiertos. Dieron órdenes de que todo el pueblo, unas ciento veinte familias en aquellos días, se reunieran a observar la ejecución. Una joven hizo el disparo. Lucía muy pálida.

Zahir respiró hondo, luego bebió de su pote de calabaza. Pidió un cigarrillo. Manau encendió uno y lo sostuvo junto a los labios de Zahir mientras el viejo fumaba. Manau le dio unas pitadas también, reteniendo el humo frío en los pulmones. Era ese último detalle el que se le hacía tan extraño: ¡una mujer! Eran gente mala, los de la IL, pero él no podía evitar sentirse fascinado. Este vino selvático producía efectos extraños en el cerebro: en ese momento sentía la necesidad de tocar a Adela. Estiró una pierna; con el dedo gordo del pie derecho casi podía rozar su codo, si él se movía hasta el borde mismo de su silla. Se había hecho de noche rápidamente, y la brisa empezaba a soplar.

Ella se volteó hacia Manau y sonrió. Apartó su pie con un manotazo y se apretó la nariz con dos dedos.

Cuando el cigarrillo se apagó, Zahir anunció que había llegado a la parte interesante de la historia.

—¿No es verdad, Adela? —preguntó.

—Si la memoria no me falla, don Zahir.

—Claro que no —dijo el inválido.

La IL cedió la casa del sacerdote a la familia más pobre del pueblo, los Hawa, y a ellos no les quedó más remedio que aceptar. Convirtieron en un gran espectáculo el traslado de las escasas posesiones de la familia a la casa del sacerdote. Pero cuando la IL se marchó, unos días más tarde, el señor Hawa mudó a su familia de vuelta a su cabaña cerca del río. El pueblo le rogó que se quedara, pero él no escuchaba razones. Su esposa estaba destrozada. Insistió en llevarse con ella un enorme crucifijo de bronce, y, si su esposo se lo hubiera permitido, se habría llevado también la estufa de hierro del sacerdote.

—A todos nos daba mucho miedo lo que pudiera ocurrirle a Hawa. Le dijimos que si la IL regresaba y descubría que había rechazado su obsequio, con seguridad matarían a toda su familia. Pero era imposible convencerlo. Hawa era un cazador. Pasaba la mayor parte del tiempo en su canoa, en lo profundo del bosque, matando animales que veía en las orillas del río: pitones, caimanes, pirañas que solo se podían encontrar a tres días de camino de aquí. Dijo que él había visto a la gente de la IL. Que eran unos idiotas. Que no les tenía miedo. Yo mismo hablé con él. ¿Y lo que le sucedió al cura?, le pregunté. El cura se lo merecía, dijo Hawa.

—¿Y qué ocurrió con Hawa?

—Se marchó a la guerra, con sus dos hijos. Hace años. Su esposa se quedó. Y luego también ella se marchó.

Zahir se encogió de hombros, como para indicar que la historia había terminado.

—Le falta contar la mejor parte, don Zahir.

—¿En serio?

Adela asintió. Manau podía distinguir el pícaro contorno de su sonrisa.

—Lo que hicimos con la casa.

Zahir sonrió.

—Ah, cierto. Por supuesto. ¿Qué otra cosa podíamos hacer? La quemamos.

La casa vacía era un riesgo. Los de la IL eran asesinos: ¿qué pasaría si regresaban y Hawa no estaba en el pueblo? Matarían a alguien más para saldar cuentas.

En una cálida noche de febrero, en homenaje al Día de la Independencia, quemaron la casa del sacerdote. Armados con hachas y sierras, desmontaron la sencilla estructura hasta que solo quedó un montón de madera, papel y ropa vieja con olor a humedad. Una hoguera. Ardió fácilmente, como parte del último Día de la Independencia que se celebraría en 1797 hasta que terminara la guerra. Al año siguiente, los hombres empezaron a marcharse, y luego los niños, y ya no pudieron seguir ignorando el conflicto. Manau conocía la historia. Nadie sintió tristeza al verlos partir, porque estaban seguros de que regresarían.

Zahir nunca se marchó del pueblo, y eso debió haber sido todo un reto para él. Casi todos los hombres de su edad se fueron. Manau ya había escuchado a Zahir hablar del tema antes: «Me gustaba este lugar; ¿por qué tenía que marcharme?».

Ahora Zahir recordó que mientras el fuego ardía, él tocaba la guitarra y todos cantaban. Él cantaba; bailaba. Le parecía imposible haberse olvidado de esa parte.

—Fue un hermoso festival. ¿No es verdad, Adela? Él no sabe, ¡tienes que contarle!

Había un detalle que no calzaba en la historia. ¿Dónde enterraron al cura?, se preguntaba Manau. Eliminó la pregunta de su cabeza, y se concentró en la escena: la fiesta, la noche fresca, las gentes del poblado cuando aún eran optimistas. Extendió el pie hacia ella de nuevo, y la tocó. Esta vez ella le pellizcó el pie. Una brisa los envolvió.

—Fue muy hermoso —dijo Adela.

MANAU CAMINÓ CON Víctor hasta la emisora. El hijo de Adela. *Adela.* Lo condujo de la mano hasta el mostrador de la entrada, donde una recepcionista escribía apáticamente a máquina usando solo dos dedos. Se quedaron de pie frente a ella. Por su talla, Víctor apenas podía echar un vistazo sobre el borde del mostrador. Esperaron. Pasó medio minuto antes de que ella hiciera contacto visual.

—¿Sí? —les preguntó finalmente.

—Necesitamos ver a Norma —dijo Manau. Estaba cansado, con un tipo de agotamiento que no había sentido antes—. Norma se encargará de ti —le dijo al niño.

La recepcionista sonrió. Tenía el rostro redondo y lápiz labial en los dientes, apenas una mancha diminuta. Manau se preguntó si debía decírselo. No lo hizo.

—Lo siento, es imposible —dijo la recepcionista. Señaló hacia arriba, a unos pequeños parlantes en el techo—. Está en el aire.

Por supuesto. Era su voz la que llenaba la habitación, mientras leía las noticias con dulzura. Manau ni siquiera había percibido el sonido hasta ese momento. La voz de Norma lo tenía embrujado.

—¿De qué quieren hablarle? —preguntó la recepcionista.

—El niño —dijo Manau—. Tiene una lista para Radio Ciudad Perdida —se volteó hacia Víctor—. Enséñale. Muéstrale la nota.

Víctor la sacó de su bolsillo y se la entregó a la recepcionista. Ella la leyó rápidamente, pasando el dedo sobre las palabras mientras lo hacía. Al voltear la página, echó un vistazo a la lista de desaparecidos, y les pidió a Manau y a Víctor que se sentaran. Que tuvieran un poco de paciencia. Que esperaran. Les devolvió la nota y levantó el auricular del teléfono. Habló en voz baja. Ellos dejaron sus mochilas y se arrellanaron en los cojines del sofá, mientras Norma leía las noticias sin comentarlas, con una tonalidad uniforme. Lo hacía magistralmente. Manau apenas si podía concentrarse en las palabras.

Aquella noche en la selva, en la entrada de la casa de Zahir, cuando empezó a soplar la brisa, Manau se excusó y se llevó a Adela hacia la oscuridad para hacerle el amor. Llevaba consigo una esterilla de caña que la esposa de Zahir había trenzado para él. Manau le dio las buenas noches a Zahir, bajó del porche elevado hasta el suelo aún suave por la lluvia de la tarde. Adela le pidió que la esperara, y así lo hizo, a la vuelta de la esquina, fuera del alcance de la luz. La luna aún no había salido, y la noche negra lo impacientaba. De la parte superior de la escalera se oían murmullos. La selva respiraba, se oían ruidos de toda clase, pero no se veía nada en la oscuridad cerrada. Manau sentía a la gente pasando en grupos de dos y tres, apenas perceptibles, sombras borrosas. Quienesquiera que fueran, al pasar decían su nombre con respeto: Manau, señor Manau, profesor. ¿Acaso podían todos ver menos él? Les sonreía alegremente, y esperaba que los transeúntes —¿sus alumnos? ¿sus vecinos?— pensaran que su sonrisa significaba que los había reconocido. No veía nada. Podían estarle hablando los árboles. O alguno de esos tantos fantasmas en los que creían sus pupilos. Nico era el fantasma más reciente que todos los niños y niñas decían haber visto. ¿Dónde?, les preguntó él. Donde empieza el bosque —¿dónde más?—. Manau, Manau, Manau. ¿Usted ha visto a Nico?, le preguntaron. No, no lo he visto. A menos que los sueños cuenten. ¡Claro que cuentan, señor!, gritaron los niños. ¡Claro que los sueños cuentan! Los niños, al igual que todos en el pueblo, siempre iban acompañados. Manau estaba solo. No se permitía creer en fantasmas. Ahora sonreía en la oscuridad y aguardaba. ¿Qué estarían discutiendo? Era esta soledad destructora la que Adela había empezado a curar en él. En aquel momento, Manau pensó que ya no extrañaba la ciudad y que nunca más lo haría. Pensó entonces que moriría viejo, en aquel reducto de la selva, habiendo dominado la antigua lengua del bosque, habiendo aprendido qué plantas eran nutritivas y cuáles venenosas. Se le ocurrió prender un fósforo para inspeccionar su reino, pero se le apagó con la brisa luego de apenas un instante de parpadeante luz —y eso fue todo—. Lo suficiente como para ver sus propias manos. Las nubes habían cubierto el firmamento. Era una noche sin luz, sin luna. Pero eso no importaba: se la llevaría consigo al río o al campo. O a ambos. Y le haría el amor.

La escuchó bajar las escaleras, oyó el crujir de la madera. Se dio la vuelta, pero no pudo verla. Habían apagado las lámparas y la oscuridad era total. Manau la buscó a tientas.

—Hoy se cumplen siete años desde que Zahir perdió sus manos —dijo ella.

—Lo sé. Él me lo dijo.

—Tenía que presentarle mis respetos. Ofrecerle mis disculpas —lanzó un suspiro—. Fue mi hijo quien lo hizo.

Manau asintió, aunque estaba convencido de que ella no podía verlo. Le pareció que estaban caminando en dirección al campo. Sentía la tierra húmeda bajo sus pies. Se dio cuenta de que la voz de Adela había estado a punto de quebrarse. ¿Estaba llorando?

—Fue la IL, no Víctor —dijo Manau a la oscuridad. La oyó suspirar de nuevo. Ella sabe que tengo razón, pensó. El niño es inocente. Excepto por los dedos de Adela, que sentía entrelazados con los suyos, era como si se encontrara a solas—. ¿Qué dice Zahir?

—No acepta dinero. Se lo ofrezco cada año. Dice que se lo merecía.

—Lo mismo me dijo. ¿Qué fue lo que hizo?

—No lo sé.

Llegaron hasta el campo atravesando el pueblo de manera instintiva, como si sus músculos pudieran recordar: voltea aquí, sigue de frente, siente cómo el fango te embarra los pies, cruza sobre este tronco caído sobre el sendero. Incluso Adela estuvo de acuerdo en que esa era la noche más oscura que habían tenido en muchos años, y por eso, cuando apareció una tormenta en el lejano horizonte, fue bienvenida. Un rayo cruzó tembloroso por el cielo, y Manau se dio vuelta justo a tiempo para verla: Adela, hecha de plata.

—No llores —le dijo.

—Tiene pesadillas. Son peores este año, desde que Nico se marchó.

Manau la atrajo hacia sí. En una semana, ella estaría muerta.

—¿Se acuerda de lo que ocurrió?

—Claro que sí. Nico nunca permitió que lo olvidara.

Empezó la tormenta, con su propia música. Se quedaron en silencio por un rato.

—Le di un té para que pudiera dormir —su voz se convirtió en un quejido—. Pobre mi niño, pobre Zahir, pobre Nico.

—No llores —repitió él.

Aguardaron a que empezara a caer la lluvia. Manau extendió su esterilla en el suelo. Ella le dijo que no, que tenía que regresar a ver cómo estaba su hijo. Él la besó. Ella le devolvió el beso. En la distancia, surgieron más rayos. Poco después, estaban desnudos y la lluvia caía sobre ellos. El cielo se descargaba y el viento soplaba.

—Tengo que ir a ver a mi hijo —susurraba ella, pero su cuerpo no oponía resistencia. En lugar de marcharse, se movió debajo de él, a su ritmo, mientras la lluvia se hacía más fuerte, hasta que llegaron juntos al mismo lugar.

«Voy a salir a tomar un poco de aire», dijo Manau, y seguramente era esa su intención. Él jamás pensaría marcharse y dejar al niño allí, en la emisora, esperando a Norma, solo. Quizás habría podido intuir que era capaz de hacer algo así si hubiera creído las cosas que su padre decía siempre de él. Pero no había creído en ellas, no hasta aquel día. Era un hombre débil, lo cual es muy distinto a ser un hombre malo. Manau caminaría a su casa desde la emisora, atravesaría esa gris y ruidosa ciudad y se consolaría repitiéndose esa diferencia. Por un corto tiempo en la selva, había podido ocultar eso de sí mismo. Pero ahora todo estaba claro. ¿Por qué, si no, había confiado Adela en él? ¿Por qué lo había hecho el pueblo?

Cuando terminaron, cuando cesó la lluvia, Manau enrolló su esterilla y la invitó a nadar.

—No sé nadar —dijo ella.

Las nubes se habían despejado; las estrellas formaban una franja brillante que atravesaba la noche. Podían verse el uno al otro. Ella se vistió, cubrió su cuerpo plateado. Manau se quedó desnudo. Llevaba su ropa hecha un bulto.

—Yo te enseño.

—Pero es de mala suerte nadar en una noche sin luna.

Eso fue lo que dijo mientras él la arrastraba al agua. «¡Supersticiones!», exclamó él. Poco después,

Adela estaba riéndose en el agua, ella misma debía haberlo olvidado. Él le hacía cosquillas. El agua estaba oscura, tersa y calmada. Cuando soplaba el viento, caían de los árboles gotas de lluvia que perturbaban la superficie del río, que fluía lentamente. Llovería cada noche durante toda la semana siguiente, y cada noche sería más oscura que la anterior. Para cuando el río la arrastrara, este se habría convertido en algo totalmente diferente. Irreconocible. Violento.

Adela chapoteaba; un pájaro cantó. Peces plateados nadaban invisibles alrededor de sus tobillos. Manau no le enseñó nada aquella noche. Nada sobre cómo nadar, ni sobre las corrientes o sobre el río crecido por las lluvias.

—¿Qué es esto? —preguntó Víctor, levantando la mirada de su lista.

—El dinero que el hombre me dio para ti. En el autobús. No quiero olvidarme de dártelo.

—¿Adónde va?

Manau dijo:

—Voy a estar aquí afuera. Necesito tomar un poco de aire.

No era una mentira. Afuera estaba la ciudad con su cielo plomizo, y la calle, con sus oleadas de sonido. El niño no dijo nada, ni tampoco lo hizo la recepcionista con el diente manchado de lápiz labial.

Una vez afuera, Manau respiró hondo, ese olor de ciudad, y se sintió invadido por una sorpresiva nostalgia. La emisora quedaba en un concurrido bulevar con árboles de color verde ceniza. Quizás había estado aquí antes, o quizás no, pero todo le parecía familiar. Del otro lado de la calle, un instituto de computación había terminado sus clases del turno matutino. Docenas de estudiantes holgazaneaban frente a la entrada, chismeando, haciendo planes. Exudaban ese optimismo que tienen todos los jóvenes. Tonterías. Pasó un autobús y dejó a una familia indígena en la esquina. Los estudiantes los ignoraron. El padre y la madre miraban a su alrededor consternados por el tamaño del lugar, por lo abarrotada que estaba la acera. Quizás también venían a la emisora a ver a Norma, a que alguien los encontrara. Los niños se encogieron de miedo y desaparecieron entre los pliegues del vestido de su madre.

Cuatro carriles y una hilera de árboles moribundos los separaban de la emisora. No cruzaron, y Manau tampoco cruzó hacia ellos. Quizás esperaban a alguien. El grupo de estudiantes se fue dispersando. Algunos volvieron a clase, había unos cuantos esperando con impaciencia un autobús, otros se fueron caminando por la avenida en grupos bulliciosos y aparentemente felices. Había más gente en el edificio de aquel instituto de computación que en todo el pueblo de 1797.

Luego de una discusión, la familia de indígenas se puso en marcha por el bulevar. Iban tomados de las manos, avanzando lentamente.

Cuando Manau volteó a mirar por la ventana de la recepción de la emisora de radio, Víctor ya no estaba. Manau entró corriendo. «El niño», le dijo a la recepcionista. Se había quedado sin aliento. Ya no se escuchaba la voz de Norma en los parlantes, sino la de alguien más. «¿Dónde está el niño?».

La recepcionista pareció sorprendida por un momento, luego recobró la calma. «Lo llamaron de adentro, señor. Lo siento. El productor vino a buscarlo. Ahora está hablando con Norma». Hizo una pausa. «¿Se encuentra usted bien? ¿Quiere ir?».

En ese momento le llegó la idea, como una descarga eléctrica. Esa última palabra. «¿Irme?».

«Ir adonde está el niño», aclaró la recepcionista.

«Oh». Se quedó helado. Una sonrisa apareció en el rostro redondo de la recepcionista. «No. Está bien. Lo esperaré afuera».

Ella asintió. Él tomó la mochila que había dejado junto al sofá y volvió a salir por la puerta. La calle era impasible y, a la vez, bulliciosa. Pasaban autobuses, mujeres en bicicleta, niños en patinetes. Recordó el tamaño de la ciudad, y quedó embobado. Existía la posibilidad de que alguien de aquí estuviera feliz de verlo. El pueblo selvático que había conocido pronto desaparecería en el bosque. ¿Dónde estaba el niño? Hablando con Norma. Incluso ahora, ella le estaba resolviendo sus problemas. Sea lo que sea que haga, pensó él, será más de lo que yo puedo hacer. Aún escuchaba las voces —Manau, Manau, Manau— y venían de todas partes. De las grietas de los ladrillos con los que habían construido esta ciudad.

De pronto, se dio cuenta de que había estado conteniendo la respiración. Respiró hondo. Luego se fue caminando por la avenida. Era tan sencillo. Recorrió una cuadra como en un sueño. Y luego otra. Y otra.

Cada una le resultaba más fácil que la anterior.

Cuando terminaron de nadar, recogieron sus cosas y caminaron de vuelta al pueblo. La ropa mojada se les pegaba al cuerpo, pero la noche era fresca y seca. Todo estaba bien. Lo recordó entonces, mientras caminaba por la ciudad, cuán reciente había sido la destrucción de su mundo. La tormenta pasó aquella noche, pero, por supuesto, venía otra en camino. Llegaron a la cabaña de Adela, y ella encendió una lámpara para ver si su hijo estaba bien. Un bosque de insectos le zumbaba a la noche.

—¿Lo cuidarás? —le preguntó ella—. ¿Si me pasa algo?

—No te va a pasar nada.

—Pero, ¿y si sucede? —hablaba en serio. Le susurró al oído—. Di que sí —y Manau hizo lo que le ella le pidió.

DIEZ

PARA NORMA, LA guerra comenzó catorce años antes, el día que la enviaron a cubrir un incendio en Tamoé. En aquel entonces, ella era solo correctora de textos en la radio y jamás había estado en el aire. Su voz todavía era un tesoro por descubrirse. Llevaba más de dos años de matrimonio con Rey, pero aún se consideraba una recién casada. Él debía regresar de la selva esa tarde. Era octubre, y se acercaba el sexto aniversario del inicio de la guerra, aun cuando nadie llevaba la cuenta de esa manera en aquellos días.

Norma llegó al lugar del incendio y encontró a los bomberos observando cómo se quemaba la casa. Había un grupo de hombres armados, sus rostros cubiertos con pasamontañas, parados frente al fuego. Una atenta multitud se había congregado alrededor de la casa; tenían los brazos cruzados y parpadeaban sin cesar para proteger sus ojos del humo acre. Norma aún podía distinguir la palabra TRAIDOR, pintada en negro sobre la pared en llamas. Los terroristas no se movían ni lanzaban amenazas —no tenían necesidad de hacerlo—. Los bomberos eran voluntarios. No se iban a exponer a recibir un disparo por solo un incendio. Terminaba la tarde en las afueras de la ciudad, pronto se haría de noche. No había postes de luz en esa parte del distrito. A Norma le ardían los ojos. Los bomberos se habían dado por vencidos. Uno de ellos fumaba un cigarrillo sentado sobre su casco de plástico duro.

—¿No va a hacer nada? —preguntó Norma.

El hombre tenía la barba canosa.

—No —dijo—. ¿Y usted?

—Soy solo una reportera.

—Informe, entonces. Por qué no empieza con esto: hay un hombre adentro. Está amarrado a una silla de madera.

El bombero dejó escapar el humo por la nariz, como un dragón resoplando.

De todo lo que ocurrió durante la guerra, más que los incendios en la Plaza Vieja, más que las barricadas que se levantaron en las calles de El Asentamiento, e incluso más que la apocalíptica Batalla de Tamoé, era esta la escena que Norma recordaba: aquel hombre en el interior de la casa en llamas, aquel desconocido, amarrado a una silla. Durante el resto de aquella larga noche y las primeras horas de la madrugada, mientras llegaban noticias provenientes de una docena de lugares alejados de la ciudad, noticias de una ofensiva, noticias de un ataque, mientras el primero de los Grandes Apagones se extendía por la capital, Norma lo asimilaba todo con la indiferencia aletargada de una sonámbula. Ese día no podía procesar la crueldad. En cualquier otro, tal vez lo habría hecho mejor. Miró al bombero a los ojos, con la esperanza de encontrar en ellos alguna señal de que lo que le había dicho fuera falso, pero no había ninguna. La gente observaba las llamas con indiferencia. El fuego chisporroteaba, la casa se hundía bajo su propio peso, y Norma se esforzaba por oír al hombre. Seguramente ya estaba muerto. Seguramente tenía los pulmones llenos de humo y el corazón inmóvil. A Norma solo le quedó una sensación de vértigo, como si la hubieran dejado vacía por dentro. Se sentía incapaz de tomar notas o hacer siquiera una pregunta. Un poco al margen de la multitud, una niña de trece o catorce años saboreaba un chupete. Su madre agitó la campanilla de su carrito de venta de jugos, la cual resonó alegremente.

Cuando Rey regresó de La Luna y se mudó al sofá de su padre, fue Trini quien se aseguró de no dejar que se diera por vencido. Era Trini quien le contaba historias y le hacía recordar tiempos mejores y más felices. Las noches en que el padre de Rey dictaba clases en el instituto, Trini iba a visitar a su sobrino y, con su persistente buen humor, lo convencía de salir del atestado departamento para ver qué les ofrecía la ciudad. «¡Las calles están llenas de mujeres hermosas!», le decía. Hacían largas caminatas nocturnas por el distrito de Idorú, hacia el Parque del Regente y a través de El Acueducto, y a menudo llegaban incluso hasta la Plaza Vieja —en aquel entonces conocida simplemente como La Plaza—. Una vez allí, se entregaban al bullicio de los músicos y cómicos de la calle; de la multitud de personas sentadas alrededor de la fuente seca, envueltas por el humo, la conversación y las risas; y Rey, porque adoraba a su tío, hacía cuanto podía por ser feliz, o, más exactamente, para aparentarlo.

Es cierto que sus días eran opresivamente solitarios, que dormía mal, que tenía pesadillas recurrentes. Rey mataba el tiempo recorriendo de un lado a otro el departamento de su padre, ordenando papeles dispersos, hojeando los diccionarios de su viejo. Durante la mañana, se preparaba mentalmente para su excursión de mediodía a la esquina, para comer algo. Era una verdadera tortura. Tenía miedo de que nadie le fuera a hablar, y se sentía igualmente aterrorizado de que alguien lo hiciera. Posponía el almuerzo lo más posible, hasta las tres o incluso cuatro de la tarde. Una vez que comía, podía dormir, en ocasiones hasta por una hora.

Pero en esos largos paseos, bajo las luces amarillentas de las calles de la ciudad, todo era más fácil, más simple. Los niños lustrabotas y los ladrones se congregaban en uno de los extremos de la plaza, a contar sus ganancias del día. A lo largo del callejón, en el lado norte de la catedral, media docena de mujeres instalaban puestos en los que vendían pan fresco y revistas viejas, tapas de botellas y fósforos de los hoteles más elegantes de la ciudad. Había también un grupo de malabaristas, al parecer preparando un espectáculo, y, por todas partes, la industriosa ciudad parecía estarse alistando para el descanso y la distracción.

Una noche de junio, Trini y Rey llegaron a la plaza a tiempo para ver la bajada de la bandera. Quince soldados se encargaron de doblarla cuidadosamente. Otro tocaba un aire marcial con su corneta, y algunos turistas tomaban fotografías. Rey mantuvo sus manos en los bolsillos. No sentía ninguna emoción. En una semana, empezaría a trabajar en Tamoé, se convertiría en un representante de esa bandera. Él y su tío habían estado hablando sobre eso, sobre lo extraño que era ser torturado por el Estado y que luego este te diera un empleo, todo en cuestión de meses. El gobierno, después de todo, era una maquinaria ciega: ahora sus soldados se encontraban en posición de firmes, doblaban la bandera y la pasaban al siguiente, hasta que todo lo que quedó fue un metro cuadrado de tela de color rojo sangre y un par de manos sujetando cada esquina. La corneta dejó escapar una última nota, como un gemido. Rey estaba a punto de decir algo, cuando volteó y descubrió que Trini se había detenido: estaba en posición de firmes, con la espalda recta y las manos juntas. Hizo un saludo a la bandera. En ese momento, se dio cuenta de que Rey lo estaba mirando y le sonrió avergonzado.

Unos meses antes de que se llevaran a Rey a La Luna, Trini había conseguido un nuevo trabajo como guardián en la cárcel de un distrito conocido como Venecia, porque se inundaba casi todos los años. De hecho, fue gracias a un pedido de Trini a su supervisor que liberaron a Rey. La cárcel de Venecia era peligrosa y se extendía sin control, con múltiples pabellones que alojaban a la gran variedad de ciudadanos indeseables de esta nación. Seis días a la semana, Trini debía encargarse de los sospechosos de terrorismo. La guerra aún no había empezado oficialmente, y estos hombres no eran muchos, pero iban aumentando y su conducta era distinta de la de todos los presos con los que Trini había tratado antes. No les intimidaba ninguna demostración de fuerza, y su arrogancia no era fingida: tenía bases reales y firmes. Algunos tenían el aspecto de estudiantes, otros venían de la sierra. Se sentían dueños de la cárcel, y, por supuesto, no les faltaba razón. Si eran problemas lo que Trini quería, allí estaban: violentos e incesantes. Todo podía estallar en cualquier momento.

Rey y Trini atravesaron la plaza, pasaron frente a hombres disfrazados que vendían medicinas selváticas, frente a mecanógrafos encorvados ocupados en escribir cartas de amor o llenar formularios gubernamentales, hacia una callejuela donde Trini conocía a una mujer que vendía unos excelentes kebabs. «Es su receta especial», le dijo a Rey, «yo invito». Y en efecto, había una docena de personas esperando. Se pusieron en la cola. Al otro lado de la calle, un equipo de trabajadores municipales pintaba sobre una pared llena de *graffiti*.

—Hoy asesinaron a un guardia —le dijo Trini a Rey—. Una ejecución de la IL.

—¿Lo conocías?

Trini asintió.

—Va a haber problemas. Y muchos. Estos solda-ditos que doblaban la bandera no tienen ni idea de lo que les espera.

La cola avanzaba lentamente. Los ojos de Rey lagrimeaban por el humo. Sentía el aroma del carbón y de la carne cocida. Cierta noche, había percibido un olor similar en La Luna. Eso lo había dejado devastado: pensó entonces que aquellos soldados iban a quemarlo vivo, que iban a comérselo. Desde un comienzo estuvo convencido de que sus torturadores eran capaces de cualquier cosa, y nunca tuvo esperanzas de salir con vida de aquel lugar, ¿qué más daba que se lo comieran?

Pero solo estaban celebrando un cumpleaños.

—¿Estás bien? —le preguntó Trini.

Rey asintió con los ojos cerrados. Transcurrió un momento. Trini tarareaba la melodía melancólica de una canción vieja.

—¿Por qué nunca nadie me ha preguntado qué sucedió?

—¿Qué?

Rey recorrió la cola de un extremo a otro con la mirada. Sintió un calor repentino en su interior.

—En La Luna —dijo, y algunas cabezas voltearon a mirarlo—. Lo que me hicieron. ¿Cómo es posible que nadie me haya preguntado sobre eso? ¿No les interesa saberlo?

Trini miró a su sobrino con una expresión vacía en el rostro. Parpadeó unas cuantas veces, y las comisuras de su boca se curvaron hacia abajo.

—Trabajo en una cárcel —tosió y apartó el humo con la mano—. Sé exactamente lo que te hicieron.

Varias personas abandonaron la cola. Rey se quedó donde estaba, silencioso y furibundo. Le dolía la mandíbula. Lo recordaba todo, cada detalle de cada instante. Había pasado las noches rodeado por otros hombres destrozados como él, a quienes no podía ver. Sollozaban a solas, y nadie consolaba a nadie. Tenían miedo.

—Iban a comerme vivo.

Trini enarcó una ceja.

—Baja la voz.

—Vete a la mierda.

—¿Dónde crees que voy a trabajar, muchacho? Seis días a la semana, me voy al mero corazón de la mierda.

Para entonces, la mitad de las personas de la cola había desaparecido, habían abandonado sus lugares. Demasiada conversación, demasiada indiscreción. Sopló una brisa que por un momento despejó el humo de la calle. En el borde de la acera, un hombre de gorra tejida enrollaba un cigarrillo. Rey se salió de la cola. Trini fue tras él y lo alcanzó en la esquina. Caminaron juntos —o, más bien, no juntos sino en la misma dirección—. Finalmente, en una transitada intersección, Rey y Trini se detuvieron para cruzar, uno al lado del otro.

—Hablar no ayuda —dijo Trini—. Es algo que he aprendido. Por eso nunca hago preguntas —la luz cambió, y cruzaron la calle rumbo a casa.

La central telefónica estaba repleta a esa hora. Un hombre pálido de apariencia enfermiza y cabello grasoso le entregó un número a Norma: le correspondía la cabina catorce. Luego le entregó un formulario y le indicó que se sentara. «Anote los números aquí», le explicó, «y yo los marcaré por usted». Norma asintió. «¿Cuánto tiempo hay que esperar?». «Treinta minutos. Quizá más», dijo el hombre, revisando su lista. Levantó la mirada con una sonrisa en el rostro. «Pero usted debe de tener un teléfono en casa, señora. ¿Por qué está aquí?».

Norma se sonrojó. Por supuesto que tenía teléfono, ¿pero cuál era la diferencia entre tener o no tener uno? Nadie la llamaba jamás. ¿Era eso lo que el hombre esperaba oír? ¿Que ella también estaba sola? Ignoró sus preguntas y le pidió una guía telefónica.

«¿Es llamada local, señora?», dijo el hombre, luego se encogió de hombros y sacó el maltratado libro de debajo de su escritorio. Norma le agradeció en voz baja.

Había terminado otra jornada laboral; en toda la ciudad ocurría lo mismo. Era de noche en América, pasada la medianoche en Europa, y ya de mañana en Asia. Hora de llamar para ver cómo andaba todo, para asegurar a quienes se habían marchado que pronto les darías el alcance, que aún estabas vivo, que no los habías olvidado. Para convencerte a ti mismo de que ellos no te habían olvidado. Norma lanzó un suspiro. Había veinticinco teléfonos en veinticinco cabinas, cada una con su propio cenicero lleno hasta el borde y, por lo que podía ver, todas ocupadas. Hombres y mujeres encorvados, sujetando los auriculares con ternura, esforzándose por escuchar las voces en el otro extremo de la línea. La mayoría estaban sentados de espaldas a la sala de espera, pero ella los reconocía, aun sin verlos: eran las voces que ella escuchaba cada domingo. Las reconocía por el murmullo de desamparo que surgía en la habitación —siempre ese sonido—. El teléfono eliminaba las distancias, así como la radio, y, al igual que la radio, dependía del milagro de la imaginación: uno debía concentrarse profundamente, entrar de lleno en el asunto. ¿Adónde llamaban? Esa voz, ¿de dónde provenía? El mundo entero se había dispersado, y sin embargo allí estaban, tan cerca que era posible sentirlos. Tan cerca que era posible olerlos. Bastaba con cerrar los ojos, escuchar, y ahí estaban. Esta gente le tenía respeto al teléfono. Lo sujetaban como si fuera porcelana fina: solo para ocasiones especiales. Con la radio era lo mismo. Era más, incluso. Norma rogó por que nadie la reconociera.

Había enviado a Víctor a sentarse, y allí lo encontró, sentado junto a un joven de cabeza rapada y con un tatuaje que le corría en diagonal por un lado del cuello. Víctor le había guardado un sitio, lo que no era poca cosa en esa atiborrada habitación.

—Manau —dijo ella al sentarse.

No era un apellido común; Norma al menos podía dar gracias por eso. Ya había decidido que no irían a su casa esa noche. Élmer podía haber enviado a alguien a esperarla, para llevársela junto con el niño. Élmer tenía miedo, por supuesto: habían pasado diez años, pero el gobierno aún prefería no correr riesgos con el tema de la guerra. No, ir a casa no era seguro. En vez de eso, irían a buscar a su profesor, a Manau. Le tenderían una emboscada: le sacarían toda la información que tuviera. Se sentía capaz de golpear al hombre cuando lo viera. Tal era la rabia que sentía: ¿cuántas veces en su vida había golpeado a alguien? ¿Una, dos, nunca? Hojeó la guía telefónica y lo encontró: doce familias Manau diferentes, en nueve distritos distintos. Ningún Elías o E. Manau. Vivía con sus padres, entonces. Por supuesto. Dos números podían ser descartados por sus direcciones en distritos elegantes. Las familias ricas no enviaban a sus hijos a ser profesores en lugares como 1797.

Anotó cuidadosamente los otros diez números en el formulario que el hombre de cabello grasoso le había entregado.

—¿Qué vamos a hacer cuando lo encontremos? —interrogó Víctor.

—Le preguntaremos qué es lo que sabe —dijo Norma—. ¿Qué más podemos hacer?

—Bueno.

Norma cerró la guía telefónica.

—¿Por qué?

—¿Qué pasa si él no quiere hablar con nosotros?

Ella no había considerado esa posibilidad. ¿Qué derecho tendría el tal Manau, un hombre débil de carácter, para ocultarle información a ella? Norma estaba a punto de responder cuando dijeron su número.

—Ven conmigo —le dijo a Víctor, y se abrió paso entre la gente hasta llegar al mostrador. Le entregó su formulario al hombre de cabello grasoso, y condujo a Víctor de la mano hasta su cabina—. Hablará —le dijo a Víctor, y a sí misma.

Hacía calor, y apenas si había espacio suficiente para ambos. Se apretujaron. Solo había una silla y una pequeña mesa con un teléfono, un cronómetro y un cenicero. Víctor se quedó de pie. El teléfono tenía una luz verde que parpadeaba cuando les transferían una llamada. Aguardaron en la cabina mal ventilada; el niño se quedó en silencio. El hombre del mostrador iba marcando los números de la lista. Norma levantaba el teléfono, y en cada ocasión la embargaba un sentimiento de expectativa, de inverosímil optimismo. Seis veces preguntó por Elías Manau y seis veces le dijeron que allí no vivía nadie con ese nombre. Empezaba a sospechar que no tenía teléfono, que todo era una pérdida de tiempo, cuando, en la séptima llamada, una mujer con voz cansina dijo: «Espere, un momento. Sí, él está aquí». Norma tuvo ganas de gritar. La mujer carraspeó y gritó: «¡Elías, tienes una llamada!».

Norma podía escuchar una voz, la voz de un hombre, aún lejos. «Sí, mamá», dijo, «Ya voy. Diles que esperen». Si estaba sorprendido, Norma no lo percibía. Era como si hubiera estado esperando su llamada durante todo este tiempo.

EN LAS SEMANAS siguientes, cada vez que Trini llegaba de visita, le contaba a Rey sobre el último atentado de la IL, sobre la más reciente amenaza. Era solo cuestión de tiempo, decía. Va a haber problemas. Rey empezó a trabajar en Tamoé, y juntos intercambiaban historias sobre la bamboleante nave del Estado vista desde dentro: su burocracia miope, su radical incompetencia, puesta de manifiesto en Tamoé o en los siniestros horrores de la cárcel. El padre de Rey interrumpía para añadir que siempre había sido así, que las cosas marchaban cada vez peor. De él siempre se podía esperar una dosis de pesimismo. Así transcurrió medio año, Rey conoció a Marden, volvió a la universidad. Trini presentó reportes y quejas formales, pero nada cambió. Hoy mataron a otro guardia, les contó una noche, con el rostro desolado. Rey le pidió a su tío que anduviera con cuidado. Renuncia, dijo el padre de

Rey, pero no había muchos trabajos disponibles. Guardaespaldas, agente de seguridad, ¿y era alguno de ellos realmente un ascenso? ¿O un trabajo más seguro?

Justo antes de que se declarara la guerra, diez meses después de que Rey fuera liberado de La Luna, los funcionarios de la cárcel optaron por una retirada estratégica y le cedieron un pabellón completo a la IL. Era una especie de tregua que duró más de lo que cualquiera hubiera podido imaginar: un año completo y buena parte de otro. Trini continuó trabajando en la cárcel. Nadie entraba al pabellón de la IL. Allí, sus miembros dictaban clases y llevaban a cabo sesiones de entrenamiento, pero los funcionarios de la cárcel preferían no pensar en ello. Cada cierto tiempo, algún terrorista activo era capturado y encerrado allí con sus camaradas. Ellos lo vestían y alimentaban: había sobrevivido a La Luna y ahora lo iban a atender hasta que recobrara la salud dentro del territorio liberado de la prisión.

Fue en noviembre, cerca del segundo aniversario oficial de la guerra, cuando ocurrió lo inevitable: la fuga de la cárcel que representó uno de los primeros éxitos de la IL en la ciudad. Habían excavado un túnel de cuatro cuadras de largo por debajo de los muros de la cárcel, hasta un vecindario adyacente, donde salía a la superficie en la sala de una casa alquilada, que luego abandonaron. La prensa se alborotó, se requería con urgencia un chivo expiatorio. Los responsables querían a un peón, un hombre soltero sin familia que armara escándalo. Encontraron a Trini.

Cuando lo arrestaron, Trini se había mudado con el padre de Rey. Llegaron un domingo por la tarde, echaron abajo la puerta y pusieron a todos contra la pared: a Rey, a su padre, a Norma, a Trini. Se los habrían llevado a todos si Norma no los hubiera amenazado: trabajo en la radio, les dijo. Voy a hacer un escándalo. En aquel entonces era solo una practicante, pero los soldados no quisieron correr riesgos. Se llevaron a Trini. Este no opuso resistencia. También se llevaron a Rey, pero solo hasta la calle, y luego lo dejaron irse. Norma no paraba de gritar.

«Están advertidos», gritaba. «¡Criminales! ¡Asesinos! ¡Ladrones!».

Los soldados dispararon al aire para dispersar a la multitud que se había congregado. Idorú era de esa clase de barrio: donde todos se espiaban unos a otros, donde la Policía no era bienvenida. Como tenía las manos esposadas, Trini no pudo hacerles adiós con el brazo, pero, con un gran esfuerzo, logró hacer un gesto con la cabeza —a su hermano, a su sobrino— antes de que lo subieran a empellones a la parte trasera de un camión del ejército.

CUANDO REY DESAPARECIÓ, Norma se acordó de aquella noche en Tamoé, aquella noche en que la guerra se volvió real. La afectaba, alimentaba sus pesadillas. Se imaginaba que era Rey quien había estado amarrado a esa silla todo ese tiempo; que todos los años que habían pasado juntos no eran más que una mentira, que su esposo siempre había estado atrapado por la guerra. Para Norma, las acusaciones de que él había formado parte de la IL eran irrelevantes; hacía tiempo que la guerra había dejado de ser un conflicto entre dos antagonistas diferentes. La IL hacía explotar un banco o una comisaría; los tanques del ejército destruían una docena de hogares en medio de la oscuridad de la noche. En ambos casos, moría gente. Rey se marchó a la selva, la IL tuvo su último bastión en Tamoé y perdió. La mayor parte del distrito fue arrasada. Luego las matanzas estallaron y se extinguieron en la selva, y todo terminó. Así de rápido, volvió la luz. ¿Y dónde estaba Rey? Durante muchos años, la guerra había sido un ser único e implacable, de una violencia sin fin. Y a Rey se lo había tragado. Un motor, una máquina, y los hombres armados eran simplemente empleados. Una vez que un número suficiente de ellos murió, todo terminó.

La noche del incendio, el largo recorrido en autobús de vuelta a la emisora le dio tiempo a Norma para considerar sus opciones. Sentía un miedo animal agitándose en sus entrañas y sospechaba que no estaba hecha para el periodismo. Quizás debía dejar el país, abordar un avión con destino a Europa y convertirse en niñera, en madre postiza de una manada de niños ricos. Podría aprender una nueva lengua —¿y acaso no tenía derecho de ver el mundo?—. Tenía veintiocho años, muy vieja para volver a la universidad y seguir otra carrera. Era demasiado tarde para hacer lo que su padre siempre le había pedido: que estudiara secretariado y se casara con un ejecutivo, un hombre con chofer y una casa amurallada en algún lugar de las colinas, donde no llegaran los problemas. Pero ella se había casado con Rey. Él estudiaba las plantas y no era un ejecutivo. Se marchaba a la selva durante varias semanas cada cierto tiempo. Habían sobrevivido al episodio del *tadek*, pero ella sabía lo suficiente como para darse cuenta de que, con Rey, los problemas siempre los afectarían.

Tan absorta estaba Norma en sus pensamientos que no se dio cuenta de los soldados apostados en las aceras frente a los edificios gubernamentales, ni de que el conductor aceleraba el autobús cada vez más rápido por las calles, ni del tráfico inusualmente escaso. Era tarde cuando Norma llegó, casi las diez, pero la emisora rebosaba de gente. Entregó su grabadora sin usar y colocó la libreta de notas en blanco en el archivador. Estaba lista para renunciar si se lo pedían. Se sentía enferma, de vergüenza, de miedo, pero todos parecían ignorarla. Norma compartía su escritorio con otro reportero, un joven de cara redonda llamado Élmer. Él trabajaba largas horas, e incluso se quedaba algunas noches a dormir en la emisora, por lo que no le sorprendió encontrarlo en el escritorio, frotándose las sienes y luciendo felizmente atribulado. Tenía un lapicero verde entre los dientes. Élmer le sonrió y dijo:

—El mundo se está yendo a la mierda.

Norma no supo qué responder. Élmer se sacó el lapicero verde de la boca y lo hizo girar entre sus dedos. Le entregó el texto en el que estaba trabajando.

—Asesinatos —dijo—. Media docena, por toda la ciudad. Todos iguales, mi querida Norma. Hombres quemados en sus propias casas.

Norma se dejó caer pesadamente sobre una silla.

—¿Dónde?

—Venecia, Monumentos, por el Metrópolis. Unos cuantos La Colección. Uno en Ciencín y otro en Tamoé. ¿No estuviste tú por allá?

Un teléfono sonó en el escritorio contiguo.

—No vi nada —dijo Norma—. Cuando llegué, todo había terminado.

—¿No conseguiste nada?

—Había una mujer. Vendía jugos.

El teléfono seguía sonando.

Élmer la miraba con incredulidad, pero Norma no esquivó su mirada. Algo en él la inquietaba. Tenía el rostro colorado y era una persona irritable, demasiado joven para las profundas arrugas que le surcaban la frente. Pronto se pondría viejo. Era un hijito de mamá, y era más fácil que le crecieran alas a que fuera capaz de golpear a otro hombre por un ataque de furia, pero aquella noche, aquella magníficamente violenta noche en la ciudad, Élmer lo estaba disfrutando.

—¿Qué? —le preguntó Élmer.

Qué vil: esta adrenalina, estos hombres muertos.

—Es terrible.

Élmer pretendió estar de acuerdo, pero no podía estar hablando en serio. De eso ella estaba segura: las palabras tenían un significado completamente diferente cuando él las pronunciaba. Él era un *voyeur*. Quería ver qué tan mal podían llegar a ponerse las cosas. Bajo presión, hasta sería capaz de admitirlo. Quizás hasta se sentía orgulloso de ello.

—Rey te llamó.

Norma levantó la mirada.

—¿Ya volvió?

Élmer le entregó una nota en la que había garabateado el nombre de un bar no muy lejos de la emisora.

—Pero deberías quedarte, Norma. Esta noche deberías quedarte.

—Diles que me enfermé —el teléfono había dejado de sonar. Se levantó para marcharse—. Por favor.

No era un largo trayecto hasta el bar, pero las calles desiertas hacían que lo pareciera. Se cruzó con solo una persona en el camino: un viejo jorobado que empujaba por un callejón un carrito de compras cargado con una enorme pila de ropa. Apenas si había tráfico, y no corría viento. El invierno había terminado, la primavera aún no llegaba. A Norma le gustaba esta época del año, esta hora de la noche. ¿Por qué no había más gente en las calles disfrutando de ella? Un poste de luz parpadeó, su resplandor disminuyó durante un instante y luego volvió a brillar intensamente. Estaba sola en la ciudad, e intuía, aunque solo vagamente, que algo terrible había ocurrido. De hecho, muchas cosas terribles habían ocurrido a la vez. El tintineo de la campanilla del carrito de jugos aún resonaba alegremente en su cabeza. Nunca vio al muerto: ¿cómo podía estar segura de que era real? Hasta que no lo supiera, la noche tendría un aire de inocencia, y eso no le pareció forzado, sino más bien sensato.

El bar estaba en calma. Tenían la radio encendida y todos la escuchaban con atención. Norma recorrió la habitación con los ojos buscando a Rey hasta que lo encontró, en un rincón, compartiendo una mesa con varios hombres a los que no reconoció. Nadie miraba a nadie; todos tenían los ojos fijos en la radio, una caja negra abollada y rayada, colocada sobre el refrigerador. Un hombre pelirrojo se mordía las uñas. En la barra, una mujer de rostro cetrino y pelo trenzado daba golpecitos nerviosos con el pie. Flotaba un aire de preocupación en el bar, y los mozos se movían por entre la gente con la gracia y el silencio de unos mimos. El locutor describía los eventos de la noche: docenas de muertos, un tiroteo en el distrito de Monumento, varias zonas de Parque del Regente en llamas. Pandillas armadas habían tomado las calles: había reportes de saqueos en el Centro y de automóviles quemados en Recolectores. Estaban atacando la ciudad. Se anunció que el presidente hablaría pronto.

En una situación normal, la gente hubiera empezado a abuchearlo con la sola mención de su nombre, pero esta noche no hubo reacción alguna.

¿Tanto tiempo había pasado desde le época en que se consideraba a la IL poco más que una broma? ¿Un espantapájaros?

—Rey —dijo Norma desde el otro extremo de la habitación silenciosa. Él la vio y se llevó un dedo a los labios. Se levantó y se abrió paso entre las personas que bebían inmóviles y silenciosas, hasta llegar adonde ella se encontraba, junto a la puerta. Lucía cansado y quemado por el sol. Tomó a Norma del brazo y la llevó a la calle. Allí, bajo la pálida luz de un poste, Rey la besó.

—Qué terrible bienvenida, ¿no?

—Déjame verte —dijo Norma, pero estaba oscuro y no distinguía sus facciones.

Rey había llegado a la estación de trenes justo después del primer incendio, a las cuatro de la tarde, más o menos la hora en que ella salía de la emisora rumbo a Tamoé. Los autobuses habían suspendido el servicio, así que tuvo que caminar durante tres horas, hasta que se cansó de cargar su maleta. Dos veces tuvo que detenerse en puestos de control. Y entonces, cuando sus piernas estaban a punto de ceder, se encontró frente a este bar, se dio cuenta de que estaba cerca de la radio y decidió que lo mejor era quedarse allí.

—¿Cómo volveremos a casa? —preguntó Norma.

Rey sonrió.

—Quizás tengamos que quedarnos aquí.

Y, de hecho, así lo hicieron. Norma acababa de preguntarle sobre su viaje, y Rey le estaba contando sobre un pueblo en la selva oriental donde los indígenas aún hablaban la antigua lengua, donde conoció a un viejo que lo condujo a las profundidades del bosque y le mostró una docena de nuevas plantas medicinales. Norma sentía su excitación, la curiosidad en la voz de

su esposo. Ese pueblo sonaba como un lugar encanta-
dor. «Me gustaría verlo por mí misma», dijo ella, y en
ese momento se escuchó un estruendo en la distancia.
Se quedaron en silencio. El ruido provenía de algún lugar en los cerros. Durante un momento, nada ocurrió.
Durante un momento, ambos pensaron que solo habían imaginado aquel sonido inexplicable. Pero entonces se oyó otro, y luego otro más, un temblor profundo, como el eco de una avalancha. ¿Era un terremoto?
Las luces de la calle parpadearon otra vez, pero en esta
ocasión no volvieron a encenderse. Se oyó un grito en
el interior del bar. El presidente había estado a punto
de empezar su mensaje a la nación. Había terminado
de aclararse la voz cuando la radio enmudeció. Adentro y afuera, la oscuridad era completa.

«Escúchame, jovencito». así empezaba Tri-
ni todas sus cartas. Esa fue la última, y Rey la llevaba
siempre consigo. Junto a su cama, en su billetera, en
su maletín —migraba por entre sus pertenencias, pero
siempre la tenía cerca—. En ocasiones Rey se desperta-
ba en medio de la noche, la llevaba a la cocina, y allí la
leía. La sacaba para leerla en el autobús, o entre clases,
o mientras esperaba por su contacto en algún sombrío
bar de Villa Miami. Trini se había perdido su matrimonio en junio. Rey y Norma dejaron una silla vacía
para él en la mesa principal. El padre de Rey leyó el
brindis que Trini envió desde la cárcel. Se había perdido todo el lío del *tadek*, aunque de todas maneras jamás se habría enterado de quién era el responsable. Se
había perdido el inicio del trabajo de Rey en su alma
máter, los primeros pasos de su carrera. Se había perdido todo eso, y también el tosco inicio de la guerra.

Desde entonces, por supuesto, había habido otras fugas de la cárcel, y también otros chivos expiatorios.

Trini no expresaba su rencor en sus cartas, y, sin embargo, para Rey, ese era el mensaje esencial del texto. Trini escribía con un solo temor: que no había logrado nada en su vida, que nunca tendría la oportunidad de recuperar el tiempo perdido. No había hecho nada notable, excepcional o siquiera valiente. Solía enumerar sus decepciones, y esta última carta no fue excepción: la mujer que no le volvería a hablar, el hijo que nunca lo visitaría. En esta última carta, mencionaba el nombre de su hijo —algo que nunca había hecho antes— y se preguntaba si la madre del niño se lo habría cambiado. Todo se reducía a lo siguiente: en cualquier otro lugar, él habría pasado inadvertido —en cualquier lugar menos allí, en esa cárcel repleta de hombres a los que había maltratado, hombres a los que había arrestado, hombres que jamás olvidaban una ofensa—. En su última carta, Trini le contó algunas historias. Cuando se emborrachó con un ladrón de bicicletas en Ciencín. El día en que se despertó entre los brazos de una dama aristocrática en La Julieta. La ocasión en que casi mató a golpes a un hombre en Los Miles: decía no recordar nada acerca del incidente, excepto que ambos acababan de conocerse y que, unos minutos antes, se habían estado riendo juntos. Nada de eso importaba, escribió Trini. Era una carta extensa, cuatro páginas de letras apretujadas, llena de adioses implícitos, confesiones y retracciones. Pero Trini solo tenía una idea en mente, que se repetía en cada página: sobrevivir. Vivir lo suficiente como para salir de la cárcel. Si lo conseguía, eso redimiría una vida de mediocridad, una vida carente de sustancia. Sería un logro.

Trini se encontraba cumpliendo su segundo año de condena cuando lo asesinaron en una reyerta. Una vez que desaparecieron el dolor y la pena, Rey se reunió con su contacto. «Estoy listo», le dijo, y realizó su primer viaje a la selva, no como científico sino como mensajero.

PREPARÁNDOSE PARA LA llegada de sus invitados, Manau se bañó y afeitó. Era la primera vez que lo hacía desde su vuelta a la capital. Las treinta y seis horas previas las había pasado trasladándose con desgano desde su cama hasta la mesa de la cocina, donde su madre lo vigilaba para asegurarse de que comiera. Y él comía, lo había hecho tres veces aquel día, con poco entusiasmo. Luego volvía a su habitación, donde, en su ausencia, su padre había instalado una oficina para organizar su vasta colección de estampillas. El cuarto estaba repleto de sobres, clasificadores y cajas de estaño que contenían pequeñas y extrañas herramientas. Una lupa colgaba de un gancho fijado en la pared sobre su cama. En 1797 no había servicio regular de correo, y la obsesión de su padre le parecía ahora absurda a Manau. Durante todo el año que pasó en la selva, recibió solamente dos cartas, ninguna de ellas de su padre. El viejo no quiso gastar estampillas en él. La vida de Manau le parecía casi inverosímil a él mismo. Aún no había desempacado su mochila.

Manau se puso una camisa limpia y unos pantalones que había dejado cuando se mudó a 1797 un año antes. Aún mantenían el pliegue del planchado, y eso le pareció admirable. En la selva nada duraba, ningún estado era permanente: el calor, el aire húmedo y la luz lo degradaban todo. El clima cambiaba una docena de veces en un mismo día. La selva era la tierra en su estado primordial, tan inestable como el mar, tan aterrador, tan hermoso.

Desde su llegada a la ciudad se había dado cuenta de que no necesitaba nada para llenar sus horas. Casi dos días habían pasado desapercibidos. Era una cuestión de tiempo para que Víctor lo encontrara, y Manau no temía ni ansiaba la llegada de ese momento. Norma se encargaría de hacer su trabajo. Vendría. Y él le contaría lo que ella quería saber, los secretos que Adela le había susurrado en aquellas noches oscuras y calurosas no hacía tanto tiempo atrás. Manau lanzó un suspiro. O más bien, hacía tanto tiempo. El tiempo nunca había sido su amigo. Un día se despertó y descubrió que ya tenía treinta años, que había transcurrido la mitad de su vida. Ahora tenía treinta y uno, y ya sentía que los detalles de aquel último año no lo acompañarían durante mucho tiempo. ¿Podía uno recordar la selva, sus sensaciones y su olor, la gente a la que conoció, era realmente posible recordar algo de ella sin estar allí?

Con el cabello peinado, los pantalones bien planchados y el cuerpo más limpio que nunca en doce meses, Manau se dirigió hacia la puerta de entrada. Se encontraba acomodando distraídamente las fotografías familiares cuando su madre entró desde la cocina. Aunque estaba de espaldas a ella, sentía que estaba aguardando por él. No hacía ningún ruido. Manau la dejó esperando durante un minuto. «¿Quiénes son las personas que van a venir?», le preguntó finalmente.

Había allí fotografías que no podían ser reales. Ese no era él, y aquellos no eran sus padres. Entrecerró los ojos al ver una imagen suya. Una delgada capa de polvo cubría el vidrio. La limpió con el dedo índice. Y sin embargo, seguía sin reconocer el rostro de la fotografía.

—¿Elías?

Se volteó hacia su madre y se dio cuenta, con asombro, de que ella estaba a punto de llorar. Manau frunció el seño; ¡esta gente y sus emociones baratas! Ella había envejecido, incluso en los últimos dos días. Él le sonrió, ¿qué le había preguntado? Ah, sí.

—Es gente que conocí en la selva —dijo—. No se van a quedar mucho rato.

—Bueno, voy a preparar té, entonces —dijo, y eso pareció dejarla satisfecha. Y sin embargo, no dejaba de mirarlo. Manau sostuvo su mirada lo más que pudo, y luego volteó el rostro.

—Gracias, mamá —dijo.

Llegaron en menos de una hora. El mismo Manau les abrió la puerta. «Buenas noches», le dijo a la mujer que supuso sería Norma. «Víctor», le dijo al niño, y luego otra palabra apareció en su cerebro y se le escapó de la boca antes de que él mismo se diera cuenta de su significado. Era una palabra de la antigua lengua: el *nosotros* inclusivo. El niño sonrió. Se abrazaron por un instante, suficiente como para que Manau sintiera el peso de lo que había hecho al abandonar al niño en la emisora. Quiso decir más, pero tenía miedo de que se le quebrara la voz. Los invitó a pasar. «Por favor», logró decir, «por favor, siéntense».

Norma no había esperado encontrarse con un joven que luciera tan viejo. Manau era flaco y desaliñado, sorprendentemente pálido para alguien que había vivido durante un año en el trópico. Estaba bien vestido, pero se movía con el desgano de un hombre que había pasado todo el día en pijama. Le dio pena. La madre de Manau, una mujer una década mayor que Norma, entró en la habitación con una bandeja de té, sonriendo con el brillo exagerado de un cartel de teatro. Miró preocupada a su hijo y acarició al niño en la cabeza. El cabello de Víctor había crecido un poco en los últimos dos días, hasta formar una incipiente capa de color negro. Norma sonrió cortésmente cuando la presentaron, agradecida de que Manau no hubiera dado una explicación completa de quién era ella.

Manau comenzó con una serie de disculpas que incomodaron a Norma. Cuando el hombre empezó a quebrarse, ella fijó su atención en la habitación para evitar tener que mirarlo. Estaba decorada con colores pastel, o colores que alguna vez fueron vivos pero que ahora lucían apagados. No estaba segura. «Me equivoqué», dijo Manau. Tenía la voz ronca, sus mejillas refulgían de color. «Perdón», dijo, y sonó como si no supiera con quién debía disculparse exactamente. De hecho, parecía estar a punto de ahogarse, de morir delante de ellos. Norma lo dejó hablar. Su ira se había disipado por completo, pero sentía que él les debía esto a ambos, al niño. Manau balbuceó algo sobre promesas incumplidas, y miró suplicante a Norma al describir a la madre de Víctor y narrar cómo murió ahogada. Poco después, Víctor se trasladó al sillón de su profesor y empezó a consolarlo con palabras que Norma no alcanzaba a entender. Quizás eran palabras en la antigua lengua, pero ella dudaba de que Manau fuera capaz de comprenderlas.

Dejó que pasara el tiempo, un minuto o más, pero apenas si podía contener la impaciencia que sentía. Su Rey estaba en esa lista —vivo o muerto, había aquí alguien que podía contarle más al respecto—. Era todo lo que ella siempre había deseado: más de Rey, de su tiempo, de su corazón, de su cuerpo. Si hubiera sido sincera, lo habría admitido años antes: que siempre había anhelado más de

Rey de lo que este estaba dispuesto a darle. La noche del incendio en Tamoé, la noche del primer Gran Apagón, ella y Rey regresaron al bar y se apiñaron dentro de esa tensa habitación llena de desconocidos, mientras alguien iba a buscar una batería de automóvil para poder volver a encender el receptor de radio. Se encendieron unas cuantas velas y, mientras esperaban, la gente empezó a conversar. «Yo vivo en Tamoé», dijo alguien. «Sabía que esto se venía. Esa gente no tiene escrúpulos». Otro: «La Policía no hace nada». Otro: «¡Torturan a los inocentes, desaparecieron a mi hermano!». Alguien dijo «¡A la mierda con la IL!» y alguien más —no Rey— respondió: «¡A la mierda con el presidente!».

Y así continuaron, un civilizado duelo de gritos sostenido bajo la parpadeante luz amarillenta. La habitación se llenó de humo hasta volverse insoportable, y alguien abrió una ventana. Norma recordaba ahora cada detalle minuciosamente: cómo el fresco aire de la noche llenó la habitación, los gritos que proseguían, las oleadas de palabras, exhortaciones, confesiones y condenas. Era imposible distinguir quién hablaba, lo único que se podía percibir eran las características básicas de sus acentos: este de la sierra, y aquel otro, de la ciudad; este hombre, y esa mujer; y los matices diversos de sus iras, que aquella noche se extendían en todas las direcciones. Era como si caminaran sobre el filo de una navaja: en cualquier momento podían unirse en un gigantesco y lloroso abrazo, o sacar una docena de armas y matarse unos a otros, a ciegas, en esta habitación repentinamente oscura, repentinamente fría.

En ese momento alguien mencionó La Luna, y Norma sintió la tensión en el cuerpo de Rey. «Quien muere a manos del Estado se lo tiene bien merecido», gritó alguien. Trini llevaba casi un año muerto, asesinado por el Estado que lo traicionó, como decía siempre Rey. Norma pegó su cuerpo al de Rey, y en ese momento se dio cuenta de qué era lo que la asustaba: que él fuera a decir algo. Que fuera a decir algo inoportuno. Y es que era imposible saber cuál era el humor de una multitud anónima en un cuarto mal iluminado. Ella lo sujetó con firmeza, le rodeó el pecho con los brazos. Metió las manos por debajo su camisa y entrelazó los dedos. Allí, en el bolsillo de la camisa de Rey, estaba la carta de Trini. Ella podía sentirla. Él se la había leído una noche y ambos habían llorado juntos. Trini había sido un hombre bueno. Pero no digas nada ahora, Rey, pensó ella, no digas nada, esposo mío.

«Tranquilo», le susurró ella. «¿Ha visto la lista?», le preguntó Norma a Manau cuando este terminó con sus disculpas. No esperó por una respuesta; después de todo, sabía que él sí la había visto. Muy lentamente, dijo: «Hay algo que debo saber sobre la lista». Norma se tocó la frente; estaba sudando. ¿Había ella empezado a perderlo aquella noche?

Manau asintió. Sabía bien por qué lo habían ido a buscar. Por qué había ido ella. Se puso de pie y pidió permiso para ausentarse un momento. «Tengo algo que mostrarle».

Norma se quedó donde estaba, con sus recuerdos. El niño recorría la habitación, inspeccionando las fotografías en sus marcos polvorientos. «Es Manau», dijo, señalando una de ellas, pero Norma apenas consiguió esbozar una sonrisa.

De vuelta en su habitación, Manau abrió la mochila que había traído de 1797. Buscó en su interior sin encender la luz. No necesitaba hacerlo: solo tenía una cosa para Norma, y la encontró de inmediato. Era un pedazo de pergamino, enrollado, envuelto en corteza de árbol y amarrado con una cuerda. Adela se lo había entregado para que lo tuviera a buen recaudo. Olía a la selva. Lo asaltó el impulso de acostarse, de dormir y so-ñar hasta que los visitantes se hubieran marchado, pero no lo hizo. Se oían murmullos en la sala. Lo esperaban. Manau cerró la mochila y luego la puerta tras de sí.

—Yo estuve en La Luna —dijo Rey aquella noche en que empezó la guerra, y Norma lo pellizcó, pero la se-gunda vez lo dijo más fuerte—. ¡Yo estuve en La Luna!

Ella le mordió la oreja, le tapó la boca con una mano: ¿era demasiado tarde?

—¡Vete a la mierda, perro terruco de la IL! —lle-gó el primer grito.

—¿Qué es esto? —dijo Norma cuando Manau le entregó el pergamino.

El niño se había acercado adonde estaban. «¿Qué es?», preguntó. Norma desató la cuerda, desenrolló la corteza y extendió el pergamino sobre la mesa. Víctor sostuvo los bordes con sus pequeños dedos. Manau lo ayudó. Aquella noche catorce años atrás, la noche en que la guerra llegó a la ciudad, lo que salvó a Rey fue la oscuridad. Alguien gritó «¡IL, conchetumadre!» y se pro-dujo agitación entre la concurrencia, pero, ¿había aca-so algo más que pudieran hacer, ellos o cualquier otro? Era el primer Gran Apagón, la guerra había llegado a la ciudad, y nadie en ese lugar se conocía, eran perso-nas que habían quedado varadas mientras se dirigían a otros sitios y que ahora se encontraban apiñadas en este sombrío bar. Eran ocupantes ilegales. «¡Silencio!», gri-tó alguien más, una voz de hombre, llena de autoridad. «¡La radio!». Se oyó interferencia del parlante, saltó una chispa azul de la batería. Aquella noche en Tamoé, una furibunda multitud se dirigió hasta una de las comisarías con antorchas, arrojando piedras con el entusiasmo de verdaderos partidarios. Los primeros disparos fueron de advertencia. A estos les siguieron otros, provocados por el odio. Cientos de personas salieron corriendo, dispersándose por entre la oscura noche y volviendo luego sobre sus pasos para recoger a sus heridos, a sus caídos. Al día siguiente, se celebraron los primeros funerales: lentas y tristes procesiones a lo largo de la avenida F-10, hacia los cerros donde terminaba el distrito, donde terminaban las casas. Ataúdes de niños fueron llevados hasta la cima y allí quemados siguiendo las costumbres de los fundadores de aquel lugar. Esa noche, en Auxilio, mucha gente tenía miedo de salir a la calle, y quienes contaban con radios y baterías oían las noticias con el volumen tan bajo que la señal era casi inaudible. Los hombres sacaron sus armas por si llegaban saqueadores y encerraron a sus asustadas esposas y somnolientos hijos en los cuartos más seguros, los más alejados de la calle. Muy temprano por la mañana aún se oían disparos. La última víctima de esa larga noche cayó abatida poco antes del amanecer, cuando un viejo, un mendigo, fue asesinado junto a su carrito de compras, en el que llevaba una enorme pila de ropa, en un callejón a menos de diez cuadras del bar donde Norma y Rey pasaron la noche en vela. Durante toda la noche, la radio escupió noticias cada vez peores, y en algún momento de la madrugada se decidió cerrar la puerta del bar con un candado. También cerraron las ventanas, y la habitación se volvió a llenar de humo. Algunos pudieron dormir. A mitad de la noche, alguien pidió agua, y repentinamente todos se sintieron sedientos y acalorados. Afuera, grupos de bandidos recorrían las calles, pero nadie les hacía caso, las noticias tenían absortos a todos: habían llegado tanques a la Plaza, patrullaban las principales arterias de la ciudad. Los saqueos se generalizaron. Una pareja fue vista saltando, tomados de la mano, del balcón de su edificio en llamas. Dentro del bar, una mujer se desmayó y debieron reanimarla. Durante la noche, en dos ocasiones se oyeron golpes apremiantes a la puerta, seguidos por súplicas de ayuda pronunciadas con voz débil y aguda, pero habían apagado las velas, el interior se encontraba a oscuras y la gente no podía mirarse a los ojos. La única obligación que tenían era la de quedarse tranquilos y esperar. Norma sostenía a Rey, y ambos descansaban con la espalda apoyada contra la puerta. Eventualmente, los golpes se detuvieron, los ruegos terminaron y se oyó el ruido de pasos perdiéndose en la distancia, mientras la víctima desafortunada se trasladaba a otro lugar en busca de refugio.

—No digas nada, Rey —dijo Norma.

En ese momento la madre de Manau regresó a la habitación. Había estado observando todo a través de la puerta rajada de la cocina, escuchando a su hijo y a sus visitantes durante la última media hora, incapaz de discernir quién era qué de quién en ese extraño trío. Parecía haber algún problema entre la mujer llamada Norma y su propio hijo: ¿qué le había pasado a su Elías? Llevaba en las manos una bandeja y un termo con agua caliente.

—¿Alguien quiere más té? —preguntó, con toda la inocencia que pudo. Su hijo, la mujer y el niño observaban el pergamino en silencio.

—Oh —dijo la madre de Manau, porque el silencio siempre, siempre la incomodaba— ¡Qué dibujo tan bonito! ¡Qué joven tan guapo!

—Es Rey —dijo Norma.

—Es tu padre —le dijo Manau al niño.

Sin comprender ninguno de los dos comentarios, la madre de Manau volvió rápidamente a la cocina. Se quedó de pie junto a la puerta durante varios minutos, intentando escuchar algo, pero no oyó nada.

Por la mañana, cuando desatrancaron la puerta y abrieron las ventanas, Norma le dio un beso de despedida a Rey y regresó caminando a la emisora. Se había lavado el rostro con un poco de agua de un lavabo comunal. «¿Cómo volverás a casa?», le preguntó a su esposo. Sentía un cansancio agudo, un dolor que le recorría las piernas de un extremo a otro. Rey sonrió y le dijo que caminando. El aire aún olía a humo, y el cielo estaba teñido de sepia. La noche anterior, muchos edificios se habían incendiado, y algunos, a esas horas, aún seguían ardiendo.

Tercera parte

ONCE

Durante el verano del octavo año de la guerra, un presentador radial desapareció de la emisora donde trabajaba Norma. Las autoridades negaron estar involucradas, pero había rumores de traición y colaboracionismo con la IL. Su nombre era Yerevan, y el hecho conmocionó a todos los que lo conocían. Callado y modesto, menudo y de rostro moteado, Yerevan era un solterón empedernido que vivía solo para su programa radial, un espacio de música clásica que se transmitía en la madrugada, dos veces por semana. También dictaba una clase en la universidad, donde se había especializado en la evolución de la música de Occidente a partir del descubrimiento del Nuevo Mundo. Era popular y muy querido por los estudiantes.

Durante varias semanas, luego de su desaparición, hubo protestas. Yerevan había sido muy amigo del director de la emisora, por lo que la radio fue osada en su defensa, a pesar de su política habitual. Cada hora se transmitían proclamas de su inocencia y se exigía su liberación. Grupos de estudiantes universitarios hacían vigilia frente a la emisora. También empezaron a llegar admiradores de su programa, y las protestas adquirieron un carácter extraño. Se había reunido una combinación muy poco usual de grupos diversos de la ciudad: aficionados a la música clásica, estudiantes de historia y arte, obreros del turno de noche, y varios insomnes y ermitaños. La mayoría de ellos jamás había visto al acusado, pero todos conocían bien su voz y admiraban su buen gusto y su conocimiento enciclopédico sobre la música. Comparada con otras protestas, esta era una reunión alegre. Un cuarteto de cuerdas, despedido de la recientemente disuelta Orquesta Municipal, tocó para la multitud una noche, a la hora en que se habría transmitido el programa de Yerevan. La radio, en una decisión inspirada, transmitió la presentación en vivo.

Pero a pesar de todo esto, Yerevan fue enviado a La Luna, donde seguramente recibió la misma clase de bienvenida a la que Rey logró sobrevivir nueve años antes. Dos semanas pasaron, y nadie tenía noticias de Yerevan. Todos esperaban lo peor. Para entonces, ya no era un secreto el destino de los desaparecidos. En el último año antes de su desaparición, Yerevan se había hecho amigo de Norma. Ella había logrado superar el miedo que sintió aquella noche del primer Gran Apagón, y en más de una ocasión había demostrado su temple. Para entonces, salía al aire con cierta regularidad, aunque el culto a su voz aún no tenía la importancia que adquirió más adelante. A menudo, Norma se quedaba hasta tarde en la emisora, editando reportajes para el noticiario de la mañana siguiente, y cuando terminaba con su trabajo le gustaba ir a la cabina de sonido a visitar a Yerevan. Le atraían la música suave y relajante, y la naturaleza tranquila y bondadosa de su colega, pero, sobre todo, le gustaba el ambiente de la cabina. Era el corazón de la radio, y en esta época Norma aún no se había desencantado de todo ello. Adoraba ese lugar, el rumor de sus aparatos, su iluminación, música y movimiento. Se había encargado de producir el programa unas cuantas veces, y en esas ocasiones contestaba las llamadas de oyentes que querían pedir una canción o simplemente hablar sobre música con Yerevan. Era un ambiente que a Norma le gustaba mucho —relajado, de madrugada, con menos restricciones de tiempo—. A Yerevan le gustaba dejar que sus oyentes hablaran, y Norma estaba feliz de escucharlos. En aquellos momentos, ella sentía que la radio realmente podía servir para algo.

Lo que hizo de este episodio algo aún más extraño fue la revelación, unas semanas después de la repentina desaparición de Yerevan, de que los rumores sí tenían algún fundamento. Que algunas de las personas que llamaban a su programa transmitían mensajes en clave. Luego de consultar con Rey, Norma buscó a Élmer para hablar de la situación, y este admitió que el director de la emisora estaba asustado. Según Élmer, todo era peor de lo que habían sospechado en un inicio. Sí, había infiltrados en la emisora. Se ordenó buscar las grabaciones de los programas más recientes de Yerevan.

—Era de la IL, Norma, y nadie lo sabía —dijo Élmer—. ¿Qué podíamos hacer?

Norma había pasado horas con el acusado, se había encargado de filtrar las llamadas y había sostenido charlas cordiales con personas a las que ella consideraba amantes de la música, pero que, en realidad, podían haber sido terroristas. Incluso había estado en el aire media docena de veces, presentando canciones, hablando sobre música con Yerevan. ¿Se habría implicado en el asunto?

—¿Tengo que preocuparme? —preguntó.

Élmer asintió. Era una persona reflexiva y competente, y todos daban por sentado que algún día sería director de la radio.

—Puedes quedarte por un tiempo en la emisora.
Te haremos lugar, aquí estarás más segura.

Aquella noche comenzó su exilio. Pasaría un mes
antes de que pudiera volver a su casa. Al día siguiente, la
radio canceló abruptamente toda protesta, y llegó al extremo de solicitar al ejército que dispersara a los seguidores
de Yerevan que aún permanecían en los alrededores. Las
fuerzas del orden cumplieron con entusiasmo el pedido, y
docenas de estudiantes, amantes de la música, obreros del
turno de noche, e incluso algunos desafortunados transeúntes, fueron golpeados y arrestados en el terreno adyacente a la radio. Durante aproximadamente una hora
se desarrolló una batalla campal, con piedras y gases la-
crimógenos que se extendían por la avenida en enormes y
pálidas nubes. Muchos empleados de la radio se juntaron
en la sala de reuniones a observar los hechos desde los amplios ventanales, Norma entre ellos. Había dormido allí
aquella noche, bastante incómoda, en la misma sala de
reuniones donde once años más tarde conocería a Víctor.
Le dolía el cuello. Al igual que todos los demás, observaba
la batalla en silencio, con la frente pegada a la ventana,
mirando hacia abajo. Agradecía el que hubiera nubes de
gas lacrimógeno: estas le permitían intuir escenas de gran
violencia, pero le evitaban el tener que verlas. La batalla
se había iniciado a plena luz del día, pero el director de la
emisora decidió omitir cualquier mención de esta en las
noticias. Sentía que su empleo se había vuelto demasiado
peligroso. No le faltaba razón. En menos de un año, el director autorizaría la emisión de un reportaje que criticaba
indirectamente al ministro del Interior y este error le cos-
taría la vida. Élmer estaría feliz de reemplazarlo.

Esa era la clase de país en que este se había convertido.

261

Debe señalarse que en 1797 nadie extrañaba a Yerevan. La música clásica era considerada extraña y pretenciosa. El único admirador de su programa había sido el sacerdote del pueblo, que para ese entonces llevaba cuatro años muerto.

CUANDO SU HIJO nació, Rey estaba en la ciudad, con apenas una vaga idea de que su amante estaba por dar a luz. Eran los días en que Norma estaba prisionera de la emisora de radio. Hablaban por teléfono cuatro veces al día, y cada tarde él iba hasta la radio a verla. Su vida en la ciudad, su vida como esposo y como científico, ocupaba todo su tiempo; lo que fuera que hubiera ocurrido o estuviera a punto de ocurrir en la remota selva escapaba a su comprensión. En el presente se preocupaba por Norma. Ella no estaba manejando bien el estrés. Estaba perdiendo peso y, cuando él la visitaba, ella se quejaba de que se le estaba cayendo el cabello. «Quédate conmigo», le pidió una tarde, cuando llevaba una semana de exilio. Tenía los ojos enrojecidos e hinchados. «Quédate conmigo esta noche».

Estaban en la sala de reuniones, bebiendo café instantáneo: se estaba poniendo el sol y, a sus pies, las montañas y la ciudad brillaban anaranjadas. Norma lucía agobiada; su día recién empezaba. Ahora dormía por las mañanas: unos días después de su internamiento, el director de la emisora, por sugerencia de Élmer, decidió ponerla en el aire durante la noche. Había que llenar el espacio dejado por Yerevan. «De todos modos no estás durmiendo bien», le dijo Élmer, y con eso dejó zanjada la cuestión. Eran horas muertas para la radio, pero, para sorpresa de todos, el espacio de Norma era inundado con llamadas, pedidos, consejos, chismes.

Tocaba sobre todo música romántica y, entre canciones, dejaba que la gente hablara libremente. La noche anterior, mientras se preparaba para acostarse en el departamento desierto, Rey había escuchado la voz de su esposa en la radio y luego había soñado con ella. Era una voz hermosa, narcótica, relajante, y él no era el único que lo pensaba.

—Este lugar es muy solitario —dijo Norma—. Todo queda desierto. Solo quedamos el guardián y yo.

—Y los que llaman.

Ella lanzó un suspiro.

Rey la tomó de las manos.

—Te adoran.

—¿Puedes quedarte?

Su turno en el aire duraba desde las once de la noche hasta las cuatro de la mañana, lo que le dio a Rey tiempo de ir a casa y cambiarse antes de que el programa empezara. Preparó una cena para ambos, empacó algunas cosas para la noche, cerró con llave el departamento, y estuvo de vuelta en la radio a las diez y media. La emisora ya estaba vacía. Bebieron café, fuerte y sin azúcar, y Rey se dio cuenta de que ella se sentía realmente feliz de tenerlo a su lado. Poco antes de las once, se dirigieron a la cabina de sonido y charlaron durante unos minutos con el presentador de la noche. Era bajo y flaco, un hombre extraño, prematuramente cano, que siempre se había sentido atraído por Norma. Una vez que el hombre reunió sus cosas y se marchó, y ambos se quedaron solos, Norma abrazó a Rey. Sonaba una vieja balada. El disco temblaba ligeramente, y las guitarras alternaban sonidos afinados y desafinados. Ella lo besó. Para cuando la canción terminó, ambos estaban desnudos y riendo. Norma cruzó la habitación, levantó la aguja y dejó que la canción sonara dos veces más antes de empezar con su programa.

ERA UN DON poder separar tan meticulosamente las dos mitades de su vida. Cuando estaba en casa, en la ciudad, rara vez pensaba en la selva, excepto desde una perspectiva académica: los misterios de la vida vegetal, las exigencias del clima, las formas de adaptación humana a sus requerimientos. En ocasiones, pasaba por su cabeza alguna imagen proveniente del frío corazón del bosque: el tronco de un viejo árbol cubierto por musgo negro; las piedras blancas en las riberas del río, talladas por el agua en las formas más fantásticas —y eso era todo—. No pensaba en la gente a la que conocía allí, ni en la mujer que lo había seducido. Sus viajes a la selva tropical se caracterizaban por una forma similar de disociación: a una hora o dos de la ciudad, cuando desaparecían los rudimentarios y desordenados tugurios y el camino se perdía entre colinas aún deshabitadas, Rey se liberaba de responsabilidades materiales, retrocedía en el tiempo, era un hombre que volvía a un estado más puro e inocente. Fuera de la ciudad, nunca respondía al nombre de Rey. Tan completa era su transformación que el sonido de su propio nombre, el que usaba en la ciudad, no tenía ningún efecto sobre él cuando cruzaba los límites de la capital.

Realizó su primer viaje a la selva poco después de volver a la universidad. Era una expedición de carácter puramente científico, antes de que el asesinato de Trini lo hiciera cambiar de planes, un viaje que realizó guiado por un viejo profesor barrigón que hablaba tres lenguas indígenas y recorría los pasillos de la universidad masticando raíces medicinales. La misión de los estudiantes era redactar descripciones técnicas de las plantas que encontraran —descripciones sobre la textura pegajosa de las hojas o su olor acre—, y colocar muestras de ellas entre las páginas de los pesados tomos que el profesor había traído expresamente con ese fin. Basándose en libros, conversaciones y fotografías, Rey imaginaba la selva como exactamente lo opuesto a la ciudad donde vivía desde los catorce años. Inexplorada e inabarcable, un universo en el que las reglas aún estaban siendo planteadas y discutidas, era la última frontera, y su atracción era poderosa. Esto ocurrió en el primer año de la guerra. Más adelante, cuando Elías Manau recorrió los mismos senderos, la selva ya formaba parte del país —había escuelas y caminos, mantenidos, al menos en teoría, por el Estado—, pero cuando Rey la visitó por primera vez, el recorrido implicaba un viaje en camión o hacer un trueque con algún aldeano para que aceptara llevarlo en canoa a través de los ríos lodosos. Se encontraban con nativos que murmuraban su lengua ininteligible. Se bañaban en ríos de agua dulzona y dormían en hamacas. Pero en lugar de dormir, Rey se quedaba despierto, con los ojos cerrados, escuchando el ir y venir de los sonidos selváticos, con la certeza de que esa jungla era el lugar más bello que hubiera escuchado jamás.

La tierra era de quien la reclamara, y, en especial en aquellos días, el tupido bosque era un lugar perfecto para desaparecer, para ocultarse de los ojos de la ley. A medida que se desarrollaba la guerra, el gobierno aprendería a no perder de vista a quienes transitaban por las regiones selváticas de la nación. Había hombres que transportaban armas y otros que transportaban drogas. Había hombres con dinero para sobornar a los oficiales de Policía, capitanes del ejército o jefes de las aldeas. Había exploradores de reconocimiento que buscaban puentes para colocarles bombas, y hombres que fingían ser leñadores, comerciantes o incluso músicos ambulantes. Y también había hombres como Rey, que salían de la ciudad como estudiantes documentados o investigadores y que, en algún momento de su recorrido, se convertían en otras personas, con otros nombres. Estos eran hombres que nunca llevaban rifles, pues estaban armados con algo mucho más valioso: información.

Rey nunca volvió a ver a Marden. Pero para cuando ocurrió el episodio de Yerevan, Rey y el hombre del traje arrugado llevaban casi nueve años viéndose de manera intermitente, como amantes furtivos: nueve años de encuentros en paraderos de autobús, de conversaciones intencionalmente vagas y encargos fortuitos, lo suficiente como para que Rey llegara a conocer a su contacto, dentro de lo que se podía conocer a un hombre como aquel: sus silenciosas expresiones de preocupación, cómo fluctuaba su peso según la intensidad del conflicto. Había ocasiones en las que el hombre lucía realmente enfermo, con mejillas hundidas y sin afeitar, expresión cavilante y cabello enmarañado. Para ser un agente de la IL, era terriblemente transparente: días después de su encuentro, se producía una explosión en algún lugar de la ciudad, y para su siguiente reunión, el contacto de Rey había recobrado algo de tranquilidad. Luego todo empezaba otra vez. En nueve años, se habían reunido incluso socialmente, en diversas cenas, en las que los habían presentado como si no se conocieran y ambos habían interpretado sus papeles de manera muy convincente, intercambiando breves palabras de cortesía y luego ignorándose adrede durante el resto de la velada. Incluso Norma había estrechado su mano en una o dos ocasiones; después de una de esas reuniones, mientras se desvestía en la oscuridad azulada de su departamento, ella había hecho un comentario sobre la frialdad del contacto de Rey, sobre su saludo poco amistoso y serio. Rey sintió el impulso de defenderlo, pero, por supuesto, no lo hizo: fingió que no lo recordaba —¿cómo era que se llamaba?—. En cierto modo, eran incluso colegas: en diferentes especialidades, en distintas universidades. Luego del primer Gran Apagón, que tomó por sorpresa a Rey y a toda la ciudad, sus reuniones se hicieron mensuales, y las tareas asignadas tan ordinarias que a Rey le era posible creer que la guerra no tenía absolutamente nada que ver con él. Dejaba sobres en basureros; se sentaba junto al ventanal de un café a una hora determinada, vistiendo una camisa de color rojo brillante; o hacía llamadas a teléfonos públicos, en las que, a lo sumo, susurraba una dirección a quien levantara el auricular del otro lado de la línea. Sus días de conocido líder estudiantil habían terminado mucho tiempo atrás. Ahora era invisible. Después de regresar de La Luna, nunca más volvió a pronunciar un discurso o a hablar sobre política en público, con la única excepción de su confesión trunca en aquel bar a oscuras, la noche del primer Gran Apagón. Aparte del hombre del traje arrugado, Rey no conocía en la ciudad a nadie que estuviera involucrado. Le sorprendió tanto como al resto descubrir que Yerevan era un simpatizante de la IL. Durante años, Rey había considerado su participación en la guerra como un acto íntimo. Sabía, por supuesto, que había más gente involucrada, pero nunca pensaba en ellos, nunca se preguntaba quiénes eran, no se sentía vinculado a estos misteriosos e invisibles aliados. Casi no leía los periódicos, excepto por la sección deportiva, y se enteraba del avance del conflicto solo por la creciente militarización de las calles de la ciudad. Y cada noche volvía a casa, donde Norma, quien había decidido creer que su esposo no le ocultaba ningún secreto.

En la selva, donde su amante se preparaba para dar a luz, era temporada de lluvias: los cielos alternaban entre un color azul profundo y un negro purpúreo y oscuro. El río había crecido, como lo hacía cada año, inundando los campos de las afueras del pueblo. A Rey nunca le gustó la temporada de lluvias: los aguaceros constantes le parecían abrumadores, deprimentes, un violento contraste con el resto del año, cuando la lluvia caía en chorros, breves y violentos chubascos que no duraban más de media hora, seguidos por la brillante y cegadora luz del sol. El viaje, que nunca era fácil, se volvía casi imposible durante los meses de lluvia. Los caminos eran fangosos, y la selva se desbordaba. En cierta ocasión, le tomó diez días recorrer una docena de kilómetros entre un pueblo y un campamento oculto en el bosque. La selva estaba repleta de hombres sigilosos. En los meses de lluvia, todo era demasiado triste.

En cualquier hospital de la ciudad, enfermeras de uniforme blanco habrían pesado y lavado al niño, los doctores lo habrían cargado y examinado, y se lo habrían mostrado a un orgulloso padre que luego repartiría puros. Pero 1797 no era la ciudad. Era un lugar con sus propios ritos. Aunque para ese entonces, cuando la guerra llevaba más de un lustro despojando al pueblo de sus hombres, se podría haber dicho que la celebración que acompañó el nacimiento de Víctor fue, en el mejor de los casos, poco entusiasta. Ese mismo año, otros ocho jóvenes del pueblo partieron a luchar. Cinco de ellos no regresarían jamás

—otros cinco nombres que Víctor llevaría a la ciudad once años más tarde—. El pueblo no estaba de humor para celebraciones. En los viejos tiempos se habría organizado una fiesta y habrían cortado un árbol para encender una hoguera, pero todo había cambiado, incluso las bendiciones: para entonces, el ruego específico era que el niño estuviera protegido de las balas. Entre las jóvenes madres era común decir que tenían a sus niños solo prestados por los ejércitos en guerra.

Pero una tradición sí se había mantenido, a pesar de la violencia, y fue la única en la que Adela insistió cuando Rey volvió a 1797, seis meses más tarde. Lo enviaron a la selva por una noche, a meditar sobre el futuro de su hijo con la ayuda de una raíz psicoactiva. Le aseguraron que en su estado alucinado se le revelarían todo tipo de verdades. Lo hizo de mala gana, pero sentía que era lo menos que podía hacer por la madre de su hijo, a quien había descuidado en todos los demás aspectos. No había estado presente durante el nacimiento de Víctor; pero claro, nadie esperaba tampoco que lo hiciera. No había ayudado a elegir el nombre del niño, no había estado allí para sujetar la mano de Adela o sostener al bebé contra el pecho y sentir su calor. Rey le había prometido un nieto a su padre, pero cuando finalmente ocurrió, este ni siquiera se enteró. El padre de Rey jamás lo sabría. Cuando Víctor nació, Rey se encontraba en la emisora, en la ciudad gris y distante, semidesnudo, durmiendo en un sillón de la cabina de sonido.

Aquella noche, mientras Víctor dormía apoyado sobre el pecho de su madre, Norma apenas si contestaba los teléfonos. Se contentaba con dejar que las canciones hablaran en su lugar, con observar a su esposo durmiendo en el sillón frente a ella. Su presencia la tranquilizaba. Hacia las tres de la mañana, sin embargo, su energía se esfumaba, por lo que bebió su dosis de café y decidió contestar algunas llamadas, solo para que la ayudaran a mantenerse despierta. ¿Qué esperaba? Los oyentes de siempre: alguien solitario o sufriendo, alguien que acababa de darse cuenta de que se encontraba miserable e inevitablemente solo. En una noche como esta, la radio parecía un servicio público. Norma había ganado no pocos admiradores en su breve período como reemplazo de Yerevan, y no era inmune a la vanidad. ¿Qué tenía de malo si coqueteaba de vez en cuando con algún oyente? Le decían que era hermosa, o que sonaba hermosa, ¿había en realidad alguna diferencia? Era la mitad de la noche, la cabina de sonido aún olía a sexo, y ella se sentía feliz. Contestó algunas llamadas, y escuchó con cierto interés mientras una mujer describía la tienda de dulces que su abuelo tenía en el centro. «Ya no existe más», dijo la mujer con un suspiro. Hablaba con una nostalgia desatada, suficiente, sin embargo, como para que Norma sospechara que había estado bebiendo. Ahora le daba miedo ir a aquel lugar, le dijo la mujer, tenía miedo de lo que podía haber reemplazado, si ello había ocurrido, a la tienda de dulces de su abuelo. ¿Qué pasaría si encontraba el lugar clausurado? ¿O si tenía ocupantes ilegales, alguna de esas familias bajadas de la sierra?

Norma no la condenó, y tampoco la detuvo.

—Sea cortés —fue todo lo que le dijo.

Puso una canción, luego contestó otra llamada, y no se sorprendió cuando una voz masculina anunció que llevaba toda la noche tratando de que entrara su llamada.

—Bueno, ya lo logró —dijo Norma—. Está en vivo, en el aire. ¿Qué puedo hacer por usted?

En el fondo sonaba un disco de jazz, una melodía con cuerdas y un trombón melancólico.

Usted no puede hacer nada por mí —dijo el hombre al otro extremo de la línea—. ¿No debería estar el programa de Yerevan en el aire a esta hora?

Les habían advertido que no mencionaran su nombre en el aire. Ella empezó a decir que Yerevan estaba de vacaciones —era la historia que la emisora usaba en casos de emergencia—, pero algo la hizo detenerse: el tono arisco del oyente, quizás algo en su voz. No debió preguntar, pero lo hizo:

—¿Quién llama?

—No importa quién soy. La pregunta es, ¿quién era Yerevan? Un perro de la IL. Por eso, su cuerpo está en una zanja junto a la Carretera Central. Así mueren los terrucos.

Antes de que Norma pudiera responder, el hombre colgó. Durante un momento, ella se quedó inmóvil, casi sin respirar. El disco de jazz se detuvo, y pasaron diez segundos antes de que pudiera recuperar el aplomo necesario para poner otro. Tomó uno al azar y lo colocó con manos temblorosas. La canción empezó muy de prisa: le había dado la velocidad incorrecta. Se oyó el sonido chirriante de un cuerno, una voz con un registro desagradablemente alto. Mientras tanto, las líneas telefónicas se encendieron, todas y cada una de ellas. Norma miraba impotente las parpadeantes luces rojas. Rey solo se despertó cuando ella gritó su nombre por tercera vez.

«Solo música», dijo Élmer cuando Norma lo llamó a su casa. «Solo música hasta que yo llegue. No hables, no aceptes llamadas. Música, y punto».

Así, Norma se sentó en la cabina con Rey y pusieron alegres canciones de música *pop*, sin decir una palabra. En otras circunstancias, quizás él habría susurrado una canción a Norma, pero en lugar de ello, decidieron dejar tocando un lado completo de un disco de Hollywood, un musical, y se dirigieron a la sala de reuniones. Era una noche despejada, apenas pasadas las tres de la mañana, una hora en la que la ciudad dormida lucía como el interior de una máquina débilmente iluminada. Desde los amplios y elevados ventanales de la radio podían ver la pálida cuadrícula de luces a sus pies: el Metrópolis y su parpadeante aviso de neón, las hileras de luz anaranjada de los postes a lo largo de las avenidas, todas apuntando en dirección al centro de la ciudad. Desde esa posición no parecía un lugar desagradable para vivir —nada de fuego en los cerros, ningún apagón—. Con esa luz, las barriadas de la ciudad no parecían tan pobres. Norma y Rey podían entrecerrar los ojos e imaginarse que era una ciudad ordenada, como cientos de otras en el mundo. Estaban de pie, juntos, tomados de las manos, y era muy poco lo que podían decir. La Carretera Central cruzaba sobre las montañas en el este —desde allí no era posible verla—. Yerevan se encontraba en algún punto de esa carretera, en algún lugar donde, sin duda, alguien lo encontraría.

Élmer llegó en menos de una hora, lucía agobiado y somnoliento.

—¿Y qué haces tú aquí? —le dijo a Rey, pero no esperó por una respuesta—. No importa —dijo y se dirigió a Norma—. Cuéntamelo todo.

Todo era en realidad muy poco. Bastaban una o dos oraciones: Norma describió esa voz, su carácter siniestro, su tono amenazador y violento. Eso era todo. Yerevan, muerto. Yerevan, IL.

—¿Es cierto? —preguntó ella—. ¿Crees que es verdad?

Élmer hizo un gesto de asentimiento.

Rey observaba y escuchaba todo en silencio. Élmer no le caía bien. Fingía ser un tipo duro, pero era desgarbado y panzón. Tenía la mirada distante de un apostador que rara vez gana, de uno de esos hombres que llegan a sus casas tambaleándose y luego castigan a sus familias por sus propios defectos. A Rey casi se le escapó una sonrisa: estaba exagerando. No había violencia en Élmer. Rey podía, si quería, contarle un par de cosas a este hombre. Podía contarle sobre La Luna, por ejemplo, o especular con cierta exactitud sobre cómo habían sido las últimas horas de Yerevan. Nueve días antes, poco después de que el rumor de que Yerevan estaba involucrado con la IL se hubiera hecho público, Rey se reunió con su contacto y le preguntó qué estaban haciendo por «nuestro amigo de la radio».

El contacto de Rey, el hombre de traje arrugado, sonrió tristemente y bebió un sorbo de su café antes de responderle.

—Es muy poco lo que se puede hacer cuando una situación ha llegado a este punto.

—¿Eso qué quiere decir?

—Que no creo que nuestro amigo regrese al aire.

Rey asintió, pero su contacto aún no terminaba.

—Lo mismo pasaría con nosotros, si algo así llega a ocurrirnos.

Rey observaba a Élmer recorrer de un extremo a otro la sala de reuniones. Norma estaba hundida en su silla, con el ceño fruncido.

—La gente lo escuchó todo —dijo—. Se encendieron las luces de todas las líneas telefónicas.

—Eso no importa —dijo Élmer. Se restregó los ojos—. Quieren que armemos un alboroto. Eso es lo que esperan que hagamos. No podemos caer en eso.

—Pero ya está hecho. La gente lo sabe.

Élmer sacudió la cabeza con lentitud exagerada.

—Si decimos algo vendrán por ti, Norma.

En ese momento, Rey comprendió que no se iba a decir nada, que Yerevan desaparecería por completo. A la mañana siguiente, con la luz del día, un trabajador agrícola descubriría el cadáver en algún punto de la Carretera Central. La guerra ya no era una novedad, y un muerto más no sorprendería a nadie. El agricultor se asustaría. Quizás acudiría a la Policía —no en busca de respuestas, sino para lavarse las manos—. Los policías le prometerían investigar y se desharían del cuerpo ellos mismos. No les pagaban para hacer preguntas impertinentes. Aunque lo más probable era que todo empezara y terminara con el agricultor. Si era religioso, quizás enterraría el cuerpo él mismo, o se encargaría de que quedara bien oculto detrás de una roca o en un barranco, donde nadie lo volvería a encontrar. Tendría miedo de hablar sobre el tema. No se lo mencionaría ni a su esposa ni a su mejor amigo. Ni en la misa de los domingos, adonde iría con la cabeza inclinada a confesar todos sus pecados de obra y omisión. Y así, Yerevan se quedaría donde estaba. Durante un día, una semana o un mes. Para siempre, si Élmer se salía con la suya. Sería lo más simple y conveniente, olvidar.

—¿Tiene familia? —preguntó Rey.

—Felizmente, no —dijo Élmer.

Que Dios lo bendiga, entonces. A Rey lo había salvado su familia. Trini. De otro modo, probablemente estaría muerto. Y nadie había tenido nunca que explicarle esto. Estaba claro y era espantoso. Dos semanas más tarde, Rey volvió a encontrarse con su contacto y le preguntó, aunque sabía la respuesta, si Yerevan estaba muerto.

Su contacto le lanzó una mirada que Rey no había visto en muchos años. Una mirada que decía, ¿por qué me haces perder el tiempo?

Están haciendo una redada, dijo el hombre luego de un momento. Yerevan era solo el comienzo. Varios de sus agentes ya habían desaparecido. Rey escuchó las graves conjeturas y tuvo ganas de encogerse de hombros. Con ese gesto, Rey intentaba decir algo muy específico: que estaba cansado, que esta guerra se había prolongado demasiado tiempo, que él comprendía, mejor que muchos, que no podía durar para siempre. Rey quería dar a entender que no estaba sorprendido en lo absoluto: Yerevan, un simpatizante, quizás había revelado el único nombre que conocía, y este hombre o mujer había sido capturado, y luego... Rey no se hacía ilusiones; él mismo habría confesado en La Luna, si tan solo hubiera tenido algo que confesar. Las cosas que debían haberle hecho al pobre Yerevan. Los torturadores habían tenido nueve años para refinar su técnica.

Pero Rey no se encogió de hombros. En cierto modo, se sentía demasiado cansado y derrotado en aquel momento como para hacer ese simple gesto. En lugar de ello, le preguntó a su contacto, el hombre del traje arrugado, qué significaba eso.

—Para nosotros —añadió.

—No lo sabemos —dijo el hombre—. No lo sabremos hasta que ocurra.

Luego se quedaron en silencio, mientras una pareja pasaba caminando a su lado, tomados del brazo: la mujer tenía la cabeza inclinada sobre el hombro de su novio, y él caminaba con la ostentosa confianza de un hombre que sabe que lo aman. Ella era de cintura fina y piernas largas, y tenía la mano derecha metida en el bolsillo trasero del pantalón de su novio. Rey se sintió sumamente celoso, sin saber exactamente por qué. Su hijo tenía catorce días de nacido.

—Tenemos que dejar de vernos por un tiempo —dijo el contacto.

Brevemente esbozó algunas instrucciones para los meses siguientes. Rey tendría que viajar a la selva. Debía tener cuidado, mucho más que antes. Rey lo aceptó todo con un movimiento de cabeza. Luego su contacto se puso de pie y se marchó. No pagó la cuenta, ni le ofreció ningún gesto que pudiera considerarse como una despedida.

Seis meses más tarde, su hijo tenía la edad en la que los niños empiezan a adquirir una personalidad. Era un milagro. La temporada de lluvias había terminado y Norma había vuelto a casa. El cuerpo de Yerevan nunca fue hallado, y el alboroto se había calmado casi por completo. Se habían producido algunos arrestos, pero Rey tenía la certeza de que la mayoría no pertenecía a la IL, sino que formaban parte de su periferia: estudiantes, jornaleros y criminales insignificantes que encajaban con un perfil. Un trabajador desafortunado atrapado con un volante mimeografiado, una joven que tuvo la mala suerte de pedir un libro inoportuno en la biblioteca central. Los torturaban, y algunos morían, pero muchos eran liberados y pasaban a engrosar las filas de quienes se sentían demasiado enojados o amargados para mantenerse como meros espectadores del conflicto. De esta manera, la guerra se extendía.

Ahora Rey estaba de nuevo en la selva, y sentía la ciudad distante y casi irreal. Su amante recorría descalza el piso de madera, y Rey observaba los ojos límpidos y grises del niño, mientras este seguía con ellos el ir y venir de su madre por la cabaña.

—¡Puede ver! —dijo Rey.

Adela sonrió.

—Claro que puede ver.

Pero Rey no se había expresado bien, o, mejor dicho, sus palabras no habían sido lo suficientemente precisas: no se refería a una forma común de observación. Era algo totalmente novedoso —¿cómo explicarlo?—. El niño, con sus ojos de recién nacido y su cuerpo inmaculado, estaba *viendo*. Era descubrimiento, era revelación. El niño observaba detenidamente lo desconocido, con la intensidad de un científico, y Rey sentía un orgullo inmenso. Le desesperaba su propia incapacidad para explicarlo. ¡El niño puede ver!, pensó Rey otra vez, y sintió que el corazón le latía con fuerza. Quizás Adela ya se había acostumbrado al milagro: el niño señalando, su dedo índice, regordete y minúsculo, extendiéndose hacia el mundo; el niño, curioso e impávido ante el tamaño del universo. La sorprendente *perfección* del niño. Rey extendió su propio dedo frente al niño, y Víctor se lo metió a la boca, examinando su textura con las encías.

Aquella tarde salieron a pasear por el pueblo, por primera vez, como una familia. Era un lugar muy desordenado: grupos de cabañas elevadas de madera, techos de paja. Rey recibió los buenos deseos y las cordiales felicitaciones de una docena de hombres y mujeres con quienes nunca antes había cruzado una palabra. Estaba preparado para ello: todo lo que se requería eran unas cuantas frases de la vieja lengua. Ellos lo valoraban por intentarlo. Se reían de su acento. Besaban al niño y proseguían su camino.

Aquella noche, la primera que pasó en 1797 desde que se convirtió en padre, Adela lo envió a la selva a cumplir con su deber ritual. Primero Rey apuntó el nombre de la raíz en su cuaderno; a pesar de todo, seguía siendo un científico. La raíz fue machacada hasta formar una pasta, y Rey se la llevó a la boca con un dedo, frotando el preparado en sus encías. Tenía sabor ácido y amargo. Interrumpía el ritual para hacer preguntas, pero nadie le respondía. Pasaron unos minutos, empezó a sentir el rostro adormecido y luego perdió el sentido del gusto. Adela lo besó en la frente. Los labios del bebé fueron presionados contra los de Rey. «Ya vete», le dijo Adela. Las ancianas del pueblo lo guiaron hasta el bosque en silencio. Lo condujeron hasta la orilla del río, donde comenzaba la espesura, donde masas de musgo se inclinaban sobre la superficie del agua. Las mujeres lo dejaron, y él se sentó en la oscuridad, entre los árboles, esperando a que algo sucediera. En su cabeza repitió la escena de su hijo siguiendo los movimientos con sus pequeños ojos, y ese simple pensamiento bastó para hacerlo sonreír. A través de la bóveda del bosque podía ver el cielo salpicado de estrellas brillantes. Era una noche sin luna. Cerró los ojos y sintió punzadas en los párpados, una oleada incipiente primero y luego una descarga de color. Pensó en la guerra, su magnífico e implacable amo; pensó en su impacto y su ubicuidad. Está en todas partes menos aquí, se dijo a sí mismo. El preparado empezaba a surtir efecto. Aquella era una declaración esperanzada y, por supuesto, completamente falsa. La guerra, de hecho, estaba justamente allí, detrás de la siguiente colina, en un campamento que él visitaría en apenas cuatro días más. Rey sintió cómo se desintegraba la división que existía entre sus vidas: en casa, en ese momento, Norma lo extrañaba con una intensidad casi animal. Él podía adivinarlo y además podía, sin mucho esfuerzo, sentir lo mismo. Era la primera vez que pensaba en su esposa durante un viaje a la selva. Quizás era vanidoso de su parte suponer que ella lo necesitaba. Norma nunca se lo perdonaría, si se enteraba. Se tocó la frente húmeda y dedujo que era el efecto de la raíz, su magia negra, que empezaba a aflojar las cadenas de la realidad. Rey se quitó los zapatos y luego las medias, y entró cautelosamente entre los remolinos que se formaban en las orillas del río. El agua estaba fría y relajante. Salió del río, se quitó toda la ropa, y se metió nuevamente, en esta ocasión hasta el pecho. El agua lo rodeaba por completo y producía un efecto maravilloso e inexplicable en él: diminutas y placenteras punzadas heladas por todo su cuerpo. Sus párpados mostraban tras de sí colores deslumbrantes. Mi hijo, pensó Rey, ¿qué hay de mi hijo? El niño crecerá en este lugar, y nunca llegará a conocerme bien. Heredará esta guerra que he creado para él. Rey respiró hondo y se sumergió. Contuvo el aliento hasta que su mente se puso en blanco y todo quedó inmóvil, luego se levantó y tomó aire, para luego volver a sumergirse. Sentía colores —decir que los veía sería inexacto—. Los sentía por todas partes, una fantástica luminosidad que burbujeaba en su interior: rojos, amarillos y azules de todos los tonos e intensidades. Contuvo el aliento y sintió que se ahogaba en un pozo de anaranjado. Era emocionante y aterrador, pero no le daba luces sobre el futuro de su hijo. Exhaló morado dentro del agua: se vio a sí mismo dejando escapar nubes de ese color, como si fuera humo. Luego de una hora en el río, salió de él, se quedó desnudo, de pie en la orilla, y meditó en torno a las estrellas. Se vistió, para no resfriarse. Constantemente caían estrellas del cielo, grandes oleadas de ellas, en cegadoras cascadas de luz que formaban figuras de animales, de edificios, de rostros conocidos. Intentó recordar qué había ido a hacer en aquel lugar. Sacó su cadena de plata, la colocó entre sus dientes y la mascó hasta que el sabor metálico se hizo demasiado intenso. Se arrastró de nuevo hacia el río y se enjuagó la boca. Después el rostro, y luego volvió a meterse al agua, esta vez completamente vestido, cantando, silbando, empapado de colores eléctricos.

Unas horas más tarde se limpiaba el barro de entre sus dedos mientras trataba de recordar el nombre de una película que había visto alguna vez, cuando niño. En su mente, una rubia de piernas esculturales flotaba de un extremo a otro de la pantalla. Una hora después, cayó dormido.

En la mañana, las mujeres fueron a buscarlo y lo llevaron de regreso al pueblo para darle de comer. Se sentía atontado y adolorido. Todo esto fue debidamente anotado. Para entonces, ya había alguien siguiendo a Rey: sus movimientos, sus cambios de humor y su condición física eran registrados por un espía reclutado en el pueblo. Tres días más tarde, se marchó al campamento, donde debía reunirse con un hombre al que conocía solamente como Alaf. El espía tomó nota de la partida de Rey e hizo conjeturas sobre adónde se dirigiría. Era una suposición, más o menos acertada: que el hombre de la ciudad caminaría río abajo y luego hacia el otro lado de los montes. En ciertos días, cuando el viento soplaba en la dirección correcta, el espía había oído disparos. Estaba seguro de que algo extraño ocurría en las cercanías.

DOCE

EL RETRATO ESTABA extendido sobre la mesita
de café, sus bordes raídos sujetos por posavasos, y Víctor difícilmente se animaba a mirarlo. No sentía curiosidad alguna por ese hombre, o más bien, por aquel
retrato de un hombre. Le bastaron unos segundos para
determinar que su padre era un ser humano común y
corriente. Tenía una abundante cabellera canosa y los
ojos, los oídos y la nariz en sus lugares habituales. Quizás el dibujo no era bueno. Verdaderamente mostraba
poca imaginación de parte del artista: no era más que
la expresión sosa de alguien tomado por sorpresa, con
cara de sueño. En el dibujo, Rey no sonreía. Víctor
miraba el rostro con los ojos entrecerrados. No tenía
recuerdos con los cuales compararlo. No se le ocurrió
pensar si existía algún parecido entre ambos, y era mejor así: no había ninguno.

Norma le pidió a Manau que repitiera lo que
acababa de decir. «Este es el padre de Víctor», dijo nuevamente. «Lo lamento».

Se hizo un silencio profundo en la habitación.
Norma volvió a hundirse en el sofá, y su rostro adquirió un tono rosa pálido que Víctor no había visto antes.
No lloró. Mantuvo la mirada al frente, mientras asentía y susurraba para sí misma. En más de una ocasión

empezó a decir algo, pero se detuvo. El silencio era incómodo. Víctor sintió la necesidad de estar en algún otro lugar. Esperaba que su profesor dijera algo, pero Manau también se había quedado mudo. Norma volvió a echar un vistazo al dibujo y luego a Víctor, hasta que el niño sintió la desagradable sensación que produce el ser inspeccionado. Ella extendió una mano hacia él, pero Víctor tuvo un miedo repentino. Esta gente no dejaba de decepcionarlo. «Víctor», dijo Norma, pero él retrocedió alejándose de ella.

Esta vez no salió a la calle, pero sí abandonó la habitación a través de la única puerta disponible, la de la cocina. Norma y Manau dejaron que se marchara. La puerta se abrió de par en par, asustando a la mujer que, Víctor suponía, era la madre de Manau. De inmediato sintió que estaba en otro mundo, uno más cálido. Ella soltó la cuchara que tenía en la mano y esta cayó dentro de una olla que estaba en el fuego. Miró a Víctor con una sonrisa ansiosa, luego sacó cuidadosamente la cuchara. La sostuvo frente a sí. Humeaba. «¿Estás bien, niño?», le preguntó.

Víctor no se sintió obligado a responder la pregunta, ni la madre de Manau parecía esperar una respuesta. De hecho, ella hizo solo una breve pausa antes de continuar. Víctor jaló una silla de la mesa para sentarse, pero antes incluso de que hubiera podido hacerlo, ella ya había empezado a hablar de nuevo, sin un propósito aparente, sobre Manau y cómo había sido de niño:

—...Es muy amable de tu parte venir a visitar a tu antiguo profesor, pareces un niñito muy atento, y yo sé que Elías no la pasó tan bien por allá, pero él también era tan dulce de pequeño, y por eso debe ser un buen profesor. No me importa lo que digan los exáme-

nes. Es un muchacho tan bueno, siempre lo fue, tenía
un perro al que recogió, no era más que un perro calle-
jero, pero él lo cepillaba y le enseñaba trucos, y yo me
atrevería a decir que siempre le ha caído bien a la gente,
gracias a Dios. A ti te cae bien, ¿verdad?

—Sí —dijo Víctor.

—Ah, eres un buen niño, ¿no es cierto?

Un momento después, le había servido más té y
había colocado frente a él un tazón de sopa. Una ape-
titosa presa de pollo, como una baqueta de tambor,
emergía de la superficie del caldo. Se le hizo agua la
boca. Ella secó una cuchara con su delantal y la colocó
junto al tazón. Víctor no necesitaba más invitación, ni
tampoco la cuchara. Se abalanzó sobre la presa de pollo sumergida, preguntándose por un instante si eso no
sería mala educación. No tenía importancia. La madre
de Manau estaba de espaldas a él, enjuagando unos
platos en el lavadero y parloteando sin parar sobre una
cosa u otra: su esposo, dijo, estaba de viaje por asuntos
de trabajo. Conducía camiones cargados con aparatos
electrónicos —¿había visto Víctor la caja de calculado-
ras de plástico junto a la puerta principal?—. «Son de
China», agregó fascinada, y a él le gustó el timbre de su
voz. «Tu madre es muy hermosa», añadió. Él ya había
terminado con la mitad de la presa.

Víctor levantó la mirada. Se demoró un instante
en procesar el comentario y comprenderlo. Se preguntó
si debería explicarle. «Gracias», le dijo, luego de decidir
que no valía la pena hacerlo.

«¿QUÉ PASARÍA...», PREGUNTÓ Norma a su espo-
so alguna vez, «...qué pasaría si algo te sucede mientras
estás en la selva?».

Ahora le parecía ingenuo y ridículo, pero recordaba haberle hecho una pregunta exactamente como esa, igual de despistada y confiada. Quizás nunca quiso saberlo. Rey le sonrió y respondió algo como «siempre tengo cuidado». Claro, *tener cuidado* adquiría ahora múltiples y nuevos significados. Rey no había tenido cuidado, pensó ella. Había dejado embarazada a una mujer de la selva y probablemente había hecho posible que lo mataran poco después. Luego estaban ese niño y los diez años que ella había pasado sola, rezando esperanzada por que su inocente esposo surgiera de la selva ileso. ¿Realmente creyó en eso? ¿Lo había creído alguna vez? Norma se dio cuenta de que se había convertido en una de esas mujeres que siempre le daban pena. Peor aún, se había convertido en su propia madre. Algunos detalles variaban para ajustarse a la época, pero la esencia era la misma: una mujer quizá no convencional, pero engañada de la manera más ordinaria. Una mujer de la vieja escuela, poco interesante, común y corriente. Y más sola de lo que había estado jamás. Tenía la certeza de que la situación requería de un acto explosivo de violencia: desgarrar o romper alguna reliquia familiar o fotografía, destruir algún objeto de valor, alguna prenda de vestir. Pero estaba en una casa desconocida, en el extremo opuesto de la ciudad, lejos de su departamento y de todos los objetos de sus años con Rey: curiosamente, la asaltó la imagen de un zapato en llamas. Si Norma hubiera sido otra persona, quizás hasta se habría reído. Lo que más quería era ser capaz de odiar a ese niño. Cerró los ojos; oyó el sonido de su propia respiración. Manau seguía inmóvil; el pobre hombre no sabía qué decir, además de sus repetidas disculpas. Ya ni siquiera estaba claro por qué se disculpaba. ¿Por las malas noticias? ¿Por el dibujo y sus consecuencias? Debería preguntarle por los detalles, pensó Norma, debería atormentarlo para ver qué sabe, pero ya casi había pasado el momento para hacerlo. El niño se encontraba en otra habitación, y ella estaba sola en una casa desconocida, con este hombre desconocido, este retrato y estas noticias.

—¿Hay algo que pueda hacer por usted? —preguntó Manau.

Ella abrió los ojos.

—Un trago me caería bien.

—No hay alcohol en la casa. Mi madre no lo permite.

—Qué pena —dijo Norma.

—Por eso mi padre siempre está viajando. ¿Quiere ir a algún lugar?

Norma negó con la cabeza y logró preguntarle si tenía algo más que contar.

—Y no es que no me baste con lo que me ha dicho.

—No —dijo él. Todo volvió a quedar en silencio durante un momento, luego Manau le preguntó si se quedarían a dormir.

¿Adónde más podían ir? No les quedaba ningún otro lugar en toda la ciudad. Ella mencionó algo sobre estar sola, pero se sintió avergonzada apenas lo dijo. No era momento para confesiones. Manau ya sabía cosas de su vida que ella misma ignoraba hasta hacía unos minutos. Norma imaginaba que en el país debía haber lugares en los que nadie conocía su nombre ni su voz, algún lugar de las regiones salvajes que aún no habían sido colonizadas, donde ella podría pasar inadvertida, aceptar su soltería y vivir calladamente con sus decepciones.

—Nos quedamos —dijo—. ¿Todos sabían esto menos yo?

—¿En el pueblo? No, solo unos cuantos.

—Pero, ¿todos conocían a mi esposo?

—Claro —dijo Manau—. Adela —la madre de Víctor— me dijo que él los visitaba tres veces al año.

—A veces cuatro. Estaba trabajando en... —la voz de Norma se fue apagando. Qué sentimiento de impotencia—. Ah, no importa lo que me haya dicho, ¿verdad? —dijo, y sintió que la voz se le quebraba. ¿Habría algo sobre lo que no le hubiera mentido? Esa otra mujer... casi le vinieron náuseas al pensarlo: una cualquiera de la selva tirándose a Rey, presionando sus cuerpos uno contra el otro, su sudor, sus olores. Su placer. Se cubrió los ojos. No podía hablar.

—Esto no me hace feliz —le dijo Manau—. No quería contárselo.

—Y yo no quería escucharlo —Norma lo miró por entre sus dedos.

Él asintió e inclinó la cabeza, bajó la mirada.

—En el pueblo la adoran, señorita Norma.

Ella le tomó la mano y le agradeció.

—Este dibujo —preguntó ella—. ¿De dónde salió?

—Lo dibujó un artista que visitó el pueblo. Hace años.

Ella volvió a mirar el retrato.

—Su cabello es tan canoso —dijo ella. No pudo recordar si él lucía tan viejo la última vez que lo vio.

Le dolía la cabeza. Quiso pedir una explicación, pero no lo hizo. O no pudo. Se oía una voz apagada en la cocina.

—No pudo, ¿verdad? —dijo Norma.

—¿Perdón?

—No pudo haber sobrevivido. Le estoy preguntando.

—¿Usted no lo sabe? —dijo Manau.

—¿Aún no se da cuenta de que no sé nada? —usó toda la calma que tenía para no gritarle.

—Se lo llevaron. Es lo que me dijo la madre de Víctor.

—¿Quiénes?

—El Ejército.

—Oh —susurró Norma.

CUANDO REY VOLVIÓ de la selva, luego de conocer a su hijo recién nacido, había resuelto abandonar todas sus actividades con la IL. No había vuelto a ver a su contacto desde la desaparición de Yerevan. Todo era demasiado agotador. Sentía, por primera vez, que había regresado de la selva llevando consigo algo a cuestas, algo real y dañino, una suerte de maldición. Su vida —sus dos vidas—, sus fronteras cuidadosamente delimitadas y ahora violentadas, le parecían, de pronto, demasiado complejas. Pensaba en el niño como solo podía hacerlo un padre: con orgullo, con impresionantes e inesperadas oleadas de amor que empañaban sus pensamientos en los momentos más inoportunos. Por sobre todas las cosas, quería compartir este júbilo prohibido con Norma, y eso lo avergonzaba. ¿Qué derecho tenía él a ser feliz? Y sin embargo, esas cosas no podían evitarse: eran biológicas, evolutivas. Ansiaba tener una fotografía del niño que cupiera en su billetera —¿para mostrársela a quién, exactamente? A desconocidos, suponía—. En el autobús, podía fingir que era un padre de verdad, que no había hecho nada malo. En más de una ocasión, luego de soltar un largo bostezo, le explicaba al pasajero que iba sentado a su lado, siempre una mujer, que estaba exhausto porque el bebé se había despertado toda la noche. Lo decía con convicción, despreocupadamente, o al menos trataba de hacerlo. Le gustaba cómo las mujeres le sonreían, cómo le hacían leves gestos de aprobación con la cabeza, cómo lo comprendían. Le hablaban de sus propios hijos, luego le mostraban fotos y le deseaban lo mejor. En casa, él y Norma hacían el amor todas las noches; a insistencia de Rey, volvieron a los disipados y bellos rituales de sus primeros días de pareja: sexo por la mañana, antes de cenar, antes de dormir. Norma estaba feliz, ambos lo estaban, hasta que algún pensamiento oscuro se entrometía y él recordaba la clase de hombre que era, de aquellos que mentían y cometían errores, y que un día llevarían a casa a un niño de la selva para criarlo en la ciudad. Eso era lo que ocurriría tarde o temprano: su hijo tendría que recibir una educación. No podía simplemente dejar al niño jugando entre el lodo, ¿verdad? Pero antes él y Norma tendrían su propio hijo, decidió Rey con optimismo: el hijo de ambos, y sería maravilloso, y así, ella lo perdonaría.

Un día, en la universidad, decidió dar un paseo. Era el período libre entre dos clases, una hora y media en las que hubiera podido quedarse en el salón a leer o corregir ensayos, pero era una tarde hermosa, de viento calmado, con un cielo que daba la falsa impresión de estar despejado. Había estudiantes reunidos en grupos por todas partes, y Rey descubrió que casi no recordaba sus días como universitario. No había sido fácil —eso sí lo recordaba—. Le tomó un año ingresar. Estudió durante tres años, luego lo enviaron a La Luna, y volvió un año más tarde para continuar. Las dos etapas de su educación superior le parecían totalmente desconectadas una de otra. Conoció a Norma, conoció al hombre del traje arrugado, y ambos cambiaron todo lo que él creía saber sobre su vida. Rey deambuló por el campus en dirección a la avenida, y luego hacia la esquina ubicada junto a las puertas de ingreso a la universidad. Había allí un puesto de periódicos, y una multitud de jóvenes leía los titulares con las manos en los bolsillos. Rey compró un diario deportivo y echó un vistazo a los titulares. En la esquina había estacionado un automóvil ocre con las ventanillas abiertas y la radio sonando a todo volumen. El conductor usaba lentes de sol tipo aviador y tamborileaba el timón con los dedos. Tenía una revista pornográfica abierta sobre el tablero. Un poco más allá, bajo un toldo harapiento, un hombre de chaleco verde vendía cachorros. Tenía media docena de ellos en una jaula colocada sobre una mesa coja de madera: con sus diminutos ojos cerrados, los cachorros se despertaban bostezando, se estiraban y volvían a quedarse dormidos. Los animalitos eran todo un espectáculo. Un grupo de niños había arrastrado a sus madres para verlos. Un niño de cabello negro introducía nerviosamente un dedo en la jaula de alambre; un complaciente cachorro lo lamía adormilado, y el niño chillaba de gusto. Rey se detuvo a contemplar la escena, con el periódico bajo el brazo. Descubrió que estaba observando a los niños, no a los cachorros. Traeré a mi hijo aquí, pensó Rey. ¿Por qué no? Le compraré un perro. Frente a sus ojos desfilaron varias escenas típicas de la vida familiar, y él sonrió. En ese preciso instante, un desconocido le dio un golpecito en el hombro.

—Señor —dijo una voz.

El hombre tenía el rostro juvenil de un estudiante de secundaria, quizás ni se afeitaba todavía, pero algo no encajaba en su forma de vestir.

—¿Qué está leyendo, señor?

—¿Perdón?

—¿Qué lleva ahí? —preguntó el joven, señalando el periódico.

—Un diario deportivo. ¿Por qué?

El joven frunció el ceño.

—Empecemos de nuevo, —sacó una placa de su bolsillo y se la mostró, lo suficientemente rápido como para que Rey pudiera ver su brillo—. Su identificación, por favor —dijo en voz baja—. Y no arme un escándalo frente a los niños.

—Oh —dijo Rey—, ¿de eso se trata?

Sonrió. Estos agentes encubiertos eran cada vez más jóvenes. Se había acostumbrado a esto, y nunca más volvería a cometer el error de la noche en que conoció a Norma. Solo muéstrales algo, esa era la regla ahora, muéstrales cualquier cosa. No es a ti a quien buscan. Si así fuera, ya te habrían arrestado. Rey sacó su billetera del bolsillo trasero del pantalón y, con grandes ademanes, sacó su carné universitario.

—Nada de escándalos frente a los niños. Y tú, ¿qué edad tienes?

—Voy a ignorar su pregunta —el agente encubierto miró el carné e hizo un gesto de asentimiento—. Sabía que era usted, profesor. Trini era mi capitán —le dijo, devolviéndole el documento—. Venga conmigo.

—¿Trini?

El agente encubierto asintió.

—¿Tengo que hacerlo?

—Debería.

Caminaron juntos durante un rato, bajaron por la avenida hasta pasar el siguiente cruce, donde empezaba a cambiar el vecindario. Rey estaba decidido a no prestarle atención al policía. Las nubes se habían despejado, y el día estaba casi soleado. Un niño sacó la cabeza por una ventana del segundo piso de un destartalado edificio de departamentos. Observaba la calle con los ojos muy abiertos. Rey lo saludó con la mano, y el niño le devolvió el saludo. El edificio se encontraba en tan pésimas condiciones, parecía estar sostenido solo por los cordeles que sus habitantes usaban para colgar la ropa. El niño desapareció tras una cortina, y reapareció un momento después con un oso de peluche. El oso y el niño los saludaron juntos.

Rey y el oficial de policía dieron vuelta a la esquina y entraron por una calle sin pavimentar, casi desierta. Una mujer remojaba su ropa en una cubeta con agua. No les prestó atención. Estaban ya a varias cuadras de la universidad.

—¿De qué se trata todo esto? —preguntó Rey.

El agente encubierto se rascó la sien. Sacó nuevamente su placa y se la dio a Rey.

—Es real. Haría bien en mostrarme un poco más de respeto.

Rey se encogió de hombros y le devolvió la placa.

—Conocí a su tío. Él me entrenó y serví bajo sus órdenes. Antes de que se le fueran encima.

—¿Y?

—Y le debo todo lo que soy. Adoraba a ese hombre. Fue muy bueno conmigo. Por eso le estoy haciendo un favor.

—¿Siguiéndome?

—Dándole una advertencia.

—No hago nada ilegal.

El policía era solo un muchacho.

—Eso es lo que todos dicen.

—Trini tampoco hizo nada ilegal.

—¿Son todos ustedes igual de malcriados?

—¿Todos nosotros?

—Sabe a lo que me refiero.

Rey frunció el ceño.

—Juro que no lo sé.

—Escúcheme, lo que le voy a decir es lo único que sé. Vi su nombre en una lista. Sus dos nombres.

Rey levantó la mirada.

—No he usado ese otro nombre en años.

—Muy bien. No lo haga. Hay personas de esa lista que ya no están vivas.

Habían llegado al final de la calle. Volvieron sobre sus pasos. La mujer estaba terminando de lavar su ropa. Tosió cuando pasaron a su lado y se acercó mansamente a pedirles dinero. Los siguió durante un trecho con la mano extendida, pero su voz carecía de convicción, y el joven detective la ahuyentó. Cuando volvieron a la avenida, el agente encubierto giró en dirección opuesta a la de la universidad.

—Usted estuvo en La Luna, ¿no es verdad? —le preguntó.

—Sí —dijo Rey— Hace años.

—Es un lugar muy concurrido en estos días. No le conviene regresar.

No había nada que responder a eso.

—Trini mereció mejor suerte —dijo el policía.

—Todos la merecíamos —dijo Rey—. El mundo está en deuda con nosotros —le agradeció al joven—. Ya ves, no todos somos malcriados.

—Es bueno saberlo. Tenga cuidado nomás.

El joven le extendió la mano y Rey le dio un apretón. Tomaron direcciones opuestas por la avenida.

«Mamá», dijo Manau, «lo estás aburriendo». Estaba parado junto a la puerta de la cocina, con los brazos cruzados. Víctor tenía el tazón de sopa pegado a sus labios. Había un hueso de pollo sobre la mesa.

La madre de Manau palideció.

—Por favor, Elías, pórtate bien.

—La sopa está muy buena, señora —dijo Víctor.

Norma le dio una palmadita en la cabeza.

—Su hijo es muy educado —le dijo la madre de Manau a Norma—. A diferencia del mío.

—Mamá.

—Gracias, señora —dijo Norma.

La madre de Manau sonrió dulcemente.

—¿Se van a quedar, entonces?

Norma le dijo que sí. La mujer hizo un gesto de asentimiento y se dirigió apresuradamente a alistar una cama. Dormirían en el cuarto de Manau, por supuesto. Norma ni siquiera tuvo la oportunidad de responderle. Se quedaron los tres solos, en la cocina. El niño había terminado de comer. No había tocado su cuchara. Hizo girar su silla hacia Norma y Manau, y ambos adultos se sentaron. ¿Qué más podían hacer?

—¿Quieres saber más sobre tu padre? —preguntó Norma.

Ella no pudo recordar con exactitud cuánto tiempo había transcurrido: ¿había sido un año o un día? ¿Era el niño el que había envejecido o ella? No tenía ningún rasgo de su esposo, o al menos ninguno que ella pudiera detectar: aún era joven, y quizás esa fuera la razón, pero su rostro flaco y su piel oscura no se parecían en absoluto a los de Rey. Tenía labios pequeños y mejillas suaves. Los ojos de Rey tenían un color pardo verdoso, y los de este niño eran casi negros. ¿Sería cierto todo? Norma respiró hondo. El niño no tenía la culpa de nada. Trató de sonar calmada.

—La noche que lo conocí —empezó— unos hombres malos se lo llevaron de mi lado. Le hicieron daño y luego me lo devolvieron. Siempre supe que podrían llevárselo de nuevo. Me parecía muy guapo, y era muy inteligente, como tú. Seguramente te adoraba, si te envió conmigo.

Manau se aclaró la voz.

—Tu madre me lo contó hace unos meses. Quería que algún día conocieras a Norma. No sabía que ese día llegaría tan pronto —inclinó la cabeza como mirando al suelo.

Víctor se restregó el rostro con las manos.

—Bueno —dijo.

—Es demasiada información en muy poco tiempo, ¿verdad?

El niño se quedó callado.

—Sí, claro que sí —dijo Norma—. Esta mañana salí huyendo de la emisora. Nos están buscando.

No estaba claro a quién le hablaba. Norma se puso de pie, dándoles la espalda. Abrió el refrigerador, miró distraídamente en su interior, inhalando su frescura química, y lo volvió a cerrar. Debería meterme dentro, pensó. Encerrarme y morir.

Le dolían los huesos.

—Aquí nadie la encontrará —dijo Manau—. Aquí no la buscarán.

—¿Quién la está buscando? —preguntó la madre de Manau. Acababa de entrar.

—Nadie —dijo Manau.

—Es un tema complicado —añadió Norma.

Por un instante, la madre de Manau pareció sentirse ofendida.

—Veo que nadie está cansado por aquí —dijo, luego de una pausa. Extendió las manos—. ¿Podrían los tres ayudarme con algo?

Norma, Manau y Víctor la siguieron fuera de la cocina y pasaron al comedor. Había una vitrina para cristalería, descuidada, medio vacía y con una larga rajadura diagonal en su puerta corrediza. Un poco más allá había un cuadrado de césped, de no más de dos metros de lado. Había una luz encendida en el exterior, y Norma pudo ver que el pequeño jardín estaba bien cuidado. Sonrió a la madre de Manau, esa valiosa mujer. Ella le devolvió la sonrisa y señaló la mesa, donde había un rompecabezas sin terminar extendido sobre una lámina de cartulina blanca. Docenas de piezas sin colocar estaban apiladas en las esquinas. Norma se inclinó sobre la imagen aún en construcción: había edificios amarillos y una montaña empezaba a tomar forma en la distancia. Una o dos palmeras brotaban del fondo.

—¿Qué lugar es? —preguntó Norma.

La madre de Manau le entregó la caja. Por supuesto: era la Plaza del Barrio Viejo. Había unos cuantos niños lustrabotas sentados en las gradas de la catedral. Una mujer de vestido veraniego paseaba con una sombrilla para protegerse de la brillante luz del sol y, en el centro, una banda de músicos con las trompetas en alto tocaba lo que seguramente era una canción patriótica. Norma pudo haber estado allí el día mismo en que tomaron la fotografía. Era fácil olvidar que la ciudad alguna vez había sido hermosa, que esta elegante plaza había sido el corazón de la capital.

—Me encantan los rompecabezas —dijo la madre de Manau.

Todos se sentaron, Víctor arrodillado sobre la silla, y cada uno tomó un puñado de piezas. Era estupendo, pensó Norma. Esta mujer era genial. Norma sintió ganas de llorar. Fijó la mirada en la mesa. El rompecabezas los eximía de toda necesidad de hablar, y pronto su ritmo los atrapó: examinar una pieza, sus colores y texturas; echar un vistazo a la caja para ver dónde podría encajar. Su ciudad como había sido alguna vez, la ciudad en la que se había enamorado de Rey.

La madre de Manau tomó la caja.

—Aquí me criaron —le dijo a Víctor, señalando con su dedo meñique una calle lateral que salía de la plaza—. A solo tres cuadras —sonrió y pasó los dedos por su cabello cano—. En aquel entonces no era más que un pueblo.

La madre de Norma también se había referido siempre a la ciudad como un pueblo, en frases como: «Tu padre se ha acostado con todas las putas que hay en este pueblo...». Pero las cosas habían cambiado tanto. De niña, Norma había caminado por los cuatro costados de esta plaza. Pero ya no existía más. Para la mayoría de residentes de la ciudad, su nombre no evocaba esta imagen, tomada de un pasado no tan lejano, sino algo más reciente: una enorme masacre ocurrida durante el último año de la guerra. Los domingos, cuando era solo una niña, Norma acudía allí con su padre a ver a las bandas de música. Era una tradición en aquellos días: bastaba un choque casual de dos platillos para que los habitantes de la ciudad despertaran de su ensoñación y dejaran de lado todo lo que estaban haciendo. Media docena de músicos y su director, muy bien vestido con un traje negro, pasaban el sombrero por entre la multitud. En cierta ocasión, luego de una pieza particularmente conmovedora, el director se quitó la flor de su solapa y la colocó con delicadeza detrás de la oreja de Norma. Con una amplia y desdentada sonrisa, anunció la siguiente canción y se la dedicó a «una princesa». ¡Esas fueron exactamente sus palabras!

Ella tenía nueve años, la piel pálida y ojos bonitos. Llevaba puesto un vestido con estampado de flores amarillas, y todos la observaban. En ese momento, su padre le dijo en un susurro que debía hacer una reverencia; así lo hizo, y recibió los aplausos de aprecio de toda la multitud. Incluso ahora, casi cuarenta años después, seguía haciendo una venia a la muchedumbre, gracias, gracias, mientras un rojo intenso se asomaba a sus mejillas.

En su hogar, ellos también tenían sus juegos. De todo tipo: corrían al bosque y se escondían en él. Imitaban la música frenética de los animales de la selva y asustaban a las niñas. Eran recuerdos felices. Los niños se turnaban para reinventar las historias que contaban los ancianos: sobre incendios y guerras, sobre ríos que cambiaban de curso a mitad de la noche, sobre indígenas que hablaban una lengua aún más antigua que la suya.

Eran tiempos extraños. Víctor se hallaba entre desconocidos. Nunca le había preguntado a su madre sobre la ciudad, y en realidad, no confiaba en nadie más. Mucha gente contaba historias de la capital, pero eran puro palabreo. No sabían nada. En una ocasión, Nico volvió de un viaje que hizo con su padre a la capital provincial, y contó que había visto una revista de la ciudad. Algunos de los niños más pequeños no sabían qué era una revista; Nico la comparó con un *libro*. «Pero con más fotos», explicó, y todos quisieron saber *exactamente qué cosas* aparecían en las fotos. Descríbelas. Cuéntanos —todos se morían por saber—. Pero Nico no decía mucho. Se ponía esquivo, casi petulante. Era su método para congregar a un grupo a su alrededor, con una sonrisa maliciosa, siempre ocultando detalles. Empezó con su listado: fotografías de calles amplias, automóviles relucientes.

—Asfalto —dijo, dándose aires, y los niños se asombraban—. Fábricas poderosas, máquinas ruidosas, parques abarrotados de gente, un momento...

—¿Máquinas ruidosas? —preguntó Víctor. No pudo evitarlo—. ¿Cómo se ve una foto de una máquina ruidosa?

Nico sujetó de los hombros a uno de los niños más pequeños y lo sacudió.

—Así —dijo. Todos se rieron, incluso el niño. Se sentía feliz de que lo hubieran incluido en la broma.

—¿Y qué más? —preguntó Víctor.

Nico prosiguió con su listado: iglesias, plazas, trenes. No eran más que palabras, y todos estaban impacientes por escuchar algo más, algo genial, algo novedoso. Cuando Nico dijo «edificios altos», los niños, Víctor el primero de ellos, lanzaron un gruñido de desaprobación. *Por supuesto* que había edificios altos —¿no era acaso una ciudad?—. Todos habían oído hablar de ellos.

Nico se rió.

—Claro, ustedes lo saben todo, ¿no es cierto? —miraba directamente a Víctor. Nico recogió una rama del suelo—. Dibújala, entonces.

—¿Que dibuje qué?

—La ciudad.

Víctor sonrió.

—No se puede dibujar una ciudad —se empezó a reír y, para sorpresa suya, todos se rieron con él.

—Es verdad, Nico. No se puede dibujar una ciudad —repitieron los demás. Alargaron la palabra: *dibujaaaaaaar*.

Pero, ¿y si lo hubiera hecho? ¿Si fuera posible hacerlo? No era lo que él se había imaginado: no esta gente ni esta casa. No ese rompecabezas ni esa radio repleta de luces y piezas de metal. Nada de eso: no Norma y su misterio, ni la imagen del padre al que no recordaba, ni la lista de nombres, ni el comercial, ni la mujer que vendía pan y que los había maldecido. Dibuja la ciudad: sombría y densa, un nudo que no se puede deshacer. Edificios altos quizá. Automóviles relucientes —aún no se había cruzado con ninguno—. Víctor cerró los ojos y bostezó. Era la noche del día más largo de su vida. Imaginó que afuera hacía frío.

En toda su vida, Víctor había dicho tres mentiras que consideraba importantes. La primera, a su profesor, no a Manau sino uno anterior. Víctor hizo trampa en una prueba de geografía —todos habían consultado los mapas que dejó su padre—. Él les permitió que lo hicieran; eran los únicos mapas que había en todo el pueblo. Con el correr del tiempo esta trasgresión fue perdiendo importancia, pero si hacía el esfuerzo, podía aún revivir la ansiedad que sintió aquel día. La segunda mentira fue a Nico: «No me acuerdo». Víctor dijo esto con la mandíbula firme y el rostro serio, con tanta convicción que casi lo creyó él mismo. Júralo, le dijo Nico. Dame tu palabra. Y Víctor lo hizo, sin dudarlo, aunque el recuerdo del *tadek* nunca había dejado de acosarlo. La tercera, a su madre: «¿Te acuerdas de tu padre?», le preguntó ella en cierta ocasión, y por la forma en que temblaba su voz, por la nublada tristeza de sus ojos, le pareció que solo había una respuesta correcta. Cuando él respondió que sí con un ademán, ella lo atrajo hacia sí y empezó a sollozar. Le parecía imposible que ella le hubiera creído.

COMO REY VEÍA las cosas, el problema era el siguiente: uno no podía dejar la IL —¿cómo hacerlo, si jamás se había unido a ella, si su existencia no era reconocida, ni siquiera entre él y su contacto?—. Se aludía a la situación como si fuera algo que hubiera brotado de la tierra, de manera silvestre y espontánea. Se la mencionaba, sus acciones contribuían indirectamente a darle forma, pero este era un hecho que no podía admitir, ni ante sí mismo ni ante los demás. Al igual que el resto de sus compatriotas, leía las noticias y se sorprendía al comprobar la escalada de los acontecimientos. No se permitía sentir responsabilidad alguna por todo lo que estaba sucediendo.

Aún para ese entonces, cuando la guerra llevaba ya cerca de nueve años, algunos periódicos y emisoras de radio se atrevían a dudar de que existiera algún tipo de insurgencia armada organizada. Tales opiniones hubieran sido chocantes, de no ser tan generalizadas. *Engañamuchachos*, decían, creados por el gobierno con el claro propósito de manipular a una población aterrorizada. ¿Y los campamentos en la selva, los mismos campamentos que Rey había visitado? Disparates, fotografías aéreas con montajes, trucadas en laboratorios. La IL, afirmaban, era una sigla que resumía las muchas variedades de rabia sueltas dentro de las fronteras del país, reclamos jamás atendidos a los que las autoridades habían asignado una voz tras la fachada de una organización indecorosa e improbable. Representaba la incapacidad de las clases gobernantes e ilustradas para comprender la intensidad del descontento popular. ¿Todo joven enojado con una piedra en la mano era un subversivo? Los analistas eruditos se burlaban de la idea, como si tal cosa fuera inconcebible, pero Rey los escuchaba y pensaba: Sí. Sí lo eran, cada uno de ellos. De manera consciente o inconsciente, ese joven trabaja para nosotros. Forma parte de nuestro plan, así como yo formaba parte de él antes incluso de que la IL tuviera un nombre.

Con el paso de los años, Rey había desarrollado una comprensión intuitiva del plan de la IL. Ataques coordinados a los símbolos más vulnerables del poder gubernamental: puestos policiales remotos, centros de votación en pueblos alejados. Una campaña de propaganda que incluía la infiltración en periódicos y emisoras de radio; campamentos de entrenamiento en la selva, en preparación para un eventual ataque armado a la capital. Mientras tanto, en la ciudad, secuestros y demandas de rescate para financiar la compra de armas y explosivos, facilitados por partidarios en el extranjero. Audaces fugas de las cárceles para impresionar al hombre común y corriente. A Rey nadie le había mostrado jamás un manual, ni estaba al tanto de quién decidía qué objetivos debían ser destruidos. Los comunicados los firmaba simplemente EL COMITÉ CENTRAL, y aparecían de improviso en las calles de la ciudad, como caídos del cielo. Se promovía la violencia: rodea la ciudad, infunde terror. La campaña dependía de la intensificación de las acciones militares de las fuerzas del orden, y extraía su fortaleza y determinación de las ocasionales masacres de inocentes, o de la desaparición de algún importante y apreciado simpatizante.

¿Qué significaba todo esto?

Piénsese en cuán improbable era todo: que las diversas quejas de un pueblo pudieran de alguna manera consolidarse en un acto —en cualquier acto— de violencia. ¿Qué dice un coche-bomba acerca de la pobreza? La ejecución de un alcalde rural, ¿qué tiene que ver con la gente sin voz, acaso devuelve la palabra a los mudos? ¿Soluciona las miserias de un pueblo olvidado? Sin embargo, Rey había sido parte de ello durante nueve años. La guerra se había convertido en un texto indescifrable, si no lo había sido ya desde su inicio. El país había dado un paso en falso, había caído en una pesadilla, a veces aterradora, a veces cómica, y en la ciudad solo quedaba una sensación de consternación y desaliento ante lo inexplicable del asunto. ¿Había comenzado todo con una elección anulada? ¿O con el asesinato de un senador popular? ¿Quién podría recordarlo ahora? Todos habían sido manifestantes estudiantiles, habían experimentado el poder sobrecogedor de una muchedumbre, gritando como un solo coro de voces, pero eso había ocurrido años atrás, y los tiempos habían cambiado. Nadie creía aún en eso, ¿o sí? La guerra había engendrado un agotamiento generalizado. Era ahora una ciudad de sonámbulos, un lugar en el que una bomba más pasaba casi desapercibida, donde los Grandes Apagones ocurrían ahora cada mes, anunciados en violentos panfletos colocados bajo los limpiaparabrisas como si fueran una inocente publicidad. Cada dos semanas, el gobierno tomaba represalias con su ejército mal entrenado de soldados adolescentes, uno o dos morían en el fuego cruzado, los partidarios de la IL tomaban las calles, llenando las largas avenidas, enfrentándose a la policía antidisturbios; para luego volver a toda prisa a sus hogares y escuchar qué decía la radio de ellos en los noticiarios de esa misma noche. Las manifestaciones se convertían en disturbios de previsible furia, los edificios se incendiaban a vista y paciencia de los bomberos, y así pasaba el tiempo.

«¿Los odias?», le había preguntado su contacto en un inicio, y cuando Rey le dijo que no, el hombre del traje arrugado movió la cabeza de un lado a otro. «Lees demasiada poesía, muchacho. Ten la seguridad de que ellos sí te odian». Eso había ocurrido nueve años antes. Ya para entonces, los soldados disparaban sobre multitudes indefensas. Aún entonces, cualquiera que prestara un poco de atención a las cosas hubiera podido intuir lo que vendría. Pero ambos, la insurgencia y el gobierno, habían ingresado en este caos al mismo tiempo, juntos y del brazo, como en una danza, y llevaban bailando ya nueve violentos años.

Rey esperaba que la guerra terminara antes de que su hijo tuviera la altura de un rifle.

Había conocido a estos niños en los campamentos. Catorce, quince años. Los conoció en el mismo viaje en el que conoció a su propio hijo. Venían de lugares remotos, pueblos enclavados en algún escarpado valle boscoso, construidos precariamente sobre algún promontorio de rocas, o abandonados en algún pedazo de desierto estéril. Lugares como 1797. Tenían rostros duros, sin expresión, y no les preocupaban las balas. Morir no estaba entre sus planes. Todos tenían la esperanza de ver la ciudad algún día. Contaban historias sobre ella, hablaban de recorrer sus amplias avenidas marchando en formación, recibidos como libertadores. Eso era lo que los comandantes les habían dicho que ocurriría. ¿Cuándo?, preguntaban ellos. Pronto. El mes que viene. El próximo año. Cuando se logre el equilibrio militar. ¿Qué significa *equilibrio*? Vamos a tomar la capital, decían los comandantes. Los niños se lo repetían a Rey, y él se daba cuenta de que así lo creían ellos. Mientras tanto, practicaban la fabricación de bombas en la selva. Ninguno tenía la menor idea de por qué estaban en guerra, y ninguno había preguntado jamás. Se sentían felices de estar lejos de sus hogares. Una vez al mes, se dirigían a algún pueblo a matar a un sacerdote o a quemar la bandera que ondeaba sobre el puesto policial. De vez en cuando, emboscaban a un convoy militar en un puente y se enfrentaban, en balaceras, a jóvenes de su misma edad, niños que venían de pueblos idénticos a los suyos. Cuando el mes había sido bueno, les pagaban en efectivo, pero, si era necesario, aceptaban notas de pago que podrían ser canjeadas cuando lograran la victoria. Y Rey, el hombre de la ciudad, oía una pregunta que estos jóvenes eminentemente prácticos le hacían casi siempre. «Señor», le decían. «Estamos ganando, ¿verdad?».

Al comienzo, no entendía qué era lo que querían decir. Luego se hacía evidente que estaban pensando en el dinero. «Por supuesto», los tranquilizaba Rey. «Por supuesto que estamos ganando».

En la ciudad era imposible hablar de la guerra en esos términos. Rey la veía ahora como una carrera en la que el único objetivo era mantenerse vivo. Si lograba sobrevivir hasta que depusieran las armas, si llegara a ver ese día, entonces sus errores podrían ser expiados. Cuando veía a Norma cada noche, y se daba cuenta de lo mucho que ella lo amaba, se desesperaba. Su mayor temor era estar solo.

Había meses tranquilos en los que la guerra seguía su curso sin él. Rey partió en aquel viaje a la selva y volvió. Conoció a su hijo, soñó con él y dio vueltas por su departamento sintiéndose enojado y culpable. Le hizo el amor a su esposa y presumió de su hijo con mujeres desconocidas. Le advirtieron que rompiera su vínculo con la IL, y eso era lo que finalmente pensaba hacer cuando se reunió con su contacto diez meses después de la desaparición de Yerevan.

Para la prensa, se había convertido en una tradición de fin de año especular sobre negociaciones de paz. El tema estaba en todas las radios y todos los diarios. Pero eso, por supuesto, era imposible: la IL no tenía líderes visibles, así que, ¿quién los representaría? Nadie esperaba que en realidad sucediera, pero hablaban de ello porque al hacerlo se sentían mejor. La situación no era distinta aquel mes de diciembre, cuando Rey y su contacto se reunieron en un paradero de autobús en El Asentamiento, cerca de los cerros que se elevaban al sureste de la capital. Rey nunca tuvo miedo de reunirse con su contacto: la ciudad era infinita, diseñada para ocultarse sin mucho esfuerzo. Caminaron hasta un bar pequeño y sombrío que en realidad era la sala de la casa de una familia pobre. Luces navideñas colgaban del techo y despedían débiles señales intermitentes de luz verde y roja. Se sentaron en una tembleque mesa de madera y bebieron café instantáneo. El dueño estaba de pie detrás de la barra, escuchando la radio y hojeando un viejo periódico. Más allá de la barra, desde la habitación mal iluminada que constituía el resto de la casa, Rey podía oír el llanto de un bebé. Estaba ansioso por decirlo: me voy, no más, se acabó, que la guerra continúe sin mí. Era lo que debía decir, pero las palabras se le atracaron en la garganta. El bar estaba cargado de humo. En ese momento, el contacto de Rey le informó que iba a pasar a la clandestinidad. La noticia lo dejó atónito.

—Y tú deberías hacer lo mismo —le dijo—. Hasta que llegue el final.

—¿El final?

El contacto de Rey sonrió con tristeza.

—Todo lo bueno tiene que terminar en algún momento.

TRECE

EL GOBIERNO NO había logrado sobrevivir a casi una década de rebelión sin aprender un par de cosas sobre cómo defenderse. Sobre todo, había aprendido de qué manera, en qué situaciones y a quiénes infligir un gran dolor. Todos terminaban confesando. Cada noche, los sospechosos eran llevados a La Luna y sometidos al trabajo policial más salvaje y primitivo: si eran demasiado rudos o no tenían nada que revelar (aún era difícil distinguir entre unos y otros), los llevaban en helicóptero hasta el mar y, entre forcejeos, los empujaban a las aguas turbias. Otros eran arrojados a las mismas tumbas a las que había sobrevivido Rey. Algunos de estos sospechosos eran liberados, pero muchos más terminaban enterrados en los cerros polvorientos. En comparación, la estadía de Rey en La Luna había sido una experiencia lujosa.

Además de todo ello, y quizás aún más importante, el gobierno había reclutado soplones por todo el territorio —tarea nada sencilla en un país tan grande e ingobernable como este—. En la ciudad, se pagaba a un ejército de desamparados para que revisaran minuciosamente la basura que salía de las casas de varios sospechosos. Esta labor había conducido a un sorprendente número de arrestos. Se alentaba a los vecinos a

denunciarse unos a otros y, de manera discreta, se recompensaba en efectivo a quienes proveían información útil. Fuera de la ciudad también se registraban
progresos. Tenían gente en casi todas las capitales regionales, e incluso en algunos pueblos remotos; gente
que por una suma de dinero relativamente modesta
vigilaba a los forasteros que llegaban de paso por sus
localidades. Comerciaban con chismes y rumores, pero
de vez en cuando eran sumamente útiles.

En 1797 esa persona era Zahir. Era un ejemplo típico de estos espías insignificantes: no era desconfiado por
naturaleza, ni particularmente proclive a apoyar al gobierno; y con respecto a la guerra, relativamente indiferente a
su resultado. Como muchos, probablemente pensaba que
esta nunca terminaría, con o sin su minúscula participación. Era, sin embargo, un padre y un esposo responsable
y, por eso, estaba dispuesto a aceptar las pequeñas pero
constantes sumas de dinero que le ofrecían, para el bienestar de su familia. Su única misión era mantener los ojos
bien abiertos, y él habría hecho eso de todos modos: como
uno de los pocos hombres que aún quedaba en 1797, en
edad para servir en la guerra, Zahir se sentía responsable
por el pueblo. A diferencia de los demás hombres que se
habían quedado, no era borracho ni imbécil, y la gente
por lo general le tenía aprecio. Era un hombre casado, con
una hija y un hijo, y una parcela pequeña e improductiva.
Para Zahir, su nuevo cargo —aunque secreto— confirmaba la idea que él tenía de su posición en el pueblo. La
mayoría de habitantes de 1797 probablemente desconocían que Zahir sabía leer.

Para cuando nació el hijo de Rey, Zahir ya era
todo un experto en los forasteros que pasaban por el
pueblo para luego internarse en la selva. Se detenían a

descansar durante uno o dos días, por lo general exhaustos, y por su forma de comportarse, Zahir podía concluir que no provenían de ninguna de las regiones tropicales del país. Tomaba notas sueltas sobre su comportamiento, anotaba fragmentos de conversaciones oídas al pasar, hacía conjeturas sobre el origen de sus acentos. Sus rostros revelaban un agotamiento enterrado muy en lo profundo de sí mismos, y ese era el único rasgo que tenían en común.

Cuando Zahir era pequeño había pocos libros en 1797. En cierta ocasión, un viajero de paso por el pueblo dejó una novela policiaca como regalo. El libro causó sensación. Un anciano que sabía leer se encargó de compartir la novela con los niños. Se la leyó en voz alta en el curso de un mes, y Zahir quedó fascinado: en todas las escenas aparecían detectives con sombrero y hombres fumando; mujeres de senos prominentes que bebían en antros poco frecuentados, y la ocasional imagen de un arma a punto de dispararse. La ciudad que describía la novela estaba repleta de matones, automóviles brillantes y callejones sin salida en los que valientes hombres se enfrentaban con cuchillos hasta que solo uno de ellos quedaba en pie. Nada hubiera podido ser más emocionante. Zahir disfrutó mucho de esa siniestra tensión, al igual que los demás niños de su edad. La lectura del libro se convirtió en un evento anual, hasta que el anciano que la organizaba murió. La novela se había extraviado, o quizás el pueblo había enterrado el libro junto con el anciano; Zahir no lo recordaba. Para entonces, ya había concluido sus estudios escolares.

Cuando se convirtió en informante, Zahir pensó en aquel libro por primera vez en muchos años, y lo afectó como si fuera el recuerdo de un amor viejo y distante. Decidió que sus informes serían como esa novela pero, para su desilusión, nunca quedaban bien. El pueblo estaba lleno de penumbra, de movimientos furtivos que a Zahir le resultaba imposible explicar. Y los forasteros: no bastaba con imaginar o preguntarse de dónde provenían o adónde se dirigían. Él quería capturar los rostros de esos hombres, pero no importaba qué palabras usara en sus descripciones, nunca parecían suficientemente sospechosos.

Gracias a sus repetidas visitas, Rey fue el primer hombre al que Zahir pudo describir razonablemente bien. No le daba muchas vueltas al asunto, en aquel entonces no le parecía que lo que hacía fuera una traición de tipo alguno. Todo estaba en la práctica: el enlace de las palabras, el alineamiento de las sílabas y, con ellas, una imagen que iba tomando forma. Escribía y reescribía, trabajaba hasta que todo le quedaba perfecto. Pero, aunque se sentía orgulloso de sus textos, Zahir no creía que valiera la pena mostrárselos a nadie, al menos no todavía. ¿Quién era este individuo, en todo caso? Al igual que el resto del pueblo, Zahir notaba la coquetería con la que Adela se dirigía al forastero, pero no estaba ni a favor ni en contra de ello. Así eran las cosas, simplemente. El sujeto era amable, siempre educado, aunque tampoco hablaba demasiado. Visitaba el pueblo tres veces al año, en ocasiones más. Pasaba un tiempo con Adela y luego se internaba en la selva. Decían que era un científico. Por supuesto, ningún habitante de 1797 lo conocía como Rey.

El mes siguiente, cuando viajó a la capital provincial para entregar su informe, Zahir llevó consigo, guardada en otro bolsillo, la descripción que había hecho de Rey, tres páginas cuidadosamente editadas en las que Zahir empezaba describiendo el color de su piel, la forma de su sonrisa, el timbre de su voz, y luego proseguía con una historia que había inventado para que este desconocido la habitara: pertenecía a la IL, era uno de sus líderes, un guerrillero. Había inventado la quema de llantas, asesinaba policías por diversión. Zahir transcribió una confesión que jamás había tenido lugar, tenía la certeza de que esos diálogos eran lo mejor que había escrito en toda su vida. No tenía intenciones de mostrársela al hombre del gobierno, por supuesto, pero le gustaba pensar que siempre cabía la posibilidad de que lo hiciera. Estas reuniones siempre lo ponían nervioso.

Zahir llegó a media tarde, luego de un día entero de viaje. Había llovido durante toda la noche. La oficina estaba ubicada en una calle lateral, no muy lejos del centro del pueblo, aunque, claro, ningún lugar estaba lejos del centro.

—¿Tienes algo? —preguntó el hombre del gobierno, luego de que ambos terminaran con los indispensables intercambios de cumplidos y quejas sobre el calor. El hombre nunca le había dicho su nombre, pero era una persona amable. Venía de la ciudad. Se inclinó sobre el respaldo de su silla. Su camisa tenía los botones abiertos y estaba empapada de sudor.

—Ahí lo tiene, mi jefe —dijo Zahir.

El hombre examinó lo que le había entregado —eran solo dos páginas— y frunció el ceño.

—¿Está bien?

—Hay algo que he querido preguntarle hace tiempo, y por favor no se ofenda. ¿Cuántos años de educación tiene?

—¿Perdón?

—En la escuela. ¿Cuántos años estudió?

Zahir se sonrojó. Nadie le había preguntado nunca tal cosa. Luego de la muerte del sacerdote y la desaparición del alcalde, quizás él era el hombre más culto del pueblo.

—Cuatro años, señor —dijo. Y luego, tras una pausa, añadió—. Cinco, si cuenta lo que me enseñó el cura.

El hombre del gobierno asintió. Tenía piel clara y un cutis arruinado, pero cuando sonreía parecía un hombre bueno. Sonrió entonces, e indicó a Zahir que se sentara.

—Usted me cae bien, ya se lo he dicho. Trabaja duro. Pero lo estoy avergonzando. No se ponga así. Escúcheme... Bueno... Se lo digo de una vez: tengo un regalo para usted.

Abrió su escritorio y sacó un pequeño libro.

—Pedí que le enviaran esto, de la ciudad.

Era rojo, y tan pequeño que cabía en el bolsillo de Zahir. Lo hojeó rápidamente y vio que la letra era muy menuda, más pequeña incluso que la de la Biblia que el sacerdote le mostró en cierta ocasión. Zahir nunca había visto un libro como ese.

—¿Qué es?

—Nada, en realidad. Un diccionario. Para ser de pueblo chico, es usted muy perspicaz —dijo el hombre del gobierno— y pensé que le gustaría. Tiene palabras y lo que ellas significan —le entregó un sobre a Zahir, luego apoyó las manos sobre el escritorio y se puso de pie—. Le recomiendo que vaya ahora al mercado. Aquí los precios van en una sola dirección: para arriba.

—Gracias, señor —dijo Zahir. Se puso de pie e hizo una reverencia. El corazón le retumbaba en el pe-

cho. ¿Acaso se habían burlado de él? Le había salido sarpullido en la piel debido al calor, y estaba sudando. Con
un gesto teatral, Zahir guardó el diccionario en el bolsillo delantero de su camisa y sonrió—. Yo también tengo
algo para usted.

—¿De veras?

El forastero, pensó Zahir. ¿Por qué no? Repentinamente, se sintió esperanzado. Sacó los papeles de
su bolsillo, los desdobló y se los entregó al hombre del
gobierno.

—Es sobre uno de los forasteros. Uno de los
hombres que llegan al pueblo.

—¿Cómo se llama?

Zahir mencionó el otro nombre de Rey.

—Es un científico.

El hombre del gobierno examinó el texto. Lo leyó
lentamente, y mientras lo hacía, en su boca se formó una
sonrisa. Luego levantó la mirada.

—Esto nos puede servir —dijo, radiante—. Mi
querido amigo, es usted un poeta. Sabía que lo era.

Más tarde, Zahir buscó esa palabra en el diccionario. Sabía su significado, por supuesto, pero quería saber la definición *exacta*. Llegó a memorizar las palabras
de la definición y se las repetía a sí mismo por el puro
placer de su sonido. *Un poeta*. Aquella noche le contó a
su esposa que él era un poeta, pero ella no le entendió.
Fingió estar dormida, pero él no le creyó, y aunque los
niños dormían del otro lado de una fina cortina, él le
hizo cosquillas hasta que ella empezó a reírse, y luego le
hizo el amor.

—¿Puedo quedarme con esto? —preguntó el
hombre del gobierno.

No había forma de dar marcha atrás.

—Por supuesto, señor —dijo Zahir.

Tomó su dinero y salió para encontrarse con el bullicio de las calles. En la esquina había un pequeño bar, y Zahir se dio el gusto de tomar un trago. Y luego otro. Bebía a solas y buscaba palabras en su nuevo libro: *pueblo*, *ciudad*, *dinero*, *guerra*, *amor*. Pidió otro trago, y otro más, y consultó su libro hasta que la oscuridad le impidió seguir leyendo. Cuando salió del bar, casi era de noche, las nubes empezaban a congregarse para la lluvia nocturna. Soplaba una brisa y el calor había menguado. Se sentía mareado.

Lo encontró en el mercado, cuando se dirigía a esperar el camión que lo llevaría de vuelta a 1797. El hombre del gobierno tenía razón: los precios no hacían más que aumentar. Arroz y frijoles, papas y yucas desecadas de la sierra, todo cada vez más caro. En el pueblo siempre había pescados plateados. Salteados, hervidos, fritos. Y plátanos; y con eso se las arreglaban, ¿verdad? En ese momento, Zahir lo vio: un aparato negro y brillante, digno de... —¿cómo lo había llamado el hombre?—, ah, sí, digno de un *poeta*. Era una radio, y sonaba fuerte y seductora desde un puesto en uno de los extremos del mercado provincial. Se quedó impactado. Se acercó más. Hacía años que no oía sonidos tan emocionantes.

—Capta todas las emisoras —dijo el vendedor mientras hacía girar lentamente la perilla: estática, música, estática, voces, música, estática.

Zahir no pudo evitar una gran sonrisa.

—Si me das hoy la inicial, te la llevas a casa en seis meses.

Entregó su dinero sin dudarlo. Y la idea lo mantuvo despierto toda la noche: durante medio año temió que lo hubieran estafado, pero cada mes, cuando iba a cobrar su dinero, el vendedor seguía ahí, la radio aún funcionaba y su capacidad de impresionarlo se mantenía intacta. ¿Dónde está el dinero?, le preguntaba su esposa, pero él no le daba explicaciones. Estoy invirtiéndolo, decía. Escribió más y más con ayuda de su nuevo diccionario, y luego de un tiempo reunió el valor para pedirle un pequeño aumento al hombre del gobierno. Seis meses más tarde, se convertiría en el dueño de esa radio y la llevaría a casa envuelta en una sábana, cubierta a su vez por una bolsa de plástico para proteger el aparato de la lluvia. Tenía el dinero justo. Hacía cálculos en su cabeza. Faltaban solo seis meses para sorprender a su esposa, hijo e hija, a todo el pueblo. Se sentaría entre costales de arroz en la parte posterior de un camión sin techo, con el artefacto sujeto contra el pecho como si cargara a un niño. La idea de ese momento lo llenaba de esperanzas. ¡Trabajo para el gobierno! ¡Soy el alcalde de este pueblo! Y lo era, ¿quién más querría esa posición? Más adelante, cuando la IL regresó y le cortó las manos, y Zahir ya no pudo volver a cultivar o escribir, el dueño de la cantina le extendió una generosa línea de crédito con la que él y su familia pudieron sobrevivir durante meses. Luego llegó la estación de lluvias y, con ella, un sentimiento de desolación que Zahir nunca antes había experimentado. Para entonces, ya no había guerra ni dinero disponible para espías en lugares remotos. El hombre del gobierno no podría ayudarlo; de hecho, debía haber vuelto a la ciudad, porque habían tapiado su oficina y ahora vivían en ella unos ocupantes ilegales que hablaban una lengua incomprensible. Zahir preguntó por todas partes en la capital de la provincia, pero nadie parecía siquiera recordar al hombre del gobierno. Inevitablemente, Zahir se retrasó con sus pagos y debió cancelar su deuda con el tendero de la cantina pagándole con la radio. Aquel día lloró. Extrañaba la guerra: eran buenos tiempos, se decía a sí mismo. Le regaló el diccionario a su hijo y le recomendó estudiar con empeño, pero Nico no estaba hecho para la escuela. En cierta ocasión, cuando su profesor Elías Manau lo reprendió por no haber terminado su tarea, Nico arrojó el pequeño libro rojo al río, solo para darse el gusto de ver cómo se hundía.

ERA EL DÉCIMO año del conflicto, y el contacto de Rey había pasado a la clandestinidad. Entre las clases ilustradas de la ciudad, el miedo se había convertido en imprudencia. Los que podían huir, ya lo habían hecho. Yerevan llevaba doce meses muerto, y nadie había vuelto a hablar de él en casi todo ese tiempo.

Una noche de verano, Rey y Norma fueron invitados a una fiesta en casa de un importante personaje. Era una elegante mujer, que poseía una fortuna inmensa, casada con un hombre lo suficientemente guapo e insípido como para ser elegido senador. Ambos tenían una participación en el accionariado de la emisora de radio. Se rumoraba que secretamente habían ejercido presión para que el anterior director de la emisora fuera eliminado luego de hacer una serie de declaraciones polémicas, y que habían elegido a dedo a Élmer como su reemplazo. El senador, suponían todos, quería llegar a presidente. Cuatro semanas antes había sobrevivido a un intento de asesinato, a comienzos del nuevo año. Muy convenientemente, la emisora radial lo había presentado como un héroe, y esta fiesta era para celebrarlo.

Tuvieron que pasar por dos controles de seguridad para poder entrar: uno en el portón de entrada, donde los dejó el taxi, y otro más en la puerta principal de la mansión. Había policías fuera de servicio en el vestíbulo, uno en cada rincón del enorme salón, y uno apostado al pie de la escalera en la pared más alejada. Entrar a la fiesta era como ingresar a un mundo de fantasía de color pastel, lleno de hombres encantadores y mujeres bien vestidas. Se oía una música suave e inocua por debajo del parloteo sibilante. Tanta riqueza tenía algo de anacrónico: el lugar mismo olía a dinero, y así se lo dijo Rey a Norma.

«Seamos frívolos», le susurró ella. Había pasado más de una hora arreglándose para esa noche. Su cabello estaba reluciente, se veía hermosa. «Finjamos».

La anfitriona los recibió calurosamente y les pidió disculpas por las medidas de seguridad. No parecía saber quiénes eran ni por qué estaban allí. Les sonrió con la elegancia propia de una persona bien educada y los dirigió hacia la barra. Norma condujo a Rey a través de la multitud. En el centro de un grupo de personas apiñadas vieron a Élmer, de pie, hablando largo y tendido sobre la guerra y su significado. Como recién nombrado director de la radio, sus opiniones sobre la situación del país eran bastante apreciadas. Los saludó con una venia, pero Norma se llevó a Rey tras de sí. Un hombre de piel oscura y esmoquin les sirvió sus bebidas.

—Por lo menos el trago está fuerte —le dijo Rey a su esposa. Ella lo besó, luego se recostó contra él y terminó rápidamente de beber su trago. Cuando lo volvió a besar, su boca sabía a licor—. ¿Qué pasa?

—Nada —respondió ella—. Estamos celebrando.

—¿En serio? —tomó un sorbo de su bebida—. ¿El coqueteo del senador con la muerte?

—No eso —le pidió otro trago al barman, y luego hizo chocar su vaso contra el de Rey—. Deberíamos ir a saludar a Élmer.

Rey frunció el ceño.

—Yo te espero aquí.

Fue una actitud petulante, y se arrepintió de inmediato. Pero a Norma no le importó; le dio un pellizco y le sacó la lengua. Luego desapareció entre las fauces de la fiesta. Él admiraba su seguridad. En ese momento, se sentía incapaz de describir su propio estado de ánimo. ¿Temeroso? ¿Ansioso? La fiesta era más ruidosa que lo que él había esperado tratándose de un grupo como ese. Se quedó junto a la mesa; vio a las personas que rodeaban a Élmer brindando por su esposa con las copas en alto. Se sintió aislado, y, en medio de toda esa multitud, más solo de lo que había estado en varios meses. Cuando creyó que no había nadie mirándolo, revolvió el contenido de su vaso con el dedo meñique y bebió de golpe lo que quedaba.

—¡Ah, un *connoisseur*! —Rey levantó la mirada. Una mujer pelirroja le sonreía—. Eres el esposo de Norma, ¿verdad? —le preguntó la mujer. Cuando él asintió, ella añadió—. Pronto será toda una estrella.

—Ya lo es —dijo Rey, algo inseguro.

—Sírvame lo mismo que a él —le dijo la mujer al barman—. Pero yo me encargo de revolverlo.

Le guiñó el ojo a Rey.

La mujer estaba con un grupo que había acudido a la barra en busca de otro trago. Todos se conocían, y mientras se empujaban juguetonamente tratando de atraer la atención del barman, Rey pensó que los había visto antes en algún sitio. Aún era temprano, pero la mujer ya tenía los ojos vidriosos, estaba ebria.

—Ven con nosotros —le dijo a Rey con un débil ademán—. Estamos hablando sobre... Oh, ya ni sé. Señores, ¿de qué estamos hablando?

—¿El mundo? ¿La guerra?

—¿La vida?

—Oh, todas esas cosas —dijo la pelirroja—. Escuchen todos, este es el esposo de Norma. ¿Cómo dijiste que te llamabas?

—Rey —dijo él, y todos asintieron con aprobación, como si su nombre fuera especial, perfecto.

—¡Qué tal voz la de tu esposa! —dijo un hombre gordo. Sonrió maliciosamente—. ¿Y ella... discúlpame, he tomado mucho y no debería preguntar, pero es que tengo que saberlo... te dice groserías en la cama?

Rey quedó demasiado sorprendido como para responder.

—¡Señores, les recuerdo que hay damas presentes!

El gordo le hizo una venia a la pelirroja.

—Mil disculpas —dijo con una ligera reverencia—. Eres una bruja autoritaria —todos se rieron—. Pero, en serio, su voz es realmente maravillosa.

Los demás se mostraron de acuerdo con él y felicitaron a Rey. Alguien le trajo otro trago y él se lo bebió rápidamente. Le pareció que las luces del gran salón eran demasiado brillantes.

Se quedó de pie en un extremo del grupo, y no pasó mucho rato antes de que se olvidaran nuevamente de él. Divagaban de un tema a otro: el precio de los zapatos, lo raro que estaba el clima, lo terrible que era el tráfico justo antes de que empezara el toque de queda. De vez en cuando, el nombre de alguien muerto o desaparecido surgía en la conversación, todos se lamentaban brevemente y luego cambiaban de tema.

En cierto momento, Rey oyó que alguien mencionaba el nombre de su contacto.

—¿Qué fue de él? —preguntó el gordo—. ¡Hace siglos que no lo veo!

¿Cuánto tiempo ha pasado?, pensó Rey.

La pelirroja dijo que había tomado un año sabático. Que había viajado al extranjero, a Europa. Mientras lo decía, se puso muy pálida, casi sombría. Rey asintió; ¿acaso la mujer mentía o alguien le había mentido a ella?

—¿Quién? —preguntó Rey, fingiendo no saber de quién hablaban.

—Oh..., tú lo conoces —le dijo la mujer. En ese momento, a Rey le pareció reconocerla, aunque tenía la certeza de que nunca los habían presentado formalmente. Era una física del instituto tecnológico, pensó Rey, pero no estaba seguro. ¿Sería de la IL?

—Yo misma lo llevé al aeropuerto —dijo la mujer.

El gordo se encogió de hombros. Se quitó el saco y dejó al descubierto su camisa impregnada de sudor. La piel fofa de su papada cubría el cuello de su camisa. Un cigarrillo le colgaba de los labios.

—¿Adónde se habrá ido ese cabrón? —preguntó protegido por una cortina de humo—. ¿Italia? ¿Francia? La suerte que tiene ese desgraciado.

Rey sonrió junto con los demás. Respiró hondo. En cierto modo, se sentía libre. Su contacto, ¿estaría viviendo en un húmedo sótano de El Asentamiento o en un palacio en Italia? En realidad le daba igual. Rey recorrió el salón con la mirada, buscando a Norma. Quería irse de allí. El gordo narraba la triste historia de cómo le habían denegado una visa.

—¿Adónde querías ir? —le preguntó alguien.

—A donde fuera.

Rey sonrió al pequeño grupo y se excusó. No conocía a ninguno, y ninguno lo conocía a él. La pelirroja levantó su vaso e hizo un brindis en su nombre mientras él se marchaba.

Las horas pasaron rápidamente. Rey deambuló por el salón e intervino en varias conversaciones, todas de una u otra manera relacionadas con la guerra. Un hombre demacrado y bien vestido describió la experiencia de su secuestro. Tuvo suerte: solo lo retuvieron durante dos días y gracias a ello no lo despidieron de su trabajo. Rey conoció a una mujer cuya empleada doméstica resultó ser miembro de la IL. «¡Figúrense el atrevimiento de esa muchachita, traer esa ideología a mi casa!», dijo la mujer horrorizada. Durante todo ese tiempo, Rey se mantuvo cerca de la barra, a tal punto que, cada vez que se acercaba, el barman ya le tenía un trago listo. En algún momento, intercambió unas palabras con él. Rey reconoció su acento. Sí, era de la selva, pero no, le dijo el barman, no la extrañaba. «Ya no queda nadie en mi pueblo», dijo. «Todos ya están acá».

Rey se sentó por un momento en la escalera. Salió al patio, donde alguien le ofreció un cigarrillo. Lo fumó sin disfrutarlo, su primer cigarrillo en años. Se quedó observando las luces de la ciudad, que titilaban en la distancia. Cuando regresó al salón, la fiesta se encontraba en todo su esplendor. Pensó, ebrio como estaba, que jamás encontraría a su esposa entre ese gentío. Ya era casi medianoche y los invitados habían empezado a dividirse en dos grupos: aquellos que se marcharían antes del toque de queda, y los que se quedarían toda la noche. La anfitriona de la fiesta caminaba entre la gente animando a todos a que se quedaran. «¡Tenemos grupo electrógeno!», pregonaba. Tenía un vaso en su temblorosa mano derecha, y a su paso iba derramando su contenido sobre el piso de madera. Junto a ella iba su esposo, el senador, también visiblemente ebrio. Tenía el rostro hinchado y enrojecido, y se balanceaba lentamente de derecha a izquierda. Rey tuvo ganas de abrazar al desdichado. Aún no se había recuperado totalmente del atentado; eso estaba claro. Habían matado a su guardaespaldas, su chofer había quedado herido, y él había tenido mucha suerte de escapar con vida. Todo había ocurrido a plena luz del día, en una transitada avenida a solo cuatro cuadras de una garita policial, no muy lejos de la radio. Rey sonrió. En cierto modo le daba gusto saber que la guerra proseguía sin él. Las bombas, los apagones y las desapariciones extrajudiciales seguían ocurriendo, pero, por primera vez en muchos años, Rey se sentía divorciado de todo ello y, por lo tanto, inocente. Podría abrazar a este desconocido, este pobre senador. Podía asistir a la fiesta de este amable caballero y lamentar lo desagradable de la situación actual, sin sentirse para nada responsable por ello. El senador se desabotonó la camisa y pidió que subieran el volumen y bajaran las luces. Así sucedió, un instante después, y la atmósfera del gran salón cambió por completo. Llegará a presidente, pensó Rey con tristeza, pero no concluirá su período. Los anfitriones sonreían. No querían que nadie se marchara. Tenían miedo de quedarse solos.

—¿Nos quedamos? —Norma apareció a su lado, de improviso, y su presencia lo reconfortó. La había extrañado toda la noche.

—¿Eso quieres?

Ella se encogió de hombros y luego sonrió. Eso quería.

—¿Estás borracha? —le preguntó él, y ella sonrió aún más.

Muchos invitados se habían marchado ya, pero ahora, con las luces bajas y el paso de las horas, era como si entre los que se quedaron discurriera una bestia que se acababa de escapar. La escena era insólita. La música sonaba a todo volumen, el gran salón rebosaba de gente bailando. Todo había ocurrido de golpe, como un rayo. La celebración formal había dado paso a una bacanal: había abrigos tirados sobre la baranda de la escalera; zapatos de taco alineados junto a las paredes, abandonados por las elegantes mujeres que ahora bailaban descalzas. Se percibía un tenue olor a sudor en el gran salón, y alguien jugaba con la lámpara del techo, aumentando y reduciendo la intensidad de la luz al compás de la música. Uno de los policías se había recostado contra la pared, otro estaba sentado en un peldaño con los ojos cerrados y seguía con golpecitos de pie el ritmo de la música.

En ese momento, Élmer apareció a su lado, y le pasó un brazo sobre los hombros. ¿Acaso no quedaba nadie sobrio? Élmer tenía una sonrisa grabada en los labios, su rostro brillaba por el sudor.

—Tienes una mujer formidable —le dijo.

—Claro que sí —Rey sonrió a su esposa. Ahora Élmer los tenía sujetos a ambos, con los brazos extendidos. Rey sintió su peso. Tuvo miedo de que el hombrecito pudiera caerse.

—Nunca me has caído bien —le dijo Élmer en voz baja.

Rey levantó la mirada. Norma no lo había escuchado. Hubiera podido dejar caer a Élmer al piso, de no ser porque lo que le había dicho no era en realidad ninguna sorpresa.

—No es ninguna novedad —le dijo.

—Adoro a tu esposa —dijo Élmer, nuevamente solo para que Rey lo escuchara. Luego empezó a reír, y todos hicieron lo mismo. Élmer le dio un beso en la mejilla a Norma, y esta se sonrojó. Luego se volteó hacia Rey—. Si le haces daño —susurró— te mataré.

—¿Qué tanto secreteo? —preguntó Norma.

Élmer la ignoró, y nuevamente les sonrió a ambos, como si hubiera estado comentando sobre el clima o el teatro.

—¿Ya te contó? —le dijo a Rey.

—Todavía no —dijo Norma, moviendo la cabeza de un lado a otro.

—¿Contarme qué?

—¿Le puedo contar yo? —dijo Élmer arrastrando las palabras.

—Claro. Dile.

Élmer se volteó hacia Rey.

—Norma va a tener su propio programa en la radio —dijo—. Lo decidimos hoy. Los domingos por la noche. Su propio programa. Dile el nombre, querida.

—Radio Ciudad Perdida —dijo Norma. Tomó a Rey de la mano—. ¿Te gusta el nombre? Dime que te gusta.

Rey no podía dejar de sonreír. Repitió, en silencio, las tres palabras. Se sentía acalorado y feliz.

—Me encanta —dijo—. Es maravilloso.

AQUEL MISMO AÑO, llegó a 1797 un hombre que decía ser artista. Se instaló delante de la cantina del pueblo, sin más herramientas que un banquito, un caballete y hojas de papel periódico grisáceo sujetas por un clip, cubiertas por un plástico por si llovía. Parecía un viejo sabio: el rostro moreno y arrugado, y un cabello fino y largo que se extendía desordenadamente por su espalda. Se llamaba Blas, y afirmaba que podía dibujar a los desaparecidos del pueblo. Bastaba con describirle a la persona y él se encargaría de lo demás. Su talento, dijo a quienes se lo preguntaron, era saber escuchar.

Durante dos días, Blas se sentó a esperar junto a la puerta de la cantina, pero no le llegó trabajo. Parecía un hombre muy paciente, feliz de poder pasar el tiempo recostado contra la pared fumando cigarrillos artesanales del tabaco más corriente. Comía en la cantina, sonreía de vez en cuando y, contra lo que muchos esperaban, no olía particularmente mal. Cuando alguien se le acercaba, lo saludaba cortésmente, ofrecía sus servicios, pero no insistía. Al tercer día, Blas pidió permiso al dueño de la cantina para exhibir su trabajo, y cuando le dieron la autorización, pasó toda una ajetreada mañana clavando sus dibujos a lápiz con tachuelas en la pared. Luego volvió a su lugar, junto a la puerta, a esperar.

Uno por uno, los habitantes del pueblo acudieron a ver la exhibición. Estaban escépticos, por supuesto, sobre todo Zahir. Él aún trabajaba en secreto en su escritura, por lo general junto al río, en tardes calurosas y sin lluvia. No era ajeno a los celos, y la sola presencia de este hombre constituía una especie de afrenta: ¿de dónde había venido y qué podía ofrecerles a los habitantes del pueblo que Zahir no pudiera lograr con sus palabras? Aun así, lo ganó la curiosidad y se dirigió a la cantina, decidido a no dejarse impresionar. El viejo lo saludó con una venia mientras entraba, pero Zahir fingió no haberse dado cuenta.

Adentro, en las cuatro paredes de la cantina, había una docena de rostros de hombres, mujeres y niños a los que Blas decía haber recreado a partir de las descripciones hechas por sus seres queridos. Claro que era imposible constatar si el viejo estaba mintiendo o, si no mentía, si los dibujos se parecían en algo al original. Ni siquiera los seres queridos de quienes aparecían en los retratos podrían afirmarlo: la memoria es una gran mentirosa, el dolor y la añoranza enturbian el pasado, y los recuerdos, incluso los más vívidos, terminan por desvanecerse. Con todo, algo había en sus dibujos y Zahir se dio cuenta de inmediato: eran rostros innegablemente humanos. Mujeres arrugadas de ojos tristes y cabello oscuro; hombres prematuramente envejecidos, de labios caídos y mejillas hundidas; jóvenes guerreros, ahora desaparecidos, niños cuya propia piel brillaba con una inexplicable sed de sangre, un entusiasmo y un apetito por vivir que no podían ocultar. En conjunto, eran parte de una confundida raza de hombres aguardando ansiosamente una gran decepción. La exhibición produjo en Zahir una sensación de agotamiento que no había esperado y que apenas si podía explicar. El pueblo llevaba años reduciéndose a un ritmo constante, pero no fue sino hasta que salió de la cantina y se enfrentó al sol de la tarde que Zahir tuvo conciencia total del vacío que había en el lugar. Se sintió rodeado por él. Se oían los ruidos de la selva en movimiento, el graznido de un pájaro, el murmullo remoto y susurrante del agua. ¿Qué más había allá, selva adentro?

De hecho, la mayor parte del pueblo se encontraba allí. En medio de su dolor, Zahir no se había dado cuenta de su presencia. Eran unos doscientos, y no más de cincuenta eran hombres, uno por cada tres mujeres. Al igual que Zahir, quienes habían visto la exhibición daban vueltas por el lugar, aturdidos. Habían entrado a la cantina sin saber bien qué esperar y salían de ella abatidos. Solo Blas parecía saber qué hacer. En ese momento empezó a programar citas para la mañana siguiente: entrevistas de media hora, dijo, y un dibujo terminado para el final del día. «¿Cuál es su nombre, señora?», en voz alta para que lo escucharan. «¿Y el nombre del desaparecido?». Todo quedaba cuidadosamente registrado en su cuaderno. Las mujeres se agolpaban a su alrededor, algunas temblaban por los sollozos. Zahir se alejó del grupo de mujeres desesperadas y se sentó en el tronco de un árbol caído. Estaba húmedo y había empezado a pudrirse: era un suave y agradable pedestal desde donde podía observar toda la escena. Las mujeres del pueblo, quienes, hacía solo unas horas, le parecían personificar la esencia misma de determinación y firmeza, habían terminado convertidas en esto. Incluso su esposa estaba entre ellas. Su hermano se había marchado a la guerra unos años antes, en un camión del ejército cuyo capitán había prometido a cada recluta cuarenta hectáreas de tierra cuando terminara la guerra.

«¡Pero aquí puedes tener cien hectáreas, si quieres!», le dijeron. ¿Acaso no sabía que la selva era infinita? «La tierra de la costa vale más», dijo el capitán con su acento de ciudad.

Zahir conocía el pueblo y a su gente: había vivido toda su vida en este bosque, ¡había besado a una docena de chicas! ¡Se había enfrentado al doble de adversarios, y los había derrotado! Había sido uno de ellos: uno de esos niños de torso desnudo que luchaban en el fango y trepaban hasta la cima de los árboles que crecían sobre el río, con el único propósito de quedarse allí, mirando el cielo con la mente en blanco. ¡Qué placer! En cierta ocasión, había caminado río arriba por la orilla, hasta llegar a la catarata que había a un día de distancia, y allí dejó que el agua pulverizada lo cubriera, que se pegara a su piel como diminutas gotas de sudor. Dejó que la inmensidad de ese sonido se lo tragara por completo. Nunca estuvo solo durante su juventud —ni una vez, en quince años—. Esos niños con los que había compartido su infancia, esas niñas, ya hechas mujeres, a las que había besado y acariciado bajo los árboles, ¿dónde estaban ahora?

Levantó la mirada. Faltaban aún varias horas para que el día terminara. Los niños formaban otro círculo alrededor de sus madres, sin entender exactamente el porqué de tanto alboroto, y eso también abatió a Zahir. ¿Cómo podrían entender? ¿Acaso no querían ellos marcharse también? ¿No estaban esperando simplemente el momento más oportuno?

Blas dibujó más de setenta retratos en el pueblo durante la semana siguiente. Nunca antes le había ido mejor en el negocio, comentaba a los habituales de la cantina. Para sorpresa de todos, muchos retratos eran de gente que aún no se había marchado. Las mujeres llegaban con sus esposos; las madres, con sus hijos. «Tenemos miedo», decían con lágrimas en los ojos. «Hoy está aquí, pero ¿y mañana?».

«LA ESCUCHO, SEÑORA», dijo el viejo artista. Blas se había dedicado a perfeccionar su voz durante años. En su campo de trabajo era importante que las mujeres se sintieran cómodas de inmediato, y para lograrlo hacía de todo. Solo le faltaba ronronear como un gatito. Había llovido durante dos días, y por eso Blas se había trasladado al interior de la cantina, a uno de sus extremos. Corrió la cortina y ambos se quedaban a solas en un improvisado estudio privado: dos banquitos, un caballete, un surtido de lápices de colores.

—Dígame.

Durante un largo rato, Adela no dijo nada. Sentía un hormigueo en los pies.

—¿Se parece el niño a su padre?

—Ha salido a mí.

—¿Cuál es su edad?

—Doce meses —dijo ella—. Un año.

El artista se pasó las manos por el rostro. Se inclinó hacia ella.

—Señora, disculpe. El padre. ¿Cuál es la edad del padre?

—Ay —dijo Adela—. No lo sé.

Blas giró el lienzo hacia ella. Estaba vacío, sin una sola marca.

—No se ponga nerviosa, querida señora —le dijo en una voz que era casi un susurro—. No hay nada que temer. Cierre los ojos y hábleme de él. Haremos este trabajo juntos.

Adela respiró hondo.

—No es de la zona. Es de lo primero que uno se da cuenta. Viene de la ciudad. Sonríe como la gente de la ciudad: con una sonrisa a medias. Es cuidadoso. El cabello le cae hacia adelante sobre la frente, pero siempre se lo echa para atrás con la mano. Tiene hoyuelos en las mejillas, y sus ojos parecen cansados todo el tiempo. Su cabello es gris en las sienes, con mechones casi totalmente blancos, pero a él no le gusta admitirlo. A mí me parece que se tiñe el pelo. Es vanidoso.

—¿Quiere que le pinte el pelo negro, entonces? ¿O blanco? ¿Cuál de los dos?

—Píntelo como es. Blanco.

—¿Es flaco? —preguntó Blas.

Adela asintió.

—El tono de su piel, señora, ¿es oscuro como el café o claro como la leche?

Aún no empezaba a dibujar, no realmente; todo lo que había en la hoja eran dos trazos muy débiles, ligeramente paralelos. Tenía los ojos cerrados y apenas rozaba el papel con la punta del lápiz.

—Como el café —dijo Adela, pero su mente divagaba—. Y ama al niño, eso lo sé, se nota —hizo una pausa—. Pero a mí no me ama.

—¡Señora!

—Una mujer se da cuenta de esas cosas, señor. Él tiene otra vida. Me lo dijo, lo supe desde el comienzo. También sé otras cosas, incluso algunas que no me ha contado. Sé que algún día vendrá para llevarse a mi hijo de mi lado. Juro que lo hará. Dirá que es por el bien del muchacho, ¿y cómo podría yo discutir eso? Pero, entonces, ¿qué será de mí? Terminaré como esas ancianas que hay en el pueblo, que ya ni se acuerdan de quién las amó o por qué siguen vivas —tomó una rápida bocanada de aire—. Él es cruel.

—Señora, disculpe, ¿cómo es él *físicamente*?

—Ah, sí. Su pelo, por ejemplo, está empezando a caerse. Cada vez que lo veo luce más viejo. Tiene la nariz torcida, solo un poquito, ¿hacia qué lado? Bueno, hacia la izquierda. La barba no le crece pareja; ¿no le parece eso rarísimo?

—Raro, sí, señora, pero no rarísimo.

—Usted habrá visto toda clase de cosas.

—Por supuesto —dijo Blas casi como disculpándose.

Adela acunó al niño dormido entre sus brazos.

—Cada vez que se va —dijo ella— tengo miedo de que no vuelva.

—¿Por qué tiene miedo?

—Su trabajo es peligroso.

El anciano artista no levantó la mirada ni dijo nada. En aquellos días no había trabajo que no fuera peligroso. El país estaba en guerra. Escogió otro lápiz, de un color más claro, y su mano derecha recorrió febrilmente el papel. Frotaba la página con el pulgar, difuminando los trazos.

—¿Tiene los ojos muy separados?

—No.

—¿Muy juntos?

—No estoy segura.

—¿Tiene el pelo rizado?

Ella se quedó pensando un momento.

—Ondulado.

—Su frente, ¿es así de amplia? ¿O más pequeña, como esto?

Adela entrecerró los ojos.

—Algo intermedio, supongo. Y más arrugado. Se está poniendo viejo, ¿le dije eso?

El niño se retorcía entre sus brazos, sacó una manito, abriendo y cerrando su diminuto puño, como si intentara atrapar el aire. Un instante después, se detuvo y volvió a dormirse. Blas y Adela dejaron de observarlo.

—Es una lástima que su esposo no se parezca a su hijo. Es un niño precioso.

—Gracias —dijo Adela—, pero él no es mi esposo.

—Discúlpeme, señora. Que Dios se apiade de nosotros.

—¿Falta mucho para terminar?

—No, ya casi acabamos.

Blas se inclinó sobre la hoja e hizo algunos retoques en el dibujo. Le hizo unas cuantas preguntas adicionales: la forma de su mandíbula, el tamaño y ubicación de sus orejas, cómo se peinaba y exactamente qué tan canoso era su cabello, y cómo sabía ella que a él no le gustaba que fuera tan canoso.

—¿Acaso no queremos todos ser jóvenes por siempre? —dijo Adela.

Por su mente cruzaron imágenes de Rey desnudándose. No era un hombre hermoso y ni siquiera le pertenecía. Pero su hijo sí. Miró al niño, aún dormido: el retrato, se dijo, era para él. La primera vez que Rey la abordó, le comentó lo sorprendido que estaba de que las noches fueran tan frescas cuando los días eran tan calurosos. No sabía casi nada sobre la selva. «¿Qué es lo que les enseñan a ustedes en la escuela?», le preguntó ella, pero eso era lo que más le gustaba de él: no sabía nada porque era un forastero. Su origen, su acento, sus gestos, pertenecían a otro lugar, y el simple hecho de estar a su lado le permitía a Adela poder imaginarse otra existencia, menos claustrofóbica.

Cuando Blas le preguntó por sus labios, Adela se relamió los suyos, como si aún pudiera sentir en ellos su sabor. «Son carnosos», dijo. Blas dibujó, borró, dibujó un poco más. Cuando estuvo satisfecho con el resultado, le pidió a Adela que lo examinara con sumo cuidado. «¿Es este su rostro?», le preguntó. Tenía una entonación especial que usaba solo cuando hacía esa pregunta. Había formulado la misma interrogante en cientos de ocasiones desde el inicio de la guerra, y la respuesta siempre había sido la misma.

PARA CUANDO SE les ocurrió marcharse, la decisión ya estaba tomada: no había taxis que los pudieran llevar a casa. No a esa hora, tan cercana al toque de queda. La ciudad desierta era un campo minado. De manera que Norma y Rey volvieron a la fiesta; Élmer lo hizo inmediatamente después. Pronto se encontraron nuevamente en el gran salón, tomando tragos servidos por un mozo de esmoquin. Este se había quitado el saco y también había empezado a beber. Élmer les hablaba, pero ellos ni podían oírlo ni se esforzaban por hacerlo. Todo el mundo bailaba a su alrededor, la noche se había instalado pesadamente en el salón. Donde había pánico había libertad. ¡Qué sensación de vértigo! Rey tomó a su esposa de la mano y la condujo al centro de la pista de baile. Presionó su cuerpo contra el de ella. Ella también hizo presión, y todo se volvió hermoso. Empezaron a moverse como lo habían hecho alguna vez en el pasado: hay cosas que el cuerpo no permite olvidar. Había pasado demasiado tiempo desde la última vez que bailaron. «¡Más fuerte!», gritó alguien, y el volumen de la música aumentó aún más. Norma apoyó la cabeza contra el hombro de Rey, y él sintió su olor. La lámpara del techo temblaba. La oscuridad era casi total; Rey tenía que ser cuidadoso para no perderla entre la multitud.

CATORCE

HABÍA REGLAS, POR supuesto, incluso para aquella primera noche. El programa saldría al aire con un retraso de seis segundos. Ello quitaba parte de la presión que existía sobre Norma. Las llamadas serían filtradas y a todos se les advertiría que no mencionaran la guerra. Esta recomendación era buena, y no solo para la radio sino para la vida en general, porque en aquellos días siempre había alguien escuchando. *Neutralidad* era la palabra que Élmer repetía una y otra vez. Que no debe ser confundida con *indiferencia*, pensaba Norma. Ella debía tener muy en claro que la gente desaparecía por todo tipo de razones, y que el programa no debía convertirse en una caja de resonancia para teorías sobre conspiraciones o denuncias contra tal o cual facción, ni conjeturas sobre cierta prisión cuya misma existencia era un secreto de Estado, aunque secreto a voces. El programa, sermoneaba Élmer a Norma, era un riesgo, pero un riesgo calculado. Había cientos de miles de desplazados que podían convertirse en el núcleo leal de su audiencia. Con el programa, podían administrar pequeñas dosis de esperanza a las multitudes de refugiados que ahora vivían en la ciudad. Ellos no querían hablar sobre la guerra, suponía él, querían hablar sobre sus tíos, sus primos, sus vecinos en aquellos pueblos que abandonaron hacía tanto tiempo; sobre cómo era el olor de la tierra en su hogar, el ruido de la lluvia al caer en ráfagas sobre las copas de los árboles, los colores chillones de la campiña en flor. «Tú, Norma, sé amable, como siempre sabes serlo, y déjalos hablar. Pero no demasiado. Pide los nombres y repítelos en el aire, y las llamadas entrarán por cientos. Hazles preguntas amables. ¿Has entendido?».

Ella dijo que sí. La sola idea le daba escalofríos. Su propio programa. Claro que había entendido.

«¿Hace falta que menciones a Yerevan?», preguntó Élmer como advertencia final. «¿Hace falta que menciones que él ya no se encuentra más entre nosotros?».

Aquella primera noche ella salió al aire con un sabor metálico y seco en la boca. Emoción, miedo: las cosas podían salir mal, podían convertirse en una catástrofe. Bastaba con una sola llamada telefónica. El Secretario de Estado había llamado a la emisora para informarles que habría alguien de su equipo escuchando el programa. Para cuando sonó la cortina musical, que habían encargado a un violinista desempleado, Norma ya estaba sudando. Élmer estaba sentado en la cabina con ella, tomando notas y observando todo con gran atención. Tres, dos, uno:

«Bienvenidos», dijo Norma. «Bienvenidos a Radio Ciudad Perdida, nuestro nuevo programa. A todos aquellos que nos sintonizan, un afectuoso saludo en esta hermosa noche. Mi nombre es Norma, y ya que este es nuestro primer programa, les explicaré un poco de qué se trata». Cubrió el micrófono y bebió un sorbo de agua. «Para nadie es novedad que la ciudad está creciendo. No hace falta que sociólogos o demógrafos nos digan lo que podemos ver con nuestros propios ojos. Lo que sabemos es que este crecimiento está ocurriendo con rapidez —demasiado rápido, según algunos—, y que nos ha abrumado. ¿Ha venido usted a la ciudad? ¿Está usted solo, o más solo de lo que esperaba? ¿Ha perdido el rastro de aquellos a quienes pensaba encontrar aquí? Si es así, este programa, amigo mío, es para usted. Llámenos ahora y cuéntenos a quién está buscando. A quién podemos ayudarle a buscar. ¿Está buscando a su hermano? ¿A su enamorado o enamorada? ¿A su madre o padre, a su tío o a algún amigo de infancia? Lo estamos escuchando, lo estoy escuchando... Llame ahora, cuéntenos su historia». Leyó el número de la emisora de radio, destacando que se trataba de una llamada sin cargo. «Volveremos luego de una breve pausa».

Cortina musical. Comercial. Norma podía respirar otra vez. Ninguna bomba todavía. Ninguna explosión. «Muy bien», dijo Élmer sin levantar la mirada. Algunas luces del tablero de llamadas ya se habían encendido. Llevaban varias semanas promocionando el programa. La gente ya sabía qué hacer. El sonido del comercial empezó a apagarse. «¿Estás nerviosa?».

Norma dijo que no con la cabeza.

El ingeniero de sonido empezó su cuenta regresiva.

«Ahora empieza lo bueno», dijo Élmer.

La primera llamada fue de una mujer. Su acento marcado indicaba que provenía de la sierra. Hablaba de manera incoherente sobre un hombre al que había conocido. Al comienzo no podía recordar su nombre, pero sabía que venía de un pueblo de pescadores cuyo número terminaba en tres. «¿Puedo decir el nombre antiguo? De ese sí me acuerdo». Norma levantó la mirada. Élmer movió la cabeza de un lado a otro. «No, lo siento. ¿Dijo usted que el número terminaba en tres?». Era toda la información que tenía, ¿se llamaba Sebastián? Sí, la mujer estaba segura ahora, y era del norte. «¿Hay algo más que recuerde?», preguntó Norma. «Claro que sí», dijo la mujer, pero no lo mencionaba porque alguien podía meterse en problemas si lo hacía: eran temas privados, dijo, indecentes. Se rió. Con lo que había dicho bastaría, añadió. Se iba a quedar en el aire esperando a que él la llamara. Estaba segura de que él así lo haría. «Tengo cincuenta y dos años», dijo pícaramente, «pero le dije que tenía cuarenta y cinco. Él dijo que me veía más joven incluso». Se dirigió a su amante: «Mi amor, soy yo. Soy Rosa».

Norma le agradeció. Puso a la mujer en espera. La luz se quedó parpadeando durante unos minutos, luego desapareció.

Mientras tanto, hubo otras llamadas: madres que preguntaban por sus hijos, muchachos que buscaban a chicas a las que habían visto por última vez en una estación de tren o de pie y solas en los campos de maíz de sus pueblos de origen. «Era el amor de mi vida», llegó a decir un hombre, justo antes de que se le quebrara la voz. En todos los casos, Norma les aconsejaba, les ofrecía consuelo, les daba palabras de esperanza. «¿Pensarán en mí?», se preguntaba una mujer sobre sus hijos perdidos, y Norma le aseguraba que sí. Claro que sí. Era agotador. Élmer estaba radiante. Las llamadas seguían entrando: de Los Miles y El Asentamiento, de Recolectores, Auxilio y Tamoé. Esposos confesaban que habían puesto a sus hijas el nombre de sus propias madres, a las que no habían visto en una década —pero quizás ella ahora estaba en la ciudad, quizás había encontrado una manera de marcharse de aquel pueblo en ruinas: *Mamá, ¿estás ahí?*

No hubo reencuentros ese día, pero las llamadas entraban sin cesar. Una hora después de terminado el programa, el teléfono aún seguía sonando. Dos veces Élmer tuvo que cambiar la cinta del contestador automático que habían instalado especialmente para el nuevo programa. La mañana siguiente, le entregó las cintas a Norma. «Para que te entretengas», le dijo. «Eres un éxito».

LAS CAMAS ESTABAN listas; el rompecabezas, inconcluso; las luces, bajas. La madre de Manau se fue a acostar, pero no sin antes repartir besos a diestra y siniestra, y prometer que le tejería un gorro abrigador al niño. Le preguntó cuál era su color favorito, él le dijo que verde. Luego desapareció en la habitación del fondo.

Norma sentía aún como un zumbido en su interior. No iba a poder dormir. A pesar de ello, le dio las buenas noches a Manau y luego cargó a Víctor hasta el sillón y lo arropó con una manta. Él no opuso resistencia. «¿Qué vamos a hacer mañana?», preguntó. «No estoy segura», respondió ella. No era mañana lo que la preocupaba; era ahora. Aun así, le dijo que no se inquietara y se sentó en un sillón junto a la ventana. Una tenue luz amarilla se filtraba desde un poste de la calle. No pasaban automóviles. Había empezado el toque de queda.

Poco después llegó Manau. Dijo algo sobre no poder dormir. «¿Puedo sentarme aquí?», le preguntó. Ella asintió, y él, deliberadamente, se quedó callado.

Ella podía adivinar ciertas cosas por la edad del niño, pero sin Rey aquí para responder por sus actos, era como si Norma estuviera interrogando a un fantasma. Víctor tenía once años: ¿dónde me encontraba yo hace once años? ¿Dónde se encontraba Rey? ¿Cómo éramos ambos y qué era aquello que yo no le estaba dando? Habría podido matarlo; si él hubiera estado allí, lo habría hecho. ¿En qué momento su amor se había vuelto falso? ¿Cuándo había empezado él a mentirle?

La respuesta más probable, suponía ella, era que él siempre le había mentido. De una manera u otra. ¿No había acaso sido así desde el comienzo? Cuando volvieron a encontrarse en la universidad, luego de su primera desaparición, ¿qué hizo él? Recuerda, Norma, y no le perdones nada. *Fingió que no me había visto.* Y luego, cuando estuviste frente a él, ineludible, humana, piel y sangre, ¿qué fue lo que te dijo?

—Disculpa, ¿te conozco?

Era una mentira frágil, delicada; aunque no por eso menos hiriente. Incluso ahora, la ponía furiosa, aunque en aquel entonces su reacción fue distinta. La pregunta la sacudió. La dejó sin palabras. Recordaba ahora aquel momento de total humillación. Llevaba meses imaginándose aquel encuentro, en su cartera conservaba el carné de aquel hombre desaparecido, aunque significaba un riesgo para ella, ¿qué habría ocurrido si alguien la encontraba? ¿Y todo para qué? ¿Para que al final la ignorara por completo?

Tiempo después, él le pidió disculpas; le dio explicaciones: «Estaba nervioso, tenía miedo». Tiempo después, le contó todo por lo que había pasado, pero aquel día las cosas no estaban tan claras, y ella debió hacer un gran esfuerzo para no decepcionarse, o, más bien, para no mostrar su decepción. Él no era el hombre al que había conocido trece meses antes, ciertamente no era al que había recordado con cariño durante tantas noches, no aquel con quien había soñado despierta mientras sus padres peleaban como bestias. Estaba más reservado, más flaco, menos seguro de sí mismo. El gorro de lana le cubría la cabeza hasta las cejas y la ropa que llevaba puesta al parecer no estaba muy limpia. No había nada de atractivo en él, el día de su reencuentro. ¿Qué habría pasado si ella decidía alejarse en ese momento? ¿Si solo le hubiera entregado su identificación y acabado con todo el asunto?

Pero no fue eso lo que ocurrió: más bien, él le mintió, triste y torpemente, mientras ella se atascaba al repetir el discurso que tenía ya preparado.

—Tengo algo tuyo.

—Oh.

Ella empezó a rebuscar en su cartera, y fue entonces que el momento que tanto había esperado se hizo pedazos. El día se había vuelto inesperadamente brillante, y estaban rodeados por alumnos, desconocidos, y ruido. ¿Qué era lo que su madre decía siempre sobre la cartera de Norma? «Podrías llevar a un niño ahí adentro». Más que una cartera, era un bolso desbordante. Al frente de donde se encontraban, un grupo de músicos afinaban sus instrumentos, se preparaban para tocar. Había empezado a congregarse una multitud. ¿Dónde estaba la identificación de mierda? Norma balbuceó una disculpa, y Rey se quedó allí, algo incómodo, mordiéndose los labios.

—¿Esperas a alguien? —le preguntó ella.

—No. ¿Por qué?

—Porque no dejas de mirar sobre mi hombro.

—¿En serio?

Lo vio tragar saliva.

—Discúlpame —dijo Rey.

Norma rió nerviosamente. Era marzo, faltaba una semana para su cumpleaños, y quizás por eso ella sintió que se merecía un poco del tiempo de Rey. Después se haría toda clase de preguntas, pero en ese momento lo llevó del brazo hasta una banca, lejos de la multitud y de los músicos. Una vez allí, sin mucha ceremonia, le dio vuelta a su cartera, desparramando su contenido: lapiceros sin tinta, trozos de papel, una pequeña agenda de direcciones, algunos pañuelos de papel, un lápiz labial olvidado que solo había usado una vez —no era una chica de ese tipo—, lentes de sol, algunas monedas.

—Está por aquí, en alguna parte, estoy segura. Ya te acordaste de mí, ¿verdad?

Mientras ella seguía revolviendo sus desechos, él admitió que sí.

—¿Por qué dijiste que no me recordabas?

Pero justo cuando él empezaba a responder, Norma lo interrumpió.

—Ah, aquí está —dijo.

Sostuvo el carné frente al rostro de Rey, con los ojos entrecerrados debido a la fuerte luz del sol. Su intención había sido juguetona, pero en ese momento se dio cuenta, al ver el color de sus mejillas, de lo avergonzado que él estaba. Tenía más arrugas en la cara y bolsas negras bajo los ojos. Su piel se había vuelto amarillenta, y distinguía el contorno afilado de sus pómulos. Rey debía de haber perdido unos diez kilos de peso.

—¿No luzco como esperabas? —él, por supuesto, sabía mejor que nadie cuánto había envejecido en el último año.

Ella fingió no comprenderlo.

—¿De qué hablas?

—De nada.

Le entregó el carné, y él lo sostuvo durante un momento. Frotó la foto con su pulgar.

—Gracias —le dijo, y empezó a levantarse.

—Espera. Soy Norma —le tendió la mano—. Me preguntaba qué había ocurrido contigo.

Rey sonrió débilmente y le estrechó la mano. Señaló con la cabeza en dirección a la identificación.

—Supongo que ya sabes quién soy.

—Bueno...

—Exacto.

—¿A dónde te llevaron?

—A ningún lado, en realidad —dijo él, y cuando ella frunció el ceño, añadió—. ¿No me crees?

Norma negó con la cabeza.

—Siéntate. Por favor. Estás escapándote —él se sentó, y eso la hizo sonreír—. ¿Debo llamarte Rey?

—¿Por qué quieres saberlo?

—Porque me gustas —dijo Norma. Él no respondió nada, pero tampoco se marchó. Los estudiantes habían empezado a tocar, música indígena interpretada con instrumentos indígenas y con letras adecuadamente políticas. Nada había cambiado aún en la universidad: seguía habiendo pancartas colgadas de los faroles y paredes cubiertas por lemas inquietantes. La guerra había empezado apenas unas semanas antes, en un rincón remoto de la nación, y muchos estudiantes seguían pensando en ella con entusiasmo, como si se tratara de una fiesta a la que pronto serían invitados.

—Hubieras hecho bien en botarla —dijo Rey—. O quemarla.

—No sabía. Pensé que quizás podrías necesitarla. Perdón.

Se quedaron callados durante un rato, observando a los alumnos, escuchando a la banda.

—Tenía miedo de que te fuera a ocurrir algo —dijo Rey.

—Tengo más suerte de la que crees.

—¿Estás segura?

—Estoy viva, ¿no es verdad? —se volvió hacia él—. Y tú también. Así que tampoco debes tener tanta mala suerte como crees.

Él sonrió débilmente y pareció dudar sobre algo. Luego se quitó el gorro de lana. Hacía demasiado calor para tenerlo puesto, en todo caso. Su cabello había encanecido en las sienes, tenía llamativos mechones blancos sobre el pelo negro. ¿O quizás ella no se había dado cuenta de ellos aquella noche, un año antes? ¿Cómo podría no haberlos notado?

Él se rascó la cabeza.

—He tenido mucha suerte, lo sé —murmuró—. Todo el mundo me dice lo mismo.

ERA INDUDABLE QUE las cosas no marchaban bien. El toque de queda era ahora mucho más estricto, los ataques de la IL a comisarías eran más frecuentes; cada noche, en los límites de la ciudad, se desataban luchas por el control de la Carretera Central. Estos eran días de miedo para todos. A los simpatizantes de la IL, una vez que todo terminó, les quedó la impresión de que la victoria había estado tentadoramente cerca, pero esta era una interpretación errónea. La IL buscaba desesperadamente una victoria militar decisiva; el reclutamiento de nuevos guerrilleros se había reducido y muchos miles habían muerto. El aparato estatal había demostrado, luego de una década de guerra, ser más fuerte de lo que muchos habían imaginado. En este, el último año de la guerra, la IL había perdido casi por completo el control de sus combatientes en lugares alejados. Sus acciones en provincias estaban sumamente descoordinadas, eran tácticamente dudosas, y a menudo tan arriesgadas que lindaban con la irresponsabilidad. Grupos de combatientes, cada vez más aislados, sufrían pérdidas importantes. Algunos destacamentos respondían retirándose a lugares más remotos de la selva, dejaban de ser guerreros y fieles partidarios para convertirse en tribus seminómadas de muchachos armados y desesperados. Cuando la guerra terminó abruptamente, rehusaron dejar las armas. Siguieron luchando porque no sabían qué más hacer.

Mientras tanto, la dirección de la IL se concentraba más en aquello que podía controlar directamente: la guerra urbana, cuyo frente central era el fortificado distrito de Tamoé, en el límite nororiental de la ciudad, un tugurio de un millón de personas que se extendía a lo largo de la Carretera Central. La idea era usar a Tamoé como punto de partida de acciones de sofocamiento de la ciudad: atacar a las caravanas de camiones que traían alimentos del fértil Valle Central, privar de comida a la ciudad, alentar saqueos y vanagloriarse por el caos. Estuvieron a punto de lograrlo. En los seis meses previos a la ofensiva del gobierno en Tamoé, los despeñaderos cercanos a la Carretera Central fueron telón de fondo de importantes y violentas confrontaciones. Los insurgentes colocaban bombas a los lados de la carretera y se escabullían entre los vecindarios superpoblados de Tamoé. Secuestraban a los choferes de los camiones e incendiaban su carga. Atacaban puestos policiales con granadas robadas. El Ejército respondía incrementando en la zona el número de patrullas, las cuales eran abaleadas por francotiradores ocultos en los cerros o en las azoteas.

En mayo de ese año, una bala perdida mató a una niña de cinco años en Tamoé. En la zona había soldados buscando a un francotirador. Una multitud furiosa rodeó a los soldados. Hubo más disparos y la multitud creció. Mataron a un soldado. Se había iniciado la Batalla de Tamoé. Cuando este levantamiento fue sofocado, terminó la guerra.

Pero todo esto ocurrió después de que Rey partiera por última vez de la ciudad. Si no hubiera sido por el niño, su hijo, quizás nunca más habría regresado a la selva. Su contacto había desaparecido, lo había abandonado sin darle instrucciones adicionales, lo que para él equivalía a unas bienvenidas vacaciones. Pero viajó de todos modos, porque no podía sacarse al niño de la cabeza. Se encontraba en la selva cuando se enteró de la batalla, lo suficientemente lejos como para pensar que estaba a salvo. Pasó toda una noche con el resto del pueblo, atentos a la radio esperando noticias, y se asombró al descubrir que la derrota de la IL no le sorprendía. Los tanques arrasando las estrechas calles, cuadras y cuadras incendiadas hasta quedar reducidas a escombros, luchas de casa en casa durante cuatro días —en el fondo, ¿no sabían todos que esto era lo que tenía que ocurrir?—. Después de la guerra, mientras el Gobierno proclamaba la victoria y el resto de la ciudad celebraba, las tierras secas y polvorientas del distrito se convirtieron en el hogar de miles de familias de desplazados, todas con hijos y padres desaparecidos: una ciudad de mujeres y niños. El Ejército los mantuvo rodeados durante semanas en un improvisado pueblucho de tiendas de campaña, mientras el Gobierno decidía qué hacer con ellos. Rey habría reconocido a muchos de ellos, gente de la época en que trabajó allí, muchos años atrás.

Estos son los hechos: si él hubiera postergado su viaje un mes, quizás habría sobrevivido a la guerra. Si no hubiera regresado a ver a su hijo, cien hombres jóvenes y el puñado de mujeres que acampaban a un día de viaje de 1797 quizás también habrían sobrevivido.

Rey llegó al pueblo solo seis semanas después de

la partida de Blas. 1797 aún bullía de excitación, y ahora había docenas de retratos con los que nadie sabía bien qué hacer. Muchos habían sido ocultados, otros estaban expuestos a la vista de todos en las casas. Eso le extrañó, era como si durante su ausencia el pueblo hubiera duplicado su población. Todas las personas con las que habló habían encargado un retrato de alguien, y todas parecían deseosas de hablar de ello. De manera colectiva, el pueblo había decidido abordar el hecho de su propia desaparición. Una tarde, se encontraba en la cantina cuando una mujer ya mayor entró como un vendaval, caminando directamente hacia él. Rey estaba sentado con Adela y su hijo. La mujer no perdió tiempo: luego de disculparse por interrumpir su comida, desenrolló sus dibujos y le pidió a Rey que los observara. Eran los retratos de su esposo y de su hijo, a los que no había visto en cinco años. La mujer hablaba tan fuerte que el bebé la miró y empezó a llorar.

—Señora —dijo Adela con severidad.

La mujer pidió disculpas de nuevo, pero no se calló. Ahora suplicaba.

—Lléveselos. Llévelos de vuelta a la ciudad, a los periódicos.

Él tosió.

—No sobrevivirían al viaje —dijo. Fue lo primero que se le ocurrió, la primera excusa, pero sonó mal—. Los dibujos —añadió Rey, pero era demasiado tarde: la mujer no era tan vieja, pero en ese instante se le descompuso el rostro y envejeció diez años. Estalló en un furioso torrente de palabras en la antigua lengua, increpando a Rey por su egoísmo antes de marcharse.

Rey y Adela terminaron de comer en silencio. Cruzaron el diminuto pueblo de vuelta a la cabaña de Adela. Rey pidió cargar al niño y comentó con alegría que había subido de peso y crecido. Adela lucía meditabunda, pero él prefirió ignorarla y centrar su atención en su hijo, ese niño milagroso que hacía muecas y babeaba con una maravillosa seguridad.

—¿Te lo vas a llevar de mi lado? —le preguntó Adela cuando casi habían llegado.

No importaba en qué lugar del pueblo uno se encontrara: si escuchaba atentamente, podía oír el río. Rey lo oyó en ese momento, un gorgoteo perezoso no muy lejos de allí. Recordó la noche que pasó drogado, vadeando sus frías aguas. La temporada de lluvias había terminado, ahora las precipitaciones eran violentas pero breves. Y el sol, cuando salía, era implacable. Adela lo miraba fijamente. A él se le hizo difícil tratar siquiera de recordar por qué decidió ir allí.

—¿Por qué dices eso? —dijo Rey. Sostuvo al niño en un brazo y extendió el otro para tocarla, pero Adela se alejó.

—Un día te llevarás al niño y nunca más volverás.

—No hables así.

Adela se sentó en el escalón, y Rey la imitó, teniendo cuidado de no sentarse demasiado cerca.

—¿Hiciste que me dibujaran?

Ella asintió.

—Me vas a abandonar.

—Tienes que destruir ese dibujo —dijo Rey—. No estoy bromeando. Tienes que hacerlo.

—No me voy a marchar de aquí. No me vas a llevar a la ciudad para instalarme en una casita y hacerme tu amante.

A él no se le había ocurrido esa idea, pero en ese momento cruzó por su cabeza, de manera instantánea, como si fuera una solución. Volteó a mirarla esperanzado, pero notó de inmediato en su rostro que ella hablaba en serio.

—Claro que no.

—Entonces juega con él por mientras —dijo Adela, señalando al niño—, porque es mío.

Se puso de pie furiosa y entró a la cabaña.

Él no quería una amante. Y de hecho, a pesar de todos sus encantos, tampoco quería a Adela. Era un hombre malo, tenía certeza de ello, un hombre de moralidad conveniente en circunstancias inconvenientes. Y sin embargo, podía ser honesto consigo mismo, ¿verdad? Rey quería al niño, a Norma y su vida en la ciudad, y eso era todo. No quería la selva, ni la guerra, ni a esta mujer y el peso combinado de sus muchas malas decisiones.

Quería llegar a viejo.

Rey sentó al niño en sus rodillas, de manera tal que Víctor quedara mirando al frente. Mantenía los ojos abiertos, y esto era lo que Rey admiraba más de su hijo. Era un bebé empeñoso: colores, luces y rostros, los captaba todos con profunda concentración. Rey le hizo cosquillas en la barriga y notó orgulloso la rapidez con que Víctor extendió la mano hacia su dedo y con cuanta fuerza se sujetó a él. Rey jalaba su dedo y Víctor no lo soltaba.

Al día siguiente, Zahir regresó de la capital provincial con su radio, y contó a todos en el pueblo que la guerra había terminado.

NORMA Y REY estaban cogidos de la mano cuando se registraron en el hotel. Era un atardecer de luz anaranjada. Aún faltaba una hora para el anochecer. Era su primera vez, y ambos tenían puestos unos anillos de matrimonio que Rey había pedido prestados a un amigo.

Llevaban su cena en una canasta, como si vinieran de provincias. Norma tenía el cabello cubierto por un chal.

—Sí, señor —le dijo Rey al recepcionista—. Estamos casados.

—¿De dónde vienen?

—Del sur, —no era una mentira, pensó Norma, no del todo: era una dirección, no un lugar.

—Niña, ¿es este tu esposo?

—No le hable así a mi esposa —dijo Rey bruscamente—. Muestre un poco más de respeto.

—No estoy obligado a darles alojamiento.

Rey lanzó un suspiro.

—Llevamos todo el día viajando —dijo—. Solo queremos un lugar donde dormir.

Norma captó todo y se quedó callada. El recepcionista frunció el ceño, no les creía ni una palabra. Pero aceptó el dinero que Rey le entregó, revisó los billetes a contraluz y murmuró algo entre dientes. Le entregó una llave a Rey, y en ese momento Norma se estremeció, se sintió como electrizada al darse cuenta de lo que eso significaba y adónde estaba yendo. Su madre no estaría de acuerdo. Rey no le soltó la mano en ningún momento. Ella tenía miedo de que lo hiciera.

Era un edificio viejo, incluso los peldaños de madera de la escalera crujían con fuerza. El ruido hizo sonrojar a Norma: quizás hasta mencionó algo al respecto —¿quién podía acordarse ahora?— y Rey se rió con malicia y le dijo que no se preocupara.

—Ya estamos aquí. Nadie nos va a escuchar.

Y nadie los escuchó, en efecto, porque aquella noche eran los únicos huéspedes del hotel. Era un día de mitad de semana. Parecía como si estuvieran solos en la ciudad. Subieron temprano y bajaron tarde, cuando el sol estaba ya en lo alto, despidiendo un resplandor rojizo en el cielo. Y no le dolió, no de la forma en que ella había supuesto, había temido que doliera. Y cuando terminaron, lo más maravilloso fue estar desnuda junto a él, y más sorprendente aún fue lo fácil que le resultó dormir con él a su lado. Se sentía segura.

Estaban a oscuras, y Norma había empezado a quedarse dormida, cuando Rey dijo:

—Tengo pesadillas.

—¿Sobre qué?

—La Luna —respiraba hondo: ella lo oyó y también lo sintió, porque tenía una mano sobre su pecho—. Me han dicho que es normal. Pero a veces grito dormido. No tengas miedo.

—¿Qué fue lo que te hicieron?

Rey le prometió contárselo, pero no allí. Hizo que ella le prometiera no asustarse.

—No me asustaré —le susurró ella. Le acariciaba el rostro. Rey tenía los ojos cerrados y estaba casi dormido—. No me asustaré. Nunca.

—¿Está usted despierta? —preguntó Manau.

Norma abrió los ojos. El niño seguía allí. Ella estaba aún en la misma casa desconocida. Había una luz encendida junto a la puerta principal y su resplandor teñía todo de amarillo. Hacía más frío, ella se preguntó qué hora sería. Pensó en cerrar los ojos, en refugiarse nuevamente en sus sueños. Norma lo sentía cerca —Rey—, sentía indicios de él por todas partes, incluso mientras sus ojos se adaptaban a la penumbra.

Hacía muchos, muchos años que no pensaba en su esposo como si estuviera vivo. Tampoco pensaba en él como lo haría con un muerto . No como parte de este mundo. Si hubiera sobrevivido —y Norma había imagi-

nado toda clase de situaciones que permitían esa posibilidad—, ¿qué diferencia, a fin de cuentas, habría tenido
eso para ella? Si sobrevivió, nunca se puso en contacto
con ella. Quizás se había quedado deambulando por la
selva o quizás había huido del país hacia algún lugar más
acogedor. Tal vez se había vuelto a casar, había aprendido una nueva lengua y se había olvidado, con gran esfuerzo, de todo lo vivido antes. Todas estas eran posibilidades, si ella aceptaba que él seguía vivo. Pero era algo
inconcebible: ¿cómo podría él vivir sin ella?

El niño roncaba ligeramente.

Rey estaba muerto, por supuesto. Y ella se había
quedado sola. Delante de ella se extendía el resto de su
vida, un espacio vasto y vacío, sin señales ni signos, sin la
calidez de un amor humano que la guiara en una u otra
dirección. Todo lo que quedaba eran fogonazos, recuerdos, intentos de ser feliz. Durante años, había pensado en
él como si estuviera no-del-todo-muerto, y había organizado su vida alrededor de ello: encontrarlo, esperarlo.

—¿Qué vamos a hacer? —preguntó Manau.

Norma había pasado junto a Rey todos los Grandes Apagones, todos y cada uno de ellos, en una habitación como esta, más oscura incluso, contándose secretos
mientras la ciudad ardía.

—Hay personas que llaman todos los domingos.
He aprendido a reconocer sus voces. Son impostores. Fin-
gen ser la persona a la que describieron en la llamada anterior, sin importar quién sea o de qué pueblo de la sierra
o la selva.

—Qué cruel —dijo Manau.

—Yo también pensaba así.

—¿Pero...?

—Pero mientras más tiempo llevo con el programa, mejor comprendo todo. Hay mucha gente que piensa que le pertenece a alguien. A alguien que por algún motivo se ha marchado. Y los esperan durante años: no están buscando a sus desaparecidos, ellos *son* los desaparecidos.

Miró a Manau, sin saber bien qué reacción esperaba de él. En una habitación como esta, Rey le había dicho que la amaba.

—¿Está él vivo? —le preguntó de improviso a Manau—. Dígame, si lo sabe. Si lo sabe, tiene que decírmelo.

No quería llorar, pero no podía evitarlo.

—No lo sé —dijo Manau—. Nadie lo sabe.

LA SEMANA DE la Batalla de Tamoé suspendieron el programa. Era demasiado difícil filtrar las llamadas. El contestador automático se llenó con las voces de madres preocupadas y ansiosas: había tanques en las calles y sus hijos habían salido a luchar con rifles viejos que no disparaban bien. Algo estaba ocurriendo, y se encontraba fuera de control. Estaban arrasando el distrito. Los reportes noticiosos de los cuatro días de batalla se redactaron en el Ministerio de Defensa y fueron enviados a la radio para ser leídos tal cual, sin comentarios ni anotaciones adicionales. Élmer consultó con el senador sobre esta situación, y este le pidió que la emisora acatara la orden. Todos sabían de la niñita que había muerto, pero nadie la mencionó. En la versión oficial de los hechos, los aterrorizados residentes de Tamoé pidieron al Gobierno que acabara con la amenaza de la IL. La Carretera Central se mantendría cerrada hasta que terminaran las acciones militares y se instauró un control de precios de emergencia sobre artículos de primera necesidad. La radio anunció que cuando concluyeran las acciones, la guerra, para todos los efectos, habría terminado.

El programa de Norma ese domingo fue reemplazado por otro pregrabado de música indígena. Antes de que Rey se marchara a la selva, ella le preguntó si en alguno de los pueblos por los que debía pasar en su recorrido había visto alguna vez un aparato de radio. Él le respondió que nunca.

—Me hubiera gustado enviarte un saludo —dijo ella.

—Igual puedes hacerlo.

Así, desde su pedestal sobre la ciudad, Norma se imaginaba a Rey en algún lugar —¿dónde, exactamente?— oyendo la radio, sorprendido al descubrir que su programa había sido reemplazado, que la guerra estaba a punto de terminar. Por las mañanas, ella leía las noticias sobre Tamoé: eran fragmentarias y deliberadamente imprecisas, pero alguien como Rey se habría dado cuenta de lo que realmente estaba ocurriendo. Él conocía el distrito, sabría qué significaba cuando ella decía que las fuerzas del orden habían cruzado la avenida F-10. Sabría que el corazón del distrito había caído, que a los combatientes que quedaban los habían perseguido hasta los cerros para aniquilarlos. Sabría que el Gobierno no anunciaría la victoria a menos que la tuviera bien asegurada. En ese momento, ella tuvo la esperanza de que él no la estuviera escuchando; que se encontrara en la selva que tanto adoraba, entre plantas, árboles y aves; que se perdiera por completo estos días tristes; y que regresara a la ciudad solo cuando todo hubiera terminado, cuando no quedara nada por hacer.

A mediados del segundo día de batalla, Élmer

empezó a hacer pequeñas modificaciones a los textos oficiales: la lucha *arreciaba* en vez de *proseguía*. Cuando nadie notó estos cambios, empezó a seleccionar declaraciones no polémicas del contestador automático de Radio Ciudad Perdida y las transmitió como testimonios de primera mano. Así, su emisora de radio fue la primera en informar sobre los incendios. La misma Norma contestó algunas llamadas, en las que algún residente desesperado describía el infierno que estaba empezando a alterar la apariencia del distrito. Quieren nuestras tierras, decían los oyentes, quieren nuestros hogares. El fuego se mantenía aún en los vecindarios de las zonas bajas de Tamoé y en los tugurios que bordeaban la Carretera Central, pero había empezado a subir por el cerro y a moverse hacia el norte de la autopista. Uno tras otro, los oyentes repetían la misma acusación: era el Ejército. Estaban incendiando todo. Arrasaban las casas con *bulldozers* y prendían fuego a los escombros. De noche, desde la sala de reuniones, podía verse, hacia el este, el distrito en llamas. De día, el humo cubría la ciudad, pero ni los periódicos ni la mayoría de emisoras de radio lo mencionaban.

En 1797, sus habitantes se reunieron en la cantina para escuchar la radio de Zahir. La recepción no era mala, y todos se turnaban para admirar el aparato. Zahir, con quien Rey había hablado unas cuantas veces, estaba sentado al costado y aceptaba cortésmente las felicitaciones por su compra. Para el tercer día, en la radio ya se referían a la Batalla de Tamoé, y en las noticias se hablaba exclusivamente de un gran incendio. Los tiroteos habían terminado. En 1797, los pobladores abarrotaban el lugar —los niños también, sentados bajo las mesas, entre los pies de sus padres, o balanceándose en el alféizar de las ventanas—. Caía una suave lluvia, y Zahir subió el volumen de su nuevo aparato para que todos pudieran oír, por encima del tip-tap de la lluvia en el techo de metal, sobre cuál era la zona del distrito que había caído más recientemente en manos del Ejército, o el nuevo número oficial de muertos.

Escuchaban como si se tratara de un evento deportivo en el que no hubieran tomado partido por ningún equipo. Una mujer creía que uno de sus hijos vivía en aquel lugar —¿Tamoé?—, pero no estaba segura. Estaba sentada con rostro angustiado, se había llevado a la boca un mechón de su cabello que chupaba nerviosamente. Aceptaba las condolencias de quienes la rodeaban; su preocupación era auténtica, y su tristeza, total.

Rey estaba sentado entre ellos. Al principio pasó inadvertido, pero a medida que la tarde se convertía en noche, algo cambió. Tenían entre ellos a un verdadero experto: los habitantes del pueblo lo observaban. Finalmente, alguien lo abordó directamente: una anciana cuya voz él no había escuchado jamás. «¿Dónde está ese lugar, Tamoé?», le preguntó. «Sí», repitieron los adultos. «¿Dónde está?». Rey se sonrojó. «Diles», le dijo Adela, y a él no le quedó más remedio que hacerlo. Se puso de pie, avanzó hasta el frente de la cantina y, de pronto, se convirtió nuevamente en profesor. Toda su vida adulta la había dedicado a la enseñanza. Su padre fue profesor, y también su abuelo, en una época en la que el pueblo que Rey abandonó a los catorce años no era más grande que 1797. Rey se aclaró la voz. «Es el límite de la ciudad», dijo, «al norte de la Carretera Central, en las estribaciones de las montañas orientales». Lo que les dijo no tenía sentido para ellos. «¿Alguien tiene un mapa que pueda usar para mostrarles?», preguntó. Se oyeron risas: ¿un mapa? ¿De la ciudad? ¿Quién tendría algo así? Adela tenía un mapa de todo el país, claro; él mismo lo había llevado.

Las preguntas llegaban con frenesí. Sí, conocía el lugar. Sí, había estado allí. ¿Era grande? No pudo evitar una sonrisa: comparado con el pueblo en el que se encontraban, ¿qué lugar podría no serlo? Las manos se levantaban una tras otra, y él hacía lo mejor que podía para seguirles el paso. ¿Quién vive allí? ¿Qué clase de gente? «Gente pobre», dijo Rey, y los hombres y mujeres asintieron. «¿De dónde son?». «Vienen de todo el país», dijo él. De las montañas, de la selva, de los pueblos norteños en ruinas. De la sierra abandonada.

Era muy educado, o intentaba serlo, pero las preguntas no tenían fin. Alguien había bajado el volumen de la radio: Rey oía la voz de su esposa, pero no lograba concentrarse en lo que decía. No lo dejaban escucharla. La gente del pueblo no sabía nada sobre la guerra, pero allí estaban, esperando su final, con un deseo repentino de saber todo sobre ella.

«¿Cómo empezó?», preguntó un hombre. Tenía el cabello negro recogido en una trenza. «No lo sé», dijo Rey, y hubo ruidos de protesta. ¡Claro que sabía!

¿Qué rencores llevaba dentro y desde cuándo? ¿Había empezado aquella noche que pasó en la cárcel cuando niño? ¿Mientras dormía junto a su padre sobre el suelo húmedo, en tanto una multitud furiosa pedía que lo castigaran? Antes de eso, mucho antes: todos sabían que iba a ocurrir. Pero, oficialmente, había empezado diez años antes, les dijo. Casi una década. ¿Cómo? Lo había olvidado. Alguien estaba furioso por algún motivo. Este alguien convenció a muchos cientos, y luego a muchos miles más, de que su furia colectiva tenía un sentido. Que había que hacer algo. Hubo un hecho en particular, ¿no fue así? ¿Un acto violento para llamar la atención por unas elecciones fraudulentas? ¿Una explosión para marcar la celebración de algún aniversario patrio? Creyó recordar a un líder de la oposición, un político reconocido y admirado por su honestidad, al que envenenaron, que murió lentamente en el curso de tres semanas, a la vista de todos. Se había olvidado de su nombre. ¿Era así como había comenzado? No supo qué contarles, a esta habitación llena de rostros curiosos; la radio se había reducido a un tenue zumbido y la noche se había transformado en una disquisición sobre la historia nacional reciente, conducida por un anónimo habitante de la ciudad. Era inútil alegar ignorancia en este contexto. Nadie le creería. La guerra, resolvió, iba a ocurrir de todos modos. Era inevitable. En un país como el nuestro, las guerras son una forma de vida.

Cesó la lluvia, y en esta nueva calma, la velada adquirió la austeridad propia de una ceremonia religiosa. Respondió a todas las preguntas a medida que se las hacían, lo mejor que pudo. Llevaban una hora o más dedicados a ello cuando alguien hizo la pregunta sobre la cual Rey se encontraría reflexionando en el momento de su muerte. ¿Supo alguna vez la respuesta? En algún momento, seguramente, pero mucho tiempo atrás. La pregunta se la hizo el dueño de la radio, y había en ella un candor que Rey valoró, una necesidad real de saber, sin una pizca de malicia. «Díganos, señor», preguntó Zahir, hablando de la guerra ya en tiempo pasado, «¿quién tenía la razón en toda esta vaina?».

QUINCE

ERAN LAS DOS de la mañana cuando subieron al automóvil del padre de Manau y lo pusieron en marcha. Manau estuvo a punto de ahogar el motor —hacía más de un año que no conducía—, pero entonces funcionó el encendido, el motor escupió una serie de pequeñas explosiones y arrancó. Manau miró a Norma con una sonrisa de satisfacción que le recordó a ella lo joven que él era. Víctor estaba medio dormido, con la cabeza en el regazo de Norma y cubierto por una manta. El trayecto hasta la emisora de radio era largo. La calefacción casi ni funcionaba y la noche era sorpresivamente fría. La ciudad aún seguía con toque de queda. Tendrían tiempo de entrar y salir antes de las noticias de la mañana. Antes de que Élmer llegara.

El automóvil avanzaba lentamente por las calles desiertas, tan despacio que Norma, por un momento, imaginó un recorrido turístico. Los faros arrojaban una débil luz amarillenta en el camino, y el motor se apagó dos veces antes de que llegaran a la parpadeante luz roja del primer semáforo. Sin embargo, todo el proceso tenía algo de placentero: el agradable y ronco rumor del motor, la ciudad pasando en silencio por las ventanillas. Hasta el aire tenía una grata sensación de frescura. Así recorrieron cuadra tras cuadra, todas desiertas; a esa hora, no parecía que estuvieran en una ciudad sino en un museo, un lugar que Norma observaba como desde un futuro lejano, una maqueta construida por un artista para mostrar cómo vivieron alguna vez los seres humanos.

Manau dejó de acelerar el automóvil al iniciar el descenso por la carretera que bordeaba la costa, desde donde podían ver la playa salpicada de fogatas. La marea se había retirado, y la arena se extendía por medio kilómetro, con destellos anaranjados y dorados. El océano, negro y silencioso, se prolongaba hasta el infinito, y el cielo sin luna estaba tan oscuro que se confundía con el mar. En el horizonte se veía una hilera titilante de luces rojas, barcos pesqueros, en los que a esa hora los hombres dormían, reposando antes de la brega que les esperaba. Norma tenía una mano sobre el niño y sentía su respiración; en la otra mano sujetaba la lista, que en la última semana había pasado por una docena de manos, había sido arrugada, doblada, casi destruida, rescatada y robada. Se sentía bien de tenerla, pero no era una sensación de victoria sino de tregua. Habían transcurrido diez años, diez años de un enorme e inviolable silencio, y luego estos tres días, de los cuales ella sospechaba que tan solo recordaría ruidos: el parloteo cacofónico de muchas voces, sonidos a la vez confusos y persistentes, llamándola con insistencia en varias direcciones. Hiriéndola, sin duda, pero no más de lo que el silencio ya lo había hecho.

La carretera ascendía de vuelta a la ciudad. Al pasar sobre un rompemuelles, vieron que más adelante había una garita policial, iluminada brillantemente con potentes lámparas, como un parche de luz en medio de la oscuridad. Estaban todavía a un kilómetro de distancia, pero no había forma de evitarla. El automóvil avanzó dando resoplidos. El niño seguía durmiendo.

«¿Me detengo?», preguntó Manau. Incluso con esa débil luz, Norma pudo ver por el espejo retrovisor que él estaba asustado.

Ella se mordía los labios. «Claro que sí», dijo, luego de un momento, pero para entonces ya estaban allí, no tenían otra salida, y el calvario estaba a punto de comenzar. ¿O simplemente continuaba? Sea lo que fuere, su cuerpo se puso tenso, como preparándose para un gran impacto.

En Tamoé, en el último año de la guerra, vivía una niña de cinco años de edad. No le gustaban los helicópteros del Ejército que sobrevolaban su vecindario. Para ella, la guerra se reducía a eso: helicópteros que levantaban nubes de polvo y cuyo ruido ensordecedor mantenía despiertas a sus muñecas cuando, según ella, debían estar descansando. Una verdadera lata. Su padre llevaba dos años en la clandestinidad, luchando por la IL. Era un experto en explosivos llamado Alaf. Antes de que abandonara a su familia para siempre, le dijo a su hija que si alguna vez venían soldados a la casa, debía escupirles. Era un auténtico creyente.

—Repite conmigo —susurraba Alaf—. Son unos animales.

—Son unos animales —repetía la niñita. En ese entonces tenía tres años.

—¿Qué harás si vienen?

—Escupirles —respondía ella y luego se echaba a llorar. Dos años más tarde, ya no se acordaba de su padre: ni de su aspecto físico ni del sonido de su voz. Y su madre ya no hablaba de él.

Luego de que una bala perdida la matara, se inició una batalla en su nombre. Pero no de manera espontánea. La IL había estado esperando a que hubiera una víctima inocente. La niña vivía en una esquina, en una casa sin agua ni electricidad, siempre húmeda, fría y llena de humo. No habían terminado de construir el segundo piso, y a veces francotiradores de la IL del barrio empleaban su azotea para matar uno a uno a los soldados que patrullaban el área. Un comandante del Ejército tomó la enteramente razonable decisión de poner fin a todas esas tonterías. La niña era pequeña para su edad, y siempre estaba tosiendo. El día que murió, no había comido suficiente y se dirigía a la casa de una amiguita con la esperanza de que le ofrecieran un trozo de pan. Aunque tenía hambre, también era muy orgullosa, por lo que decidió no pedirlo. Pero si se lo *ofrecían* —eso, concluyó ella—, era totalmente diferente. Su madre estaba en el mercado y había francotiradores en su azotea. Más adelante, se desataría toda una discusión sobre la dirección en que cayó la niña, las posibles trayectorias de la bala o balas que la mataron, pero lo cierto es que ni el Ejército ni los francotiradores de la IL se dieron cuenta del momento en que cayó. Lo cierto es que nadie planeaba matarla. La lucha continuó por otra media hora. Ella se había escondido detrás de un bidón de combustible cuando el tiroteo comenzó. Más tarde, al describirla, la recordarían sujetando una muñeca tan rubia e inocente como ella, y quizás sí había sido todo eso, pero cuando murió, nadie se fijó en ella, como nadie lo había hecho mientras vivía. Más adelante, pancartas con su fotografía fueron enarboladas, primero hasta el límite del distrito y luego hasta el corazón de la ciudad, por cientos de personas bienintencionadas e indignadas que jamás la conocieron. Los recibieron a balazos en la plaza que luego sería arrasada y renombrada Plaza Pueblo Nuevo. Allí, muchísima más gente murió antes de que terminara la guerra.

Su padre nunca supo que ella había muerto de esa manera, pero sería un error decir que la noticia no le afectó. El vínculo entre padres e hijos es químico, intenso e inexplicable, incluso si el padre es un asesino declarado. Es una conexión que no se puede medir; es a la vez más sutil y más poderosa que toda ciencia. En los días previos al asesinato de su hija, Alaf sintió un dolor en el pecho. Durante dos noches, no pudo dormir. Comía poco, y llegó incluso a tomarse la temperatura. Tenía la certeza de que se estaba muriendo, y eso lo desesperaba. En su cabeza, empezó a redactar una carta para enviarla a su esposa e hija en Tamoé, pidiéndoles perdón. Se preguntaba si su hija ya sabría leer. ¿Cuánto tiempo había pasado? ¿Cómo sucedió todo esto? Prometió aprender un oficio útil y consagrarse a él. Describió los encantos exóticos de una vida tranquila y apacible, y la idea hizo que su corazón latiera más deprisa: tomar desayuno tarde los domingos, dedicar las tardes a reparaciones del hogar o a escuchar un partido de fútbol en la radio. Podría llevar a su hija a la escuela los lunes. Él y su esposa podrían tener un hijo. O, se le ocurrió, podrían abandonar por completo la ciudad y venir a instalarse aquí, en la infinita selva, donde había tierra abundante y el suelo era fértil. Una pequeña granja, pensó, y empezó a imaginarse una vida que nunca tendría. Por supuesto, jamás llegó a escribir la carta y, por tanto, no la envió. Alaf murió unos días después de la Batalla de Tamoé, no muy lejos de 1797, asesinado en una emboscada, antes de poder siquiera disparar un tiro.

La persona a la que Norma más extrañaba en ausencia de Rey no era Rey, sino la persona que ella era cuando estaba a su lado. El control policial la hizo recordar: una parte de ella —y no una parte pequeña— se había sentido seducida en el momento preciso en que el soldado hizo bajar a Rey del autobús, tantos años atrás. Durante el tiempo que pasó con Rey se había convertido en una mujer que vivía permanentemente acompañada por aquel peligro, alguien que, de una u otra manera, había dominado su miedo para poder estar con el hombre al que amaba. Porque, ¿qué recordaba ella de sus años con Rey? No la espada que pendía sobre sus cabezas, ni la tensión o las sospechas, sino las risas, las bromas, los paseos por la calle tomados de la mano, la felicidad que existía a pesar de todo lo demás. El mundo colapsaba a su alrededor y, sin embargo, ellos seguían juntos, imperturbables, tranquilos; era la relación que ambos habían construido, flexible y moderna; la alquimia que tenía lugar cuando apagaban la luz, cuando entrelazaban sus cuerpos sin sentir vergüenza alguna.

A veces Norma debía recordárselo a sí misma, porque era fácil olvidarse: Rey la había deseado.

El camino de subida desde la playa estaba brillantemente iluminado: a ambos lados, los acantilados resplandecían con una fosforescencia blanquecina. El automóvil redujo la velocidad hasta detenerse, y allí estaba, una vez más: el cañón de un rifle inmiscuyéndose en la vida de Norma. Rey, pensó ella. Estuvo a punto de decirlo en voz alta. Era un asunto de rutina. Mantuvo la mirada en el frente y no en el rifle a su izquierda. Dos barreras de piedras amontonadas y una alambrada bloqueaban el camino. A un lado de la carretera, un soldado, un muchacho unos cinco años mayor que Víctor, estaba de pie calentándose junto a una fogata.

«Bajen», ordenó el rifle. Si había un cuerpo unido al arma, Norma decidió ignorarlo.

Manau ya había bajado. Ella despertó al niño, y, un momento después, también ella estaba fuera del automóvil con Víctor a su lado, aún medio dormido. Norma puso las manos sobre su cabeza y se colocó contra el automóvil, como había visto hacer a los criminales en las películas. El niño-soldado les pidió papeles, documentos de identificación. Ella sintió que se desvanecía.

La selva, Rey se lo había repetido muchas veces, era un paraíso farmacológico. Aún sin registro ni dueño, las curas de todas las enfermedades del mundo se hallaban allí, ocultas, esperando ser descubiertas. Tomaría una generación o quizás más para descubrir sus beneficios, si es que estos no desaparecían antes. Una de las muchas consecuencias no previstas de la guerra —una de las pocas positivas— era que había convertido a la selva en un lugar relativamente inaccesible, y con ello había reducido el ritmo de su destrucción. La gente huía de la selva. Era solo cuestión de tiempo, decía Rey, para que todos huyeran *hacia* ella: cuando las ciudades se vieran sobresaturadas de gente, demasiado asfixiadas por el humo y el ruido, cuando llegara la paz y les diera una vez más la posibilidad de transitar libremente por todo el territorio del país.

—¿Puedo ir contigo? —le preguntó ella en cierta ocasión.

—Por supuesto. Una vez que termine la guerra.

Ella se rió:

—Tontito, esta guerra no va a terminar jamás.

Rey volvía con historias de medicamentos que curaban toda clase de enfermedades, y le mostraba sus apuntes detallados. Hasta la misma nación podría salvarse gracias a la selva: quizás hubiera una planta para cada tipo de milagro.

—Tienen plantas para aliviar la impotencia —le dijo Rey alguna vez, entrando al departamento y empujándola suavemente hacia el sillón.

—No que yo las necesite, por supuesto.

Aquel día, Rey aún olía a viaje, a autobuses, a humo y a lugares que ella nunca había visitado.

—¿Con quién has estado en mi ausencia? Cuéntame, dame celos....

—Toda una ciudad llena de hombres se despierta conmigo susurrando en mis oídos.

—Basta.

—Es cierto —dijo Norma mordiéndose los labios.

Rey ya tenía las manos bajo su ropa y ella sentía un hormigueo recorriéndole el cuerpo. Tenía frío y calor a la vez. Por encima del hombro de Rey, vio que la puerta seguía abierta. Él la había cerrado con el pie en su afán de abrazarla, pero la cerradura no llegó a engancharse. En la entrada se encontraba el hijo del vecino, de diez años, observándolos. Era ingenuo y curioso, solo un niño. «Rey», susurró Norma, pero él no la escuchaba. Ella sentía que debía ahuyentar al niño, pero pronto dejó de importarle. Estaban detrás del sillón, él no podía ver nada. Así que cerró los ojos y se imaginó que estaban solos. No era difícil hacerlo. La guerra había sido una constante en sus vidas, y ella estaba acostumbrada a fingir.

—Manos arriba —gritó el rifle. El soldado se acercó a Manau y lo registró de pies a cabeza. Tomó la billetera de Manau y la revisó. Su contenido pareció decepcionarlo. Sostuvo a contraluz el carné de Manau—. Es falsa.

—No es falsa —dijo Manau—. ¿Cómo se le ocurre?

—Cállese.

—Norma, dígales.

—Cállese, le h e dicho.

—Norma.

Hacía frío, el cuerpo de Norma se había agarrotado. Se volteó hacia Manau y lo miró furiosa. ¿Decirles qué? A esta gente no le interesaba oír sus historias, no querían saber de sus decepciones.

—¿Adónde se dirigen?

—A la radio —dijo Manau—. *Norma*.

—¿Quién es Norma? ¿Qué Norma?

—*Norma*. Norma.

Por un instante, el soldado del rifle pareció considerar esta posibilidad. Con el cañón del arma apuntando hacia el suelo, le pidió a Norma que se diera la vuelta. Ella así lo hizo, y él la examinó bajo la fuerte luz blanquecina. Parecía repentinamente nervioso.

—¿Usted es Norma? No se le parece.

—¿Acaso la ha visto alguna vez? —dijo Manau.

De pronto, el rifle se elevó, Manau se vio empujado bruscamente contra el automóvil y sintió el cañón del arma a la altura de su sien.

—¿Se va a callar?

—Por favor, no haga eso frente al niño. Soy Norma. En serio. Lo soy.

«Te van a adorar», le dijo Élmer cuando todo empezó. Pero, ¿cómo se lo había dicho? Moviendo la cabeza de un lado a otro y apretando los labios en una mueca de incredulidad. «Es esa voz que tienes...». Norma tuvo la desagradable sensación de que alguien la estaba compadeciendo. Luego Rey desapareció, y desde aquel día la acompañaba esa misma sensación: la ausencia de Rey se aferraba a ella como una epidemia. Élmer tuvo razón, por supuesto: la adoraban. Llevaba años recibiendo cartas perfumadas llenas de nombres, regalos humildes envueltos en hojas de periódico. En la emisora, había media docena de cajas de zapatos repletas de fotografías de bordes adornados, cada una con una anotación que indicaba cuáles rostros sonrientes quizás seguían con vida. Y eso lo resumía todo: *quizás*. La incertidumbre, el agotamiento —se percibía en cada voz que llamaba al programa, en la esmerada escritura de cada carta. Era compasión lo que buscaban: una respuesta, un sí o no que los liberara del peso de esperar, de abrigar esperanzas, de hacer conjeturas. Era lo mismo que percibía en la voz del soldado: una timidez repentina, un miedo.

—No le creo —dijo el soldado. Aún tenía el arma apuntando a la cabeza de Manau—. Usted piensa que yo soy un estúpido.

—No, no —dijo Norma—, nadie ha dicho eso.

—Déjeme oír su voz.

Y eso era, al fin y al cabo, en lo que ella era buena: que la escucharan. Debió haberse dedicado a la poesía o a predicar. A la hipnosis, a la política, a cantar. Norma respiró hondo.

—¡Hable! —gritó el soldado, y ella así lo hizo.

—Esta noche —ronroneó Norma— en Radio Ciudad Perdida: un niño venido de la selva...

El rostro del soldado se puso muy serio.

—Nombres. Quiero oír nombres.

—¿Nombres? —preguntó ella, y el soldado asintió. Norma sacó la lista de su bolsillo y le dio nombres. ¿Cuáles?

Todos. Todos menos uno.

Cuando Norma advirtió que el soldado ya había escuchado lo suficiente, que había bajado el rifle y sonreía al haberla reconocido, solo entonces, se detuvo.

Con gran ceremonia, el joven sostuvo el arma con la mano izquierda y la apuntó hacia arriba, con el cañón apoyado en el hombro. Juntó sonoramente los talones de sus botas en posición de firmes y, con la mano derecha, hizo un saludo militar a Norma.

—Es un honor, señorita Norma.

Ella se sonrojó.

—No es necesario que haga eso —pero ya el otro soldado se había acercado también y repitió el saludo:

—Escuchamos su programa todas las semanas —dijo.

Norma se abrazó a Víctor, que para entonces estaba completamente despierto. Hacía frío para ser octubre, suficiente como para que pudieran ver su aliento. Víctor lo exhalaba en forma de pequeñas nubes y parecía encantado con ello. Claro, nunca antes había visto su propio aliento. Manau aún se sentía agitado, pero se quitó la chaqueta y envolvió con ella al niño.

Mientras tanto, los soldados estaban ocupados recordando nombres de personas a las que habían conocido. El más joven había arrojado al suelo su cigarrillo antes de hacer su saludo. Sin él, no era más que un niño de mejillas grandes y sonrosadas, de un rostro casi perfectamente redondo. Corrió hacia un barril de combustible que estaba a la orilla del camino, donde había escondido sus cosas. Regresó con papel. El primer soldado apoyó el rifle contra el automóvil. Disculpándose por la demora, extendió el papel sobre el capó. Mordisqueó un extremo del lapicero por un momento y luego comenzó a escribir.

—¿Podemos esperar en el auto? —preguntó Norma—. Hace mucho frío.

Nuevamente, disculpas:

—Sí, sí, por supuesto —se volteó hacia el soldado más joven—. Ábrele la puerta a la señorita Norma.

En otra época, esta situación le habría parecido inconcebible, pero ahora Norma dejó que lo hiciera: el joven soldado abrió la puerta para ella y le hizo una profunda reverencia. Cuando la cerró, ella aceptó su sonrisa sumisa e infantil como se imaginaba que lo haría una reina: con benevolencia, como si no esperara menos de él. Todo había cambiado. En una noche como aquella se habían llevado a Rey a La Luna. ¿Y a cuántos más?

Manau estaba sentado en el asiento delantero, calentándose las manos con su aliento. Víctor era el único sensato entre ellos.

—¿Por qué vamos a la radio?

—A leer los nombres —dijo Norma.

—¿Adónde más podríamos ir? —dijo Manau.

Víctor miró a Norma. Cuando esta asintió, él pareció quedar satisfecho.

Un momento después, el primer soldado dio unos golpecitos en la ventanilla del conductor. Manau giró la manivela para abrirla y una corriente de aire frío llenó el automóvil.

—Es nuestra lista —dijo el soldado—, para la señorita Norma. Y esto —señaló una segunda hoja, en la que había escrito su nombre, su rango, la fecha y la hora con una letra torcida y de apariencia infantil— es un salvoconducto. Pueden mostrárselo a cualquiera que los detenga —sonrió de oreja a oreja. Ella le agradeció nuevamente—. Señorita Norma —dijo, con una reverencia—, ha sido un placer.

Recorrieron la ciudad dormida, sus calles desiertas. El niño empezó a formular una pregunta, pero pareció pensarlo mejor y se detuvo. Ya nada le sorprendía, y estaba demasiado cansado como para fijarse en lo que ocurría en las calles oscuras. De rato en rato, el automóvil caía en un bache, temblaban las ventanas y vibraba la carrocería, pero un instante después todo había pasado y Víctor podía cerrar los ojos otra vez. Norma lo tenía abrazado; el ambiente en el automóvil se había calentado un poco, pero el niño tiritaba en sueños.

El guardia de seguridad no dudó en dejarlos entrar. Era Norma, después de todo, y esta seguía siendo su emisora de radio. Dejó pasar a los tres con una venia respetuosa y los condujo hasta el vestíbulo donde el niño había mostrado por primera vez su nota. Las luces estaban bajas, parecía la cripta de una iglesia. Justo así lo recordaba, pensó Norma, como si estuviera visitando el hogar donde pasó su infancia. Apenas el día anterior había estado allí, pero eso es lo que te hace la vida: una serie de cosas ocurren, todas a la vez, y tu noción del tiempo se va al diablo. Pero, ¿qué era exactamente lo que había ocurrido, y cómo? Había llegado un niño. ¿Cuándo? Todo comenzó el martes, recordó ella, y hoy era... No lo sabía. ¿A quién le podía preguntar? Todo era confuso: había una lista, ella había tenido un esposo, él estaba muerto o se había marchado. Era de la IL, o quizás no. La guerra ya había terminado, o quizás nunca empezó. ¿Era eso? ¿Eso era todo? Sujetó la mano del niño con fuerza. Norma estaba convencida de que él había crecido en estos últimos, pocos, días, horas, y esa idea hizo que su corazón se acelerara. El simple hecho de mantenerse de pie era ya todo un reto. En ese momento, Norma notó sorprendida que el guardia de seguridad seguía hablándole, que nunca había dejado de hacerlo, aunque ella no había caído en la cuenta, no había oído ni una palabra. Decidió sonreírle, pero no hizo ningún esfuerzo por prestarle atención. Era un anciano de reluciente cabeza calva y marcas de viruela en la piel. Acarició la cabeza del niño y le dio un suave pellizco en las mejillas. Estaba agradeciéndole muy efusivamente por algo, y Norma no pudo evitar preguntarse qué sería lo que había hecho ella por él.

El guardia activó el ascensor con su llave. Las puertas se cerraron y él les hizo adiós con la mano. Habían entrado.

—Estoy cansado —dijo Víctor—. Quiero dormir.

—Lo sé —Norma lo atrajo más hacia sí. Sabía que torturaba al niño al obligarlo a mantenerse despierto, ¿qué esperaba lograr que no pudiera hacerse mañana?—. Pronto dormiremos —dijo ella—, pero sus palabras no sonaron como una promesa sino como un deseo.

Tratar con el *discjockey* de la noche fue cosa fácil. Norma no recordaba su nombre, pero sí se habían visto antes. Varias veces. Él la conocía, por supuesto. Tenía un rostro joven y el cabello de un color blanco poco natural. Norma le puso una mano en el hombro. Fue fácil mentirle: ahora las palabras le salían automáticamente de la boca. Sí, Élmer había dado su visto bueno. Sí, todo estaba bien. Sí, un programa especial. ¿Llamarlo? Por supuesto, si te parece, pero probablemente esté durmiendo. ¿Te caería bien un descanso? Y a quién no. Unas cuantas risas, ni siquiera tuvo que forzarlas. Que te vaya muy bien. Sí, un gusto. Manau y Víctor observaban la escena, eran su público, testigos de sus mentiras, de su manipulación de la verdad; pero ellos la apoyaban. Sin necesidad de voltear la cabeza,

Norma sabía que Manau estaba haciendo gestos de asentimiento a todo lo que ella decía.

Pero el *discjockey* no se marchaba. Se quedó de pie, balanceándose de un lado a otro.

—¿Sí?

—¿Le importaría si me siento? —sonrió mansamente—. Sería un honor para mí, señorita Norma.

Sonó cruel, pero la verdad era que no había espacio en la cabina.

—Espero que comprendas —dijo ella.

—Claro que sí —dijo él, sonrojándose—. Por supuesto.

El hombre se escabulló del lugar, y Norma tuvo ganas de darle un abrazo. Le ardían los ojos y le dolía todo el cuerpo. En la radio, tocaban un vals: era la voz de una mujer y, por supuesto, cantaba sobre un hombre.

Cuando la IL finalmente regresó, tres años después de que terminara la guerra, fue una sorpresa para todos menos para Zahir. Los había estado esperando desde aquel día en que llegó un pelotón de soldados y se llevó al hombre de Adela y a otros dos a lo profundo de la selva. Obviamente Zahir no sabía nada sobre la existencia de grupos dispersos de lo que alguna vez fue una poderosa rebelión, de modo que no podía haber *sabido* que vendrían: pero había visto cómo el hombre entregaba su hijo a Adela y desaparecía en la parte trasera de un camión del Ejército con un cañón de rifle apuntándole la espalda. Había visto la desesperación con la que el hombre miraba a su hijo, cómo el niño se aferraba a su madre, y cómo esta empezaba a sollozar. Cosas como aquellas no quedaban sin castigo. Los otros dos hombres también se despidieron, y Zahir ya ni podía recordar de qué los había acusado en sus informes —ah, sí: había hecho conjeturas sobre por qué pasaban tanto tiempo en el bosque—. Se sonrojó al recordarlo: ambos eran cazadores.

Lo que Zahir había estado esperando no era la IL, no exactamente, sino más bien algún tipo de castigo, celestial quizá, por su papel en la guerra. Hasta ese momento, había tenido la impresión de que sus informes mensuales eran archivados y olvidados, que todo su esfuerzo se reducía a un mero ejercicio sin efecto alguno en la guerra ni en ninguna otra cosa. Pero entonces, aquel día todo quedó claro: él no era inocente. Tres hombres habían muerto. Es decir, podía suponer que habían muerto: tres desaparecidos por su culpa. Porque, por capricho, se le había ocurrido inventar una historia sobre un hombre al que apenas conocía. Porque había enriquecido su relato con conjeturas sobre qué podría estar haciendo un aldeano con un arma en medio del bosque, aparte de cazar. Sin duda, algo llegaría a perturbar su, por lo demás, cómoda existencia. En los días que siguieron a la llegada del pelotón, lleno de armas y de rostros severos, todo el pueblo escuchaba atentamente la radio, que ahora transmitía reportes de marchas victoriosas en la ciudad. Celebraciones. Esa semana llovió mucho, pero vieron helicópteros que pasaban zumbando bajo las nubes de color púrpura. Oyeron incluso el estruendo de explosiones lejanas. ¿Había terminado realmente la guerra? Era difícil saber en qué creer.

Luego se apagó el rumor de la lucha en la distancia, y comenzaron años apacibles. Su propio hijo creció fuerte y sano. Reconstruyeron la escuela y empezó la procesión de profesores que venían de la ciudad a 1797. No se quedaban por mucho tiempo, pero ocuparon el lugar que alguna vez tuvo el Ejército en el imaginario colectivo del pueblo: la única evidencia concreta de que en alguna parte había un Gobierno, y que este sabía de su existencia. Esto también era un avance.

La IL llegó a inicios de octubre, un día de sol diáfano, haciendo disparos al aire y exigiendo alimentos. Reunieron a todos los habitantes del pueblo y uno de ellos, una joven de ojos oscuros, dio un discurso con voz estridente sobre la victoria que les esperaba a todos. ¿Todavía? ¿Después de todo este tiempo? Se la veía tan joven y flaca que Zahir llegó a sentir pena por ella. Llevaba el cabello suavemente trenzado sobre la espalda, y cuando levantó los brazos, Zahir vio en ellos unas manchas oscuras. En ese momento, la joven hizo un disparo al aire, y fue como si les quitaran a todos la venda de los ojos.

«Pero la guerra ya terminó», dijo Zahir. En voz baja, al comienzo.

Un guerrillero con pasamontañas avanzó hacia él. Zahir sabía lo que le iba a ocurrir, o creía saberlo, pero cuando la culata del rifle golpeó su estómago, se le nubló la vista y cayó hecho un ovillo, sujetándose, indefenso, el vientre, totalmente convencido de que todos sus órganos se desparramarían por el suelo. El guerrillero lo pateó, lo llamó *colaboracionista*, y a Zahir ese término le pareció justo y preciso, por lo que decidió aguantar la golpiza como un hombre. Oyó llorar a un niño, y supuso que era el hijo de Adela. Sintió algo no muy diferente al orgullo. Contrajo el rostro en una mueca de dolor y cerró con fuerza los ojos para que no se le saltaran las lágrimas, aun cuando las patadas y moretones le parecieron entonces tiernas caricias.

Cuando volvió en sí, la IL estaba anunciando *tadek*. Eso no lo había previsto. Tenía la visión borrosa, y un dolor silencioso se extendía por su vientre hasta abarcar todo el pecho, su corazón, su cuello. Parpadeó: tampoco sentía bien la cabeza. Los habían llevado a todos a un claro, y el sol quemaba abrasador sobre sus cabezas. Dos mujeres lo sostenían. Todos estaban allí: un pueblo entero de adultos asustados, de pie, hombro contra hombro, formando un círculo. Zahir se incorporó y se puso de pie, rígidamente, apenas consciente de que todo había empezado, de que el niño caminaba suelto y drogado entre ellos, listo para acusar a alguien. Apenas si podía ver al niño, pero adivinaba sus movimientos torpes mientras se caía, ora a la izquierda, ora a la derecha, con las manos extendidas hacia el frente tratando de asir algo, como si intentara extraerle alguna información al aire. Cada vez que se aproximaba al borde del círculo, todos se tensaban, y los que se encontraban en situación de mayor peligro retrocedían un poco. La IL los vigilaba estrictamente, haciendo disparos al aire. En cierto momento, Víctor se sentó en medio del círculo, apretando los puños y presionándolos contra sus sienes, hasta que un hombre de la IL se acercó a él y lo hizo ponerse de pie. «Vamos», dijo. «Encuentra al ladrón».

Ya está cerca, ya está cerca: Zahir ya era capaz de ver y mantenerse de pie por sí solo, pero las mujeres aún lo sostenían. Una de ellas susurró en su oído: «No tengas miedo». Era la voz de Adela, pero él no volteó hacia ella ni dijo nada. Quizás estaba hablando consigo misma, él no lo sabía a ciencia cierta. Zahir no estaba asustado; tres muertes estaban a punto de ser expiadas. ¿Acaso no era él responsable por ese huérfano? El niño se tropezó y cayó al suelo; volvió a ponerse de pie. Tenía mugre en la rodilla. Lloraba. La estaba buscando. «Mamá», dijo Víctor, y Zahir sintió que Adela se encogía tras de él. Daba la impresión de que nadie hubiera respirado en varios minutos. Los disparos se producían cada treinta segundos aproximadamente, y con cada uno, el niño se detenía y miraba hacia arriba, como si quisiera seguir la trayectoria de la bala en el cielo despejado. En ese momento, Víctor encontró a su madre —*encuéntrame a mí*, pensó Zahir— y avanzó dando traspiés hacia ella. Ya está cerca, ya está cerca: pero antes de dar un paso al frente para reconocer su culpa, Zahir vio los ojos del niño: vidriosos por las lágrimas, asustados, con la mirada fija en algo distante e invisible, en algún oscuro rincón del bosque o en alguna nube con forma de animal.

En ese momento, el niño lo tocó, y todo lo demás ocurrió en un instante: con las armas en ristre, la IL obligó al pueblo a gritar consignas de «¡Ladrón! ¡Colaboracionista!». Las mujeres lloraban, pero gritaban de todos modos, tenían miedo de no hacerlo. Zahir vio a su esposa, con el rostro enrojecido y lloroso, indefensa y encogida. Otra mujer la sostenía para evitar que se desplomara. ¿Dónde estaba su hijo? ¿Y su hija? Entrecerró los ojos; había tanta luz; lo ataron al tronco de un árbol y poco después empezó a gritar. La IL entonaba cánticos patrióticos. Su nueva vida se inició con música.

EL PROGRAMA QUE Norma había imaginado tenía el siguiente formato: repentinamente, no hay más restricciones, se puede mencionar cualquier nombre. Las acusaciones que se hicieron públicas después de la guerra —que Rey había sido un asesino de la IL, un mensajero o un experto en bombas— se tornan cuestionables e inútiles. Solo quedan los desaparecidos, la gente misma:

su inocencia o complicidad se vuelve algo insignificante, irrelevante. Se inicia el programa: Norma pone una canción, entran las llamadas.

Conocí a un profesor, dice una voz, me enseñaba en la universidad, desapareció. ¿Cuándo? Hacia el final de la guerra. ¿Qué enseñaba? Botánica. Amaba la selva, pero no de la forma en que lo haría un científico, sino como un poeta. Conocía lo básico, la composición química del suelo en diversos valles ribereños. Los patrones cíclicos de las lluvias y las inundaciones. Pero eso no era lo esencial. Lo que más le importaba en el mundo era... ¿Y cómo se llama? La persona cuelga abruptamente. Siguiente llamada.

Conocí en La Luna a un hombre al que le fascinaba la magia selvática. Decía que todo lo que veíamos no era más que una alucinación. Que en el mundo real las personas no se hacían esa clase de cosas los unos a los otros. ¿Y qué clases de cosas les hacían?

Tono de marcar.

Otra llamada: Tuve un amigo que alguna vez trabajó en Tamoé, recopilando información para el censo. Me decía que esa gente no tenía nada, excepto reservas casi ilimitadas de paciencia, que todo lo que deseaban era lo poco que tenían y que los dejaran en paz.

¿Pero por qué la gente no los dejaba en paz?

Con cada llamada, los oyentes se van acercando más a él; danzan a su alrededor con una extraña mezcla de determinación, picardía y timidez. Luego de una docena de llamadas, la vida de Rey ha sido descrita por completo: colegas, conocidos, amigos de cada etapa de su corta existencia. Los niños que lo traicionaron aquella noche del incendio han llamado para preguntar por él, e incluso han pedido disculpas: teníamos miedo, dijeron. Éramos solo niños. El pueblo nunca volvió a ser el mismo después de que Rey se marchó. ¿Adónde se fue? Ha entrado una llamada de un hombre que estuvo con ellos la noche del primer Gran Apagón: cuando dijiste que habías estado en La Luna, el rostro se me contrajo en una mueca de dolor. Yo también estuve allí. Y de muchos más: un policía que conocía a Trini. Un hombre con acento selvático que decía ser artista. Una mujer de la IL que sospecha que ambos conocían a la misma gente. Pero nadie recuerda su nombre. ¿Quién es este desconocido? ¿Es que nadie lo recuerda? Ha pasado tanto tiempo. Norma está sudando. Incluso en su programa imaginario, ella se encuentra en delicado equilibrio al borde de un precipicio; incluso aquí tiene miedo. Luego oye su propia voz: conocí a un hombre, dice, o quizás era un muchacho en aquel entonces, un hombre que me sacó a bailar, que me sedujo, que arrojaba humo dentro de un autobús mientras recorríamos juntos esta hermosa ciudad, la ciudad que era antes de la guerra, ¿recuerda alguien lo que era este lugar? Y este hombre, este niño, este adorable y aterrador niño, me dejó acariciarlo, y lo amé hasta que un soldado vino y se lo llevó. Durante toda mi vida, él ha sido un maravilloso ángel siempre desvaneciéndose, un acto de desaparición, un torturador, y ahora que se ha marchado la pregunta es, *por cuánto tiempo*, y la respuesta a la que más temo es *para siempre*.

Y aquí termina el sueño, aquí su dolor choca con su propia realidad. No puede decir su nombre. Lo intenta, pero no puede. Alguien más tiene que hacerlo por ella.

Es de madrugada en la ciudad y la guerra ha terminado hace diez años. Los crímenes han sido perdonados, o por lo menos olvidados, pero Rey sigue sin volver. Ella tuvo que enterrar a su padre sin él. Mandó a publicar un obituario en el periódico. Este decía: «Le sobrevive su hijo...». La guerra había terminado hacía tres años en aquel entonces, pero parecía que había pasado toda una vida. Nadie asistió al funeral. Hacía meses que ella no veía al anciano. No tenían nada que decirse. En cierta ocasión, su suegro logró eludir todos los controles del programa y su llamada salió al aire. Al comienzo, ella no lo reconoció.

—Norma —dijo el anciano con voz quebrada—, ¿dónde está él?

—¿Quién? —preguntó ella, porque siempre preguntaba. Era su trabajo—. ¿Por qué no nos habla sobre él?

En el otro extremo de la línea se produjo una larga pausa. Solo se oía una respiración.

—¿Señor? ¿De quién está hablando?

—De tu esposo —dijo el anciano, ahora llorando abiertamente—. Mi hijo.

Élmer cortó a comerciales de inmediato.

Y en ese momento sintió lo que siempre había sentido, lo que siempre sentiría: como si alguien la tuviera sujeta por el cuello y estuviera a punto de arrancarle la vida. Lo peor de esa sensación terminaba en cuestión de segundos, pero la recuperación tomaba días, incluso semanas. O toda una vida. Durante la larga e incómoda pausa comercial, Norma sentía que todos evitaban mirarla. Élmer entró con una taza de té. «Un nombre incorrecto, Norma. Lo siento, pero basta con un nombre incorrecto y estamos muertos. Tú y yo, ambos». Lo dijo sin mirarla a los ojos.

Ella puso un disco y lo dejó sonar. Cuando volvió al aire, había una nueva llamada, una nueva voz que no hizo mención alguna a la pérdida de Norma, y el programa continuó sin incidentes.

Es de madrugada, llevan diez años sin guerra, y Norma ha vuelto a este lugar. Actúa de manera automática. Dale un micrófono al niño. Dale un micrófono

a Manau. Audífonos para todos. Ese es el sillón donde
Rey y yo hicimos el amor. Cierra los ojos: recuerda. No
ahora. Respira. Hay luces parpadeando, suena un disco y Norma siente que dirige una orquesta, como si la
ciudad que recién empieza a despertarse o a quedarse
dormida estuviera bajo su control. Pon la cortina musical y que todo comience.

Respira.

«Señoras y señores», dice cuando la canción ha
terminado. «Bienvenidos a una edición especial de Radio
Ciudad Perdida. Mi nombre es Norma».

Ha comenzado.

En cierta ocasión, Rey le describió la forma en que
el mundo se derretía ante los ojos bajo el efecto de una
planta psicoactiva. ¿Por qué le interesaban tanto esas cosas? El misterio, decía él, residía en su descubrimiento: no
importaba qué alucinara uno, se trataba de algo que siempre había estado ahí, esperando el momento de escapar,
de salir a la luz. El suspenso, la sorpresa: ¿qué era lo que
habías ocultado de ti mismo? ¿Qué fue lo que emergió
de entre las sombras, de esos rincones cubiertos con telas
de araña, detrás de esas puertas cerradas que de pronto se
vieron absurdamente abiertas de par en par? ¿Qué encontraste, Rey?

A ti.

¿A mí?

A ti. Norma. A ti, en formas y figuras extrañas.
Como animales diversos, como aire, como agua. Como
luz. Como el suelo fértil y denso. Como un poema en
rima, como una canción entonada con voz intensa. Como
una pintura. A ti. Como alguien a quien no merezco.

¿Cuándo sucedió esto? Años atrás. En el último
año de la guerra. Él se acurrucó a su lado.

Lleva varios minutos hablando, y ese descubrimiento la asusta: las palabras se forman en su garganta, no en su cabeza. Las palabras son expulsadas de su boca antes de que ella tenga siquiera un instante para reflexionar. Rey. Ya ha dicho uno de sus nombres, así que no hay marcha atrás. *Rey. Rey. Rey.* No entran llamadas. Es solo su voz, recorriendo la ciudad. Piensa en lo desesperante que sería si nadie la estuviera escuchando. Nadie en lo absoluto. Quizás esta es la mejor forma de hacerlo. El niño la mira con ojos cansados.

—¿A quién buscas? —le pregunta Norma.

Él se encoge de hombros, y ella lo adora por eso. No se parece en nada a Rey.

—A gente de mi pueblo —dice él.

—¿Qué pueblo?

—1797.

—Tienes una lista, ¿verdad?

El niño asiente con la cabeza. No es posible oír un gesto en la radio. Ella le pregunta de nuevo, hasta que él dice que sí, que la tiene, y que si debe leerla.

Claro que debe leerla. ¿Quién más podría hacerlo y salir impune? No le harán nada al niño. Está libre de culpa. Pero Norma no soporta la idea. Aún no.

—En un momento —dice ella.

Pero, ¿por qué esperar? ¿No es esto lo que ella siempre quiso? ¿No es en este punto que su programa perfecto terminaba siempre?

—¿Y usted? —dice, dirigiéndose a Manau. Siempre le han gustado los programas con invitados. En esta cabina se han producido docenas de reencuentros, casi un ciento desde el final de la guerra, en este lugar la gente ha llorado de felicidad, han abrazado a sus seres queridos, han recibido llamadas de felicitación de desconocidos. Ella ha sido testigo de todo eso, pero si no lo hubiera visto con sus propios ojos, tal vez no creería que es posible. Pero ahora es como si pudiera sentir el calor de esas tantas reuniones, como si la cabina se hubiera llenado repentinamente de fantasmas.

—Y usted, señor Manau, ¿a quién está buscando?

Él parece sorprendido por la pregunta. Mueve la cabeza de un lado a otro. Tiene una expresión de tristeza en el rostro.

—A nadie —dice.

—Ustedes vinieron juntos. Cuéntennos sobre eso.

El niño y su profesor se miran, cada uno esperando que el sea el otro el que hable. Finalmente, Manau tose.

—Es un largo trayecto, Norma, para cualquiera. En especial para un niño de once años, pero incluso para mí. Viajamos en camión, después en lancha y luego toda la noche en autobús. ¿Adónde más podíamos ir? En este país, todos los caminos llevan a la ciudad.

—Volvamos a la lista.

—Por supuesto.

El niño dice:

—Son los desaparecidos de mi pueblo —y antes de que ella pueda preguntar, añade—; a muchos de ellos nunca los conocí. Solo a unos cuantos.

—¿Quieres hablarnos sobre ellos?

—Nico —dice el niño— era mi mejor amigo. Se marchó.

—Todos se marchan —comentó Manau.

Norma sonríe.

—Es cierto.

—¿No está usted cansada, señorita Norma? —pregunta el niño.

—Oh, no —dice Norma—. ¿Cansada de qué?

—No me acuerdo de él, señorita Norma.

—¿De Nico?

—De su esposo —dice Víctor—. De mi papá.

Norma le manda un beso volado al niño.

—Ya sé que no lo recuerdas. Nadie espera que así sea.

—Pero le dije a mi madre que sí lo recordaba.

—Eres un buen niño.

—Estoy cansado, señorita Norma, aunque usted no lo esté.

—Leamos la lista —dice Manau—. Para eso estamos aquí, ¿no es cierto?

—Claro —dice Norma con un gesto de asentimiento. Le ha estado dando largas al asunto, ya no puede soportarlo más—. Para eso estamos aquí. ¿Estás listo? ¿Podrías leerla por nosotros, querido?

Víctor mueve la cabeza. No es posible oír un gesto en la radio. Acaban de dar las tres de la mañana cuando se aclara la voz y empieza.

Y ahora ella ni siquiera puede oír los nombres. Norma tiene los ojos cerrados, la guerra terminó hace diez años. Que el niño lea, déjenlo hacerlo, no le harán nada. Me enviarán a prisión, reabrirán La Luna solo para mí y me darán una bienvenida como la que le dieron a mi esposo. Lo siento, Élmer. Quizás digan que esto jamás ocurrió. Estamos a mitad de la noche y no hay nadie escuchando, en todo caso. Solo estamos nosotros. Víctor lee muy bien. Manau debería sentirse orgulloso de lo que le ha enseñado al niño. Los nombres no guardan ningún significado, ni para Manau ni para Víctor. Algunos les resultan familiares, apellidos que han escuchado antes, pero la mayoría carece de sentido. Ahí está el nombre de su padre, y él ha estado a punto de saltárselo. Norma se incorpora al oírlo, como si alguien la hubiera tocado.

—Discúlpame —dice—, ¿podrías repetir ese último nombre?

Víctor levanta la mirada de la lista.

—Qué hermoso nombre —dice Norma. Le cuesta no gritar.

Un instante después, todo ha pasado: es el turno de los nombres escritos por el anciano de las radiografías, los de la mujer de la playa y los recién agregados por los soldados. Víctor lee también estos. Su voz no es vacilante, todo lo contrario: va cobrando fuerza. Gracias a Dios que nadie nos está escuchando. Gracias a Dios que solo estamos nosotros en esta ciudad dormida. Cierra los ojos e imagínate que estamos a solas. Casi tres docenas de nombres; ¿qué de bueno podría traer todo esto?

En dos minutos, todo ha concluido.

—Las líneas telefónicas están abiertas —logra decir Norma, como si fuera uno de sus programas habituales. Mira esperanzada el tablero, pero no hay nada, aún no. Tiene que haber un disco en algún lado: una canción, cualquier canción, que llene el vacío.

Y ahora, solo les queda esperar.

Aunque Rey no sabía cómo había empezado la guerra, sí tenía muy claro cómo estaba terminando: casi diez años después de iniciada, en un camión, con los ojos vendados, rodeado por soldados que fumaban, se reían y lo golpeaban una y otra vez con sus rifles. Se lo habían llevado junto con otros dos hombres del pueblo, pero los soldados, por algún motivo, parecían preocupados solo por él.

—¿De dónde eres, compadre? —le preguntó uno de ellos.

Rey se esforzó por ver a través del trapo negro. Solo había oscuridad.

—De un lugar del que nunca han oído hablar.

—Junior ha leído libros. Quizás sí lo conoce.

—Es de la ciudad —dijo uno de los otros prisioneros.

—Nadie está hablando contigo —replicó un soldado con dureza.

Todos se rieron. Eran solo niños. Rey se imaginó estar en otro lugar: volando, incluso navegando en un yate. Jamás había hecho ninguna de esas dos cosas. Uno de los hombres del pueblo empezó a sollozar. Rey estaba sentado entre ambos, dos hombres de los que sabía muy poco. ¿Por qué estaban allí? El hombre que estaba a su izquierda temblaba violentamente.

—¿Adónde estamos yendo? —preguntó, pero los soldados lo ignoraron. El soldado al que llamaban Junior dijo:

—¿Para qué mierda has venido? ¿Para qué dejaste tu ciudad?

A Rey le tomó un momento darse cuenta de que le estaban hablando a él. Suspiró.

—No soy de la ciudad.

—IL conchetumadre.

—La IL no existe —dijo Rey, y sintió el golpe de la culata de un rifle en el estómago. Se oyeron risas.

—Sigue hablando nomás, chistosito.

—Eres famoso —dijo otra voz—. Eres más flaco de lo que pensábamos. Dicen que pones bombas y matas policías. Que inventaste la quema de llantas.

Rey parpadeó bajo la venda que cubría sus ojos.

—Apuesto a que quieres irte a casa.

—Apuesto a que eso es exactamente lo que quiere.

—Pero no siempre logramos lo que queremos.

El camino desde 1797 había sido accidentado, pero el camión logró recorrerlo. Una vez que se pusieron en marcha, todo cambió. Los olores cambiaron, así como las características del calor que los rodeaba. La selva no era una entidad monolítica: era muchos lugares, todos a la vez. Rey ya había recorrido antes este camino que empezaba en 1797: estaba cubierto por enredaderas y sobre sus cabezas había una espesa bóveda de árboles que rara vez dejaba pasar la luz. Era un lugar fresco y húmedo. Rey aguzó el oído: habían cambiado de dirección y se acercaban ahora al agua. También allí había estado, en uno de sus viajes a los campamentos. En la orilla del río, lo separaron de los dos hombres del pueblo. Uno de ellos imploraba: «¡Les contaré todo!». Suplicaba con tal ímpetu que Rey no pudo sino preguntarse qué era lo que aquel hombre sabía.

Lo subieron a una balsa, aún con las manos atadas y los ojos vendados. Por el ruido, Rey notó que el pelotón se había reducido o dividido en unidades más pequeñas. Había tres o cuatro soldados con él. No estaba seguro. No importaba. Estaba navegando en un yate, se decía Rey a sí mismo, por última vez. En medio del río, donde los árboles no llegaban, caía, dorada, la luz del sol. Por un momento, Rey se permitió disfrutar de su calor. Se deleitó con él; dejó que la luz formara colores debajo de sus párpados, que iluminara escenas e imágenes de personas y lugares a los que amaba y que no volvería a ver jamás. Estos son los breves instantes que uno solo puede apreciar plenamente cuando la muerte está cerca. «Ya casi llegamos», dijo una voz luego de un rato, y Rey supo que le estaban diciendo la verdad. No se habían alejado demasiado, pero, a fin de cuentas, el campamento tampoco estaba muy lejos de 1797. Una curva en el río, un trecho cruzando el bosque que se iniciaba en la ribera. Dos horas río abajo, como máximo. El agua estaba tranquila. Rey estaba tranquilo. Si no hubiera tenido los ojos vendados, tal vez habría disfrutado del paisaje: su amada selva, la tierra en su encarnación más deslumbrante. Incluso desde donde se encontraban, con la mayoría de sus secretos escondidos más allá de las orillas, era imposible no sentirse impresionado. Estos eran los lugares oscuros que lo habían fascinado durante toda su vida: aguzó el oído para escuchar el rumor de la selva, la llamada de un ave o el chillido de un mono rojo. ¿Para qué había venido a este lugar en un inicio? Norma, pensó, y, al decirlo suavemente, para sí mismo, se sintió reconfortado. ¿Qué había venido a buscar a este sitio, cuando lo tenía todo? La había poseído. Norma, dijo nuevamente, y su nombre sonó como la palabra final de una plegaria.

—Van a matarme, ¿verdad? —preguntó en la oscuridad.

Nadie le respondió, pero, claro, nadie tenía por qué hacerlo. El sol calentaba su rostro. Una gota de sudor bajó por su frente, siguió por debajo de la venda y entró a su ojo derecho. Hizo un gesto de aceptación con la cabeza. «Muy bien», dijo, parpadeando. «Muy bien, de acuerdo». Aún seguía haciendo el gesto cuando el soldado al que todos llamaban Junior le disparó en el pecho.

Rey murió de inmediato.

Todos eran apenas unos niños, y aunque no conocían al prisionero, cada uno, a su manera, lamentó

su muerte. La guerra estaba llegando a su fin, y el de
Rey era uno de los últimos cadáveres que verían. Aún
los aguardaba una batalla en el campamento, por supuesto, pero eso sería mañana, y no lucharían solos.
Se encontrarían con un grupo de agotados guerrilleros
de la IL, entre ellos un hombre llamado Alaf, el cual,
como muchos otros, moriría antes de poder siquiera
disparar un tiro. Pero eso no pasaría de ser solo ruido
y luces, mientras que lo de Rey había sido una muerte más íntima. Uno de los soldados arrancó la cadena
de plata del cuello del cadáver. Revisaron sus bolsillos
esperando encontrar dinero, pero solo hallaron una
carta manuscrita que no le servía a nadie. Se quedaron mirando a Rey. De otra balsa en el río, un soldado
sonriente levantó los pulgares en señal de aprobación.
Uno de ellos le quitó la venda al muerto y le cerró los
ojos; otro le quitó los zapatos. Durante varios minutos,
ninguno dijo nada. Se dejaron llevar por la corriente, y
miraban a Rey como esperando que dijera algo. Finalmente, le correspondió a Junior, el mayor de todos, un
veterano con tres años de experiencia, un muchacho
de diecinueve años, empujar el cuerpo aún atado del
hombre fuera de la balsa, al río. Cayó con un pequeño chapoteo, y flotó junto a ellos por medio kilómetro,
bamboleándose, hundiéndose y volviendo a salir a flote, con el rostro hacia abajo. Todos seguían sin hablar.
Uno de los soldados más jóvenes, por iniciativa propia,
tomó un remo y empujó el cuerpo de Rey hacia la orilla. Y con eso, todos se sintieron mejor.

Agradecimientos

Desde 1999, cuando inicié mis investigaciones para esta novela, tuve la oportunidad de conocer a muchas personas dispuestas a compartir sus experiencias durante los años de la guerra. Estimo que jamás podré agradecerles lo suficiente por su generosidad y confianza.

El apoyo de mi familia —Renato, Graciela, Patricia, Sylvia, Pat, Marcela, Lucía y Marco— ha sido sencillamente invalorable. Igualmente, he sentido la presencia constante de mis amigos repartidos en una docena de países a lo largo del mundo. Vinnie Wilhelm, Mark Lafferty y Lila Byock hicieron valiosos comentarios a los borradores iniciales de la novela. Por ello, les estoy profundamente agradecido.

La traducción ha sido un esfuerzo de equipo: el incomparable Jorge Cornejo Calle, mi padre Renato Alarcón, y mi editora Mayte Mujica. Sin su dedicación y entrega, mucho me temo que la novela no hubiera alcanzado su cometido estético. Mil gracias.

Este libro se terminó de imprimir
en los talleres gráficos de Metrocolor S. A.
Av. Los Gorriones 350, Lima 9 - Perú
en el mes de julio de 2007.